TOUT
EST ORI

Paul Serge Forest

TOUT EST ORI

Roman

ÉQUATEURS

ISBN : 978-2-38284-279-9.

Dépôt légal : xxxxxxx, 2022.

170 *bis*, boulevard du Montparnasse, 75014 Paris
contact@editionsdesequateurs.fr

I

Laurie Lelarge réagit

C'était entre la Pentecôte et la Trinité, entre la rivière Pentecôte et la rivière de la Trinité. Chaque année, quelques fois pendant la semaine qu'elle durait, Rogatien Lelarge reprenait conscience de cette coïncidence spatiotemporelle, s'en étonnait assez pour que ça le fasse sourire tout seul, et la gardait pour lui. Les deux fêtes ne sont pas très loin l'une de l'autre dans le calendrier liturgique, comme les deux rivières sur la route 138. Les noms des choses, en était-il venu à se dire, sont comme de vieilles blagues semées par nos ancêtres pour nous parler d'une réalité et nous inviter à la connivence. On peut les pogner ou non.

Si Rogatien, avant de crever, avait laissé un peu vieillir sa petite-fille Laurie, il aurait pu lui parler des fêtes religieuses et des rivières. Il aurait pu lui dire qu'il n'y a pas meilleure saison pour vivre à cet endroit quand on fait le commerce des mollusques et des crustacés : les gros arrivages de mai sont écoulés, le vent est frais, les profits sont considérables, la bière est bonne.

Bien installé sur la galerie, il n'y a plus qu'à attendre l'été.

Au village de Baie-Trinité, il n'y avait qu'une bâtisse plus grande que la maison de Rogatien : l'usine de Rogatien. La maison montrait sa longue façade au fleuve Saint-Laurent, à l'endroit précis où il devient sérieux et commence à offrir des perspectives bleues à perte de vue. Elle était en pierre de taille et avait quatre lucarnes avec des pignons dans son toit pentu. Une galerie couverte en bois la ceinturait presque. Devant s'étendait une plage froide où l'on était presque toujours seul. Cette année-là, le gouvernement allait décider d'inscrire le bâtiment au Répertoire du patrimoine, un mois après la mort de Rogatien, histoire de faire chier tout le monde. Pour une fois, au moins, c'était le ministère de la Culture et non les crisses de Pêches et Océan.

Mais pour l'instant, toute la famille Lelarge buvait de la Molson Ex ou de l'orangeade Crush sur la galerie. C'était le traditionnel party de fruits de mer numéro trois, celui où, d'habitude, il y avait le moins de crabe, mais pas cette année-là. Il y en avait en masse. Les Lelarge, après un débat et un vote, avaient installé le brûleur au propane sur la galerie pour éviter que les enfants jouent avec, même si ça risquait, selon une minorité, de mettre le feu. Rogatien nourrissait de Player's le cancer caché dans son poumon gauche. Suzanne, sa fille, fumait des Du Maurier. Réginald, son plus jeune fils, couramment surnommé Saturne hors de la famille, aurait préféré que le brûleur soit plus loin – ça lui aurait permis de fumer son hasch sans trop se faire remarquer. Robert, le fils aîné, fumait de temps en temps, mais plus depuis la naissance de sa deuxième fille. Il avait une face froide et, dans les cheveux, du gel.

Ça parlait de la pêche du printemps (bonne), de la saison du Canadien (qu'est-ce que tu veux faire quand ton meilleur joueur c'est Martin Rucinsky ?), des notes des petites à l'école (excellentes), de la chute du Nasdaq (juste un peu mauvaise pour Robert finalement ; les autres trouvaient que c'était une idée de fou de mettre son argent dans l'internet), et avant que ça se mette à parler du futur de la compagnie (incertain), Rogatien s'est levé pour partir une marmitée de clams avec Saturne. Le vent était frais. Les bourgeons retenaient leur éclosion. De la vapeur salée s'est échappée quand ils ont ôté le couvercle pour mettre les coquillages sur le brûleur. La lumière appartenait encore à l'hiver. Elle se dispersait dans le sable fin de la grève, quelques mètres devant la galerie.

Plus tôt, Florence et Laurie, les petites sœurs, avaient chanté des airs joyeux aux crabes vivants et tenté de les faire concourir dans des épreuves d'adresse. Ça avait moins bien fonctionné qu'au party de fruits de mer numéro deux. Maintenant un peu en retrait, Florence lisait un livre sur les reptiles. Laurie se faisait décortiquer des crevettes par un peu tout le monde. À un moment, il y a eu un éclair d'ébahissement dans ses yeux, d'un coup, comme si elle était entrée en contact avec quelque réalité transcendante qui lui aurait jusqu'alors échappé. Elle a regardé France, sa mère, droit dans les yeux et lui a posé toute une question.

— Pourquoi on appelle ça des fruits de mer, maman ? C'est pas des fruits.

— C'est comme ça que ça s'appelle, Laurie. C'est une expression, a répondu France, en sachant fort bien que ça ne suffirait pas.

— Laurie ! Laurie ! a appelé son oncle Saturne, je vais te le dire.

Mais, comme il s'apprêtait à le lui dire, il s'est rendu compte que sa longue chevelure frisée noire conforme à l'esthétique métal trempait dans l'eau des clams et il a plutôt sacré.

— Réginald ! Il y a des enfants ! a repris Suzanne avec son ton à elle, mélange breveté de tendresse et de fermeté. Non, Laurie, les fruits de mers, ce sont des mollusques, ou des crustacés.

Laurie, fille rousse de cinq ans d'un naturel placide et studieux, mais portée par le moindre élan de curiosité à un féroce jusqu'au-boutisme, a regardé Suzanne avec brouillard. Suzanne a vu ce brouillard s'opacifier dans la prunelle de sa nièce, devenir épais, lactescent, presque digressif. Ça promettait pour la suite. Quoi qu'il en soit, elle préférait répondre à cette question-là qu'à celle de l'an passé : « Pourquoi t'es grosse, matante Suzanne ? »

La petite a parlé en premier :

— C'est quoi, un crustacé ?

Sa sœur aînée Florence, cheveux noirs, teint brun,

neuf ans, a levé les yeux de son livre sur les reptiles pour répondre comme le zoologue farfelu qu'elles regardaient souvent à la télévision. Elle l'imitait mal et on l'a brièvement dévisagée. Elle aurait rougi si ce n'avait été de son teint.

— Un crustacé, c'est un arthropode. Comme les insectes. C'est une bibitte qui vient de la mer, et que tu peux manger.

— Si c'est une bibitte, pourquoi c'est un fruit ? Une pomme, c'est pas une bibitte, a renchéri Laurie, à qui ça ne disait pas de démordre.

— T'as raison, Laurie. Une pomme, c'est pas un crabe, a établi Saturne.

— On dit fruits de mer, mais ça ne veut pas dire *fruit*. Tout ce que ça veut dire, c'est que ce sont des produits de la mer, que c'est la mer qui nous les donne, a poursuivi Suzanne, toujours prête à spiritualiser n'importe quelle question. C'est le fruit du travail de la mer.

La petite ne comprenait toujours pas, et menaçait de fulminer.

— C'est pas un fruit, c'est un fruit de mer, Laurie. Un point, c'est tout. Retourne donc jouer avec les crabes, l'a sommée Robert, en bon père de famille excédé, avant de se plaindre, sans trop désigner d'interlocuteur, que sa Molson Ex réchauffait. C'est bon froid.

Plus tard, il allait découvrir le vin sur le chemin des parvenus.

Laurie a levé ses deux petits poings dans les airs.

Un bruit étrange : visqueux, mais perlé, a désamorcé son hurlement. Elle s'est retournée pour en voir la source : Rogatien.

— Qu'est-ce que tu fais, grand-papa ?

— Je mange les pépins de ma crevette, s'est amusé le grand-père.

Sur la question du suçage des œufs des crevettes, les Lelarge se divisaient en deux clans : Rogatien et Réginald s'adonnaient sans retenue au plaisir salé de cette explosion nombreuse ; Suzanne et Robert ne pouvaient l'envisager sans que le cœur leur lève – quoique Suzanne, au final, ne demandait qu'à être convaincue.

— Les pépins ? a pétillé Laurie en s'avançant vers son grand-père.

— Oui, regarde, ici, le ventre de la crevette, il est plein de pépins !

— Wow ! C'est pour ça que c'est un fruit… mais les moules, elles, est-ce qu'elles ont des pépins ?

— Non. Les moules, c'est des fruits parce qu'elles poussent dans les algues.

— Puis les homards ?

— Je vais te poser une question, moi, laisse-moi faire.

— O.k., a opiné Laurie, sans quitter des yeux la crevette éventrée.

— Est-ce que tu as déjà mangé des algues ?

— Ark ! Non !

— Les algues, c'est les légumes de la mer, mais on

les mange pas. Les fruits de mer, ils portent leur nom parce qu'ils sont bons, parfumés, puis un peu sucrés.

France trouvait tout ça bien attendrissant. Florence préférait lire sur les reptiles. Saturne est allé chercher les clams déjà un peu trop cuites. Suzanne s'est allumé une autre Du Maurier d'un geste théâtral. Robert laissait faire. Laurie allait bientôt être à court d'arguments :

— Puis les poissons, les poissons, ils sont bons eux aussi.

— Oui, mais il y a pas de familles qui se réunissent pour faire des partys de poisson.

Rogatien s'est arrêté pour tirer sur sa Player's. Il a fait semblant d'éviter de souffler la fumée dans la face de Laurie.

— Grand-papa ?

— Oui ?

— Est-ce que je peux goûter aux pépins de crevette moi aussi ?

Robert lui aurait dit que les œufs sont impropres à la consommation humaine si elle lui avait posé la même question à lui, dans sa maison à lui, mais il n'y était pas. À côté, France était au bord des larmes. Insensible à la beauté du moment, Robert a grimacé en avalant le fond tiède de sa Molson Ex. Réginald a déposé sur la table de patio la marmite de clams en annonçant qu'elles étaient prêtes.

— Fais pas ça, Laurie, a averti Florence, trop tard.

Le moment allait dévoiler quelque chose de profond en Laurie, mais pas seulement. Tenues pour naturelles par les Lelarge, des certitudes en matière de comestibilité des choses se mettaient d'un coup à vaciller. Les conversations parallèles ont cessé net. Il n'y avait plus que le vrombissement des homardiers qui revenaient vers le quai, non loin. Trop captivés par l'instant qui tournait à l'arbitrage, tous se sont mis à regarder Laurie approcher de sa bouche la carapace ouverte, sucer fort, essuyer ses lèvres avec sa main, mâcher un peu et avaler.

— Puis, Laurie? a rompu Rogatien; personne d'autre n'aurait pu.

Laurie n'a rien dit. Elle s'est mise à tourner en rond. On attendait une réponse, sous forme de sourire ou de vomissement. Saturne et Florence ont été les premiers à se rendre compte qu'il se passait quelque chose. Par la suite, les autres diraient avoir été comme hypnotisés par l'attente d'un verdict clair. Saturne a laissé tomber sa clam sur la galerie. Elle s'est fracassée et il a lâché un « Wo ! » stupéfait, suivi d'un « Hou là ! » craintif et d'un « Tabarnac ! » terrifié. Florence s'est levée et a saisi sa petite sœur par les épaules. Elle l'a brassée deux ou trois coups et lui a demandé si elle était correcte. Non. Elle n'était pas correcte. Laurie a toussé un peu et tout le monde s'est mis à blêmir, mais jamais autant qu'elle. Rogatien lui a administré une claque inutile dans le dos. France s'est mise à crier « Laurie ! » à répétition. « Laurie ! », « Laurie ! ». Robert s'est agenouillé devant sa fille. Il a vu l'éruption fulgurante de petites taches cramoisies et angoissantes autour de sa bouche. Puis le cou de Laurie s'est mis à rougeoyer avant de se moucheter de blanc.

— Laurie ! Laurie ! Ouvre ta bouche ! a dit Robert, du ton calme mais ferme qu'il est de mise d'adopter dans les situations d'urgence, avant de rajouter : Ouvre ta bouche si tu m'entends !

Laurie a obtempéré. Sa langue bleuie frétillait. Comme un capelan enflé sur la batture, devrait rajouter Rogatien chaque fois qu'il raconterait l'histoire aux pêcheurs pendant les quelques mois qu'il lui restait à vivre.

Au-dessus de la langue de Laurie, il y avait une boule rouge grosse comme une cerise, c'était sa luette.

— Va appeler une ambulance, vite, Réginald, a ordonné Robert.

Réginald n'a pas réagi.

— Saturne ! Je te parle ! Va appeler une ambulance. Papa, essaie d'aller chercher Fortin !

C'était la première fois qu'on appelait Réginald comme ça dans la famille. Quant à Rogatien, il savait généralement où trouver Fortin, médecin du village et ornithologue semi-professionnel. Il est donc parti en pick-up avec son cône pour caller l'orignal ; il comptait s'en servir pour héler le docteur. Dans les bras l'une de l'autre, Florence et France paniquaient. Florence regardait et France ne regardait pas. La respiration de Laurie est devenue sifflante, comme celle d'une bouilloire. Suzanne a alors entonné un chant de gorge funèbre pour ouvrir les portes successives de l'au-delà premier à un nouvel ange, mais par la suite elle soutiendrait avoir cru du début à la fin que la petite s'en tirerait.

Quand ils sont arrivés avec la seringue d'adrénaline pour Laurie, les ambulanciers se sont quand même demandé, en voyant Saturne, si elle était la seule à en avoir besoin.

Comme tout délice, les fruits de mer ont plus d'une façon de vous tuer, mais les Lelarge n'y avaient jamais trop pensé. Jusque-là, insouciants, ils avaient attribué à l'alcool les vomissements des lendemains de party.

2

Le commerce

L'automne d'après, il a fallu que la docteure montre à Rogatien la radiographie de son cancer pour qu'il finisse par la croire. Il en était à préparer son voyage annuel. Matane, Gaspé, Moncton, Halifax, Boston, Montréal, Québec : le même itinéraire depuis presque quarante ans. Il revenait aux Fêtes et repartait ensuite hiverner en Floride, où il possédait quatre beaux immeubles autour d'un terrain de *shuffleboard* et une maison, plus loin, devant l'océan. Il ne manquait pas en lui de réflexes de commis voyageur. Personne ne savait – ou n'osait envisager – la façon dont il occupait les soirées de sa tournée d'automne. Quand on lui demandait pourquoi il partait, il disait simplement que c'était pour les affaires, qu'il appelait avec une tendresse fière « le commerce ». Mais cette année-là, il ne partirait pas.

Il s'était mis à tousser vers l'Action de grâces. Il avait voulu partir vers la Toussaint, même s'il avait perdu une soixantaine de livres depuis l'été et même s'il grelottait constamment et que ce n'était pas d'un petit frisson, non. Suzanne avait tenté de le convaincre d'aller voir le docteur Fortin, ou d'aller dans quelque endroit public où il pourrait le croiser « par hasard », mais, depuis qu'elle était adulte, la relation entre Rogatien et sa fille tenait à une désobéissance réciproque. Il avait fallu que Suzanne convainque France de convaincre Robert, qui devait conduire son père à l'aéroport de Baie-Comeau. Quand il l'a vu sortir de chez lui, squelette avec un chapeau et une petite valise, il n'a pas hésité à faire comme sa sœur et sa femme lui avaient dit, et à plutôt le mener direct à l'hôpital.

— Vous voyez, monsieur Lelarge, partout où il y a des petites lignes…, a montré la jeune médecin. Ça, c'est du bon poumon.

— Hum, a fait Rogatien devant le négatoscope, parmi ses canules.

— Ici, le noir, c'est la partie de votre poumon gauche qui est affaissée.

— Et la grosse motte grise, je présume que c'est ma mort en personne ?

La médecin est restée déconcertée deux secondes.

— Bien, c'est le gros de votre cancer, mais on voit qu'il y en a un peu partout dans les poumons aussi…

La réaction de Laurie lors du party de fruits de mer numéro trois continuait de traumatiser Rogatien, comme tout le monde dans la famille d'ailleurs. Pendant les deux heures d'incertitude où elle avait eu la gorge enflée, il se rappelait s'être dit que c'était à lui, le plus vieux, de mourir, pas aux enfants, crisse. Et il n'avait pas été le seul à se résoudre à cette conclusion, qui le rattrapait désormais. Alors qu'il ne lui restait pas plus que trois litres de souffle, il a dit à Laurie de ne pas prendre une bouchée du club-sandwich, au poulet pourtant, qui traînait dans sa chambre d'hôpital. À Florence, il a dit de faire son cours commercial ; à Robert, qu'il allait être content du testament ; à Suzanne, de se marier – mais, avec un sourire tendre, que ça ne pressait pas ; à Réginald, ça, on ne l'a jamais su.

Rogatien est mort très vite, heureux, en fin de compte, de la chronologie des événements. Suzanne a tenu à laver elle-même le cadavre émacié. Elle a refusé d'aller aux funérailles à l'église, préférant rester chez elle et se raser la tête en chantant du ventre. Florence allait garder toute sa vie un souvenir distinct de ces quelques jours ; pour Laurie, il n'allait en subsister qu'un flash : Suzanne devant le buffet froid, chauve et dans une robe épouvantable.

Un hiver subarctique s'est abattu sur Baie-Trinité après la mort de Rogatien. C'est à croire qu'à Baie-Trinité, l'hiver se nourrit de couleurs. Quand il fait très froid, le soleil sort, la neige surabondante et les glaces du fleuve l'étalent partout et tout devient blanc comme à l'intérieur d'une ampoule électrique. Autrement, le ciel se couvre et le soleil n'a pas la force de percer. La lumière est rare. Les glaces restent blanches, mais le fleuve et les conifères deviennent noirs et tout ce qui a quelque éclat en d'autres saisons ne peut plus s'exprimer qu'en gris. Jeune adulte, Laurie ferait deux photos argentiques de Baie-Trinité l'hiver, l'une avec de la pellicule couleur et l'autre en noir et blanc. Les deux images se révéleraient absolument identiques.

On ne se gênait pas pour le dire, ça adonnait vraiment bien que Rogatien meure au début de l'hiver. Les pêcheurs n'allaient pas revenir avant la fin mars. Robert craignait qu'ils se mettent à négocier plus dur maintenant que l'autorité du vieil homme avait été réduite en cendres avec lui.

Rogatien avait été un homme direct toute sa vie et on s'attendait à ce que son testament soit à l'avenant, mais en sortant du bureau du notaire, Robert, Réginald et Suzanne se sont dit que leur père avait dû payer au mot tellement c'était court. Personne n'allait oublier le préambule: « Puisqu'il faut un chef... » Ça s'est réglé en quatre mots et demi. Il fallait un chef. De son vivant, Rogatien, évasif, avait souvent dit que sa succession allait se faire naturellement et justement. Il disait toujours « naturellement » avant de dire « justement » quand il en parlait. Puisqu'il fallait un chef, donc, l'aîné, Robert, héritait de cinquante et un pour cent des Pêcheries Lelarge. Suzanne recevait la maison en Floride et la filiale immobilière Lelarge of Florida, les biens personnels de Rogatien et vingt-quatre pour cent et demi des Pêcheries. Réginald, le cadet, devenait propriétaire d'un autre vingt-quatre pour cent et demi et de la maison de Baie-Trinité, mais à condition de suivre une cure de désintoxication. Le testament ne disait pas que la cure devait fonctionner.

Des comptables de Québec calculaient que les trois enfants Lelarge pouvaient obtenir entre douze et quinze millions pour tout ça. L'usine devait bien valoir cinq millions à elle seule. Le tiers de la population de Baie-Trinité y travaillait de la mi-mars à la fin novembre. L'hiver, la plupart encaissaient du chômage et partaient en ski-doo dans le bois. Le village devenait bien tranquille.

Ce n'était pas leur habitude, mais les Lelarge ne se sont pas trop parlé pendant quelques semaines. Ils savaient qu'ils se reverraient, qu'ils referaient des partys de fruits de mer numérotés, que rien n'avait été brisé. Mais ils avaient besoin d'une saison. C'est surtout Émilien qui les a consolés. Émilien, c'était le directeur de la caisse populaire de Baie-Trinité. Il s'était toujours demandé si ces trois-là savaient que la caisse n'existait que pour prêter leur argent au village.

Après le décachetage, chacun est parti de son côté dans la petite neige.

Saturne est allé faire sa cure, qu'il appelait sa « j'en-ai-cure ». De jacuzzis en enrobages corporels de boue, de groupes d'entraide où l'on doit mettre ses tripes sur la table ronde en groupes de travail, où l'on se laisse tomber dans les bras des autres du haut d'un meuble bas, il s'est refait une confiance et s'est lentement désintoxiqué. Ça se passait dans les Cantons-de-l'Est. Il y avait là de nombreux toxicomanes de bonne famille et quelques chefs de grands restaurants venus guérir leur alcoolisme. Il en est sorti sobre, toujours aussi chevelu, et plus businessman que jamais. Il a eu la malheureuse idée d'aller fêter ça en Jamaïque.

Suzanne, pourtant pas reconnue pour son sens du beat, est allée en Inde faire deux mois de tabla avec un gourou fidèle au cliché. Elle a ramené un tam-tam que Laurie ne pouvait pas toucher sous prétexte qu'il servait à faire danser les dieux. Florence, quant à elle, commençait à adopter face aux excentricités de sa tante l'attitude de ses parents : une ouverture méfiante, facilement rabattable.

Robert a tenté d'expliquer à ses deux filles ce qui arrivait.

— C'est quoi, un pédégé ? a froncé des yeux Laurie.

— Un pédégé, c'est un chef. Ça veut dire que je suis maintenant le chef des Pêcheries Lelarge.

— Ça veut dire que tu vas pouvoir garder les crabes géants ? a déduit Florence.

— Euh… oui… Si je veux.

— Mais tu sais que je suis allergique ! s'est plainte l'autre.

— Ça veut dire que c'est nous, maintenant, qui allons payer les pêcheurs, comme grand-papa faisait avant, a éclairci Florence, toujours prête à enseigner quelque chose.

— C'est pas vraiment ça, a nuancé Robert. C'est la compagnie qui paie les pêcheurs.

Le concept de personne morale faisait laborieusement son chemin dans la tête des filles. Robert, qui entretenait de moins en moins loin en lui-même des fantasmes de croissance infinie, les voyait déjà héritières d'un empire mondial du fruit de mer. Il allait falloir qu'elles apprennent l'anglais, les bonnes manières et à ne pas s'en laisser montrer.

Quand il lui en a parlé, France a proposé un voyage d'affaires en famille. De moins en moins loin en elle-même, elle se méfiait des réflexes qui viennent avec le métier de commis voyageur.

Ils sont partis à la relâche scolaire pour Matane, Gaspé, Moncton, Halifax, Boston et Québec. Partout, Robert annonçait la mise en place d'une plateforme de négociation en ligne pour le renouvellement des contrats d'approvisionnement. Il laissait aux plus haut placés son numéro de cellulaire personnel : 418-555-0149 et son courriel : robert.lelarge.pdg@pecherieslelarge.ca. Il aurait préféré @lelarge.ca, mais le nom de domaine avait déjà été acheté par un magnat du cornichon. Dans la neige du Massachusetts, Laurie a pu jouer avec Howie, le fils de la vice-présidente à l'approvisionnement des restaurants Red Lobster. Elle apprenait l'anglais par contagion, en faisant des igloos et en piquant des carottes dans des bonshommes de neige. France et Robert n'en revenaient pas. En patinant sur le lac glacé,

Florence a eu son premier baiser de la part du grand frère d'Howie, Cameron. Il était blond comme la plage de Baie-Trinité, et rude comme elle aussi.

3

Double croche

Entre l'église et l'usine, il y avait à Baie-Trinité une école élémentaire où les Lelarge avaient longtemps fait la loi. L'école s'appelait Sainte-Marie-Immaculée et elle a brûlé il y a deux ou trois ans.

France Brault était devenue directrice de l'école quand Florence avait presque quatre ans. Elle était enceinte de Laurie. Elle n'avait pas grand-chose à gérer : trois classes de dix élèves, une enseignante pour chaque classe et un quatrième, touche-à-tout, qui donnait les cours d'anglais (c'était sa langue), de musique (il chantait faux, mais avait appris ce qu'était une double croche et à se débrouiller au xylophone) et d'éducation physique (il suffit de beaucoup de patience et d'un peu de sadisme). France devait aussi faire entretenir le bâtiment, tout en bois, orné d'un clocheton : une ancienne école de rang trop grande, infestée par une flore dont la commission scolaire préférait ne rien savoir.

La scolarisation de ses enfants angoissait France même avant leur naissance. Fille de Québec, le fait qu'il n'y ait pas de bonne école à Baie-Trinité la tracassait depuis le jour où elle s'y était établie. L'école primaire privée la plus proche était à Chicoutimi, à cinq heures de route. Les pensionnats ne prenaient pas les enfants de moins de dix ans et c'était de toute façon une solution beaucoup trop déchirante. Devenir directrice de l'école Sainte-Marie-Immaculée l'avait soulagée. Au début, elle allait quotidiennement demander des comptes, la bouche pincée d'insistance, ses petites montures à fioritures sur le nez, le chignon adamantin. Son ventre toujours plus gros menaçait de déchirer son col roulé noir. Laurie était un gros bébé.

Janie, Jacqueline et Magella, les trois enseignantes, savaient bien que France arrivait là pour surveiller ses enfants et que ce ne serait pas drôle quand sa plus vieille allait débarquer. Quand elles fumaient ensemble, Magella médisait, Jacqueline l'encourageait et Janie, beaucoup plus jeune, les écoutait avec un air d'approbation. Magella racontait que la petite Florence, avec son teint brun, ses cheveux noirs et sa petite sœur toute rousse, devait être née d'une incartade de sa mère avec un Indien. Elles avaient fait part de leurs craintes à leur syndicat, qui n'avait pas fait grand-chose. James, le professeur touche-à-tout, s'en câlissait quant à lui complètement. C'était un bon ami de Saturne.

Florence avait commencé la maternelle avec Jacqueline et ça s'était bien passé finalement. C'était une petite fille polie et consciencieuse, qui savait déjà lire. Elle partageait les jouets, même quand c'était son tour de choisir la première et qu'elle prenait le château fort Playmobil. Elle reprenait les camarades qui désobéissaient au règlement de la classe avec une vigueur qu'il fallait parfois tempérer. Elle savait surtout prendre son trou. En troisième année, elle avait eu la permission de créer un site internet pour l'école, afin de ne pas trop s'ennuyer pendant les classes. France avait mis un employé des communications des Pêcheries là-dessus. Florence, en tant que rédactrice en chef autoproclamée au contenu multimédia, rédigeait plusieurs articles et publiait les devoirs d'écriture de ses camarades.

Laurie avait commencé la maternelle un peu après et elle avait toutes les qualités de sa sœur, avec, en plus, une crinière d'une rousseur éclatante. Sa curiosité dévorante devait être canalisée, mais il y avait une petite bibliothèque pour ça, regarnie tout juste avant son arrivée grâce à un don anonyme. Les dernières appréhensions des enseignantes au sujet des petites Lelarge s'étaient vite effacées : elles étaient adorables, bien élevées et ça ne paraissait pas du tout que leurs parents étaient millionnaires. France considérait les enseignantes comme des amies. Elle allait parfois aux clams avec elles. Elle ne travaillait plus que les deux jours par semaine inscrits à son contrat.

Puis Laurie est devenue allergique aux fruits de mer un bon samedi et la marde a pogné solide.

Le personnel de l'école a dû consacrer une journée pédagogique à un cours de secourisme. Le moniteur s'appesantissait sur le choc anaphylactique et l'utilisation de l'épipène. Il y avait une seringue de pratique et un mannequin. On faisait la file pour le shooter dans sa cuisse de caoutchouc. En cas d'urgence, disait le moniteur, l'aiguille est assez longue et robuste pour percer des jeans. Même James a grimacé. Après le cours, France est venue expliquer la nouvelle politique de la commission scolaire sur les allergies alimentaires. Les fruits de mer devenaient interdits partout. Quiconque en mangeait à la maison devait laver ses vêtements à l'eau chaude avant de les porter en classe. Élèves et employés devaient tous obligatoirement se laver les mains en arrivant à l'école – il aurait été inconvenant de ne demander qu'aux proches des ouvriers de l'usine de le faire.

Les semaines suivantes, France a accompagné chaque jour Laurie jusqu'à la porte de sa classe de maternelle où elle l'embrassait sur le front, devant tout le monde. Elle rôdait dans l'école tout l'avant-midi, à l'affût d'infractions à sa politique sur les allergies alimentaires.

— Madame Janie, a dit un jour Laurie à son institutrice avant de partir à la récré, je suis allergique aux fruits de mer. Si j'en mange, il faut qu'on me pique avec l'épipène, sinon je vais mourir comme l'autre jour.

— Mais t'es pas morte, Laurie!

— Je suis revenue, mais tout est devenu blanc, ou transparent, ou je sais pas. Mais il y avait pas Jésus.

Mme Janie, saisie, a répondu tendrement.

— Hum, Laurie, ça m'a l'air grave ce que tu me dis. Est-ce que ça te fait peur?

— Nonon.

— T'as pas à avoir peur, Laurie. On s'en occupe, de ton allergie.

Laurie a fait un drôle de sourire, comme ravalé.

C'est le lendemain que Mme Janie a trouvé le premier graffiti, écrit au feutre rouge sur le mur: « Maxime pu (sic) ». Elle s'est munie d'un gallon de peinture blanche pour recouvrir les inscriptions et n'en a pas fait de cas jusqu'à ce qu'elle en trouve deux autres la semaine d'après: « Karine a les yeux croches », « Keven est pauvre ». Quand Mme Janie a voulu lui interdire les stylos-feutres, Laurie a expliqué que les amis ne pouvaient pas comprendre ce qu'elle écrivait, car ils ne savaient pas lire. Elle n'avait pas tort.

Trois jours plus tard, Florence décrivait sur son blogue le problème de porcs-épics de l'école: on trouvait toujours leurs excréments au pied des murs et leur rongement continuel déconcentrait les élèves et affaiblissait les fondations. Elle n'avait pas tort non plus.

Mme Janie, une fille du village qui sortait tout juste de l'université, en a parlé à Jacqueline en lui demandant de ne rien dire à personne. Jacqueline a pris sur elle de tout régler. Comme le syndicat n'a pas voulu s'en mêler, Jacqueline s'est retrouvée dans le bureau de France, sans Janie.

— Ce que tu me dis, c'est jamais arrivé, a nié France avec névrose.

— Mais Florence est la seule à pouvoir modifier le site internet.

— Non.

— Puis Laurie est la seule qui sait écrire dans la classe de maternelle !

— C'est un autre élève qui fait ça, le petit Maxime probablement...

— Maxime aurait lui-même écrit qu'il pue ? n'osait croire Jacqueline.

— Si tu savais ce que je sais sur Janie, tu verrais tout ce qu'elle t'a dit autrement, l'a enfirouapée France.

La famille a fait un petit voyage d'affaires à la relâche, qui n'a rien réglé. Florence et Laurie n'étaient plus que tempête à leur retour. Elles disaient des mots interdits dans les cours d'anglais de James. Fuck ceci. Fuck cela. Mme Janie et Mme Jacqueline en ont cessé de se laver les mains et elles ont aussitôt reçu un avertissement écrit. Une déléguée syndicale et un commissaire scolaire sont venus exprès de Baie-Comeau pour parler à France. En resserrant son chignon, France a expliqué que le grand-père des petites venait de mourir, que c'était un moment difficile pour la famille. Elle portait à ce moment-là des lunettes carrées, comme c'était la mode en ville, et s'exprimait avec froideur. Les lunettes durcissaient sa mâchoire. Sa voix menaçait de céder. Elle a reçu le lendemain un courriel du commissaire scolaire. Il lui suggérait de prendre un congé : pas qu'elle avait tort, pas qu'il avait quoi que ce soit à lui reprocher, mais ce serait mieux comme ça. Pour toute réponse, France a envoyé une photo de Mme Janie prise dans un bar de Baie-Comeau. Un mamelon de la jeune institutrice débordait de son décolleté, son regard était vide et elle avait vingt dollars dans le nez. Les visages de Saturne et James, qui se tenaient à ses côtés sur la photo, avaient été brouillés. Personne n'a appris grand-chose le reste de cette année-là à l'école Sainte-Marie-Immaculée.

L'été est revenu et les vacances avec les petites ont donné à France plus d'une occasion de regretter ses manœuvres. Un soir de larmes et de lucidité, elle a tout dit à Robert, qui s'est empressé de punir durement ses enfants. Il n'y a pas eu de baignade, de télé, de jeux vidéo ou d'ordinateur de tout le reste de l'été. Pas même de promenades dans le bois. Elles n'ont eu droit qu'aux livres. Et on ne réinstallerait pas le hamac. En août, Robert a dû congédier le chum de Mme Janie : la vidéosurveillance l'avait surpris à se remplir les poches de bigorneaux. Pour régler définitivement le problème des petites, Robert est allé, avec une enveloppe comme argument, convaincre Mme Noëlla, anciennement sœur Marie-Ange, de sortir de sa retraite. Mme Janie n'aurait pas l'ancienneté pour être réengagée cette année-là.

Le troisième jour de sa première année, Laurie, heureuse de retourner en classe après un été de lecture et déjà terrifiée à l'idée de déplaire à Mme Noëlla, a ouvert son pupitre : il était rempli d'eau et de crevettes d'automne cuites. Trois gros homards marchaient sur les crevettes et s'en nourrissaient avec lenteur. La bonne sœur écrivait l'alphabet au tableau. Elle n'avait pas écarté la possibilité de châtiments physiques. Laurie, dans un silence total, a reculé un peu sa chaise, a sorti sa seringue de sa petite trousse et s'est piquée. L'adrénaline lui est montée à la tête tellement vite qu'elle n'a même pas senti la piqûre. Ses pupilles se sont dilatées et elle n'a plus vu que de la lumière blanche. Son cœur s'est mis à battre si fort qu'il a remonté dans sa gorge. Elle s'est mise à suer profusément et a vomi un gros jet de jus d'orange et de gruau. Mme Noëlla s'est retournée. Laurie avait encore la seringue d'épipène plantée dans la cuisse.

À l'hôpital de Baie-Comeau, le pédiatre lui a montré une cassette VHS intitulée *Épipène : ce qu'il faut savoir*. Laurie a conclu d'elle-même que ç'avait peut-être été un peu prématuré cette fois.

Un camarade de classe lui avait fait une mauvaise blague, ont établi les policiers. Mais le souvenir de ses vomissures était puissant et, souvent, en faisant mine d'être plongée dans un livre, Laurie se laissait plutôt gagner par la vision paranoïaque des événements à laquelle France et Robert en venaient dans la pièce d'à côté.

Il commençait à faire un peu froid et les trois ou quatre feuillus enclavés dans la masse de conifères autour de la baie jaunissaient mais, en chandail de laine et en bottes de caoutchouc, Florence et Laurie pouvaient encore faire des châteaux de sable sur la plage. Un chat qui avait l'habitude de chasser le crabe est venu près d'elles.

— Il est à qui, ce chat-là ? Est-ce que c'est celui de Mme Janie ? l'a reconnu Laurie.

— Oui. C'est le seul chat avec trois couleurs à Baie-Trinité.

— Qu'est-ce que tu penses qu'il va faire si je le pique avec mon épipène ?

— Je sais pas... Est-ce que les chats peuvent être allergiques ? n'a rien empêché la grande sœur.

— Je pense qu'ils sont allergiques aux chiens... Et peut-être aux autres chats des fois, a raisonné Laurie avec un visage pervers et lumineux.

Ainsi s'exprimait son amour naissant des paradoxes.

— Peut-être qu'il va se mettre à aimer les chiens. Minou. Minou !

Florence s'est mise à siffler pour appeler l'animal. Elle a réussi à l'attirer avec la carapace qu'un crabe avait laissée derrière lui en muant. Puis elle l'a pris dans ses bras et a restreint son cou dans l'angle de son coude pendant que Laurie préparait la seringue. Laurie a visé la partie charnue de la cuisse. Électrisé par l'injection, le chat a filé à une vitesse irréelle, comme une comète avec une traînée surtout brune, disparaissant dans un bosquet d'arboutarde. Peu après, une arythmie maligne le tuait, puis la prochaine marée, s'en mêlant, le donnait en pâture à un linceul d'oursins et d'étoiles de mer, mais Laurie et Florence n'en ont jamais rien su.

Janie et son chum ont continué d'encaisser leur chômage un mois ou deux, puis ils ont déménagé en banlieue de Québec. À Baie-Trinité, ils étaient brûlés.

premier intermède

LA MYE

Personne n'appelle ça une mye. Pour les uns, ce sont des *clams*, comme en Nouvelle-Angleterre, nom masculin ou féminin selon les circonstances. Les autres, qui parlent bien, disent *palourde*. En latin, c'est *Mya arenaria* et on s'attendrait, avec un nom pareil, à ce qu'elle soit une fille de l'Est, championne, peut-être, de tennis. À l'extérieur, elle est en blanc, comme à Wimbledon. À l'intérieur, c'est un mollusque, avec tout ce que ça suppose.

Il y a un sens vulgaire au mot *clam* qui diffère de celui du mot *moule*. Sur la Côte-Nord, on appellera *clam* toute concrétion de mucus, crachée ou expectorée, dans les contextes langagiers où le mot *morviat* n'est pas assez fort. En raclant de façon sentie leur oropharynx avant de cracher dans la cour de récré, les petits gars avertissaient ainsi Laurie: «Tchèque ben la clam.» Laurie faisait mine de s'en dégoûter, mais se retournait tout de même, par curiosité des fluides, pour mesurer l'épaisseur de la chose. Les premiers mois, elle avait fait valoir son allergie aux fruits de mer, mais elle s'était vite rendu compte que tout cela n'était que polysémie. Pareillement, Rogatien, pas plaignard, trouvait les mots pour circonscrire l'expérience du cancer: « Je t'ai des hosties de clams, observait-il en confidence, j'ai l'impression des fois qu'il y a des petits bouts de poumon dedans. »

La pêche de la mye est une récolte. On la fait sur la batture, à marée basse. Il y a de petits trous dans le sable mouillé, immanquables pour qui a l'œil. C'est par là que les clams respirent. Il suffit de prendre une pelle, de tasser un peu le sable et de les trouver. On remplit vite sa chaudière.

Pour faciliter les choses, la clam est d'un blanc pur sur la Côte-Nord. Elle peut être d'un gris mauve ailleurs. Gainsbourg chantait à propos du derrière d'une femme qu'il était beau, vu de l'extérieur, mais qu'on savait ce qui se passait à l'intérieur. Pour la clam, on ne sait pas. Difficile de s'imaginer passer sa vie sans yeux, dans une coquille, pour mourir dévoré par une étoile de mer.

La vie de la mye repose sur la filtration: elle aspire et expulse l'eau à longueur de journée en prenant soin de garder dans son système digestif ce qui passe d'animalcules dans le courant (c'est du plancton).

Cette capacité de filtration suscite, lors de la pêche, bien des clameurs. Avant que Laurie se pète son allergie, les Lelarge allaient aux clams en famille, dès qu'un peu de neige avait fondu sur la plage. C'était un loisir et une tradition. « Mets tes bottes de caoutchouc, Laurie, on s'en va aux clams », l'invitait France. Ça voulait dire que l'hiver finissait. Laurie s'amusait beaucoup à repérer les petits trous respiratoires sur l'estran. Elle les pointait, Robert creusait et, parce qu'une raideur l'empêchait de se pencher, c'était Laurie qui ramassait la clam. Elle l'avait toujours fait, mais ce n'est qu'à l'âge de cinq ans qu'elle a été victime d'un réflexe défensif du mollusque. Elle venait d'en ramasser un et l'avait encore dans les mains lorsqu'il a sorti son siphon, un tube long comme lui, et a expulsé un puissant jet de liquide transparent. « Il fait pipi », a hurlé Laurie et elle s'est mise à pleurer.

— Je veux aller me laver, a-t-elle ordonné.

— Laurie ! Arrête de chialer ! C'est pas du pipi, c'est de l'eau, a atténué Robert.

— Non, je l'ai vu, c'est sorti de sa bizoune, a protesté Laurie, entre deux sanglots profonds.

— C'est quoi ces mots-là, Laurie ?

— Je veux aller me laver.

— L'eau a pas passé à travers ton habit de neige.

— Je veux enlever mon habit de neige !

Les Lelarge mangeaient le plus souvent les clams cuites à la vapeur. Le siphon, musculeux, se rétracte en cuisant. Après la première pêche, France faisait annuellement un chowder avec l'eau de cuisson des clams, leur chair, du lard salé, des oignons, des patates, à peine de céleri et beaucoup de lait.

Après avoir pris deux bains, la petite est descendue à la cuisine. France extrayait la chair des coquilles.

— La clam que j'ai pêchée, c'était un garçon, maman ?

— Oui, Laurie.

— Il avait une bizoune.

— Qu'est-ce que ton père t'a dit au sujet de ce mot-là ! Tu as raison. Il avait un pénis.

— Comment ils font pour avoir des bébés, les clams ? Et ça, là, est-ce que c'est sa vulve ? a tenu à savoir Laurie en pointant une partie charnue du mollusque.

— Non. C'est pas sa vulve. Et je pense qu'ils font comme les humains, le papa clam met son pénis dans la maman clam.

— Et il faut qu'elle ouvre sa coquille ?

— Je sais pas, Laurie, tu pourrais trouver ça dans les livres de grand-papa Rogatien, non ?

« La mer, c'est dégueulasse, les poissons baisent dedans », chante Renaud. En réalité, les femelles clams pondent leurs œufs en juin et les mâles les fertilisent quand ils passent, éjaculant à même le courant. Les œufs deviennent des larves, se sécrètent une coquille et s'attachent au fond des eaux peu profondes. Mais, quand on prend un siphon pour un pénis, on peut s'imaginer n'importe quelle bizarrerie.

Les Pêcheries Lelarge vendaient les clams en gros et en sacs de cinq ou de deux livres.

4

Du point de vue de Gagarine

Ils se connaissaient. Ils se connaissaient en ce sens que leur histoire remontait à plus loin qu'ils ne le laissaient paraître et que ces origines, cette antériorité inavouée dans leurs rapports, définissaient moralement l'autre pour chacun d'eux.

Jeunes, Robert Lelarge et Frédéric Goyette avaient joué tous les deux sur la ligne dans l'équipe de football de leur école secondaire. Lelarge était la poule de la polyvalente des Baies de Baie-Comeau et Goyette était plaqueur défensif pour la polyvalente Manikoutai de Sept-Îles. Ils se faisaient face sur la ligne de mêlée lors de la finale régionale. Ces histoires sont toujours difficiles à raconter sans prendre parti, mais il est établi que l'arbitre a été sommé par les instances de passer un examen de la vue après le match, qu'il s'y est refusé, et qu'on ne l'a plus revu sur les pelouses de la Côte-Nord, ni de nulle part. Myope, l'arbitre n'était pas pour autant sourd, et il avait distribué trois pénalités pour injure à l'adversaire alors qu'aucune faute de la sorte n'avait été signalée de toute la saison. Il faut aussi dire que ces deux-là, Lelarge et Goyette, se connaissaient en ce sens que chacun avait déjà luxé l'épaule de l'autre. Puis il y avait l'état du terrain: quasiment impraticable. Le vent avait soufflé sur la pelouse le sable du bac pour le saut en longueur. Le reste de l'histoire est inaccessible comme le fond d'une plaie ancienne, qu'on ne peut imaginer qu'en se fiant à la cicatrice.

Une fois dans la première demie et une fois dans la seconde, peut-être, Lelarge aurait saisi le masque protecteur de Goyette pour l'immobiliser. L'arbitre n'avait pas donné la pénalité de quinze verges sanctionnant ce geste. La quatrième de ces fois, Lelarge aurait même vigoureusement secoué le masque avant de s'en servir pour projeter son adversaire sur le sol. L'arbitre avait gardé son foulard dans sa poche. Avec neuf secondes à faire, Sept-Îles menait vingt-deux à dix-sept et Baie-Comeau attaquait, loin dans le territoire septilien. Robert Lelarge a pris le ballon. Il fallait un touché. Le quart-arrière, un grand blond futur maire de Baie-Comeau, s'est placé derrière lui. En avant, sur la ligne de mêlée, il y avait Goyette.

—Vas-tu me pogner le *facemask* cette fois-là, Lelarge?

— Ferme ta crisse de gueule, aurait rugi Robert.

—Ta sœur Suzanne m'a montré sa plotte sur la plage l'autre jour. Ça sentait les pétoncles pas frais, aurait roucoulé Goyette, fier de son travail de recherche biographique.

— Red. Quarante-trois. Black. Vingt-deux. F. Ka-boum. Hotte. Hotte. Hotte, a interrompu le quart-arrière.

Lelarge a mis le ballon dans les mains du quart. Puis il a relevé la tête pour bloquer Goyette. Aussitôt, il aurait reçu de celui-ci une poignée de sable direct dans la face. Goyette l'a plaqué avec violence. Un secondeur surnommé Le Chat a profité de l'ouverture pour foncer sur le futur maire et il l'a mis à sac. Sept-Îles a gagné, à ce qu'on sache.

Le chemin de Robert Lelarge était tracé : il irait faire son baccalauréat en administration des affaires à l'Université Laval, rencontrerait une fille de Québec facilement impressionnable et reviendrait travailler pour son père en tant que vice-président de quelque chose aux Pêcheries. Tout aurait pu être oublié et aller se dissoudre dans la masse gluante des humiliations adolescentes.

Frédéric Goyette avait des cheveux laineux bruns clairsemés et de larges épaules. Il devait bien faire six et quatre. Il ne pouvait pas toujours raser sa barbe forte et avait une étrangeté dans le visage qu'il devait à une subtile asymétrie de l'ouverture des paupières. On s'abîmait facilement dans son air. Les tentatives d'interprétation de ses mimiques aboutissaient presque toujours au contresens. Après la finale de football, il était allé étudier la guitare au conservatoire de Rimouski, puis s'était inscrit au programme de guitare jazz de l'UQAM. Son but avoué était de devenir le Django, d'abord, puis le Pat Metheny québécois. Il était passé proche de faire la première partie d'UZEB avec son band et avait gardé de cette époque le souvenir explosif d'une volonté sans bornes. Après ça, plus personne n'aimait le jazz électrique.

Frédéric est parti en Scandinavie avec ses dernières cennes. Il était en sevrage de plusieurs choses. À Tromsø, il a rencontré une fille de Godbout par hasard, et, à dessein, l'immensité. Il n'avait jamais aimé comme ça ni une fille, ni une géographie : avec constance, sourdement, et à une vitesse que son corps assimilait comme une lente enflure. La fille s'appelait Myriam. Elle a fini par s'installer avec lui dans son petit appartement de la rue Joliette, à Montréal.

Pas longtemps après, devant un mauvais film à Télé-Métropole, la même lassitude les écrasait.

— Fred ?

— Quoi ?

Les grands yeux bleus de Myriam se sont tournés vers lui. Il ne s'était pas rendu compte qu'elle pleurait.

— Je manque de fleuve.

Elle parlait du Saint-Laurent, quand il est une mer.

— Oui. Moi aussi, je pense bien. Ça fait longtemps… L'odeur…, a évoqué Goyette.

— … les goélands… Est-ce qu'on se laisse ?

— Non.

Frédéric s'est inscrit en biologie. Après son bac, il s'est fait engager à l'Agence canadienne d'inspection des aliments. Il a acheté une petite maison avec Myriam, à Baie-Comeau, sur la rue Champlain. Ils l'ont meublée tout en Ikea et ils ont installé à l'avant un mât pour faire flotter le drapeau du Québec. Quand le conseil d'administration des Pêcheries Lelarge a décidé d'investir dans un nouveau système d'épuration, Frédéric venait d'être nommé directeur régional de l'inspection et, par le fait même, responsable local du Programme canadien de contrôle de la salubrité des mollusques.

Robert avait plusieurs raisons de détester Frédéric Goyette : il avait l'air d'un pêcheur alors qu'il n'en était pas un, il jouait de la guitare, il était fonctionnaire, il n'était pas comme lui, il lui avait autrefois lancé une poignée de sable dans les yeux, et il pouvait en tout temps interdire la cueillette des mollusques autour de Baie-Trinité, ou faire cesser la production de l'usine.

À ceux qui le traitaient de pousseux de crayon, Frédéric faisait valoir trois arguments : la phycotoxine paralysante, la phycotoxine amnestique et la phycotoxine diarrhéique. En tant que filtres, les coquillages accumulent tout ce que contiennent les eaux peu profondes. Et, non, ce n'est pas toujours du joli. Ces toxines aux noms univoques se retrouvent aussi dans l'hépatopancréas des homards et des crabes, mais il fallait, selon Robert Lelarge, être un con pour manger ça.

Goyette avait quant à lui plusieurs raisons de détester Robert, un héritier aux tendances ploutocratiques qui brassait des affaires comme il jouait au football : en faisant les pires choses quand l'arbitre ne pouvait pas voir. Il trouvait en revanche Saturne et Suzanne assez cool, et ça modérait ses ardeurs.

Frédéric Goyette aimait le tout début du printemps, quand la saison des rapports et des réunions s'arrêtait et que commençait, avec la pêche, le temps des inspections. Il mettait sa vareuse bleue, recommençait à négliger sa barbe, s'embarquait parfois sur le brise-glace des garde-côtes et se déplaçait, le reste du temps, en pick-up officiel. Sa Volvo restait dans le stationnement des bureaux de l'Agence à Baie-Comeau. Son pick-up avait un gyrophare orange dont il ne s'était jamais servi. Il le conduisait à la vitesse des fonctionnaires en se faisant dépasser hasardeusement. Été comme hiver, il y avait à ses côtés un thermos d'expresso.

Les disques du trio d'Esbjörn Svensson jouaient souvent à plein volume lorsque Goyette conduisait sur les lacets et les côtes de la 138. Il la connaissait par cœur, cette route dangereuse qui longeait le fleuve jusqu'à Franquelin avant de s'enfoncer dans les terres et les lacs à Godbout. La musique de Svensson semblait faite de la même matière émotionnelle que la 138. Il y avait parfois des envolées lourdes qui éclataient en mélodies nombreuses juste au moment où il approchait de Baie-Trinité et que tout devenait bleu. Il était persuadé que personne d'autre que lui n'écoutait ça en roulant sur la 138, et c'est ce qu'il aimait de la 138 et de la Côte-Nord aussi : elles se laissaient inventer.

Quand il arrivait à Baie-Trinité, il stationnait son pick-up au début du quai et, même si tout le monde le reconnaissait, il ne parlait à personne qui ne lui parlait et ne souriait à personne qui ne lui souriait. Les filles de Robert venaient à sa rencontre en ricanant quand elles avaient congé. Il savait depuis longtemps qu'elles le trouvaient beau et c'était pour lui un plaisir très coupable de constater chaque année leur épanouissement. Il marchait vers l'usine et, avant qu'il n'y arrive, quelqu'un avait toujours averti Robert, Saturne ou Suzanne de sa présence. Il préférait que ce ne soit pas Robert. C'était presque toujours Robert.

Robert n'avait jamais pu convaincre son père Rogatien de doter l'usine d'un système d'épuration des mollusques. Sa première décision, une fois le cadavre paternel refroidi, avait été d'en faire aménager un par un ingénieur des procédés que Saturne avait rencontré en désintox. Le système allait permettre aux Pêcheries Lelarge de commercialiser le pétoncle d'Islande entier, avec sa coquille et son corail : un produit haut de gamme aux marges de profit énormes. On pourrait aussi multiplier par vingt la production de palourdes, parce que l'épuration donnerait accès aux secteurs désignés « légèrement contaminés » par Goyette, et, pourquoi pas, relancer la mytiliculture. La décision allait de soi pour Robert, qui s'était toujours demandé pourquoi son père s'entêtait à ne pas acheter le maudit système.

Pour faire les plans et l'étude de marché, rassembler les capitaux et laisser le temps à l'ingénieur de faire une rechute, il avait fallu cinq ans. Les bassins, le système de filtration et le recirculateur avaient été installés pendant l'hiver. Les bacs étaient arrivés en mars. Pour épurer les mollusques, il suffit de leur permettre de finir leur vie dans de l'eau de mer propre. Ils excrètent alors toutes les toxines de leur milieu naturel et se remplissent d'eau dont la turbidité, la température, la salinité et la teneur en oxygène sont soumises à une norme fédérale. Il ne manquait plus que Goyette vienne contrôler la norme fédérale et délivrer un permis pour qu'une centaine de cueilleurs puissent approvisionner l'usine en coquillages légèrement contaminés.

Frédéric est entré dans l'usine, guidé par Robert qui lui a fait faire un énième petit tour du proprio. Le nouveau système occupait tout un coin du bâtiment, sur trois étages. Il pouvait traiter vingt tonnes de mollusques par jour, beaucoup moins si c'étaient des pétoncles, puisque les pétoncles, bons nageurs, cherchent à s'échapper et nécessitent de plus gros bacs. Tout était correct.

— Tout est correct. Il va juste falloir attendre trois semaines, le temps que les échantillons soient analysés.

— Excellent, Goyette, a répondu Robert, avec l'éternelle pointe de sarcasme qu'il avait en s'adressant à lui.

Il aimait répéter son nom de famille, car il le trouvait moins beau que le sien.

— En tout cas. Je vous souhaite beaucoup de succès dans votre expansion. C'est pour l'exportation, c'est ça? a osé Goyette.

— Penses-tu que je vais te le dire? l'a rabroué Robert.

— D'accord. Je vais l'apprendre en temps et lieu. Je vais t'appeler pour donner le feu vert quand j'aurai les résultats.

— Parfait, Goyette, je vais attendre ça.

— Juste une petite chose…

Il y a eu un silence, comme à la fin des films de Columbo.

— Je vais te les donner, les permis, a continué l'inspecteur Goyette, mais j'ai vu des cueilleurs en m'en venant, passé la Pointe-à-Poulin. Tu sais que c'est trop contaminé là-bas.

— Rien à voir avec moi, ça doit être du monde de la place. De toute façon, à la Pointe-à-Poulin, c'est fermé à cause de la pollution, pas à cause des toxines.

— Tu m'avais dit quelque chose de la sorte il y a deux ans, avant qu'on trouve les pétoncles pourris…

L'évocation des pétoncles pourris ranimait toujours une colère en Robert. Il la sentait monter de sa poitrine à ses dents.

— Mais là, c'est réglé, tout ça, regarde ma machine, une Cadillac! a-t-il fanfaronné en désignant de la main son gros ziggourat en stainless.

— Juste pour te dire qu'on va surveiller votre production de mollusques bivalves à mesure qu'elle s'accroît, comme c'est notre devoir, hein, a normalisé Frédéric.

— C'est très bien, Goyette. Tu salueras la reine pour moi !

La plupart de leurs rencontres finissaient par cette invitation de la part de Robert à saluer la reine pour lui. Goyette se retournait chaque fois et quittait lentement les installations pour aller sa route de nuisance.

5

Les Marocains

Ça a été un chiard moral et financier de construire la maison troglodytique de Suzanne. Tout le monde savait, dès son retour de vacances en Turquie, qu'elle ne démordrait pas de son projet monumental, même si le roc des flancs de colline était beaucoup moins mou ici que là-bas. Il y a juste eu un contracteur du Bic pour accepter l'ouvrage. Il avait une moustache de désaxé à la Dali et conduisait un pick-up rouge sur les ailes duquel il y avait un blason pompeux, avec un listel qui portait la devise « Il nous faut tout dynamiter ». L'architecte, lui, semblait plus raisonnable. Il a fallu deux ans pour tout construire. Plutôt que de voir Suzanne vendre ses parts à un étranger, Robert a autorisé la compagnie à prendre une hypothèque pour elle, tout en sachant que c'était d'une stupidité sans nom parce que personne ne voudrait acheter une maison troglodytique à Baie-Trinité, sauf éventuellement le gouvernement pour en faire un centre d'interprétation de la roche ou quelque chose du genre. Le budget a explosé à cause de la dynamite.

L'habitation avait deux niveaux. Au premier, il y avait un salon qui se prolongeait en une terrasse avec vue sur la baie. Au deuxième, seize pièces grosses comme des garde-robes étaient consacrées à autant de divinités, esprits et chamans. Tout ça a beaucoup fait sacrer Robert, mais pas devant ses filles.

Saturne entretenait la maison ancestrale de Rogatien selon les normes du ministère de la Culture et rêvait, quand il se saoulait avec un chef de Montréal rencontré en désintox, d'en faire le meilleur restaurant de fruits de mer au monde. Il préférait toutefois vivre dans sa maison du lac Cléophas avec ses chums, une cache de chasse gigantesque qui sentait la bière et la pizza aux fruits de mer. L'imposant appareillage au sous-sol, destiné à la culture hydroponique, produisait au début une odeur envahissante, mais Saturne avait su l'aérer. C'était sa petite usine personnelle, qui pourvoyait à ses besoins et à ceux de ses chums et blondes : ça en prend beaucoup pour faire de l'huile.

Même si les conseils d'administration avec secrétaires et procès-verbaux se tenaient théoriquement dans la salle de conférence de l'usine, les grosses décisions se prenaient autour de la table chez Robert. On pouvait voir le quai de la fenêtre de la salle à manger et ainsi suivre le rythme des débarquements. Robert préférait cependant travailler seul et il s'aménageait déjà un quartier général au troisième. France et lui avaient acheté leur maison quelques jours après leur mariage.

Le curé, qui venait tout juste de leur célébrer ça, avait eu un accident de ski-doo fatal et il avait été remplacé par un prêtre itinérant. Le diocèse leur avait proposé d'acheter le presbytère, sans même le mettre sur le marché, parce qu'ils étaient de jeunes catholiques influents. C'était une maison à trois étages, mal insonorisée, toute de bois, qu'ils avaient pourvue de gicleurs à la naissance des filles en raison de son extrême inflammabilité.

Ce dimanche-là, on avait décidé de faire venir des travailleurs immigrants d'une agence de Montréal pour cueillir les clams et les moules qui allaient alimenter le nouveau système d'épuration. C'était ça ou on réengageait les employés congédiés pour avoir volé la compagnie.

— Au salaire qu'on leur donne, s'est fâché Robert, ils peuvent s'en payer, des bourgots. Je peux pas croire que papa tolérait ça.

— Il devait se dire que ça leur appartenait un peu à eux aussi, a philosophé Saturne. De toute façon, on n'aura pas ce problème-là avec les Marocains : ils en mangent pas de fruits de mer.

— Mononcle Réginald, c'est les Juifs qui mangent pas de fruits de mer. Les Marocains, ils sont musulmans, a soupiré Florence depuis la pièce d'à côté.

Elle avait appris ça à la polyvalente.

— Je pense que la petite a raison, s'est empressée d'accorder Suzanne.

— Florence, mêle-toi de tes oignons, a repris France d'une autre pièce, lointaine.

— S'ils en mangent sans les payer, on les retourne à Montréal. Il y en a en masse d'où ils viennent, a tranché Robert.

Suzanne l'a regardé avec du mou soudain dans la mâchoire inférieure.

— … c'est-à-dire de l'agence, a ajouté Robert en précisant qu'il n'était pas raciste et n'avait jamais voulu laisser entendre autre chose : il avait des amis musulmans.

On a élevé des dortoirs en vitesse. On s'est assuré que tout était juste assez halal. L'autobus est arrivé le premier avril. Une fois équipés en chaudières, en pelles et en caoutchoucs, les cent cinq cueilleurs ont investi la batture légèrement contaminée autour de Baie-Trinité. Les gens du village ont d'abord cru à un canular, mais « les Marocains » (en réalité, il y avait aussi quelques Kabyles d'Algérie) sont restés. Robert a obtenu qu'une journaliste de l'hebdo local vienne faire un papier sur l'extrême volonté d'intégration des ouvriers et ne mentionne pas, comme elle avait l'habitude de le faire quand elle écrivait sur les Pêcheries Lelarge, qu'il s'agissait d'un publireportage. Quand ils croisaient Laurie ou Florence, les Marocains disaient « Bonjour, Mademoiselle », même si Robert leur avait strictement interdit de parler à ses filles.

Robert n'avait jamais aimé les marins : leur odeur, leur patois, leurs sous-entendus indéchiffrables entre les dents d'un sourire énigmatique. La seule chose qu'il ne se sentait pas capable de faire pour la compagnie, et la seule, donc, qu'il ne s'était pas accaparée était de transiger quotidiennement avec eux. Il avait tout laissé ça à Suzanne. Il savait que ça les déconcerterait. Il donnait un prix à Suzanne, et Suzanne finissait par l'obtenir. Les pêcheurs avaient su profiter de la mort de celui qu'ils appelaient « le boss », mais la compagnie n'avait rien perdu. Il suffisait, pour exaucer leurs demandes, d'augmenter les ventes directes à Red Lobster. Bientôt, les pêcheurs se sont mis à se faire concurrence pour le privilège de vendre aux Lelarge : avec eux, ils étaient certains d'écouler leurs stocks à bon prix. Les Fruits de mer Cap-Chat, de l'autre côté du fleuve, ont fait faillite. La petite usine de Gallix aussi. De nouveaux équipages se sont mis à accoster à Baie-Trinité. Ils venaient d'aussi loin que Cloridorme.

Cueillir des clams, ce n'est pas un métier noble comme celui de marin. C'est le lot des retraités aux enfants nécessiteux, des joueurs compulsifs en rémission ; une job d'éclopé ; une activité semi-professionnelle où l'autre moitié est invariablement louche. Ceux qui quêteraient en ville ramassent souvent des coquillages à Baie-Trinité. Jusqu'à la pose du système d'épuration, les Lelarge achetaient les palourdes comme les ferrailleurs leur ferraille. Le point de chute était le quai. Ils remboursaient le prix du permis de cueillette commerciale à qui leur rapportait un trois centième kilo.

L'arrivée des Marocains payés à salaire, logés et nourris pour travailler dans des secteurs inaccessibles aux cueilleurs ordinaires en raison de leur légère contamination, en a fait rager plus d'un. Tout le monde à Baie-Trinité connaissait quelqu'un qui comptait sur la moule ou la clam pour ses fins de mois. Au casse-croûte Chez Cécile, au bar à Ti-Claude et dans l'usine des Pêcheries, on s'est vite passé le mot, mais c'est quand les deux Serge lui ont livré le fond de leur pensée que Suzanne a compris que du trouble pouvait s'ourdir.

Suzanne était au quai lorsque les deux Serge sont arrivés ensemble. Ce n'était pas de bon augure. Le premier, Serge Cabana, manœuvrait son homardier et le second, Serge Berthelot, avait accumulé une cargaison impressionnante de bourgots. Cabana, un mastodonte, faisait peur à Laurie quand elle était petite. On prétendait au village qu'il était le seul homardier à ne pas avoir besoin d'armoires à glace sur son bateau. Laurie le reconnaissait à sa veste carreautée trois x large, à son pas malhabile sur la terre ferme, à sa barbe poivre et sel, et elle allait se cacher avant de voir son visage crevassé par les vents, cause originelle de son effroi. On le surnommait Hercule. L'autre Serge, mince, fumeur invétéré, pêcheur d'invertébrés, devait son surnom à la réponse qu'il donnait quand on lui demandait son nom : le *e* s'approchait du *a*, le *g* s'étouffait et rejoignait presque le *h* aspiré. On adoptera la graphie *Sar'h* pour ce coup de gorge que les gens du fleuve savent donner.

Sar'h et Hercule étaient parmi les quelques pêcheurs que les employés de l'usine connaissaient. La plupart des marins habitaient plus loin sur la côte ou en Gaspésie. Hercule et Sar'h vivaient en plein milieu de Baie-Trinité. Sar'h avait même un frère, Louis Berthelot, qui travaillait aux Pêcheries. Quand les autres pêcheurs accostaient, ils demandaient à Suzanne ou aux débardeurs des nouvelles des deux Serge et exigeaient les mêmes prix qu'eux.

— Hercule ! Sar'h ! C'est rare de vous voir ensemble ! Grosse journée sur la mer aujourd'hui ! Voulez-vous un petit café ? On a une nouvelle machine à cappuccinos. Paraît qu'au pluriel, il faudrait dire *cappuccini*. Bizarre, hein ?

Suzanne s'avançait vers eux. Elle portait toujours des robes amples et, si le temps était frais, une veste de jean délavé sous un débardeur en mouton. Quand elle marchait vite, ses gros seins se balançaient. Elle avait eu plus d'un pêcheur comme ça.

— Laisse faire, la Suzanne ! a dit Sar'h d'un ton sec, entre deux bouffées de Player's.

— On a quelque chose de sérieux à te dire, a averti Hercule.

Sa voix semblait venir d'un endroit en lui vaste et réverbérant comme une cathédrale.

Sous le regard de Suzanne, les deux Serge ont donné un coup de main aux débardeurs. Avant même de s'asseoir à la table à pique-nique qu'elle avait tirée près du quai, ils ont exigé le paiement immédiat de leur compte. Suzanne, même si elle se doutait de quelque chose, a été surprise par l'hostilité du ton. Elle est rentrée imprimer les deux chèques : quinze mille dollars pour Hercule, deux mille pour Sar'h. Elle s'est allumé une Du Maurier; Sar'h, une Player's avec le mégot de l'autre; Hercule, rien. Assis, ils lui ont parlé de Lawrence Roy, un gars de Rivière-Pentecôte. Suzanne a avoué ne le connaître que de nom. Il avait l'habitude de vendre des clams aux Lelarge, pas beaucoup, mais ça lui permettait d'aller aux danseuses. Lawrence, donc, venait de se pendre avec l'anse métallique de sa chaudière à clams dans la remise chez son frère – la Côte-Nord est un coin de pays où l'on se suicide beaucoup. Ça avait tellement bien marché que quand sa femme l'a trouvé dans une mare de sang, sa tête chauve avait roulé à dix pieds de son corps. Suzanne s'est mise à pleurer à grands sanglots incontrôlables. Sar'h a invité du regard Hercule, qui narrait, à ralentir. Mais Hercule a plutôt déployé la pleine force de sa voix pour faire un point d'orgue, et pour s'assurer que le message passerait :

— Quand le boss est mort, on pensait bien que Robert crisserait la marde. Mais, avec toi, ça a de l'allure à date. Sauf que si vous nous traitez comme de la marchandise, comme vous faites avec vos hosties de Marocains, ça se peut que la pêche devienne moins bonne tout d'un coup.

Sar'h a mis la main sur l'épaule de Suzanne en partant parce qu'elle pleurait, Hercule lui a reproché le geste jusqu'au quai. Le soleil se couchait sur les terres et rosissait le ciel du fleuve. Bientôt, bleu cobalt, l'eau allait se fondre dans la nuit. Suzanne est retournée dans sa grotte raconter tout ça à Ganesh et à l'esprit éternel de Rogatien.

deuxième intermède

LE CRABE

Quand on a douze ans, il y a des mots qu'on sait vulgaires. Ils se rattachent le plus souvent à quelque trop concrète fonction du corps qui nous est encore inconnue. Ces mots sont abstraitement – donc absolument – vulgaires. Ils n'ont pas de définition, juste de la bassesse. Il arrivera qu'un de ces mots glisse à table à l'heure du souper et fasse froncer plusieurs sourcils. C'est l'innocence qui s'en va. Chaque nouveau mot appris contient la promesse de ces grincements de dents. Le vocabulaire devient suspect. Même s'il empêche de hasarder *verge* ou *sodomie* dans la conversation, le dictionnaire ne peut pas tout faire.

On découvre de cette façon que tous les mots cachent, dans la panse d'un *a* ou le jambage d'un *p*, leur potentiel érotique et que certains nombres en font autant dans leurs courbes. Cela sert pour toute la vie ensuite. Laurie a fait cette découverte un peu grâce au crabe, crustacé qu'on nomme sans appétit *araignée de mer* outre-Atlantique. Les Pêcheries Lelarge en emboîtaient deux espèces.

Le crabe commun, souvent appelé *crabe de roche* parce que les Américains l'appellent comme ça, a quelque chose du panzer. Il est petit, râblé, extrêmement fort. Il n'hésite pas, pris au piège, à s'amputer de l'une de ses six pattes courtes pour se déprendre. Ses pinces sont ramassées sur sa grosse carapace ovale. Dans la nature, comme certains vacanciers, il s'enterre jusqu'aux yeux dans le sable. Il ne sort de cette cachette que pour aller se pincer un peu d'oiseau mort ou pour servir de nourriture à un oiseau vivant qui le fracassera en le larguant sur un rocher : c'est un être cassable. Le pêcher n'exige aucun effort supplémentaire, car il envahit les cages à homard. Il est l'équivalent de la mauvaise herbe chez les arthropodes. Personne n'aurait eu l'idée d'en manger, mais des restaurateurs de Boston, d'abord, puis de Montréal, en ont réclamé à Robert en 1999. Ils lui ont dit qu'avec son goût un peu terreux, il leur rappelait le crabe qu'ils avaient mangé au Vietnam ou en Galice. Au début, Robert leur faisait de très bons prix, mais la demande a vite augmenté. Et comme les pêcheurs ont toujours considéré le crabe commun comme une espèce nuisible, les marges de profit étaient énormes.

L'autre crabe – et c'est à lui que les Lelarge font référence quand ils disent *du* crabe –, tout en pattes et en pinces, a des airs de top-modèle international. Justement, on le retrouve tout autour du monde, là où c'est subarctique, jusque dans la mer du Japon. C'est le crabe des neiges. Il est plus facile à pêcher au printemps, quand il vient se reproduire dans les eaux moins profondes et qu'il devient accessible aux bateaux côtiers. On l'appâte aisément avec du maquereau, mais la loi complique sa prise : il est interdit de pêcher ses femelles. Il faut trier les crabes à la main, main soumise aux pinces des mâles, dont les spécimens peuvent faire jusqu'à quatre-vingt-dix centimètres d'envergure. À ces dimensions-là, on dit « monsieur le Spécimen ». La croissance des crabes se fait de mue en mue, et c'est à l'issue de l'une d'elles que la femelle atteint la maturité sexuelle. Quand il sent que ça s'en vient, monsieur le Spécimen grimpe sur elle et l'aide avec insistance à sortir de sa carapace juvénile pour éjaculer sur ses œufs rendus accessibles.

La chair du crabe des neiges est douce, iodée, sucrée, longue et hors de prix. Les chefs des villes en font des délices, mais personne ne serait arrivé à convaincre les Lelarge qu'il y a une meilleure façon de manger du crabe qu'en club-sandwich. Il suffit de remplacer le poulet par du crabe, de beurrer les toasts avec du beurre à l'ail et de ne pas faire l'erreur d'omettre le bacon. Dans le contexte plus informel des partys de fruits de mer, ils le mangeaient nature en s'aidant d'un canif. Rogatien mettait du sel pour ses vieilles papilles.

Dans la nature, c'est le crabe des neiges qui mange le crabe commun, jamais le contraire – à moins que le crabe des neiges ne soit déjà mort. Un autre avantage que détient celui-ci est d'échapper au genre *Cancer*. Il fait plutôt partie du genre *Chionoecetes*, ce qui veut dire « habitant de la neige » en grec. Au complet, c'est *Chionoecetes opilio* : berger des habitants de la neige. Il y a moins poétique comme nom scientifique.

Un jour, Florence et Laurie ont lu que crabe se disait *cancer* en latin. Ce n'était pas rien ! ont-elles pensé. C'est ce crabe qui avait emporté leur grand-père. Elles ont compris pourquoi, dans l'horoscope de Laurie, jusque-là en proie à une culpabilité déplacée à cause de son grand-père mort et de son signe astrologique, le crabe le représentait souvent.

Il aurait peut-être été préférable qu'elles évitent de pousser leurs recherches jusqu'à la limite, comme d'habitude, mais elles ont aussi découvert qu'un des symboles utilisés pour représenter le signe zodiacal du Cancer ressemblait au nombre soixante-neuf. Le raisonnement, bien conçu jusque-là, a ici dérapé : la constellation du Cancer, qui rassemblait la bonne étoile de Laurie et celle où Rogatien devait avoir élu domicile au ciel, avait assurément la forme d'un soixante-neuf.

Cet été-là, Florence avait douze ans et Laurie en avait huit. Elles se sont éloignées du feu de camp un soir pour aller s'étendre sur la plage plus loin. Après une demi-heure, Robert s'est impatienté.

— Les filles ! Qu'est-ce que vous faites, couchées dans le sable de même ? Vous allez pogner la grippe.

— Non, non, a répondu Laurie, méditative.

— On regarde les étoiles, a expliqué Florence, les yeux brillants.

— On cherche le gros soixante-neuf dans le ciel, s'est passionné la petite.

Robert avait bu toute une bouteille d'Opus One. Il a mis un peu de temps à réagir. Son accès de sévérité en a été d'autant plus menaçant.

— Qui vous a parlé de ça ?

— L'internet, a eu le malheur de répondre Laurie, malgré les coups de coude de Florence.

Deux petites filles en ont été quittes, le lendemain, pour une conversation pleine de faux-fuyants. L'ordinateur a été déplacé dans un endroit plus visible du presbytère.

6

Les années épipène

Il a fallu planifier un petit voyage à Québec pour faire diagnostiquer Laurie. La situation des Lelarge exigeait l'élaboration de tests spécifiques, faits à partir d'échantillons frais. France a donc apporté tout ce dont le docteur avait besoin : clams, crabe, crevettes, oursins, moules, homard, mactres de Stimpson, bourgots, couteaux, pétoncles. On en aurait le cœur net et pour tout un lunch. France a promis à Laurie de lui faire visiter l'usine, comme elle le réclamait depuis que Robert était devenu pédégé, si les résultats étaient négatifs. Florence a voulu les accompagner, mais c'était surtout pour faire des tours de montagnes russes aux Galeries de la Capitale.

Le docteur a piqué Laurie avec les échantillons pulvérisés et plusieurs fois dissous. Cinq piqûres au bras droit, cinq au bras gauche. Il a dit que ça boursouflerait. En cas de boursouflure généralisée, il tenait à ce que ça se fasse aux soins intensifs. Les murs étaient blancs et, dans la grande pièce lumineuse où tout bipait, Laurie pouvait voir mourir des enfants de son âge. Les bras de Laurie n'ont que très peu boursouflé, à la surprise de tout le monde. Légère allergie aux crevettes, a statué l'immuno-allergologue pédiatrique après six heures. Laurie risquait, si elle en mangeait, d'avoir un peu d'urticaire. À moins d'en ingurgiter un gros sac, elle n'en mourrait pas. Elle pouvait bien regarder, sentir, toucher ou pêcher ce qu'elle voulait.

En revenant de Québec, la tête tournée vers le fleuve alors qu'il retrouvait à Cap-à-l'Aigle un début d'immensité, Laurie a eu des respirations profondes qui la délivraient. Elle a dit à France qu'elle ne voulait même pas passer par la maison en revenant à Baie-Trinité, qu'elle voulait aller direct à l'usine.

— Il va falloir continuer de faire attention, Laurie, a sèchement répondu France.

Laurie savait que ça voulait dire non. Et elle a immédiatement su tout ce qu'impliquait ce non. On renouvellerait les épipènes de la maison, ceux de la voiture, ceux de l'école, ceux du bateau. À la pêche aux moules, elle n'irait plus. On lui interdirait pour toujours de jouer avec les crabes. On ne la libérerait pas de la petite trousse à chaînette qu'elle devait toujours porter ; tout au plus lui proposerait-on de remplacer son modèle orné d'oursons par un modèle de grande fille.

Après Cap-à-l'Aigle, la 138 se sépare du fleuve par un virage doux. C'est là que Laurie s'est mise à pleurer en silence. France n'a rien dit. Florence, à côté de Laurie sur la banquette arrière de la Porsche Cayenne, attendait en regardant sa sœur pleurer que sa mère fasse quelque chose. Laurie était gênée de pleurer. Elle collait sa face le plus possible contre la vitre, mais elle ne pouvait s'empêcher d'alourdir le silence de sanglots et de reniflements. À la hauteur de Port-au-Persil, Florence a atteint du bout des doigts la cuisse de Laurie. Dans le rétroviseur, elles voyaient les yeux inquiets et secs de France derrière ses montures rouges.

L'enfance de Laurie – sa clairvoyance en revenant de Québec était peut-être d'une profondeur si terrible que c'est de saisir cela tout d'un coup qui la faisait tant pleurer – se composerait de ces moments. France a recommencé à cuisiner des fruits de mer pour la famille. Elle concoctait pour Laurie des substituts insolites, de la vraie gibelotte souvent. Par exemple, quand Robert, France et Florence se délectaient de pétoncles enrobés de bacon, Laurie se délectait de bacon en trouvant des façons de se débarrasser de la rondelle de patate bouillie qu'il entourait. Elle vérifiait souvent auprès de Florence l'acuité de sa mémoire :

— Le docteur, à Québec, il a dit que j'étais juste allergique aux crevettes, pas aux autres fruits de mer. Pas vrai ? l'excédait-elle.

— Oui, Laurie. C'est ce qu'il a dit.

— Alors, pourquoi il faut mettre ma vaisselle dans mon armoire ?

France avait fait graver en lettres élégantes le nom de Laurie dans la porte d'une armoire. Quand les deux filles rangeaient la vaisselle, c'est là qu'elles devaient placer toute celle estampée d'un L.

— Je sais pas, Laurie. Demande à maman.

— Chaque fois que je lui demande, elle me dit qu'il faut continuer de faire attention.

Quand il rencontrait les hauts placés de Provigo ou de Métro, Robert ne repartait pas sans leur avoir demandé où leurs filles iraient au secondaire. Il avait même contacté des cousins à Québec et à Montréal dont il savait qu'ils pourraient héberger les petites. Mais France a dit non. Elle refusait que Laurie parte : une fille à papa, c'était certain, finirait par lui faire avaler du sushi de force. Elle ne voulait pas non plus que Florence parte : il aurait été injuste de lui donner rien qu'à elle une meilleure éducation. De toute façon, elles pourraient se faire admettre à l'université en jouant la carte des filles de région ; on étirerait l'histoire pour en faire des filles de pêcheurs. Tout le monde aime les histoires de pêcheurs.

Un matin, Florence est partie en autobus jaune orange pour la polyvalente des Baies, à Baie-Comeau, et elle est revenue le soir avec des seins. Laurie commençait le même jour sa quatrième année. Sans sa sœur, elle se sentait plus allergique. Elle éternuait beaucoup. Pour tout le monde à l'école, même pour Mme Noëlla, c'était assez évident que la petite perdait de sa vitalité. Il y avait quelque chose de brûlé dans le roux de ses cheveux et ses yeux regardaient souvent par terre.

France, elle, n'avait rien remarqué.

Laurie s'était créé un mythe. Un mythe juste à elle. Un secret qui deviendrait si grand que toute allergie s'y dissoudrait. Si elle était allergique aux fruits de mer, c'était simplement qu'elle était un fruit de mer elle aussi et qu'il fallait éviter le cannibalisme. Entre ses jambes et dans sa bouche, c'était gluant et mou comme dans une coque. De loin, on ne voyait de ses yeux pâles que le rond noir de la pupille et ses sourcils roux. Elle avait des yeux de homard. Pour la coquille, elle n'était pas certaine. Elle avait l'impression de la sentir sous sa peau quand elle voulait toucher ses seins. Elle était, oui, la princesse héritière du peuple des fruits de mer. Si d'aventure elle subissait un autre choc anaphylactique, elle ne mourrait pas. Elle serait ranimée par un prince charmant : son épipène.

Elle s'est mise à collectionner les coquillages par nécessité, au cas où elle en aurait besoin. Elle préférait la coquille en colimaçon du bourgot. Comme maison, elle trouvait ça très chic. Elle cachait sa collection dans la boîte d'un vieux jeu de Mille bornes en anglais dont on ne se servait plus. La boîte restait dans les étagères d'érable de l'immense salle de jeu au deuxième étage, entre des centaines d'autres boîtes. Le jeu, elle l'a jeté à l'eau. Quelqu'un a trouvé l'As du volant aux Îles-de-la-Madeleine.

Au troisième étage, Robert avait fini d'installer son bureau personnel. Il avait fait entrer l'internet haute vitesse à Baie-Trinité avant qu'il n'entre à Baie-Comeau et ça avait créé autour de lui une aura passagère de bienfaiteur. On lui avait pardonné l'arrivée des Marocains. Sur le clavier d'ordinateur de Robert, le pavé numérique était beaucoup plus usé que les lettres et quand il parlait au téléphone, fort et en anglais, il disait aussi surtout des chiffres. Le bruit du commerce se répandait dans toute la maison.

France s'occupait comme elle le pouvait en inspectant l'école (en tant que directrice) ou l'usine (en tant que femme du boss), en se faisant des soucis, en planifiant sur internet des voyages d'amoureux qu'elle ne ferait jamais. Elle trouvait ça bien que Robert travaille de la maison : ça permettait à son mari de s'arrêter de temps en temps et de descendre au rez-de-chaussée pour inculquer aux siens une valeur ou deux. Robert avait de la paternité une approche axée sur les résultats, et la soirée de cinéma en famille du dimanche était une occasion de paternité à fort potentiel de rendement (OPFPR, abrégeait-il dans sa tête). Le film fini, Robert en faisait une exégèse morale. Personne n'avait prévu que la soirée de cinéma télévisé subirait en quelques années une dérive vers le *softcore*. En se rendant compte qu'une scène de baiser ne pouvait plus mener qu'à l'irruption d'un sein, Robert a décidé qu'on louerait désormais les dévédés de la section « pour toute la famille » du club vidéo.

— Mais on en a, des seins, soulevait Florence, en vain.

Le premier film pour la famille a été *L'Été de mes onze ans*. Quand Robert a compris que le petit gars était en train de mourir d'une réaction allergique, il a éteint le téléviseur en vitesse, mais le mal était fait. Sur le sofa, Florence était blanche ; Laurie, exsangue ; France, inconsciente. Le lendemain, il n'y avait plus de téléviseur. Le dimanche soir allait devenir une soirée de jeux de société.

Puis Laurie a eu l'été de ses onze ans à elle, qu'elle a passé à lire John Grisham sur la plage en imaginant sa future carrière d'avocate pendant que Florence disparaissait. Laurie commençait déjà à trouver l'eau du fleuve trop froide pour la baignade. De temps en temps, elle sculptait quelque chose dans le sable : la tour Eiffel, le Taj Mahal. France la surveillait avec des jumelles. La lecture nourrissait son imagination et son imagination nourrissait la lecture. Elle ne se sentait pas seule.

L'été suivant, celui de ses douze ans, a été celui de John Irving. Les jours ensoleillés, les seules choses qui pouvaient interrompre sa lecture étaient la tombée du soir ou l'arrivée terrifiante d'Hercule, le pêcheur. De temps en temps, elle levait les yeux vers le fleuve, prenait des jumelles pour regarder les Marocains s'affairer dans le secteur légèrement contaminé. Elle se retournait vers la maison pour faire la rencontre mutuellement binoculaire de France. Quand elle ne la voyait pas, quelque chose se passait dans sa tête et, certaine d'être seule, elle se masturbait discrètement sans interrompre sa lecture. Sa seule envie était de devenir un personnage d'une histoire comme celles-là.

En septembre, elle a commencé à prendre l'autobus pour la polyvalente des Baies avec Florence, qui ne s'en réjouissait pas. C'était un trajet d'une heure et quart au bout duquel, jeune fille très rousse de la côte, rivée à ses épipènes, sujette à de tels rougissements qu'ils frôlaient le bleuissement, elle devenait comme un homard sans carapace. Mais elle aimait ce long chemin, surtout au début de l'automne et à la fin du printemps : l'enfilade des baies, le scintillement du soleil sur le Saint-Laurent immense quand elle levait les yeux de son livre.

Comme France et Robert aimaient la voir lire, mais ne connaissaient rien à la littérature, elle lisait ce qu'elle voulait. À treize ans, même si ça la passionnait, elle était peut-être un peu jeune pour Houellebecq. Il y avait des arrêts à Pointe-des-Monts, Godbout, deux à Franquelin, un à Pointe Mistassini, un à Saint-Pancrace, puis un dernier au lac Potvin. Certaines années – c'était la DPJ qui décidait –, il y avait aussi un arrêt au bout du chemin du lac Ma Tante où vivait une famille de reclus. Les quatre enfants s'y rendaient sur un seul ski-doo l'hiver. Au total, ils étaient une vingtaine dans l'autobus. Il y avait une banquette pour chacun et Laurie s'assoyait du côté où elle pouvait voir le fleuve.

L’hiver, il faisait noir le matin comme le soir dans l’autobus. Laurie ne pouvait ni lire, ni se perdre dans le paysage. Un gars du professionnel s’assoyait à côté de Florence malgré tous les bancs libres. Il avait une casquette des Yankees sur la tête et 50 Cent jouait dans les gros écouteurs qui lui servaient de cache-oreilles. Il ouvrait son cartable et Florence se couchait sur ses genoux dans l’obscurité. Florence se rasseyait trente secondes à deux minutes après, déboutonnait son manteau et baissait ses collants dans le noir. Laurie voyait les contours et entendait les clapotis. Quand le gars descendait à Godbout, Laurie se retournait pour dévisager Florence. Florence lui faisait un air ombrageux dans la lumière rouge clignotante du panneau d’arrêt de l’autobus. Laurie revenait désoleillée au presbytère pour manger son assiette de ragoût ou de pâté au saumon, puis retourner lire en faisant semblant d’étudier.

La soirée de jeux de société était devenue, comme la messe de Noël, une tradition maintenue à contrecœur. C’est France qui y tenait le plus. Laurie était en secondaire 2 quand, un bon soir, Robert s’est mis dans la tête de ressortir le jeu de Mille bornes. Il taquinait tout le monde en disant que ce ne pouvait qu’être lui, l’As du volant (Florence, qui réclamait une voiture, la trouvait moins drôle). Il y a eu une pluie de coquillages quand il a ouvert la boîte. « Laurie ! » s’est aussitôt fâchée France. Robert s’intéressait plutôt à un élément de la collection, une coquille de pétoncle d’Islande à la couleur inhabituelle : une espèce de rose corail, fondu vers le violine, constellé de points presque microscopiques qui donnaient une puissante sensation d'étrangeté quand on s'y attardait. Quand il l'avait trouvée dans l'usine, Frédéric Goyette avait fait faire des analyses aux laboratoires fédéraux de Halifax et avait passé proche de tout fermer pour une semaine. Ça devait bien faire cinq ans.

— Qu'est-ce que tu fais avec ça, Laurie ? s'est énervé Robert en brandissant la coquille.

— Ça fait longtemps, papa. Je me rappelle plus.

Laurie mentait. Elle passait des soirées entières à regarder ce coquillage depuis qu'elle avait neuf ans, à tenter de déchiffrer sa teinte anormale et, surtout, sa tacheture, qui ne livrait qu'un présage. C'est Goyette qui le lui avait donné. Il l'avait croisée sur la plage un jour où elle organisait sa collection : là les pectinidés, là les gastéropodes, au centre les hétérodontes. Les analyses n'avaient rien montré de particulier à Halifax. Sans qu'elle sache pourquoi, magnétisée, Laurie tenait dans sa main de petite fille le coquillage de Goyette, le faisait pivoter, le considérait sous tous les angles, à plat ventre sur son lit, des heures, trop longtemps, à s'en sentir coupable. Ça lui donnait un petit buzz. La coquille de ce pétoncle d'Islande ouvrait en elle un espace potentiel qu'elle sentait gonfler, et peu à peu prendre toute la place. En la regardant, sans se sentir devenir autre chose qu'elle, elle pressentait une autre façon, subjuguante, d'être elle. Cet attrait ressemblait à celui de la pornographie, c'est pourquoi seuls les livres d'adultes savaient l'en désintéresser.

— C'est Goyette qui te l'a donné! l'a accusée Robert.

— Oui, c'est lui. Il m'a dit qu'il me le donnerait si je lui montrais ma chatte.

Robert a dû s'asseoir. France a eu le souffle coupé. Florence a ricané. Il faudrait attendre le surlendemain pour que la petite avoue en babounant avoir menti au sujet de Goyette et de sa proposition délictueuse. C'était mieux comme ça pour Laurie: elle ne voulait surtout pas parler du sentiment trop fort qu'entretenait ce coquillage en elle et qu'elle ne comprenait toujours pas. C'était surtout mieux comme ça pour Goyette: Robert avait déjà engagé quelqu'un pour le tuer en le faisant au préalable souffrir beaucoup.

7

Robert au pays et levant du Saturne soleil

Sur le gros nerf et le moins souvent possible, Robert Lelarge se rendait à Montréal. Il devenait suspicieux quand il marchait sur la Sainte-Catherine et il tâtait ses poches pour vérifier si son portefeuille s'y trouvait. En voiture, c'était pire : il s'était fait voler les enjoliveurs de sa Corvette dans le stationnement souterrain de la Place Dupuis quand il était étudiant et, depuis, les coups de klaxon l'excitaient. Il coupait et se faisait couper en grognant comme un animal. Il tournait la molette de la radio pour syntoniser quelque chose de calmant. À Baie-Trinité, ça se faisait rapidement, mais il pognait beaucoup trop de postes sur la bande FM surpeuplée. Il sentait dans toute sa peau la tôle au bord du froissement. Bang ! Ça allait arriver d'une seconde à l'autre. Il allait devoir se ranger sur l'accotement inexistant du tunnel Ville-Marie pour remplir un constat amiable avec un sikh ou un parvenu, ou encore s'expliquer avec un type en veste de cuir qui lui semblerait sympathique, gagnerait sa confiance et sortirait une machette.

Il réussissait à se garer: dans un lac de sloche ou sur de l'asphalte surchauffé dont l'odeur l'étourdissait. Il sortait de la Porsche Cayenne, activait le système d'alarme et allait de ce point A au point B, les veines de la face sorties, prêt à jouer du coude ou, s'il le fallait, de toute autre articulation.

Il s'organisait pour rencontrer les gros bonnets à Québec, où il n'y a pas de mauvaises surprises. Boston, ça passait encore quand il fallait rencontrer des Américains, mais, New York, il n'avait jamais voulu mettre les pieds là.

Dans le taxi qui le conduisait de l'aéroport de Narita au Park Hyatt de Shinjuku, Robert croyait dormir, mais ses yeux restaient ouverts. Saturne, à ses côtés, ronflait pour de vrai. Devant l'hôtel, le chauffeur a dû leur répéter en crescendo « *wake, Wake, WAke, WAKe, WAKE* ». Réginald a fini par grommeler quelque chose. Il s'est retourné vers son frère. Les yeux blancs et le filet de bave de Robert lui ont donné une chienne fugace. Même s'il savait que ce n'était qu'une forme stuporeuse de choc culturel, ça lui faisait trop penser à l'ultime expression de regrettés amis au moment de leur overdose.

Il s'est ressaisi. Le chauffeur osait, d'une main polie, demander d'être payé et se préparait de l'autre main à prendre le pouls de Robert. Saturne lui a donné ses vingt mille yens et a pris son frère par les aisselles pour le traîner dans l'hôtel. Robert a réussi à marcher de l'ascenseur à sa chambre, à petits pas, en grelottant, tandis que Saturne l'encourageait de plusieurs « *Come on* ». Pris d'un accès épileptique de mal du pays, Robert voyait tout blanc.

Tout ça, pourtant, ne devait pas se produire ou, du moins, pas comme ça. Robert négociait depuis quelques mois avec des Japonais, bien assis dans son presbytère. Rien de gros. Du positionnement. Juste pour pouvoir écouler le stock à bon prix si Red Lobster revoyait ses commandes et pour pénétrer le marché du très haut de gamme surgelé. Tranquille, il préparait un petit contrat de mactres de Stimpson et de crabes des neiges en conserve. Il essayait de faire passer aussi quelques tonnes de pétoncles. Puis, juste avant le début de la pêche, il y avait eu une marée radioactive au Japon. Des rumeurs voulaient qu'on ait pêché près de Mito des huîtres luminophores au nombre de quatre par coquille. Comme tous les humains qui allument la télé de temps en temps, Robert regardait les images de la centrale, relayées par la NHK, et flanquées de caractères incompréhensibles, de chiffres et de points d'exclamation en surimpression. Un grossiste tokyoïte avait appelé en pleine nuit pour offrir soixante millions de dollars pour la compagnie. Un épanchement de peur se colmate moins facilement qu'une fuite d'isotopes : Robert pressentait que l'impact sur le marché japonais du fruit de mer durerait longtemps. Presque assez longtemps pour vider le golfe du Saint-Laurent. S'il trouvait deux ou trois gros clients au Japon, la compagnie vaudrait rapidement dans les deux cents millions. Ichiro Utsumi, le président du Conglomérat des teintes, couleurs, pigments, mollusques et crustacés d'Isumi, était prêt à acheter des kilotonnes de fruits de mer, surgelés ou en conserve, dès la première année. Il exigeait cependant que Robert se rende à Tokyo pour discuter face à face.

Jusqu'à ce que Laurie mentionne qu'il était blême depuis quelques jours, Robert n'avait rien dit à personne. Il avait fini par cracher le morceau à son frère et à sa sœur ; c'était une question de diligence commerciale pour lui. Saturne a d'abord proposé d'aller à Tokyo à sa place, parce qu'il avait toujours rêvé de voir le Japon.

— Vas-y, au Japon, si tu rêves d'y aller. T'es multimillionnaire. Malheureusement pour toi et pour moi, c'est moi qu'ils veulent voir.

— Wo là ! Je suis multimillionnaire sur papier. Sur papier, a ambigument spécifié Saturne.

— Tu pourrais toujours y aller en te faisant passer pour moi.

— Oh yeah !

Avant que Saturne ne se coupe les cheveux, Robert a demandé à sa femme et à sa sœur de lui faire répéter le rôle. Dans la cuisine du presbytère, Laurie assistait aux saynètes en soupirant. Ça ne marcherait pas. Suzanne disait que les deux frères bougeaient trop différemment – Saturne avec plus de mou – et que ça se répercutait dans l'aura. France pensait que leur anglais était trop dissemblable, celui de Saturne beaucoup trop mâtiné de termes de la rue.

— O.k. ! O.k. ! On va y aller ensemble, a finalement accepté Robert, mais, je t'en supplie, coupe-toi les cheveux quand même.

— T'es pas vraiment en position pour négocier. Tu y vas avec moi et mes cheveux, ou tu y vas tout seul. Je peux mettre une cravate, c'est tout.

Saturne ricanait fort en laissant sa tête hocher toute seule. Ses frisottis grichoux dévoilaient une racine de plus en plus grise.

— Pourquoi tu y vas pas avec papa, maman ? a demandé Laurie.

Florence venait de déménager à Montréal pour le cégep, et c'était pour Laurie le dernier espoir de s'éviter des semaines seule avec France.

— Qu'est-ce que je vais faire, toute seule au Japon, pendant que ton père négocie ? Puis, t'es même pas capable de te faire cuire un œuf, a répliqué France, vite et sec.

Laurie – pauvre elle – est restée pognée avec sa mère.

À l'hôtel, le lendemain de leur arrivée, Saturne est allé réveiller Robert en lui mettant des glaçons dans les shorts, comme à la pêche, quand ils étaient jeunes. Robert justifiait son hébétude par la crisse de surpopulation et le décalage horaire brutal. Saturne avait deviné qu'elle était surtout faite d'Orient. Sur lui, le décalage avait un effet paradoxal et, apparemment, il s'était déjà trouvé du carburant.

— Déjà poudré ? lui a demandé Robert, les paupières ouvertes de deux millimètres.

— Non. J'ai pris dix cafés.

La clarté du jour et le costume de Saturne (pantalon étroit, veste courte, cravate mince, tout en noir et blanc) ont surpris Robert et lui ont donné un peu d'énergie. Il s'est quand même empressé de poser une condition.

— Je veux pas prendre le métro. Je préférerais être dans une canne de bourgots.

— Pas besoin, c'est juste là.

Saturne pointait du doigt l'immeuble qui se dressait comme un monolithe de l'autre côté de la fenêtre. Même l'arrondissement extrêmement vertical de Shinjuku paraissait insignifiant à côté.

Robert s'est aussi mis en noir et blanc. Ensemble, ils avaient quelque chose de Jules et Vincent dans *Pulp Fiction*, mais l'aîné avec des airs plus bureaucratiques que John Travolta. Ils ont pris des passages souterrains mal ventilés où Robert a frôlé l'hyperventilation. La tour s'appelait la Tokyo Opera City Tower, et l'opéra de Tokyo se trouvait effectivement quelque part là-dedans. Le siège social du Conglomérat des teintes, couleurs, pigments, mollusques et crustacés d'Isumi occupait une partie du quarante-cinquième étage.

Une jeune femme a accueilli les frères Lelarge d'une poignée de main et d'une inclination du torse ramassées en un seul geste qu'ils se sont efforcés de reproduire sans coup de boule. La jeune femme est passée de l'autre côté d'un comptoir en bois fait d'un bloc, pour les guider jusqu'à la salle de conférences. Les murs étaient de béton nu. Au-dessus du comptoir, un autre bloc du même bois fixé au béton portait en lettres gravées le nom anglais de la compagnie, un troisième portait une inscription qui devait dire la même chose en japonais, un dernier portait un logo : assemblage stylisé d'un bateau, de vagues et de rayons, dont l'ensemble suggérait un crabe. Des pans de mur de diverses hauteurs en verre dépoli multicolore séparaient les aires de travail. Des analystes s'affairaient derrière des écrans. Les hommes portaient une chemise blanche boutonnée jusqu'au cou ; les femmes, une blouse bleue assortie d'un jabot de dentelle blanche ou de colliers discrets. Robert trouvait pesant le silence qui régnait. Il devinait de la peur sur le visage des employés, ou une célérité qu'il ne connaissait pas.

M. Utsumi s'est levé pour les accueillir dans la salle de conférences. Il avait une chevelure blanche bien peignée, et un petit bouc. Il parlait doucement un anglais saccadé. Deux hommes et une femme, tous trois quadragénaires, l'accompagnaient. Au fond de la pièce, il y avait une grande fenêtre. Le temps allait en s'éclaircissant depuis l'aube et le mont Fuji perçait la brume à l'horizon. M. Utsumi en a beaucoup parlé, puis Robert et Réginald lui ont offert des conserves de crabe et du sirop d'érable ambré de catégorie un. Il leur a demandé de parler de Rogatien.

— *At the beginning, it was all about shrimp*, a débuté Saturne.

Saturne avait un talent pour improviser des légendes. On l'écoutait d'un air béat : les Japonais, par envoûtement, et Robert, parce qu'il continuait de voir tout blanc.

Non, Robert ne japonisait pas facilement. De jour en jour, il développait une obsession pour le Conglomérat des teintes, couleurs, pigments, mollusques et crustacés d'Isumi. Un tel modèle d'affaires lui semblait improbable ; il flairait l'arnaque.

Les trois premiers jours, il n'a rien ingurgité sauf un peu de thé vert herbeux. Dans le but à peine dissimulé de le saouler au saké, Saturne l'a forcé à s'attabler dans une taverne. Robert a pris une escalope de porc panée ; Saturne, de la pieuvre pochée sur beaucoup de riz, en expliquant que l'Asie regorgeait de ces entreprises tentaculaires.

— Ici, quand tu fais de la business, tu fais de la business. Ton secteur, c'est la business, pérorait Réginald. Regarde Yamaha : ils font des ski-doos, des cinémas maison, puis des violons, hostie. Hyundai... Hyundai, ciboire, en Corée, ils peuvent te vendre un char, une grue, une police d'assurance-vie ou un gun. Puis Hitachi... Hitachi, tabarnac ! Ils font des télés, des chars d'assaut, puis le meilleur vibrateur au monde à ce qu'il paraît !

Robert cognait des clous. Il a soupiré longuement.

— Tu t'es informé, a-t-il bâillé.
— C'est Nanami qui me l'a dit.

Nanami était la vice-présidente à l'approvisionnement du Conglomérat et, peut-être, la fille de M. Utsumi. Après la quatrième réunion, elle avait croisé les deux frères dans le lobby du Park Hyatt, prétendument par hasard, et avait aussitôt demandé si elle pouvait toucher les cheveux de Saturne. « *They have a very interesting texture* », s'était-elle justifiée.

Le fignolage du deal a pris deux semaines. L'exécutif du Conglomérat et les frères Lelarge se rencontraient le matin. L'après-midi, Robert appelait Suzanne qui lui répondait même si, pour elle, c'était le milieu de la nuit. Il y a eu deux ou trois conférences téléphoniques avec Serge Cabana et quelques autres pêcheurs influents. Le soir, Robert s'enfermait dans sa chambre. Tokyo s'illuminait comme une galaxie à sa fenêtre. L'obsession de Robert se dédoublait : il redoutait à la fois ce qu'il apprendrait sur les intentions du Conglomérat et la façon dont Saturne ferait pogner la marde.

Il faut dire que Saturne ne dormait pas la nuit et que six jours lui avaient suffi pour se constituer un petit entourage. Un dénommé Ito était de loin le plus inquiétant des individus qui lui tournaient autour : un gaillard toujours vêtu d'une veste mao noire et de jeans délavés déchirés à quatre-vingt mille yens. Par les trous de ses jeans, on voyait les tatouages sur ses jambes.

Le neuvième jour, Saturne s'est mis à réveiller Robert plusieurs fois par nuit en lui téléphonant ou en faisant irruption direct dans sa chambre. Il partageait des flashs parfois géniaux sur les négociations, des statistiques de baseball japonais et des fragments d'une théorie générale de l'attractivité des femmes japonaises. Il soutenait que la phonétique y était pour beaucoup. Certaines voyelles du japonais – très courtes, un peu gutturales – passeraient dans n'importe quelle autre langue pour des gémissements de plaisir.

Vingt millions ferme par année pour les dix prochaines années. Robert ne s'attendait pas à les voir crier de joie quand il a mentionné les oursins. Et si les Pêcheries Lelarge triplaient leur production actuelle, le seul contrat avec le Conglomérat des teintes, couleurs, pigments, mollusques et crustacés d'Isumi leur fournirait cinquante millions annuellement, encore plus si le cours du yen était favorable. Robert avait préparé une offre d'achat pour l'usine fermée de Gallix et pour les Pêcheries du Havre, une entreprise qui, à une époque déjà lointaine, avait pu lui faire concurrence.

Saturne l'a eue, cette brosse au saké mémorable qu'il rêvait depuis l'atterrissage de partager avec son frère. Ils se sont installés au bar dans une taverne tapageuse. Ils ne se sont pas gênés pour crier en québécois. Ils ont commandé deux bouteilles à cinquante-cinq mille yens.

Ito est arrivé un peu avant minuit. Saturne l'a

accueilli en beuglant amicalement. Il lui a dit pour le contrat, avec les montants ; ça a rendu Robert mal à l'aise même s'il commençait à être en boisson. Ito et Saturne sont sortis dans la ruelle. Robert sentait une pointe de radioactivité dans l'air. Une fois revenus, ils l'ont convaincu de les suivre dans un restaurant français.

Vers quatre heures du matin, Robert a accepté une bouffée du joint de hash qu'Ito et Saturne fumaient par intermittence depuis qu'ils étaient dans la voiture. Ito s'est garé près d'une rangée de bâtiments en bois assez bas, aux façades en stuc. Ils ont remis leurs chaussures à l'entrée. On leur a donné des gougounes. Dans le vestiaire, ils se sont mis en peignoir. Ito était tatoué du cou aux chevilles, à l'exception d'un rond autour de son sexe et de sa poche. Robert a été surpris de constater que son frère avait le pubis complètement épilé.

— Ça s'appelle un *soapland*. En japonais, ils disent ソープランド, a prononcé Saturne. Et c'est la seule raison pour laquelle je t'accompagne en cet empire, mon frère.

Ils lui ont offert une ligne de coke. Robert s'est contenté de tirer plus longuement sur le joint qui n'en finissait plus en répétant qu'une fois n'est pas coutume.

De l'autre côté du vestiaire, il y avait une pièce vaste avec, aux quatre coins, des baignoires japonaises profondes, encadrées de bois. Le plancher et les murs étaient recouverts d'un carrelage de céramique brune et beige. L'air était chargé d'une fine bruine. L'humidité prenait à la gorge. Six filles sont entrées par une porte au fond. Elles étaient nues. Les pensées de Robert ralentissaient. Il lui a semblé que les deux filles qui s'avançaient vers lui pour l'entraîner dans l'une des baignoires étaient les plus jolies. Elles lui ont fait signe de s'asseoir sur un tabouret en forme de *u*, conçu pour laisser pendre les organes génitaux masculins, qu'elles ont mécaniquement nettoyés. Robert bandait un peu. Elles l'ont fait monter dans le bain. L'une des filles avait un chignon élaboré. Elle s'est assise devant lui, les coudes appuyés sur le rebord de la baignoire, les seins hors de l'eau. L'autre fille avait les cheveux aux épaules et une mâchoire plus carrée. Elle s'est mise à masturber Robert sous l'eau. Il a dès lors voulu éjaculer. Un soupir de Saturne, extrêmement lointain, ne l'a pas troublé. Au sortir du bain, les filles ont asséché son corps avec une serviette un peu rugueuse. Elles se sont enduites l'une l'autre, sur tout le corps, d'une gelée lubrifiante non soluble. Un matelas pneumatique transparent, du genre qu'on retrouve dans les piscines hors terre, se trouvait sur le sol. Robert s'y est allongé. Les filles se sont mises à frotter leurs seins glissants contre son ventre, leurs bras contre son scrotum, leurs pubis contre son cou et à multiplier les combinaisons du genre. Elles travaillaient en équipe et leur chorégraphie laissait peu de place à l'improvisation.

Robert ne pensait plus à rien. Il avait fermé les yeux. Il sentait sur toute sa peau un contact abondant et généreux, dénué de frottement, comme s'il glissait tout entier dans quelque chose de féminin. Parmi ce glissement total, son cerveau arrivait, sans que cela passe par le processus de la pensée, à individuer çà une cuisse, là un sein, deux pubis aux poils drus. C'est par eux qu'il pouvait différencier dans l'espace son corps de celui des deux filles.

D'un coup, en beaucoup moins d'une seconde, il n'y a plus eu qu'un pubis. Robert a ouvert les yeux. La fille restante était déjà debout, le regard rempli d'une frayeur qu'elle tentait de contenir. Elle a crié quelque chose en japonais. Ito est sorti d'une chambre attenante où il en était à finir les choses. Saturne, sur son fauteuil en *u*, recevait sa pipe sans rien dire.

— *What's going on?*

Robert a trouvé l'écho de sa voix disproportionné, même si la salle était spacieuse.

— *It looks like one of the girls has disappeared*, a répondu Ito, inquiet, entre deux phrases en japonais lancées aux cinq filles restantes, prêtes à fuir en se cachant le pubis des deux mains.

— *Disappeared?* s'est réveillé Saturne.

— *We'd better get the fuck out of here, guys*, a conclu Ito, *someone is up to no good.*

troisième intermède

LA CREVETTE

— Qu'est-ce qu'un crevettier dit à un autre crevettier ?

Au party de fruits de mer des employés, aux assemblées publiques ou au Château Frontenac où l'on remettait un prix d'entreprenariat, bien des convives connaissaient la réponse. Ils se taisaient quand même, pour ne pas priver Rogatien du plaisir premier de raconter une blague.

— Chalut ! se faisait aller l'aïeul.

Robert soupirait chaque fois que son père s'apprêtait à la pousser : « Qu'est-ce qu'un crevettier... » Après la mort du vieil homme, il avait remarqué que c'était par le souvenir de ce mauvais jeu de mots, surtout par celui de son punch chuinté : « Chalut ! », qu'il réentendait le plus clairement la voix de son père. On ne choisit pas ses souvenirs. La plupart des images et des sons incrustés dans notre mémoire étaient destinés à l'oubli. Ce sont de très petites choses qui les en ont sauvés.

Avant de s'éteindre au firmament des jeux de mots éculés, la farce avait bien servi, et pas qu'à faire rire. Rogatien avait eu l'esprit de l'envoyer au premier marin qui lui avait parlé de pêcher la crevette au chalut, au début des années soixante. C'était la première fois qu'il entendait le mot *chalut*. Dans le même mouvement d'esprit, le patriarche avait proposé au pêcheur de lui acheter les tonnes de crevettes que ses filets promettaient de puiser. Il avait fait enregistrer une compagnie, d'abord nommée Les Crevettes Lelarge incorporées. Les casinos de Las Vegas commençaient à remplir leurs verres à vin de chiffonnade d'iceberg, de crevettes, de mayonnaise, de raifort et de ketchup. Le cocktail de crevettes allait devenir le summum du chic décongelé, et ça allait durer trois décennies. Rogatien, lui, allait devenir riche. L'année suivante, une petite armée de crevettiers pêchait pour lui : l'armée du Chalut, n'a-t-il jamais pensé. Dommage. Ça l'aurait bien fait rire.

Dans le temps, ils l'appelaient juste « la crevette », car c'était la seule. C'était avant l'arrivée de la crevette d'Asie, plus grosse, moins goûteuse, jamais fraîche, élevée dans sa marde. Les fonctionnaires sont arrivés dans les années soixante-dix et se sont mis à l'appeler, dans leurs rapports, par son nom scientifique : *Pandalus borealis*, en latin, comme les curés. Il fallait bien que les premiers habitants des banlieues québécoises remplissent leurs verres à vin tout neufs, alors ils se sont mis à manger des crevettes, beaucoup de crevettes, auxquelles il fallait trouver un nom. À Matane, quelqu'un a eu l'idée de contraindre un adolescent à porter un costume rose douteux avec des antennes cousues, de faire venir une fanfare et d'appeler ça un festival. Rogatien et, après lui, Robert, ont tenu au nom de « crevette nordique », mais c'est « crevette de Matane » qui a pogné. Au bar à Ti-Claude, un touriste a eu le malheur d'appeler comme ça les crevettes de son cocktail. Saturne lui a crissé son poing dans la face et, par poudre, a menacé de l'embrocher sur une bouteille de Molson Ex frais cassée. Une grosse.

On imagine mal un Freud crevette. C'est que l'Œdipe est étranger à l'espèce. Les crevettes naissent en avril, toutes mâles, entre deux eaux. Les larves restent là quelques mois, puis plongent masculinement vers le fond où vivent les adultes. À deux ans, les mâles peuvent se reproduire en insérant leurs spermatophores dans le ventre des femelles (c'est du sperme, en petites boules blanches). Ils le font avec leurs pattes.

Dans l'estuaire du Saint-Laurent, s'il vit jusqu'à sa quatrième année, le mâle verra ses testicules s'évider et grossir. Quelques semaines après, devenus ovaires, ils seront remplis d'œufs. La température de l'eau détermine le moment exact du changement de sexe. La crevette, pour qui tout ça fait partie de la vie, continue de croître de mue en mue. Elle vivra encore plusieurs fois l'acte sexuel, mais en tant que femelle. Si les crevettes femelles sont plus grosses, c'est simplement qu'elles sont plus âgées. Elles donnent des œufs au gastronome qui veut bien les sucer. Quand la langue, contre le palais, fait céder ces minuscules sphères algueuses et que la bouche se tapisse d'un éclat d'iode, il fait bon se rappeler qu'on ne naît pas femme, on le devient.

Ce ne sera pas si facile pour Laurie.

Florence est partie pour Brébeuf, puis les HEC. Dans l'autobus, le gars du professionnel, bientôt imité par tous les autres garçons, destinait à Laurie un signe des doigts et de la langue qu'elle ne comprenait pas, et ils riaient d'elle parce qu'elle ne le comprenait pas. Pourtant, elle avait lu tout Houellebecq, en mouillant sa vie, jusqu'à s'en rendre myope. Elle voulait se lancer dans Proust et lire la *Flore laurentienne*, aussi, mais, le soir, elle n'y arrivait pas. C'était comme si sa tête se remplissait de boue noire et chaude. Elle pouvait la sentir, derrière ses yeux, s'entasser dans le grand champ libre.

La nuit, elle entendait France ronfler, fort. Robert, un étage plus haut, vociférait jusque tard ses chiffres en anglais. Laurie avait du mal à dormir. Elle se levait pour aller à la salle de bains à des heures incongrues, juste pour verrouiller la porte et regarder son corps dans le long miroir. Sa tignasse rousse épaississait tous les jours. Le potentiel lactifère de ses seins devenait difficile à nier. Ses bobettes usées ne pouvaient plus couvrir ses fesses ou contenir ses poils. Elle avait atteint sa taille adulte : un bon cinq et sept. Sa peau blanche n'aurait nulle mue à subir. Tout ça la ramenait durement à sa condition de mammifère. Elle avait quinze ans et n'était pas un fruit de mer.

C'était le mois de mai. Les bateaux se succédaient au quai. Il y en avait tellement qu'on avait dû faire des débarquements une bonne partie de la nuit. Robert dormait à l'usine. Laurie avait trouvé un moyen d'échapper à France. Elle marchait sur la plage, pieds nus, mue par ses impatiences. La nuit était fraîche et l'agitation au quai ne troublait pas le calme de la mer. Laurie a longé le dortoir des Marocains et trempé ses pieds quelques secondes dans l'eau glaciale. Elle s'est étendue dans un bosquet d'arboutarde où, malgré la traînée lactescente d'une lune claire sur le fleuve, elle était invisible. Elle a vu avec ses jumelles deux gars de son âge décharger de gros crevettiers. Elle s'est dit que ce serait possible. L'équipage de ceux-là faisait cuire la marchandise sur le pont, ça permettait d'être plus longtemps en mer. Les débardeurs, Laurie les connaissait. Ils avaient l'habitude de la tourmenter dans l'autobus et avaient récemment abandonné le secondaire 4 pour travailler au quai. Ils voulaient se faire un petit capital et acheter un bateau.

— Les gars ! Donnez-moi un sac !

— C'est pour ton père ? ont-ils demandé, à bout de souffle.

— Oui !

Elle ne s'était pas imaginé que ce serait si facile : dans son plan, elle les corrompait avec ses seins. Ils lui ont balancé un sac de papier Maxi bien plein qu'elle a précieusement serré contre elle en retournant se cacher. Le jus des crevettes imbibait le papier et coulait sur son coton ouaté. L'odeur marine et entière des crustacés tout juste cuits tentait son nez et faisait, oui, un peu gonfler sa gorge.

Elle a pris la première crevette, un mâle. Elle l'a frotté contre ses joues et sa langue. Elle l'a tenu par les yeux, entre ses trois premiers doigts, et les antennes sont venues se courber dans la paume de sa main. Elle ne se doutait pas qu'elles seraient rigides et pointues comme ça. Elle a arraché la tête en la tordant et l'a jetée derrière elle. Des ongles de ses pouces, elle a entamé la carapace, puis elle l'a déchirée en longeant l'abdomen. Elle a frotté ses mains pour les débarrasser des pattes déboîtées restées collées. Elle a laissé tomber la carapace devant elle, sur le sable. Elle a mâché un peu. C'était salé et évocateur, mais elle ne s'attardait pas au goût. Tout ce qui comptait, c'était d'en finir au plus vite. La deuxième crevette était une femelle. Elle a aspiré les œufs avec sa bouche et son nez.

C'est Suzanne qui l'a trouvée, endormie dans son tas de carapaces, en jogging bleu. L'arboutarde avait retenu le sac Maxi, pièce à conviction que la brise du matin aurait pu emporter. Suzanne allait faire sa promenade méditative aurorale. Elle a dit fort le prénom de Laurie, avec l'étonnement embarrassé de celle que la découverte d'une adolescente en situation compromettante invite au secret.

Laurie a recommencé dès le lendemain, parce que tout ça, à défaut d'être mortel, était délicieux.

8

Jamais deux fois dans le même fleuve

Florence revenait à Baie-Trinité tous les étés dans une Mazda faite à Hiroshima. Elle avait bien tenté d'arracher une Mercedes à ses parents. Plusieurs de ses amies venaient aux cours en Mercedes, aux HEC. Elle se doutait des raisons pour lesquelles France et Robert ne voulaient pas qu'elle devienne comme elles, mais elle tenait ça mort. C'était quand même une belle Mazda.

Elle aimait porter des robes légères de lin blanc sur sa peau foncée, même s'il ne faisait jamais vraiment chaud. On lui avait prêté un bureau dans l'aile administrative. Robert lui versait des honoraires de consultante. Les ouvriers l'appelaient « la fille du boss » sans se gêner et elle commençait à se faire toute une réputation. On racontait que ce ne serait pas drôle plus tard si elle avait pris ce pic-là après seulement deux années d'université. Plus secrètement, ils l'appelaient « la petite crisse de princesse ».

La route 138 a beau commencer à la frontière ontarienne, c'est après Québec, vers l'est, qu'elle devient folklorique (en marchant sur la rue Sherbrooke saoule peu après avoir déménagé à Montréal, Florence a vu un panneau désignant la 138, qui passait par là : elle s'est mise à rire toute seule). Il y a un feu de circulation à la fin de Sainte-Anne-de-Beaupré. Quand il devenait vert, Florence savait ce qui l'attendait. Elle écrasait l'accélérateur et n'embrayait pas plus loin que la deuxième. La Mazda se cramponnait à l'asphalte et encaissait à cinq mille tours minute la côte vertigineuse du cap Tourmente. Sept cents mètres plus haut, deux minutes plus tard, complètement ailleurs, Florence se bouchait le nez pour regonfler ses tympans.

Folklorique, la 138 l'est comme une danse violente dans laquelle le fleuve inviterait la route à venir le frôler puis la repousserait brutalement dans les vallons, mais en la retenant toujours d'une main. (Mori Ishikawa s'est plutôt imaginé une asymptote qui tendrait vers le fleuve, qu'il croyait être une mer, puis l'océan.) Mais la 138 est surtout folklorique à la façon d'une corrida : les distances sont longues ; il faut au moins quatre heures pour se rendre quelque part et personne n'aime perdre son temps. Elle se complique en plus d'une interruption en plein milieu : le Saguenay, sur lequel croise un traversier parce qu'un pont dérangerait les baleines. Un coroner de Baie-Comeau a nommé « syndrome de la traverse » la bouffée délirante qui incite des automobilistes autrement prudents à doubler dans une courbe un camion de bois rond qui tangue malgré les appels de phares d'une citerne d'essence à contresens. Mourir fait moins mal que de regarder le traversier partir après s'être fait fermer la barrière dans la face à Tadoussac.

Un peu avant Sault-au-Mouton, Florence, à cent trente-cinq kilomètres à l'heure dans sa Mazda, a dépassé en sacrant Mori Ishikawa, à quatre-vingt-douze dans sa Lincoln. Les deux se sont fait doubler à Pointe-à-Boisvert par un plombier avec une casquette des Yankees. Il roulait à cent soixante-dix dans une Civic convulsive. La limite est de quatre-vingt-dix, mais la Sûreté ne pince personne en bas de cent vingt-trois. Ses spots de radar sont largement connus.

L'été était ensoleillé et, avec un petit tricot, on était bien jusqu'à tard sur la galerie du presbytère, où il n'y avait pas trop de bibitte. C'est là que s'installaient les deux sœurs pour se rattraper après les journées de travail de Florence, pendant que France cuisinait. Elles continuaient une bonne partie de la nuit, chacune sur sa chaise berçante. Comme deux mémés, ricanaient-elles. Florence buvait de la Molson Ex à l'apéro parce qu'il n'y avait pas sa sorte au dépanneur. Robert lui servait parfois du Chablis. On ne laissait pas Laurie boire, même si elle allait avoir dix-sept ans dans quelques jours.

En bas de la galerie où placotaient les jeunes mémés, le village s'animait d'une vigueur nouvelle. Le baraquement des Marocains – ils étaient trois cents cette saison-là – prenait des allures d'enclave avec sa mosquée officieuse et son bar clandestin. Pêcheurs, ouvriers, gestionnaires, tout le monde nageait dans le cash au bord du fleuve. On ne comptait plus les pick-ups neufs. Le concessionnaire Harley de Baie-Comeau songeait à ouvrir une succursale. Saturne supervisait les travaux de rénovation intérieure de la maison ancestrale de Rogatien. Lui et le chef prévoyaient ouvrir leur restaurant en août : un peu hors saison, mais juste à temps pour la visite au Québec des critiques du *Guide Michelin*.

Mori Ishikawa arpentait chaque jour la plage et tout le monde croyait à un développement soudain du tourisme jusqu'à ce qu'il devienne manifeste qu'il n'y aurait pas d'autres Japonais et que celui-là resterait. Frédéric Goyette, le responsable local du Programme canadien de contrôle de la salubrité des mollusques, était le seul à garder ses habitudes. Florence est allée à sa rencontre sur le quai, pour lui dire bonjour, qu'elle était revenue des HEC, qu'elle faisait un stage aux Pêcheries et pour voir dans son visage rude transparaître l'attrait de la transgression. Puis pour partir en dodelinant des hanches. Elle avait aussi pris, en quatre ans à Montréal, cette sorte-là d'assurance.

— Pourquoi tu fais ça ? a demandé Laurie avec embarras une fois sa sœur revenue sur la galerie.

— Tu t'es jamais rendu compte qu'il nous trouvait *cute*, Frédéric ?

— Euh… Oui. Je pense que oui. Mais surtout toi, a hésité Laurie, qui n'avait jamais vu ça comme ça.

— C'est ce qui est bien de revenir l'été. On se rend plus compte de tout ce qui change.

— Frédéric nous a *toujours* trouvées *cute*, tu dis. Ce qui change, dans tout ça, c'est toi.

— T'as raison. Quand je reviens, je me rends pas compte de ce qui change. Je me rends surtout compte de ce qui change pas. Je réalise la façon dont les choses fonctionnent. Le village, la famille, la business... La façon dont les choses fonctionnent depuis que je suis toute petite et que je pouvais pas comprendre jusqu'à maintenant. Chaque année, j'en comprends un peu plus.

— C'est probablement ça, a répondu Laurie.

Elle allait renchérir en disant que c'était comme pour les allergies, qui passent sans qu'on s'en rende compte, mais comme elle allait parler, quelque chose est monté dans sa gorge pour l'en empêcher.

— C'est comme en travaillant aux Pêcheries. J'ai grandi en pensant que tout le monde au village vénérait papa...

— Je sais pas vraiment si c'est de revenir qui te permets de voir ça. Les gens semblent *vraiment* beaucoup moins l'aimer depuis l'an passé, l'a interrompue Laurie avec italiques.

— Peut-être, peut-être, hésitait Florence en regardant jaunir les nuages. En tout cas, toi, toi, tu as changé, c'est clair.

— Oui ?

— C'est clair. Je dirais que tu es plus... plus prête.

Laurie a soupiré, longuement. Ses yeux se sont mouillés.

— Prête pour quoi, donc?... Dis-moi si tu le sais, a-t-elle ajouté après un silence, parce que je me le demande aussi.

— Bien... Prête. Prête pour le reste... je sais pas moi, a dit Florence sans savoir quoi ajouter, consciente d'avoir involontairement remué sa sœur, avant de prendre le ton du déconnage : Prête pour l'amour !

— Lâche-moi avec ça ! Deux sœurs toutes seules peuvent pas parler d'autre chose que des hommes ?

— Je vois ce que tu veux dire, mais quand même ! Ce serait le temps, tu trouves pas ?

— J'ai juste hâte qu'il m'arrive quelque chose. C'est tout. Pas nécessairement un gars. J'ai hâte qu'il m'arrive quelque chose, pas quelqu'un. Je me dis que j'en ai beaucoup à apprendre, à voir, à sentir... Mais je pense pas avoir tant changé d'un coup.

— Pas d'un coup. Non. Je te dis. Regarde le fleuve. Si tu le regardes sans t'arrêter, tu te rendras jamais compte que la marée monte. Si tu pars une heure et que tu reviens, c'est autre chose.

Laurie avait l'impression d'entendre parler Suzanne, mais elle avait assez regardé le fleuve dans sa vie pour comprendre. Un long silence présocratique a suivi.

— Prends ton temps, lui a dit Florence comme elle le lui disait toujours, mais tu peux pas toujours attendre qu'il t'arrive quelque chose, a-t-elle ajouté pour la première fois. Pour l'instant, on te prépare une belle petite soirée d'anniversaire.

— Ça va être d'une tristesse sans nom, a laissé déborder Laurie.

Florence a regardé à l'horizon. Des strates bleues s'effilochaient au vent dans le ciel rose. Elle a respiré un coup, puis a offert à Laurie d'aller lui faire un London Fog.

Sur la 138, un peu après la fourche de Sacré-Cœur, Mori Ishikawa avait cru mourir. La conduite à droite ne lui venait pas naturellement et il se retrouvait, à chaque courbe, proche du face-à-face.

À Baie-Trinité, il arpentait la plage. C'est-à-dire qu'il notait dans un calepin l'amplitude des marées ; par ordre de contamination les secteurs de la plage, leurs tenants, leurs aboutissants ; les noms des Marocains qu'il rencontrait ; les allées et venues des crevettiers ; le nombre de rochers visibles à marée haute. Il portait toujours des pantalons cargos, un chapeau de pêcheur et, sur une chemise blanche, un cardigan foncé. En bandoulière, il avait des jumelles et un appareil photo. Il traînait une mallette de plastique noir. Les Marocains l'ont entendu les premiers parler un français clair et sans détour, malgré quelques saccades.

Il avait trouvé la brise saline et froide, mais anormalement peu iodée. Il se rappellerait plus tard avoir douté de l'estuaire, du golfe, et de ce qu'on pourrait en sortir. À marée basse, il s'avançait loin et se retournait pour voir le village. Il n'y avait pas que là que s'échancrait la côte et pourtant, à des kilomètres à la ronde, c'était le seul endroit où des humains avaient choisi de vivre. Sur les falaises, les forêts de conifères regorgeaient d'arbres mort-nés, gris et secs, encore porteurs d'épines roussies. Le vent les dégarnirait. Tout donnait à Mori l'impression d'une rudesse domptée sans méthode, mais domptée néanmoins. Il n'était pas chez lui, mais il se sentait bien.

Il n'a pas vraiment provoqué les choses.

Près du quai, il a croisé un mardi un homme carré, rasé de près, avec les tempes grises et des cheveux noirs retenus sur le côté par beaucoup de gel. Des cicatrices d'une acné ancienne, mais féroce, marquaient son visage. L'homme portait une chemise à manches courtes bien coupée sous un survêtement de nylon froissé des Pêcheries Lelarge. Habillé comme ça, ça pouvait juste être Robert.

— Bonjour, êtes-vous M. Robert Lelarge ?

La seule présence dans le paysage du Japonais habillé propre taraudait Robert depuis cinq jours. Il avait l'impression d'être un évadé avec ses souvenirs de *soapland*. Une angoisse terrible s'est alors mise à lui ramollir les jambes et la mâchoire, à comprimer sa poitrine, à agir sur son urètre pour en détendre le sphincter. Il a vu blanc, mais il a su retenir l'urine.

— Oui. Qu'est-ce que vous me voulez ? a-t-il répondu d'une voix de fausset, sans aplomb.

Mori a craint d'avoir manqué de politesse.

— Excusez-moi de vous aborder si directement,

monsieur Lelarge. Je suis Mori Ishikawa, envoyé commercial du Conglomérat des teintes, couleurs, pigments, mollusques et crustacés d'Isumi.

Robert est resté figé quelques secondes, organiquement perplexe, les yeux presque révulsés. Il n'aurait donc pas, comme il s'était préparé à le faire, à tendre les poignets pour qu'on lui passe les menottes.

— Oh. Bon. O.k., a-t-il bafouillé avant de se ressaisir d'un « bonjour » ténu.

— Merci de m'accueillir dans votre village si pittoresque.

Se rendant compte que ce qu'il dirait ensuite lui vaudrait des millions, ou lui en coûterait autant, Robert a été pris d'une envie impérieuse de tout remettre à plus tard.

— Passez donc souper chez moi ce soir, monsieur Ishikawa. Ce sera un plaisir pour ma famille de vous accueillir.

— J'en serais honoré.

Puis Robert s'est rappelé quelque chose. Ses mains tentaient de s'agripper à l'instant. Mais l'instant fuyait comme de la brume.

— Nous fêtons justement l'anniversaire de ma fille cadette.

Mori l'a regardé avec chaos. Il a promis d'être là à dix-huit heures.

Après, ça a été une farce en deux actes. Sar'h, le pêcheur de bourgots, a été le seul témoin du premier.

Vers quatre heures et demie de l'après-midi, il en était à boire sa première sur son bateau après avoir déchargé. Il a vu un petit Japonais s'avancer dans une crique, muni d'un masque, de palmes et d'un tuba rudimentaire. Sar'h assistait à la scène de trop loin pour voir si c'étaient des bobettes ou un Speedo qu'il portait, mais c'était rouge et moulant.

Mori est resté longtemps debout, le fleuve juste en haut des chevilles, à grelotter en se serrant les côtes, les bras croisés, en refusant de se saucer. Sar'h s'est dit qu'il était fou s'il plongeait. Il a voulu l'apostropher, mais s'est ravisé : sa voix éraillée ne porterait pas assez. De toute façon, rendu où il était, il était aussi fou de ne pas plonger, le Japonais. Mori a fini par se retourner, par faire quelques pas de reculons dans le sol boueux où ses palmes s'enfonçaient et par se laisser tomber sur le dos quand il a eu de l'eau à mi-cuisse. Sar'h a vu le bout fluo du tuba gagner un petit groupe de rochers, disparaître et émerger plusieurs fois, expulsant de petits geysers. Ça a duré une bonne demi-heure. Sar'h est resté là, sans vouloir appareiller, à fumer, boire et sacrer d'étonnement.

Il continuait de faire beau. France avait dressé une table sur la galerie avec une nappe blanche et l'argenterie de sa grand-mère. On avait demandé à Laurie de choisir le repas : du tofu du général Tao. France a demandé à Florence si elle savait faire ça. Florence se débrouillerait. Elle a pris la bëemme dont France ne se servait plus pour aller faire les courses à Baie-Comeau. Il y aurait du tofu là-bas. Elle a racheté du thé et de l'Orangina, parce que Laurie aimait vraiment ça. Robert lui a donné deux cents dollars pour qu'elle rapporte du Pomerol et du Pommard. Florence a pensé qu'il laisserait Laurie en boire un petit verre. Non.

Restée au village, France a eu l'idée d'acheter des chapeaux coniques en carton multicolore, comme quand Laurie était petite. La peau de Laurie, c'était le prix de la rousseur, marquait facilement et l'anse de petit fil élastique lui a fait une strie rouge sous le menton. Les trois autres buvaient de la bière en attendant que le vin respire. Laurie buvait de l'Orangina dans un bock, avec une paille rose, par petites gorgées. Elle avait brièvement souri quand sa sœur lui avait tendu le pack de cannettes avec une face empathique. Sinon, elle regardait le fleuve en se disant que, finalement, elle pouvait la voir descendre, la marée. Elle respirait lentement, l'air trop sérieux pour ses dix-sept ans, avec, à sa montre, six heures.

La sonnette a sonné. Robert s'est demandé tout haut qui ça pouvait être, exactement comme il le faisait jadis aux réveillons et que c'était le père Noël ; sur le ton, donc, du vaudeville et des accroires. Laurie a soupçonné ses parents d'avoir fait l'erreur d'inviter ses camarades de classe. Elle avait fini le secondaire et ne voulait plus jamais les revoir. Robert est revenu avec le père Noël en question, qui était japonais. France a mieux su contenir sa consternation que ses deux filles. Même le vin n'en respirait plus.

— Mademoiselle Lelarge, je vous souhaite un très joyeux dix-septième anniversaire, a annoncé Mori Ishikawa.

Il avait l'air d'avoir répété la scène. En le tenant à deux mains et en fléchissant amplement le tronc, il a déposé sur la table un cageot de bois contenant huit gros oursins. Les oursins, on pouvait s'en douter, mais le cageot, personne ne savait où il avait bien pu le trouver.

9

Chez Saturne, la mappe

C'était la première fois que Mori Ishikawa mangeait du tofu du général Tao. Il prenait de petites bouchées qu'il intercalait de micro-gorgées de Pommard en prenant soin de toujours remettre ses ustensiles en place. Il répondait par phrases courtes, seulement lorsqu'on lui adressait la parole, des phrases empreintes d'une déférence appuyée qui les rendait énigmatiques.

— Il ne doit pas être bon comme chez vous, monsieur Ishikawa, s'était risquée à dire France au milieu d'un silence vaste comme une prairie.

— La cuisine japonaise est variée. Ce n'est pas une recette traditionnelle de ma région.

Mori s'était contenté d'enfiler deux vérités. Laurie s'est mise à regarder entre les planches de la galerie.

— Qu'est-ce que vous mangez, alors, dans votre région ? a renchéri Florence avec mièvrerie.

Depuis le début du repas, c'est vers elle que le regard de Mori allait le plus naturellement. C'est aussi à elle qu'il répondait avec le moins de crispation.

— Les jours de fêtes, de l'anguille laquée. Le reste du temps, beaucoup de riz et des fruits de mer.

— Laurie est allergique, a affirmé France sans laisser passer une seconde, comme si elle avait quelque chose d'amer dans la bouche qu'elle ne pouvait s'empêcher de cracher.

Sa brusquerie s'est étirée dans un silence qui l'a amplifiée. Mori s'est retourné par réflexe pour voir, à travers la porte-moustiquaire, la table où il avait laissé le cageot d'oursins. Il avait disparu.

On est passé au salon, pour les cadeaux. Mori a remercié la famille pour son hospitalité, mais il ne voulait pas en abuser. Il ne pouvait tout de même pas partir sans boire un digestif, l'a intimé Robert, vers qui tous s'étaient tournés. Après un processus décisionnel compliqué, Mori s'est retrouvé dans le coin avec un Southern Comfort. Il n'avait pas desserré sa cravate.

Sans dire un mot, Mori a regardé Laurie recevoir ses cadeaux. Robert et France offraient à leur fille les clés d'un appartement dans la Haute-Ville de Québec, où elle logerait dès août. Laurie était inscrite au collège Mérici. Elle savait que rien de cela n'arriverait. Quand France lui parlait du futur proche, elle prenait un air nuageux et disait : « Ouais, ouais, ouais. » Ça faisait crisper la face de France. Laurie a dit merci et elle a mis les clés dans sa poche, avec le même détachement. Mori tentait de ne pas avoir l'air de décoder ce regard. En blanc sur le blanc de l'œil, il a eu un aperçu fugitif du brouillard dense et familier qu'il cherchait.

Puis Florence a offert à sa sœur des grosses Ray-

Ban ajustées à sa myopie. Dans un autre petit paquet, emballé avec beaucoup de ruban doré, Laurie a trouvé une crème italienne pour la peau. Florence s'est tournée vers Mori, trop tranquille. Elle a mis ses deux mains sur l'oreille de Laurie et lui a chuchoté que ça faisait un miracle pour la cellulite. Dans un autre paquet avec encore plus de ruban et quelques fausses perles, il y avait un pot de baume, contre les rougeurs celui-là. À la voir à cet instant, personne n'aurait nié que Laurie en avait besoin.

Mori est parti en se pliant beaucoup, avec des félicitations à Robert pour sa famille.

Laurie est allée direct au lit. Toute la soirée, elle n'avait attendu qu'une chose : pouvoir replonger dans Kundera.

Florence a pris sur elle de redresser les torts. Elle a suivi Robert dans son bureau, où elle l'a vertement blasté jusqu'à ce qu'il avoue que c'était une mauvaise idée d'inviter un représentant commercial à la fête de Laurie. Il n'avait pas le choix, a-t-il ajouté, et la conversation s'arrêterait là, parce que la Bourse de Tokyo allait bientôt fermer.

France est allée dans le garage, pour retrouver le cageot d'oursins qu'elle avait caché là et pour se munir d'un marteau. Presque toutes les nuits, la chaleur anormale de cet été-là à Baie-Trinité chargeait le ciel d'orages électriques. France ne s'était pas changée. Elle portait toujours ses jeans à taille haute et son t-shirt de l'école Sainte-Marie-Immaculée, qui avait brûlé et qui n'avait pas été reconstruite. Pour l'école, c'était mieux comme ça. Après le passage de ses filles, France s'était désintéressée de son poste de directrice. Peu de gens l'avaient su au village, mais elle n'avait plus la force d'administrer au petit Gaudreau la punition qui éteindrait ses tendances pyromanes. Elle avait vu brûler l'école depuis le balcon du presbytère. Elle s'était versé un verre de vin, qu'elle avait bu avec un plaisir néronien. Après l'incendie, elle avait refusé un transfert dans une autre école. Le spectre des choses dont elle s'autorisait à se mêler s'était ensuite beaucoup rétréci.

Le t-shirt de France s'est vite détrempé sur la plage. Elle avait un soutien-gorge gris beige de sport en dessous, qui paraissait quand les éclairs flashaient. Elle a disposé les oursins sur une grosse roche de la même couleur que son soutien-gorge, en octogone. Ils étaient verts et il fallait les détruire. Elle les a fracassés un à un. Les entrailles orangées se répandaient sur la roche. France fessait trop fort et la vibration du marteau lui allait direct au nerf du coude. Le tonnerre clément l'exhortait à se vider le cœur. À chaque coup de marteau, elle lâchait un gros cri : « Le tabarnac... », bing !, « Faire ça à ma fille », bang !, « Malade dans tête, l'hostie de bridé ! », ploc !

La plage de Baie-Trinité était la même mais, réalisait Laurie, elle était en fait un bout du périmètre de l'Amérique. Avant que Saturne ouvre son restaurant, c'était pour elle l'été de Kundera et de l'ardeur.

Laurie partait tôt le matin, avec un sandwich au végépâté et aux cornichons. Elle lisait toute la journée à travers ses grosses Ray-Ban, dans une crique ou sur une roche. Elle mettait ses crèmes. Sur son haut de bikini noir, elle portait une veste lâche en dentelle de gros tricot beige et, sur son bas de bikini, rien. Elle s'arrêtait souvent pour pondérer, rêvasser, regarder au large : digérer Kundera. Elle était habituée aux bouffées sexuelles incoercibles qui traversaient ses lectures. Avec Kundera, elles se faisaient plus soudaines et, surtout, plus insondables. La lecture donnait lieu à des méditations ontologiques qui s'abîmaient dans la conscience d'un sexe mouillé. Laurie tassait sa culotte de bikini pour se masturber en croyant que c'était pour des raisons purement cérébrales. Deux fois de suite, parfois.

Quand Mori, arpentant la plage, la croisait, il faisait un grand détour, ou bien il se fermait les yeux.

— Bienvenue chez Saturne !

Saturne se tenait droit devant Laurie, accroché à son lutrin de maître d'hôtel. Il était habillé comme à Tokyo. Pour l'occasion, Florence avait ramené de Montréal deux robes de soie Burberry. Celle de Laurie, verte, lui allait parfaitement.

— Tellement glamour ! s'est extasiée Florence.

— Pourquoi t'as appelé ça « Chez Saturne » ? a demandé Laurie, l'œil désaffecté.

— Ça me semble l'évidence même, a répondu Saturne, avec grammaire.

— Bien… C'est ton surnom. Je vois pas beaucoup d'autres raisons.

La ministre responsable de la Côte-Nord, députée de Beauce-Nord, attendait derrière Laurie. Elle commençait à trouver ça long. Florence a entouré de sa main le coude de sa sœur. Saturne ne comprenait rien.

— C'est à la fois mon surnom et le nom du dieu romain de la mer, a-t-il expliqué, avec français.

— Non, ça, c'est Neptune.

La face de Saturne lui a changé, comme s'il recevait un coup de trident dans la poitrine. Ça a commencé par ses yeux, puis sa mâchoire a été brièvement dévitalisée. Une onde de choc s'est répandue dans sa chevelure chevaline. Tout ce temps, on s'était donc moqué de lui. Laurie a réclamé le téléphone de sa sœur en disant à Saturne qu'elle allait lui montrer.

— Saturne, il mange des bébés, a-t-elle annoncé, alors qu'apparaissaient sur l'écran *Saturne dévorant l'un de ses fils*, de Rubens, puis la version de Goya.

Saturne, même s'il n'en laissait rien paraître, avait eu du mal à se faire à son surnom. Il se l'était approprié en désintox. Il y avait vu une prédestination mythologique, forcément marine. La mythologie s'effritait. Personne ne lui avait rien dit jusqu'à l'inauguration de son restaurant. Tous aimaient donc à ce point se moquer de son ignorance. Florence a tiré d'un coup très sec sur le coude de Laurie.

« Tabarnac », aurait dit Saturne en toute autre circonstance, après quoi on l'aurait cherché puis trouvé dans son coin, à pleurer et à renifler.

— Bonsoir, madame la Ministre, s'est-il plutôt dignement ressaisi, bienvenue chez Saturne. Peut-on vous offrir un verre de champagne ou le cocktail de la maison ?

Ça ne commençait quand même pas bien.

Gros, tatoué, hirsute de tignasse et extravagant de moustache, le chef serrait des mains. Il avait préparé ses phrases et ses sourires. De la mactre de Stimpson, de Baie-Trinité et du restaurant il disait la même chose : vouloir les mettre sur la mappe. Il ne spécifiait pas quelle mappe. Quand il a parlé à Florence, Robert a surveillé ça du coin de l'œil.

France avait dit à Laurie qu'elle pourrait rester pour le cocktail. C'était à l'extérieur, sur la grande terrasse avec du mobilier intégré en pruche où l'on pourrait manger les amuse-bouches en regardant arriver les cargaisons. Le touriste qu'on voulait attirer serait le témoin oculaire direct de la fraîcheur de son repas. Lorsqu'on rentrerait, toutefois, et que les vapeurs allergènes n'auraient plus le ciel pour s'échapper, Laurie, c'était clair, allait devoir traîner ailleurs sa robe Burberry.

Elle en était alors au milieu de *La Plaisanterie*, et le roman alimentait une amertume poisseuse dans le bas de son ventre.

Sur la terrasse, la faune se divisait en dix-sept catégories : serveuses que Laurie connaissait de l'école, intelligentsia, gens que Laurie n'avait jamais vus, Français, gastronomes, m'as-tu-vu, Baie-Comois aisés, débardeurs convertis en garçons, famille Lelarge, personnes incluses dans la présente classification, députation, plateaupithèques, gens minuscules lorsque vus de très loin, barmen, haut gradés de l'usine, gens allergiques ou non aux fruits de mer, et cætera. Près de la balustrade, Mori parlait de shintoïsme avec Suzanne. Il buvait du Southern Comfort par politesse envers Robert, en réprimant une grimace après chaque gorgée.

À l'intérieur, il y avait des tables rondes en érable et des chaises en plastique moulé transparent. Les serveurs avaient repassé les nappes. Saturne a fait asseoir tout le monde. Le ministère de la Culture avait autorisé le percement de grandes baies dans la façade sur le fleuve. Il y avait du poulet dans le frigidaire, a dit France : Laurie pourrait se faire un hot-chicken.

Le soleil se couchait sur la galerie du presbytère quand, l'estomac vide, elle a fini *La Plaisanterie*. Elle ne voulait pas enlever sa robe. Devant le miroir de la salle de bains de l'étage, elle s'est dit que la soie la rendait belle comme un papillon. La lourdeur empoissée ne disparaissait pas de son ventre. « Vis », l'imploraient tous les livres. Quelque chose avait assez duré.

Après les clams à l'étouffée (dans une fumée d'algues) et le sabayon d'oursins aux moules façon caviar, entre le plat de crabe au homard (avec jus acide de baies locales) et celui de homard au crabe (avec lichen et thé du labrador), le maire de Baie-Comeau a eu entre les fesses une sensation rabelaisienne qui l'a plongé dans la perplexité. Ancien quart-arrière au football, porteur de montures métalliques fines, il était pourtant robuste et habitué à la bonne chère et au pet ; fort du sourcil, il n'a pu s'empêcher de le lever, pris d'une surprise humide.

Certains malheurs offrent une chance consolante aux premiers qu'ils affligent. Quand un glissement poilu a répondu à la seule question qui le préoccupait (« Ai-je pété ou chié ? »), le maire a pu aller asseoir son monopole sur l'un des trop rares sièges des toilettes. Là, il a découvert que les trois états de la matière étaient abondamment représentés dans ses déjections.

Un défilé des plus déshonorants a suivi : les messieurs en tuxedo sprintaient vers la salle de bains, les deux mains au cul, toutes vannes ouvertes ; les dames s'enfargeaient dans leurs robes et les messieurs s'enfargeaient dans les dames. Bien installé sur son siège, le maire a compris la chance qu'il avait en entendant le son inimitable de la diarrhée (puisqu'il faut l'appeler par son nom) dans un urinoir. Puis ça a été les lavabos, puis le sol. Les portes des salles de bains bondées ne pouvant plus s'ouvrir, on s'est bientôt mis à se déverser par la sortie de secours. Certains investissaient la cuisine. Désavantagées par la robe qui ne pouvait, à la manière du pantalon, agir comme filtre, les femmes laissaient des traînées sur le sol.

Les Lelarge comptaient parmi les derniers frappés. À leur table, le premier ministre avait succombé avant eux. Le contenu de ses entrailles s'était vidé d'un coup dans la chaise profonde. En se levant, il s'était rendu compte que ça lui coulait jusqu'aux chevilles. Il avait jeté vers la famille encore sèche et propre un regard trahi dont il serait par la suite impossible de parler devant Robert (« Ce qui s'est passé cette soirée-là, ça équivaut même pas à un pour cent du tort qu'un référendum peut causer », opposerait-il à quiconque voudrait aborder le sujet, avant d'encenser l'homme).

La femme du péëmme, élégante, pleine de fraîcheur et de botox, voulait l'accompagner dans le lieu tranquille où espéraient le conduire ses gardes du corps, mais elle avait dû renoncer, pliée en deux par le spasme de ses viscères. On était passé en mode extraction, comme l'avait dit un gars de la Sûreté dans son micro-casque. Mori Ishikawa avait quant à lui profité de la cohue pour s'excuser sans faire de compliment. Personne n'avait remarqué qu'il semblait épargné.

Sur ces regrettables entrefaites, Saturne est arrivé à la table après avoir fumé, défait, son joint spécial de la victoire. La maison de Rogatien sentait la marde.

— Vous êtes corrects ?

— Rendus là, Réginald, j'espère que ça va nous arriver à nous autres aussi. Sinon, le monde va penser que tu les as empoisonnés, a insinué Suzanne, toujours prête à souhaiter le pire, source de résurrection.

— Tu comprends pas… Je les ai *déjà* empoisonnés. C'est *déjà* fait. C'est *en train* d'arriver… Tabarnac de marde du câlisse.

— Si Laurie était là, elle dirait que c'est le cas de le dire, a observé Florence.

Soudain, sentant que ça s'en venait et que son

string n'allait rien retenir, elle a regretté de ne pas avoir choisi la robe verte pour elle : la sienne était d'un vieux rose salissant. Cramponné à la table, Robert faisait quant à lui une face. Il venait de ressentir un pincement dans le ventre qu'il n'avait pas connu depuis sa dernière coloscopie.

— Où est le chef? a-t-il rugi.

Un serveur qui passait par là, s'adressant à Saturne, s'est trouvé répondre à Robert :

— Le chef vient de décrisser en hydravion.

— En hydravion… Le tabarnac !

— O.k., Saturne, amène tout le monde sur la plage. Le secteur devant le quai est déjà hautement contaminé anyway, a dit Robert du ton calme mais ferme qu'il est de mise d'adopter dans les situations d'urgence.

Héroïquement, son cellulaire dans la main gauche alors qu'il tentait de faire participer la droite à son effort de rétention, Robert a obtenu de l'administration du quai qu'elle éteigne les spots pour assurer un peu d'intimité. Puis il s'est lâché sur le sable, très sonorement, mais le bruit qu'il libérait se fondait dans celui des autres. Saturne s'était muni d'un sifflet et faisait de grands gestes. La baie de la rivière Trinité devenait une fosse d'aisance à ciel ouvert où le sous-vêtement griffé se portait de préférence autour des chevilles. Le quartier de lune se reflétait dans les petits caniveaux que la dénivellation de la plage faisait naître.

— Est-ce que c'est bon, les bourgots ?

— Il y en a qui disent que c'est meilleur les bigorneaux, a répondu Sar'h, mais il faut pas que tu les croies. Les bigorneaux, c'est une bonne entrée, mais le bourgot, le vrai, y est viandeux.

— Viandeux ?

— Ouah. Tiens. Goûte, a dit Sar'h en extirpant le mollusque d'une coquille qui traînait sur son bateau avec son couteau de poche un peu rouillé.

Laurie a grimacé, non sans le féliciter d'avoir su s'y prendre d'une seule main tout en fumant de l'autre. Dans la nuit sombre où l'éclairage cru du quai rendait tout monochrome, sa robe était moins verte.

— Euh… Non merci.

Le bord du quai, où elle s'était assise, faisait rouler sa robe sur ses cuisses, mais Laurie ne l'avait pas remarqué. Il commençait à faire frais. Elle ballottait ses jambes nues. Sar'h, sur son bateau accosté, tentait de ne pas les regarder.

— Pourquoi t'es pas à l'inauguration du restaurant ? Hercule est là, lui.

— Hercule, il pêche le homard. As-tu déjà vu un pêcheur de bourgot en linge élégant ?

Qu'il dise *in* ou *an*, Sar'h semblait toujours dire *on*. Florence, depuis son retour, faisait semblant de ne pas comprendre les pêcheurs. Laurie acceptait mal que l'oreille puisse se défaire comme ça. Elle, elle comprenait tout.

— Moi, j'ai même pas pu prendre un verre de champagne. Je suis restée sur ma faim.

— Dis-moi pas, fille, que tu vas encore manger des crevettes en cachette.

— Euh… oui. Qui est-ce qui pourrait m'en vendre ?

— Un peu de variété, ça te tente pas ?

— Je vais les essayer tes bourgots… un jour, a atermoyé Laurie. C'est tellement bon, les crevettes.

Des crevettes cuites traînaient sur le bateau des fils de Joséphat. Laurie en a obtenu un sac Provigo plein. C'était gratuit pour elle.

Elle est passée par le village plutôt que par la plage, pour ne pas qu'on la voie du restaurant. La médina avait sa tranquillité de fin de saison : ceux qui restaient pour les dernières semaines, les plus anciens, parlaient au cellulaire en fumant. Laurie a rejoint sa cachette habituelle. Dans des moments comme celui-là, le brouillard dans sa tête se condensait et en venait à recouvrir ce qu'il y avait autour d'elle, comme s'il tapissait le décor et en adoptait les contours. Au moment précis où elle avalait la première crevette, les spots du quai se sont éteints net. Des clameurs étouffées lui ont fait croire à un court-circuit ou à un bain de minuit général.

Il y a eu un bruit de foulage dans l'arboutarde. C'était Mori, en vêtements de travail : cardigan, chemise pâle, chapeau de pêcheur. Il a sursauté en apercevant Laurie. Laurie a pensé qu'il l'avait prise pour un animal.

— Oh. Mademoiselle Lelarge. Bonsoir.

— Qu'est-ce qui se passe au restaurant ?

— Ça se passe malheureusement très mal pour votre oncle.

Mori ne donnant aucune précision, Laurie n'a rien demandé.

— Vous mangez des crevettes ? s'est étonné Mori.

— Oui… Les allergies, c'est, disons… pas vrai ou, plus vrai, depuis longtemps.

— Oui. Je sais. Il serait sage de le dire à votre mère.

Laurie pensait que ce n'était qu'en chiant qu'elle se déferait de la lourdeur dans son ventre, ou qu'elle aurait à attendre ses prochaines menstruations. Il n'en était rien : si doucement vouvoyée, elle la sentait se dissoudre par petits picotements.

— Alors, vous me ferez l'honneur de goûter l'oursin, a continué Mori.

Il s'est avancé. Il avait des gants de travail. Dans une main, il avait deux oursins choisis ; dans l'autre, un citron et des ciseaux. Il a dit que chez lui, il mettait du yuzu.

10

Imovane et aquavit

Enfouie dans le cerveau des vertébrés, y compris dans celui des biologistes comme Frédéric Goyette, se trouve la glande pinéale, un bout de nerf tout juste sensible à la lumière, pas très différent des yeux des invertébrés. De là viennent l'éveil et le sommeil.

Lors de ses insomnies estivales, il arrivait à Goyette de penser que son œil d'invertébré était trop sensible. À force de côtoyer les fruits de mer, il se trouvait de curieuses ressemblances avec eux. C'était, pour lui, la meilleure explication aux étés de surtension qui suivaient depuis toujours ses hivers d'engouffrement.

Après la deuxième nuit manquée, c'était toujours la même chose : Goyette croyait atteindre quelque illumination au sujet de la marche de l'univers. Une douche et quatre expressos au lever du soleil lui faisaient comprendre que ses intuitions, trop nombreuses, trop idiosyncrasiques, ne perceraient aucun mystère. L'hiver, elles l'auraient même mené droit au sommeil. Les avoir eues le ravissait pareil.

Dans la chambre, Myriam, sa blonde, dormait profondément – à en baver – dans leur lit Svelvik. Frédéric se demandait s'il allait reprendre sa guitare ou de l'aquavit. Avec la guitare, il allait devoir descendre au sous-sol pour ne pas réveiller Myriam. Avec l'aquavit, il allait devoir s'envoyer une Imovane, puisque c'était sa quatrième nuit blanche d'affilée. Ce serait pour la forme qu'il s'assommerait : il n'avait jamais manqué d'énergie les jours d'été, malgré l'absence de sommeil.

Quand son cellulaire de fonction a sonné, il a craché la pilule qu'il avait dans la bouche. Depuis dix ans qu'il encaissait sa prime de disponibilité du Programme canadien de contrôle de la salubrité des mollusques, le téléphone n'avait pas sonné en dehors des heures de bureau. C'était l'hôpital de Baie-Comeau.

— Ouais. Ouais, docteur. Bien, il y a trois toxines : la phycotoxine paralysante, la phycotoxine amnestique, puis la phycotoxine diarrhéique… Non… Bien, elles donnent toutes les trois de la diarrhée, au début.

Dans la carrière d'un directeur régional de l'Inspection des aliments, les empoisonnements de masse sont rares. Frédéric Goyette n'avait jamais été mû par l'ambition, plutôt par un souci de la méthode et du travail bien fait. Il a commencé par revoir ses notes sur la crise des moules de l'Île-du-Prince-Édouard de 1987, un cas d'espèce souvent ressassé dans les formations et les exercices interministériels. Ça s'annonçait aussi grave et il ne savait pas encore que la femme du premier ministre était aux soins intensifs. Il a eu un bref vertige. C'était parce qu'il n'avait pas dormi, s'est-il dit, puis il a pris une petite gorgée dans son thermos d'expresso.

En marchant vers son pick-up de l'Agence, Goyette s'est attardé au gyrophare orange : le véhicule en avait été muni pour des situations comme celle-ci. S'il ne l'utilisait pas ce matin-là, la cerise ne servirait probablement jamais. Elle n'a pas servi : le gyrophare, la sirène, le dossard avec la mention fluorescente « Inspection des aliments », la trousse de premiers soins remplie de sacs de soluté périmés : tout cela tenait d'une conception de son métier qui n'était pas la sienne.

La 138 jusqu'à Baie-Trinité était par endroits chargée d'embruns, derniers signes de la nuit fraîche. C'était une journée ensoleillée, de chaleurs incertaines. Goyette a pensé mettre du Tord Gustavsen, mais comme il ne pleuvait pas et qu'il voulait se crinquer, il a ressorti du fond du coffre à gants un disque de *The Thing*. Quand il s'est stationné au début du quai, il l'a laissé finir avant d'enlever la clé du contact. Dehors, il a eu froid au côté gauche et chaud au côté droit. Ça arrivait souvent à Baie-Trinité. Deux Marocains cueillaient la mye au loin et une mémé le dévisageait en fumant sur sa chaise berçante. Sinon, c'était tranquille.

Il s'est dit qu'il joindrait l'utile à l'agréable et qu'il irait boire une grosse Laurentide au bar à Ti-Claude. En s'assoyant au bar, en ne disant rien à personne et en écoutant d'une oreille surhumainement sélective les diverses conversations, il avait par le passé découvert plus d'un manquement à l'hygiène industrielle, plusieurs bris d'équipement ou de la chaîne de froid. C'est ce qui lui valait, de la part de ses patrons, d'être rarement dérangé et, de la part de Ti-Claude et des clients du bar, d'être surnommé Le Snob. Ti-Claude tolérait sa présence parce qu'il laissait un deux de pourboire par consommation, et les ouvriers l'accueillaient parce qu'elle nuisait au boss.

Le bar à Ti-Claude était de ces établissements dotés de vitres teintées pour ne pas, au matin, indisposer la glande pinéale des travailleurs de nuit. Goyette, ça ne le dérangeait pas. Ça sentait là-dedans le poisson que plus personne ne sentait. Il s'est installé au bar avec sa vareuse et sa barbe pas faite. Ti-Claude a tout de suite posé une grosse Laurentide devant lui. Goyette a reconnu Sar'h à l'autre bout du bar. Il a déduit qu'il parlait avec trois ouvriers des Pêcheries Lelarge qui avaient eu le temps de se saouler après leur quart de nuit. Sar'h était le moins rond du lot.

— Moi, je suis sorti fumer à mon break, vers onze heures et demie. J'entendais crier. Je suis rentré. Mais lui, lui. Il a été chanceux.

— J'ai jamais vu autant de plottes de ma vie, a jubilé l'ouvrier qui portait une casquette du Drakkar de Baie-Comeau.

— Non!

— Je te dis. Je suis sorti pour fumer moi avec. Je me suis rendu compte que c'était une vraie chierie sur la plage. Toutes les petites femmes la robe relevée! Je me promenais en leur demandant si je pouvais les aider, mais je me suis rincé l'œil comme le tabarnac.

— Non !

— Il faisait noir hier. J'ai entendu dire que le boss avait fait fermer les lumières du quai.

— Il y avait un petit filet de lune. Je te dis, j'ai pu en voir des dizaines.

— C'est pour ça que t'as passé le restant du shift aux bécosses. Tu te crossais, mon câlisse.

Sar'h, qui ne parlait pas trop depuis que Goyette était entré, a produit un son étrange, mélange de soupir, de toux, d'expectoration, de voyelle nasale et de raclement de gorge. Il en a résulté une forte impression de désapprobation.

— Je ne vois pas ce qu'il y a de bandant à voir la touffe d'une femme qui a le va-vite de l'autre bord, me semble que ça s'annule, a-t-il opposé.

Un drôle d'ange est passé. Ti-Claude s'est plusieurs fois gratté l'orbite. De nombreuses gorgées ont été bues en silence. Deux frappabords ont percuté à répétition le tube fluorescent qui éclairait les bouteilles de fort. Il restait un fond tiède de Laurentide dans la bouteille de Goyette. Il a eu une sorte de flash.

— Et le chef du restaurant, vous savez où il reste ? a-t-il lancé, avec peut-être un peu trop d'enthousiasme.

Ti-Claude en a sursauté.

— Toi, mêle-toi de ce qui te regarde, a-t-on rétorqué de l'autre bout du bar.

Sar'h est parti sans regarder Goyette. Le partisan du Drakkar s'est endormi sur le bar après deux shooters de Jack. Les deux autres ont rajusté leur graine en remuant avec vigueur les passants de leurs jeans et ils sont disparus dans le cagibi des vidéopokers. Goyette s'est forcé à boire le fond pour ne pas justifier sa réputation. Il savait désormais par où commencer.

La marée avait eu le temps de monter sur la plage avant le lever du soleil. Elle en était à redescendre, comme si la lune avait tout flushé. En attendant de parler au chef, Goyette irait prendre des échantillons d'eau et de sable, prélever des mollusques dans les secteurs attenants, interdire le débarquement de buccins et de bigorneaux, vérifier l'étanchéité et la vidange du système d'épuration qu'il avait toujours appelé dans sa tête « la bébelle à Robert ». Mais d'abord il devait retourner à son pick-up, chercher sa trousse d'éprouvettes et de réactifs.

Un vent contradictoire continuait de souffler. En prélevant, Frédéric croyait être seul sur la plage jusqu'à ce qu'il aperçoive au loin un homme petit qui semblait faire exactement la même chose que lui : creuser, tamiser, cueillir, disséquer, éprouver comme lui, avec une troublante symétrie. Il a pris ses jumelles pour regarder l'homme l'observer avec des jumelles. C'était Mori Ishikawa, muni de la même trousse que lui, mais avec des modes d'emploi en japonais sur toutes les bouteilles. Ça s'expliquait facilement, puisque la trousse était faite par la compagnie Mitsubishi.

— Bonjour, monsieur. Mes respects. Je vois que

nous possédons le même matériel ! a dit Mori quand Goyette qui s'approchait est arrivé à portée de voix. Il avait le ton méfiant du pêcheur, jaloux de son spot, qui en rencontre un autre sur une rivière à saumon, mais il faisait combien plus de courbettes.

— Euh. Oui. Je suis Frédéric Goyette, directeur régional de l'inspection à l'Agence canadienne d'inspection des aliments. Et vous ?

Mori Ishikawa a dit qui il était et ce qu'il faisait. Ni lui ni Frédéric n'ont dit pourquoi ils faisaient ce qu'il faisaient. Ils jugeaient tous les deux que l'autre devait bien savoir. Ils ont eu une conversation pleine de hasardements, en tentant de comprendre s'ils avaient affaire à un allié ou à un adversaire. Après un moment, Mori s'est excusé en disant qu'il avait un rendez-vous.

Il en avait un : la veille, il avait passé une bonne heure et demie à aspirer des oursins crus avec Laurie et un peu de citron. Elle était en tenue de soirée et elle en redemandait, mais la marée montait dans la crique et ils avaient dû partir. Mori n'avait même pas l'intention de proposer qu'ils se revoient. Ça s'était fait tout seul. Laurie avait promis de le rencontrer au même endroit, le lendemain, en début d'après-midi, si elle n'était pas morte ou malade – une demi-plaisanterie de sa part.

Elle était déjà là quand il est arrivé. Elle portait son uniforme de cet été-là (veste de gros tricot lâche sur son haut de bikini noir, rien sur le bas, grosses Ray-Ban, crème italienne) et elle lisait les premières pages de *L'Insoutenable Légèreté de l'être* en l'attendant. Adossée à un rocher, elle avait fait un petit coussin en sable pour ses hanches. Elle s'était assise sur de l'arboutarde clairsemée que ses jambes et ses fesses rabattaient. Des tiges plus touffues poussaient devant elle et la protégeaient des regards. Elle avait l'habitude de ne pas faire attention à sa posture. Quand Mori est arrivé, elle a sursauté, incertaine de ce qu'il avait pu voir de son corps.

— Euh. Allô.

Mori avait un sac rempli d'une dizaine d'oursins. Il en avait pêché une centaine et avait choisi ceux-là avec soin, en s'appuyant sur l'échelle de qualité utilisée dans l'industrie japonaise. Ils étaient tous de catégorie 1, ou mieux. Ils les ont dégustés en discutant. À un moment, Laurie a parlé de son impression, pas un souhait, soulignait-elle, une impression, qu'elle ne déménagerait pas à Québec à la rentrée, que quelque chose arriverait, qu'elle ne savait pas qui ou quoi l'en empêcherait. C'était comme ça, c'était tout. Mori l'écoutait en découpant les oursins. Dans cette certitude si ferme à propos d'un flou si épais, le brouillard de Laurie grandissait, doux, mou, palpable. Il s'en délectait.

L'eau a commencé à envahir la crique, devenue clepsydre. Dans l'arboutarde, Laurie et Mori s'étaient allongés côte à côte, les pieds vers le dehors. Leurs orteils se touchaient presque. Ni l'un ni l'autre n'avait songé à grafigner le vouvoiement qui les unissait. Mori a offert à Laurie de lui faire voir son sperme. Elle a eu un sourcillement. Il a précisé que ce n'était pas son éjaculation qu'il voulait lui faire voir, mais son sperme, seulement son sperme, il en avait une petite fiole ici, dans sa trousse, qu'il pourrait vider, là, sur le sable. C'est qu'il devinait en elle une curiosité des fluides. Il aurait pu mentir en disant que ce n'était pas sexuel ou que c'était chose courante au Japon de montrer son sperme. Il ne l'a pas fait. Il a seulement assuré Laurie qu'il ne ferait rien qu'elle ne voudrait pas qu'il fasse. Puis il a souri d'un sourire large, inhabituel chez lui, en regardant le sol. Laurie s'est demandé si le sourire était lourd ou léger. Elle a dit oui.

Mori a ouvert sa trousse Mitsubishi. Parmi les éprouvettes de boue et de jus de mollusque, il y en avait une remplie de sperme, l'équivalent d'une éjaculation insatisfaisante. Il en a versé le contenu sur le sable, a tendu un oursin à Laurie et s'en est pris un. Ils les ont consommés lentement, en ne disant rien. La brise marine moitié chaude moitié froide et le soleil d'août encore perçant ont séché l'échantillon qui s'est lentement contracté. Ils ont regardé le sperme, longtemps, en silence, à plat ventre, appuyés sur leurs avant-bras. Puis le fleuve est arrivé d'un coup. Mori a eu le temps de se lever. Laurie, en costume de bain, est restée un moment couchée pour voir. Dans l'eau salée, séché, recroquevillé sur lui-même, le sperme ressemblait à un crachat ou à un mollusque sans sa coquille.

Laurie n'a pas toléré longtemps l'afflux du fleuve froid sur sa peau. Elle s'est levée et Mori, debout, la regardait réagir. Il y avait longtemps qu'elle n'avait pas eu la sensation physique de son existence. Elle s'imaginait, en la ressentant, une brèche dans un grand barrage de béton, qui le lézarde irrémédiablement dès qu'elle devient apparente. Elle ne pourrait pas contenir ce déversement. L'univers allait changer.

— J'aimerais vous revoir, a-t-elle prononcé distinctement.

Plus loin sur la plage qu'il continuait de patrouiller, Frédéric Goyette a entendu une lamentation pénétrante. Il s'est retourné. C'était Saturne, debout, qui titubait. Il s'était endormi quelque part et la marée montante venait de l'en chasser. Il avait laissé son veston là. Sa chemise blanche était détrempée, sa cravate n'avait plus de nœud. Ses cheveux et sa face étaient couverts d'une fine couche de poussière. Il avait un bras gris-bleu, au premier stade de la gangrène. Frédéric s'est avancé vers lui. Il savait ce qui arrivait : Saturne avait oublié d'ôter son garrot. Il l'a aidé à l'enlever.

— Thanks, man ! Ça fait du bien en crisse. Ouh. Ça picote donc ben.

— Regarde-moi, Saturne.

— Oui. Quoi ?

— Le chef est où ?

— Il a décrissé. En hydravion. Le tabarnac.

Saturne a poursuivi son errance. Plus tard, il allait tomber sur Mori.

Goyette s'intéressait aux alluvions avec l'attention d'un orpailleur. Ils promettaient de charrier des particules de matière fécale qu'il pourrait prélever et tester. Il avait vu quelques particules intéressantes, petites comme de gros grains de sable, d'un éclat particulier. Il n'y en avait d'abord que trois ou quatre par vague, mais elles devenaient de plus en plus abondantes. Il s'est assis là ou se rendaient les vagues pour observer la danse singulière des particules. Elles avaient un comportement plus animal que minéral. Il était facile de leur prêter une volonté : déplier le plus loin possible, en longues traînées, leur chatoiement bizarre. Saisi par le phénomène, Goyette n'a pas reculé. Le fleuve lui est rentré dans les souliers, dans les pantalons, dans la raie. C'était froid, et de plus en plus magnifique. Il en oubliait les risques de toxicité, les possibles origines fécales des particules, même sa mission fédérale.

À seize heures dix-sept, une vague totale, entièrement chargée de ces particules, a déferlé. Puis il n'y en a plus eu d'autres. Cette vague avait le caractère irréel d'une hallucination. Elle semblait irisée comme de l'huile à moteur, mais plus lumineuse, comme incandescente. Goyette l'a vue venir et il s'est éloigné en sacrant. Il est tombé en voulant extirper ses souliers de la vase ; il est resté en pieds de bas.

Le rouleau avait laissé des grains que la marée montante chasserait, mais entre deux vagues et à perte de vue, il était impossible de regarder la plage sans ressentir une vertigineuse sensation d'étrangeté. Goyette a braqué ses jumelles sur le sol parce qu'il n'avait pas de loupe. Il a aussitôt retiré ses yeux des oculaires, comme s'ils venaient d'être brûlés. Il n'avait pas mal aux yeux, mais il les gardait fermés, pour se ressaisir. L'image qu'il avait vue dans les jumelles ne s'était pas imprimée dans son cerveau. Il pouvait tenter de se la remémorer, mais tout son corps réagissait : un chaos l'avait saisi et le raidissait. Ses yeux ne brûlaient pas ; la douleur était existentielle.

quatrième intermède

L'OURSIN

Avec ses pics, l'oursin est le prototype de l'introverti. Sa chair est rouge ou jaune à l'intérieur, comme la mer.

L'étymologie du mot *oursin* est un sujet épineux. Il viendrait de *hérisson* ou d'*ourson*. On serait tenté de trancher le débat en considérant l'animal dans son habitat naturel. On l'observerait sphérique et blindé comme un hérisson apeuré, mais on le verrait aussi mordre dans la roche pour s'y incruster avec le sang-froid le plus ursin.

Dans la collection de coquillages de Laurie, les plus délicats étaient de petits globes vert fade ou blancs, sertis de perles blanches. Elle les trouvait sur la plage, rarement intacts, le plus souvent perforés par la marque distinctive du bec des goélands. Elle avait appris tôt à aimer leur régularité : toujours dix rangées doubles de perles : cinq de perles plus grandes et cinq de perles plus petites, en alternance ; toujours la même forme globuleuse ; toujours la même ouverture dentée à un pôle et l'autre, plus petite et ronde, à l'autre pôle. Ce n'étaient pas des coquillages, mais des squelettes d'oursins. Ce squelette s'appelle aussi le test.

Bien avant Laurie, Aristote s'était intéressé à l'anatomie de l'oursin. Par lui, on sait que les Grecs avaient déjà appris à distinguer sa tête de son cul : « Il se trouve que ce qu'on appelle la tête et la bouche est en bas dans le hérisson, et que l'orifice par où sortent les excréments est en haut[1]. » Aristote avait aussi remarqué que tout chez l'oursin vient par cinq : cinq compartiments, cinq dents, cinq estomacs. Cinq gonades aussi. Faute de mieux, il faisait comme tout le monde et les appelait des œufs : « Au-dessous de l'estomac, se trouve, dans une autre membrane, ce qu'on appelle les œufs, qui, dans tous ces animaux, sont en nombre égal, toujours impair, et cinq en tout. » Ce sont ces gonades qu'on mange. Elles excrètent la semence des mâles ou les œufs des femelles par un pore unique du test, un pore par gonade, cinq pores en tout.

Aristote voyait la semence, le sperme, celui de l'homme aussi, comme un principe d'ordre qui donne forme au sang menstruel pour façonner l'embryon : « C'est là aussi ce que fait la Nature, chez les animaux qui émettent du sperme ; elle se sert de ce sperme

1. Les citations d'Aristote de cet intermède viennent de l'*Histoire des animaux* et du *Traité de la génération des animaux*, dans la traduction de Jules Barthélémy-Saint-Hilaire.

comme d'un instrument qui possède le mouvement en acte, de même que, dans les produits de l'art, ce sont les instruments qui sont mis en mouvement, parce que c'est dans les instruments qu'est, on peut dire, le mouvement de l'art. » Aristote connaissait la pensée des pythagoriciens, dont Alcméon de Crotone, l'un des premiers à avoir vu le cerveau comme le lieu de la pensée. Pour Alcméon, la semence était une partie du cerveau. D'autres pythagoriciens soutenaient que le sperme est une goutte de cerveau, au sens propre.

Dans la trentaine, Laurie allait assister en plongée sous-marine à la dévoration d'une étoile de mer par cinq oursins, chaque oursin s'affairant sur un des bras de l'étoile. Elle resterait longtemps au-dessus de l'étoile de mer condamnée, en faisant aller ses palmes pour tout juste vaincre le courant, captivée par les moyens qu'emploie la nature pour se dévoiler. Cela lui rappellerait les premiers oursins arrangés pour elle par Mori l'été de ses dix-sept ans : leurs gonades poreuses et colorées, disposées en étoile au fond des coquilles.

Avec élégance, Mori lui disait que c'étaient des langues d'oursin, comme on dit outre-Atlantique. Laurie ne posait pas de question : ça ressemblait, en effet, à de petites langues. Ça en avait l'aspect rude, mais pas la coriacité. Elle était la première des Lelarge à goûter l'oursin vert. Jusque-là, elle ne l'avait connu que par ses épines. France lui disait de faire attention quand elle se baignait pour ne pas s'en planter un dans le pied. Laurie n'en avait jamais vu de vivants, sauf peut-être une fois, sur la partie immergée d'un rocher d'où elle aimait plonger. Pour elle, et pour Florence, l'oursin était une légende. « Attention ! C'est plein d'oursins en dessous ! » criaient-elles pour se faire peur quand, lasses de nager dans l'eau froide, elles cherchaient un endroit où poser les pieds.

Dans la bouche, c'était autre chose : la langue de Laurie écrasait la langue de l'oursin sur son palais. Ça faisait un jus épais à la saveur puissante. Le sel, l'iode, l'âcreté du poisson mort : ça goûtait ce que sent la mer les jours de brume où la mer pue. « Les hérissons de mer n'ont pas de partie charnue ; c'est là une organisation qui n'appartient qu'à eux », disait Aristote. De tous les fruits de mer, ils ont toutefois le goût le plus charnel.

Avec leurs cinq dents, les oursins mangent de tout, même de la roche. Ce ne sont pas des filtres comme le sont les mollusques, mais plutôt des chasseurs-cueilleurs. Ils ont une nette prédilection pour les laminaires, des algues vertes qui leur donnent leur couleur. Les Japonais aussi mangent de tout. Ils ont toutefois une nette prédilection pour l'oursin. Robert n'en connaissait pas trop la valeur en négociant son contrat avec M. Utsumi du Conglomérat des teintes, couleurs, pigments, mollusques et crustacés d'Isumi. C'était une grave erreur stratégique : que quiconque puisse manger de l'oursin vert tenait pour lui de la folie ou de la plaisanterie. Il avait un peu ri quand on lui avait demandé s'il pouvait fournir des gonades d'oursin en conserve. Puis on lui avait annoncé le montant. Saturne s'était étouffé. On lui avait donné un peu de thé. Robert avait trouvé un moyen de négocier à la hausse et de promettre des cargaisons farfelues.

Il ne se faisait aucune conception de la pêche à l'oursin : sous-marine, manuelle, fastidieuse. Une fois rentré, il avait tenté d'habiller en hommes-grenouilles quelques Marocains, sans même les ganter convenablement.

L'idée que Mori était un agent de la police japonaise chargé de l'incriminer du meurtre d'une prostituée tokyoïte n'avait pas complètement quitté le cerveau de Robert. Mais plus le temps avançait, plus il se faisait à l'idée que Mori était surtout à Baie-Trinité pour s'assurer de la livraison des oursins. À l'anniversaire de Laurie, quand Mori avait posé sur la table le cageot, Robert s'était senti menacé : « Vois comme c'est facile de sortir des oursins de ce fleuve-là, l'invectivait le cageot. Il ne faut pas vendre la peau de l'oursin avant de l'avoir tué. »

11

Après la vague de seize heures dix-sept

À Baie-Trinité, quand le fleuve est agité, on dit qu'il y a de la vague. De la vague, nom singulier collectif. On n'a jamais vu de tsunami. Qu'une vague puisse, par son éclat ou sa puissance, se détacher de « la vague » pour devenir « une vague », on n'a jamais vu ça non plus. La vague est un phénomène nombreux, comme une volée d'outardes ou les rides sur un visage. Pour remarquer la ride qui n'en est pas une, mais plutôt la cicatrice d'une vieille blessure, ou pour remarquer l'outarde fatiguée qui sera laissée derrière, il faut s'arrêter et observer. Les pêcheurs n'avaient pas le recul, les débardeurs n'avaient pas le temps. Les gens du village, Frédéric Goyette le découvrirait, avaient tous quelque chose d'autre à regarder : une route, un écran, un bébé, l'enfoncement d'un clou, un bikini, un arbre, un tachymètre. Goyette ne pouvait pas croire qu'il avait été le seul témoin de la vague de seize heures dix-sept. Mori Ishikawa devait l'avoir vue : il était sur la plage lui aussi, mais il serait extrêmement difficile, croyait déjà Goyette, d'aborder de front la question avec lui.

D'ailleurs, le souvenir de la vague pâlissait dans l'esprit de Goyette. Comment une image si marquante peut-elle si rapidement s'évaporer de la mémoire? Il n'en savait rien. Il mettait ça, sans trop y croire, sur le dos de l'insomnie.

À seize heures dix-sept, au presbytère, Laurie avait constaté en ôtant son bikini pour mettre des bobettes qu'elle était encore plus mouillée qu'elle ne l'avait cru. Elle s'était remise à lire tout en se masturbant, comme si les deux gestes nourrissaient en même temps deux appétits aussi impérieux l'un que l'autre. Elle n'était pas très avancée dans *L'Insoutenable Légèreté de l'être*: Tereza racontait son rêve de piscine. La concentration de Laurie s'appliquait tout entière à lire; quand il fallait tourner la page, elle encaissait par paliers le plaisir qui montait. À un moment binaire, la lecture était devenue impossible. Elle avait fermé les yeux et elle avait joui aussitôt, fort.

Un peu après, elle est allée sur la galerie en jeans et en camisole. Elle voulait continuer de lire, mais elle savait que Florence arriverait bientôt. France et Robert étaient partis la chercher à l'hôpital de Baie-Comeau, où l'on avait mis la journée à la réhydrater. Les couloirs débordaient de civières où les victimes de Saturne récupéraient au goutte à goutte.

Laurie a pris le livre. Elle n'a pas lu. Elle ne voulait pas lire « en attendant ». Son regard s'est porté sur la plage, qui n'avait plus rien d'anormal, sur le Saint-Laurent et son ondulation. Elle s'est mise à penser au sperme de Mori emporté par la mer : une grosse goutte ou un petit amas, une boule, dotée de sa propre transparence dans la transparence de l'eau, qui dérivait en allongeant des rayons et en s'effilochant. Les trois cents millions de spermatozoïdes des cours de biologie s'y trouvaient : deux fois plus de spermatozoïdes dans l'éjaculation de Mori que de Japonais au Japon. Le sperme : les spermatozoïdes, et leur habitat liquide nourricier, devenaient de la mer comme le reste du plancton. Il y a eu du vent et la sirène d'un bateau. En un eurêka amoindri par l'embarras de ne pas l'avoir eu plus tôt, Laurie s'est mise à prendre le sperme pour ce qu'il était : la preuve matérielle d'un orgasme de Mori. Même si ça clarifiait les choses, elle n'était pas certaine que ce n'était que ça qui l'avait tant excitée.

Avant que Robert offre, en mai, une Jaguar décapotable à France pour sa fête, Laurie n'avait jamais entendu un vrombissement de moteur si aigu. La stridence, comme elle s'était mise à l'appeler, interrompait ses longues discussions de mémés avec Florence. Ça leur donnait la chair de poule à toutes les deux. Florence disait que tant de puissance mécanique la prenait au corps, évoquait le cliché de l'animal sauvage suggéré par la marque. Laurie disait que ça lui rappelait la fraise du dentiste. La différence les faisait éclater de rire.

France ne conduisait plus sa béëmme depuis qu'elle avait la Jaguar. Laurie se disait qu'elle la gardait pour l'hiver, mais, avec l'hospitalisation de Florence, ça devenait de plus en plus clair que les parents se sentiraient coupables et finiraient par la lui donner. En voyant Florence arriver au début de l'été, France avait d'ailleurs dit tout bas à Robert qu'elle faisait un peu pitié avec sa Mazda. La Mazda n'échoirait donc pas à Laurie. À un cousin éloigné, peut-être. Par souci d'équité, on offrirait à Laurie une béëmme, neuve, mais plus petite, pour la rentrée. Laurie avait son permis, mais elle n'avait jamais vraiment conduit. Elle connaissait son étourderie et, un volant entre les mains, elle savait qu'elle ne pouvait qu'être un danger public. Tout ça ne faisait que renforcer sa conviction qu'elle n'irait pas à Québec, qu'elle ne commencerait pas le cégep. Et elle se remettait à penser à Mori.

Le bruit de dentisterie a coupé court aux rêveries de Laurie sur les conditions de production par le Japonais du sperme devenu plancton. Elle est allée les accueillir dans l'entrée. C'est France qui avait conduit. Robert avait laissé le siège avant à Florence. Debout, il peinait à se désankyloser. Laurie a tout de suite remarqué qu'il n'avait pas de gel dans ses cheveux. Elle s'est demandé s'il était malade lui aussi. S'il l'était, il le cachait bien. Sa bouche et ses sourcils s'arquaient anormalement. Il avait plutôt l'air de retenir une trop grande colère.

Robert est monté à son bureau direct. France est allée se faire des soucis à la cuisine, en regardant la plage à travers les lattes du store. Elle a aperçu Mori. Il se livrait comme d'habitude à ses prélèvements, à ses recensions. Il la dégoûtait : il avait voulu donner des fruits de mer à Laurie, il avait été froid au restaurant avant de disparaître quand tout le monde s'était mis à chier et Robert se comportait devant lui comme un chiot. Elle a dit tout haut, mais entre ses dents, une phrase étrange, empreinte de toute cette clairvoyance qu'une mère peut avoir et qui passe souvent pour une coïncidence.

— L'Homme-qui-vient ! Le v'là encore qui arpente la plage…

Le surnom allait rester.

Florence était contente d'avoir du thé qui l'attendait. Après une vingtaine d'heures à boire par les veines, ça fait toujours du bien. Laurie lui a demandé si elle le préférait glacé. Oui. Les deux filles ont repris leurs places dans les chaises berçantes.

— Je vis quand même mal avec ça. Tout le monde m'a vu chier, il paraît. Ça pourrait se retrouver sur Instagram, a résumé Florence quand elles sont arrivées au vif du sujet.

— Comment ça « il paraît » ?

— C'est ce qu'on m'a dit, je m'en souviens plus bien… Dis-moi. J'avais hâte de te voir, t'es la seule à qui j'oserais demander ça : c'est que, à l'hôpital, je me suis rendu compte que j'avais plus mon string.

— Si t'as chié au point de te retrouver à l'urgence, c'est dans l'ordre naturel des choses, a tranché Laurie.

— Non, je veux dire : je me rappelle avoir fait de l'œil pas mal au chef. Je me demande si je ne me suis pas débarrassée de mon string *avant* que ça vire mal, si tu vois ce que je veux dire.

— Je peux pas t'aider. J'étais pas là.

— Oui, t'étais là. T'as dit à mononcle Réginald que son surnom sonnait faux depuis au moins trente ans. Puis t'as pris mon téléphone pour lui montrer des peintures épeurantes.

— Je suis partie après le cocktail, quand vous êtes rentrés dans le restaurant, à cause de mes « allergies ». Tu t'en rappelles pas ?

Laurie prononçait les guillemets comme personne. Son visage en prenait presque la forme d'un chevron.

— Non…, a répondu Florence.

Un désarroi croissant montait sur son visage olivâtre aux joues creuses, aux yeux vitreux.

— Crisse, a-t-elle poursuivi, le chef a mis du djiétche dans mon verre !

L'hypothèse du GHB ou d'une autre drogue du viol n'était pas farfelue. Laurie et Florence l'ont sérieusement explorée pendant trois jours : elles ont fait des recherches sur internet, elles ont commencé à interroger les cuisiniers. Après ces trois jours, Goyette se serait mis à enquêter et annoncerait, dans son premier point de presse télévisé, des conclusions qui les rassureraient un peu.

Laurie et Florence n'ont pas été les seules à échafauder des théories. Pendant trois jours, en l'absence d'une explication scientifique sanctionnée par les médias, les mécanismes folkloriques de la fiction se sont réactivés, ces mêmes mécanismes dont viennent toutes les légendes et plusieurs choses qui passent pour la vérité. Chacun puisait dans ce qu'il redoutait et ajoutait ce qu'il fallait d'inconscient. Pour les plus prosaïques, c'était une intoxication, car les fruits de mer, c'est connu, vous intoxiquent. Comment ? Cela venait de la cuisson (insuffisante, à la mode de Montréal), de la manière qu'ont les Marocains de cueillir la mye, de bateaux gaspésiens qui coulaient l'huile. « La science nous le dira bien ! », ne patientait personne. On racontait au village que, parce qu'il n'y avait plus de papier de toilette dans le restaurant, le boss, Robert Lelarge, offrait des billets de cinquante à qui voulait se torcher. Les pêcheurs, jamais à portée d'oreilles des profanes, parlaient de la vengeance de diverses créatures marines : homards géants ou tricéphales.

Le psychanalyste de la femme du premier ministre en a fait plusieurs séminaires. Il a changé les noms, mais ça n'a dupé aucun initié. Cette théorie-là continuerait de circuler bien après les points de presse de Goyette, comme beaucoup d'autres, et pas les moins farfelues. C'est que la femme du pëemme, une fois sortie du coma, n'avait pas comme Florence oublié où elle avait mis son string. Elle avait oublié où elle avait mis sa vie. C'était comme dans les romans de ce sous-genre qu'on pourrait appeler le suspense d'amnésie. La première mission du psychanalyste était de lui faire prendre conscience par l'hypnose qu'elle aimait son mari. Le péëmme se disait que ce serait facile, puisque ses faiseurs d'image avaient réussi le même coup avec la population entière du Québec. Il avait tort.

Les journalistes ne lâchaient personne au bureau de l'Agence canadienne d'inspection des aliments et Frédéric Goyette, encore dans le vague bien après seize heures dix-sept, allait devoir rapidement comprendre quelque chose à tout ça. De son pick-up, il a appelé le maire de Baie-Comeau, la ministre responsable de la région et sa blonde, Myriam, pour lui dire qu'il ne rentrerait pas souper. Dommage, il lui avait promis du gravlax. Il a appelé au restaurant montréalais du chef. Celui-ci avait averti les propriétaires qu'il ne reviendrait pas avant la Noël. C'était le genre d'idiosyncrasies langagières qu'il utilisait parfois. Comment il avait pu noliser un hydravion ? Ça, personne ne semblait le savoir.

Après plusieurs appels en France, Goyette a retracé les inspecteurs du *Guide Michelin*, pourtant venus incognito.

— C'était une étoile assurée, peut-être deux, jusqu'à ce que j'aie..., s'est mis à chuchoter l'inspecteur... la courante...

— La courante ?

— Ouais... Vous savez... La courante... La cliche !

— La cliche ?

— La chiasse, quoi !

— Ah ! D'accord. C'est justement de cette chiasse que je veux vous parler.

Il a ensuite parlé à quelques plateaupithèques. Il les trouvait snobs. Comme quoi on est toujours le snob de quelqu'un... Quand Goyette leur posait la question précise qui lui permettrait de confirmer ou de rejeter l'hypothèse selon laquelle la vague de seize heures dix-sept portait des particules d'origine fécale – « Pouvez-vous me décrire vos selles, me dire, du moins, de quelle couleur elles étaient ? » –, il se butait immanquablement à l'une de ces trois réponses inutiles :

1. « Il faisait trop noir pour que je puisse voir. »

2. « Je voudrais bien vous aider, mais je ne me rappelle plus très bien. Ce n'est pas juste l'alcool, vous savez. »

3. « Sachez, monsieur, que j'ai mieux à faire que de regarder mes excréments. »

Robert serrait fort les accoudoirs de sa grosse chaise de bureau devant quatre écrans. Dans un coin, le Nikkei prenait une petite plonge ; dans un autre, le cours du yen s'en ressentait ; dans un troisième, High Liner venait d'acheter une usine de surgélation en Islande. Il ne réagissait pas. L'ankylose ne s'estompait pas et il ne la devait pas qu'à l'exiguïté de la Jaguar. Son corps était tendu, son côlon grouillait encore même s'il avait abusé des Imodium. À l'hôpital de Baie-Comeau, où l'on avait dû signaler un code orange, de nombreuses victimes de Chez Saturne l'avaient reconnu. Peu de mots avaient été échangés, mais, dans leurs regards, il avait lu une déception fiévreuse. Il s'était senti soulagé d'avoir une Florence livide à son bras. Mais maintenant, ce soulagement lui faisait honte.

On disait au village que si Robert Lelarge n'avait pas de gel dans les cheveux, c'est qu'il faisait au moins quarante de fièvre. Robert le savait et il l'avait fait exprès. Ne pas se coiffer, c'était tout le *damage control* dont il était capable. Il allait falloir engager une firme. Il allait falloir aussi parler aux actionnaires : aller les chercher, l'un au bord de l'overdose, l'autre entre deux incantations. Il a eu envie de prendre les devants et d'appeler à Tokyo, au Conglomérat des teintes, couleurs, pigments, mollusques et crustacés d'Isumi. Quelqu'un lui répondrait. Il expliquerait ce qui était arrivé. Il s'est retenu : les yens continueraient de s'empiler dans les comptes de la compagnie. Il n'avait rien à faire tout de suite. S'ils cessaient de s'empiler, Robert connaissait des avocats doués en avocasseries internationales. De toute façon, Mori Ishikawa, s'il travaillait vraiment pour eux, avait déjà contacté le Conglomérat. S'il n'arrivait pas d'ici quelques jours avec une remontrance assortie d'une demande d'indemnité, c'était qu'il était un flic et que ça posait un tout autre type de problème. Il y avait aussi Goyette. Lui ou Mori ne tarderaient pas. L'ennemi viendrait de la plage.

Florence et Laurie ne pouvaient sous aucun prétexte entrer dans le bureau. France avait l'autorisation de cogner à la porte si ça avait à voir avec le travail. Contrairement à ce que les filles avaient cru toute leur enfance, Robert et elle n'y faisaient jamais l'amour. Robert s'y masturbait souvent, toutefois.

France a cogné. C'était Goyette, justement. Il était à la porte, en bas.

Laurie et Florence l'avaient vu arriver depuis la galerie, sa trousse Mitsubishi à la main, mais il n'avait pas levé son regard vers elles, par exprès, s'étaient-elles dit. Goyette était disparu sous les planches, juste sous elles, sans qu'elles puissent le voir par les ajourages trop serrés, mais elles l'entendaient bien. Le pas enragé de Robert a fait vibrer le bois de leurs chaises berçantes et celui de toute la maison quand il est venu répondre. Le store de la porte a claqué tellement il l'a ouverte raide.

Une bactérie ou une toxine, ça ne se voit pas à l'œil nu, mais Goyette tenait quelque chose de physique. Le regard de Robert se dirigeait vers l'échantillon – un centimètre d'une poudre blanche au fond d'une éprouvette –, mais quand il s'y rendait, toute sa tête se détournait, comme par réflexe. Ça prenait Robert dans le cou, comme un torticolis qui s'ajoutait à son ankylose. Il voulait regarder, mais ses muscles s'y refusaient. Le moindre coup d'oeil lui faisait l'effet d'une poignée de sable dans les yeux, mais sans la douleur. Il y avait tous les réflexes de l'irritation, sauf la douleur. L'irritation prenait la muqueuse des yeux, mais, ni caustique, ni brûlante, elle venait d'ailleurs : du monde situé entre l'intérieur et l'extérieur du corps, entre la perception et la réaction, là où existent aussi la nausée, le vertige et l'éblouissement.

— Peux-tu bien me dire ce que c'est que ça ?

— J'allais te poser la même question, a répondu Goyette, fier de son coup.

— Mets ça ailleurs !

Goyette a obtempéré. Il a mis l'éprouvette dans sa trousse Mitsubishi, dans une gaine de plastique noir. Robert a repris son ton habituel.

— Qu'est-ce qui me vaut la visite, Goyette ?

— Tu le sais.

— Pour le restaurant, c'est Saturne qu'il faut aller voir.

— Je l'ai déjà vu. Disons que ce que t'as vu dans l'éprouvette, j'ai l'impression que ça vient des déjections des invités d'hier, au restaurant.

— Déjections… T'en as des grands mots, Goyette.

— O.k., Robert, je vais jouer franc-jeu : je suis en train de chercher une raison de pas fermer ton usine au complet dès demain. Aide-moi.

— Comment ? Ta poudre, je sais pas c'est quoi. J'ai jamais vu ça. La poudre, comme tu sais, c'est plus l'affaire de Saturne.

— Je veux parler à Florence.

— Tu veux la sauter, hein, Goyette, tu veux sauter ma fille !?

Sur la galerie, Florence s'est mise à gesticuler. Laurie l'a calmée.

Robert pestait. Le soleil couchant et le sang dans sa face faisaient rougeoyer ses cicatrices d'acné. Goyette savait qu'il n'était plus que ressentiment.

— Je veux pas la *sauter*. Je veux lui parler de ce qui est arrivé hier.

— Elle se souvient de rien. Strictement rien. Elle a tout oublié.

— Bon... Alors elle a une amnésie.

— Je vais t'en donner une amnésie, moi, a serré les poings Robert.

— Et toi, Robert ?

— Moi ?

— Oui. Peux-tu juste – c'est important –, juste me dire de quelle couleur étaient tes matières fécales ?

— C'est pas de tes crisses d'affaires. Ma marde, c'est ma marde. Tu salueras la reine pour moi, a-t-il claqué la porte.

Goyette est resté un peu figé. Il a respiré profondément. En retournant vers son pick-up de fonction, en voyant sur la carrosserie « Agence canadienne d'inspection des aliments » avec la petite feuille d'érable, il s'est mis à rire. Ça avait toujours été sa façon de réagir à l'immensité : un petit rire suivi d'un gros vague à l'âme.

Sa blonde n'a rien vu dans son visage où tout ne faisait tout le temps que s'abîmer, sauf un profond désir. C'était la seule émotion qu'elle savait toujours y déchiffrer et ça lui suffisait. Ils ont fait l'amour sans fatigue et sans inhibitions. Après, Goyette a préparé son gravlax. L'insomnie, en des temps pareils, n'était pas une mauvaise chose.

12

Jusqu'à ce que la mer les libère

On n'est jamais aussi seul que sur un homardier de quarante-deux pieds, entre Natashquan et l'île d'Anticosti, mais loin des deux, quand se lève une tempête qu'aucun météorologiste n'avait vu venir et qu'un léger mal de gorge cloue au lit l'assistant qu'on avait engagé parce que c'est un bon petit gars, mais que tout compte fait c'est un bon petit lâche.

C'était arrivé à Serge Cabana, surnommé Hercule, l'épouvantail de Laurie, un bon bout de temps avant que Goyette ne se pointe avec son éprouvette de poudre. Jusque-là, Hercule s'était plu à raconter qu'il avait trois fois cru mourir, mais jamais sur son bateau : la fois que sa barbe avait pogné en feu, la fois qu'il s'était fait poignarder dans un tout-inclus, et la fois de son accident de chasse. Il ne l'a plus dit après.

Quand c'est arrivé, il venait de vider ses casiers. La pêche avait été moyenne et il avait très bien pu faire le travail sans le petit lâche. Le nom de son bateau, *La Jument de Diomède*, témoignait de la suite qu'il avait dans les idées. Auparavant, il avait été capitaine de l'*Irremplaçable III*, un nom associé aux pêches miraculeuses de quatre générations de Cabana. L'*Irremplaçable IV* aurait fait un peu antinomique, il s'était dit. Il fallait arrêter ça là.

Sur la tempête, il n'y avait pas grand-chose à dire. « Il fallait être là, expliquerait-il toujours par la suite, je dirais bien que c'en était une tabarnac, mais j'en ai vu des tabarnacs et elles m'ont pas fait peur. Celle-là, elle m'a fait peur. » Le ciel était devenu sombre. Hercule n'avait même pas eu le temps de s'en rendre compte que le vent se mettait à souffler et des vagues de huit étages soulevaient la *Jument*. La coque de fibre de verre percutait le golfe à chaque redescente et le choc dans ses os, dans ses gosses, dans sa mâchoire immobilisait Hercule et lui coupait le souffle. La pompe peinait. À la crête d'une lame, il avait vu une tornade s'avancer direct sur son bateau, une tornade pleine d'eau, toute faite d'eau, une trombe. Il jurait à qui voulait l'entendre que la tornade était aussi pleine de homards, dont plusieurs, à vue de nez, devaient faire vingt livres. On riait de lui : dans une telle tourmente, qui était-il pour jauger comme ça les homards ? C'était mal connaître son œil.

Ce dont Hercule ne parlait pas à n'importe qui, toutefois, c'est qu'après avoir vu la tornade faite d'eau et de homards, il n'avait pas pris sa corne de brume, sa bouée de sauvetage ou son paquet de cigarettes. Il avait pris son rosaire. Ça s'était bien passé. À un moment, un rayon avait percé le ciel pour lui faire savoir ce qu'il devait savoir.

Oui. Hercule croyait en Dieu – en Jésus plutôt – comme ça, par bouffées mystiques, quand il avait soudain besoin d'une intercession. Il croyait en un Jésus spécifique qui, selon lui, se réjouissait d'être vénéré de cette façon intermittente : le Jésus des marins, celui-là même qui a marché sur l'eau.

Parmi les pêcheurs qui accostaient à Baie-Trinité, il y avait plusieurs anglophones de la Basse-Côte-Nord : tous d'assez fervents protestants, sauf un Juif qui tenait ça mort. Il y avait plusieurs niveaux de catholiques aussi, du presque marguillier au quasi-renégat. Quelques bohémiens s'étaient convertis au bouddhisme, comme à la pêche, sur le tard. Personne ne se proclamait athée, mais plusieurs s'en foutaient pas mal. Malgré tout, tous, sans exception, traînaient sur leur bateau une ou deux bondieuseries d'urgence. Ce n'est pas difficile à comprendre : quiconque a déjà eu pas mal d'eau dans le nez a eu sa rencontre fugace avec l'absolu.

C'est Suzanne qui saisissait le mieux cette religiosité particulière des pêcheurs. Ils avaient tous les mêmes craintes, les mêmes désirs. Pour avoir tant d'amants parmi un groupe si restreint, il faut avoir une bien duveteuse discrétion dans laquelle les accueillir. À elle, ils pouvaient se confier.

« Est-ce que c'est Hercule ou est-ce que c'est Encule ? » demandait Suzanne avec enjôlement en écartant ses fesses généreuses pour lui laisser voir son anus et une partie de sa vulve. De son autre main, elle laissait couler du lubrifiant dans sa raie. Ils avaient déjà leurs petites habitudes. Il l'avait prise pour la première fois sur la plage, un après-midi très chaud de mai, après que le déchargement d'une abondante cargaison l'avait mis dans un état d'esprit triomphaliste. Il n'avait pas su résister à la robe mince qu'elle portait pour se donner des airs de gitane abondante.

Depuis, il aimait le secret dans lequel ils s'enrobaient les lundis après-midi. Elle l'invitait chez elle, dans sa maison troglodytique (« c'est une grotte, avait-elle quand même dû lui expliquer, mais avec des lumières et bien arrangée »). Il savait qu'elle couchait avec beaucoup de pêcheurs, mais la façon dont elle était à lui chaque fois le faisait chavirer. Il n'en parlait pas. Le contact de leurs corps était vaste et plein de renflements. Après, elle faisait du thé ou lui offrait une orange. C'était la trame olfactive du secret : encens, humidité de la roche, musc des fesses obèses, sueur, thé, orange.

Parfois, même si sa chair en redemandait, Hercule se sentait mal de faire ça avec une grosse femme. Il s'apaisait en se disant qu'il s'assurait d'un respect syndical envers les pêcheurs. Ça, Suzanne le lui laissait croire avec douceur.

Suzanne revenait nue avec du thé après s'être « débarbouillée » (c'était son euphémisme). Elle fumait une

Du Maurier. Sur le lit, Hercule s'était couvert d'un drap, comme un Romain. Il avait allumé la télé. Un tel geste suffisait à vous bannir à jamais du petit noyau des pêcheurs amants de Suzanne, mais c'était le téléjournal, pas le régional, non, le gros. Devant un peloton de micros, Goyette s'exécutait.

— Qu'est-ce que tu penses qui est arrivé, toi ? lui a demandé Suzanne en allant se coller.

— C'est ce qui arrive quand tu fais cuire sept minutes un homard de deux livres.

Des hypothèses qu'Hercule avait envisagées, c'était la plus dicible.

Pour voir Goyette au téléjournal, Robert avait racheté une télé. On n'en avait pas vu au presbytère depuis le traumatisme de *L'Été de mes onze ans*. Il faut dire que Florence n'était plus souvent là pour s'en plaindre et que Laurie avait tous les livres pour elle.

C'était quatre jours après « les événements de Baie-Trinité » (c'était l'euphémisme des médias). Goyette entamait sa centième heure d'éveil d'affilée et ce n'était plus le fun pantoute. Il avait des frissons dès qu'il arrêtait de boire du café et il s'était réfugié dans la musique lunaire d'Edward Vesala. Son cerveau distinguait de moins en moins les intuitions des idées naufrageuses. Pour ne pas gaffer, il avait écrit d'une main tremblante une liste de choses qu'il pouvait dire en point de presse et une autre de choses qu'il ne devait absolument pas dire. Il avait du mal à ressentir la nervosité. Il aurait dû savoir qu'il allait se réfugier dans le silence beaucoup plus que dans la tergiversation.

Les choses qu'il pouvait dire : personne n'était mort (un bon début), certains avaient une amnésie plus ou moins prononcée des événements antérieurs à l'intoxication, beaucoup d'échantillons avaient été envoyés dans des laboratoires partout au Canada, les Pêcheries Lelarge avaient accepté l'inspection de l'usine et collaboraient avec les détaillants, mais, comme personne n'avait eu de symptômes après avoir mangé des fruits de mer destinés au détail, on ne pouvait justifier leur retrait des tablettes.

Goyette ne pouvait pas dire que le chef du restaurant s'était enfui dans un hydravion dont le propriétaire était lié au crime organisé, ni qu'il avait appelé sa propre mère pour lui dire de ne plus manger de crevettes des Lelarge. Il ne pouvait pas parler de la vague de seize heures dix-sept et de la poudre irregardable qu'il en avait extraite. La poudre, chimiquement, ne contenait que de l'eau et quelques impuretés minérales, comme de la neige qui ne saurait plus fondre. Il savait qu'il ne pouvait pas dire en public ce qu'il pensait la nuit : quelque chose se passait qui dépassait l'ordre biologique. Il cherchait une neurotoxine, comme la phycotoxine amnestique, mais une neurotoxine s'attaque au fonctionnement des nerfs ; il avait peut-être affaire à une toxine qui s'attaquait aux fondements mêmes de l'existence. La nuit, il l'appelait *ontotoxine*, une toxine s'attaquant à l'être en tant qu'être. Oui, il en était rendu là. Myriam, sa blonde, quand elle entendait du Vesala, savait que la pensée de son chum devenait absconse et terrifiante. Elle allait cueillir des graines rouges pour faire de la confiture qu'elle lui servait avec des boulettes. Elle l'incitait à jouer de la guitare. Ça le faisait en général revenir sur terre. Pas là.

L'été, le monde ralentit et il n'y a de place dans l'actualité que pour une ou deux nouvelles que des stagiaires s'arrachent avec voracité. Il y a eu un buzz autour de Goyette et Goyette a détesté ça. Sa première phrase devant le barrage de flashs a commencé par : « Il y en a des mieux placés que moi… » Ses cheveux étaient défaits ; ses yeux, concaves. Il ne s'était pas rasé et il portait son habituelle vareuse sur un t-shirt sale. Il n'arrivait pas à faire des phrases complètes.

— On a trouvé plusieurs toxines connues, mais en très faibles quantités, des quantités…

— Vous voulez dire que vous nous laissez manger des toxines ? a enchaîné avec vivacité une stagiaire, avec le ton de celle qui allait se faire sa place.

— … des toxines en quantité infinitésimales

Le mot ne passait pas. Il y avait aussi ces interminables silences, ces haussements d'épaules, cette absence apparente de nervosité qui passait pour une absence d'empathie, cette réticence à se prononcer. Ne pas avoir d'opinion est souvent pire que d'avoir la mauvaise opinion. Goyette avait l'air d'un géant énigmatique et il n'inspirait pas confiance. Il allait revenir, presque chaque jour pendant deux bonnes semaines, pâtir devant les micros. Les journalistes aimaient le haïr et le faire haïr. L'été, en suivant les nouvelles avec dissipation, entre deux drinks ornés de parasols, on pouvait facilement croire à sa gueule que c'était lui, Frédéric Goyette, qui avait à dessein empoisonné la femme du premier ministre.

— Il me revient pas, le petit crisse de fonctionnaire, a dit Hercule avec conscience de classe, alors que le téléjournal passait à la contamination des piscines publiques montréalaises par la bactérie E. Coli ; c'était l'été de toutes les contaminations.

— Arrête ! Il a pas l'air si méchant, a susurré Suzanne, avec ce sourire qui ramenait les pêcheurs à sa longueur d'onde.

Robert ne le disait pas, mais, juste avant le début du reportage, il avait vu presque blanc. Il respirait mieux maintenant. On lui téléphonerait sans doute de chez Loblaws ou de chez Métro, en court-circuitant le distributeur, mais il saurait peut-être parler de façon plus rassurante que Goyette. Pour les Japonais, il allait falloir attendre l'Homme-qui-vient.

Les Marocains continuaient de remplir des caisses d'oursins et de coquillages. Des ouvriers continuaient de surgeler, de mettre en conserve. Les boîtes continuaient de s'empiler dans des camions frigorifiques qui prenaient le chemin de Dorval. De là, des avions continuaient de partir pour Tokyo.

À l'autre bout du salon, Laurie et Florence regardaient aussi Goyette sur l'écran plat. Elles lui accordaient en ricanant le charme du criminel. Robert sentait ces ricanements rebondir partout dans sa poitrine. Elles s'en crissaient et il savait que c'était à cause de lui. Leur complicité lui faisait mal aux côtes. Pour la première fois, il a pensé qu'il était peut-être trop tard. « À combien estimez-vous les pertes prévisibles, les filles ? Et qu'est-ce que vous feriez pour relever l'entreprise ? » s'imaginait-il dire autour d'une table à ses filles préoccupées vêtues de tailleurs, dans une version différente de son histoire, épurée comme les locaux tokyoïtes du Conglomérat des teintes, couleurs, pigments, mollusques et crustacés d'Isumi. Il a éteint la télé, l'a débranchée et l'a impulsivement installée dans son bureau. Florence a rouspété un peu. Laurie n'a rien dit.

Au casse-croûte Chez Cécile, un soir, Mori Ishikawa a essayé le riz aux crevettes. Ça venait avec une sauce blanche. Il n'a mangé que les crevettes. Dans ses bagages, il avait un cuiseur à riz, mais, en tentant de le brancher dans sa chambre de motel, il avait provoqué un court-circuit. Il mangeait beaucoup d'oursins, avec Laurie et du citron, ou seul, nature. Chez Cécile, il préférait commander des hamburgers ou de la poutine. Il aimait la texture gommeuse du fromage en grains, mais on se tanne de cette nourriture-là.

Quand Goyette est passé au téléjournal pour la première fois, Mori venait d'emménager chez Louis Berthelot, contremaître de nuit de la chaîne de congélation, frère de Sar'h. Il avait vu une petite annonce dans le *Plein Jour*. Berthelot, cocu, venait de divorcer et il préférait habiter sa cache de chasse – jusqu'à l'hiver du moins, le temps que ça se tasse – et louer sa maison.

Mori avait enlevé les cadres des murs et empilé tous les meubles au sous-sol. Il n'en avait rien à faire. Il avait passé une bonne semaine à tout repeindre en blanc. Pour s'habituer à l'accent québécois et pour briser la solitude du peintre, il laissait jouer toute la journée le téléviseur posé sur le sol. Goyette est apparu à l'écran. Mori l'a reconnu. Il s'est assis sur le plancher de bois pour le regarder dans la maison vide.

13

L’impact du maringouin

Saturne avait toujours aimé aller au guichet automatique. Au cours de sa vie, il en avait fait l’expérience sous l’influence de plusieurs psychotropes. Avec la kétamine, il avait l’impression que le guichet était une bête goulue, qu’il nourrissait avec sa carte comme on donnerait de la moulée à l’hippopotame d’un zoo. Les variétés surpuissantes de cannabis oléagineux prolongeaient le bruit d’aspiration quand il insérait sa carte : venteux, mécanique, comme celui d’un tour de tapis volant. Il avait un NIP d’adolescent : 6969, et il le partageait avec tout le monde.

Pour se rendre chez lui, au lac Cléophas, il fallait faire un bon bout en ski-doo ou en quatre-roues. L’hiver, ça prenait des raquettes. C’était assez écarté pour que personne ne se rende là sans connaître Saturne, ou au moins sa réputation. Il n’était assuré ni contre le feu, ni contre le vol. Se câlisser des risques qui inhibent l’homme financier, héberger indéfiniment qui le voulait bien et faire fonctionner les guichets automatiques comme des bornes-fontaines : être riche, pour Saturne, c'était à peu près ça.

Sa cache de chasse avait été reconstruite quelques années plus tôt, avec des matériaux nobles. C'était luxueux, mais sale, et il régnait une atmosphère propre au luxe sale. Saturne marchait nu sur le tapis ce matin-là. Il ne savait pas trop s'il y avait du monde aux autres étages. Une fois, mais il ne s'en vantait pas, un ours avait passé quelques jours chez lui parce qu'il l'avait pris pour un coloc de passage particulièrement gourmand.

Il y avait quatre filles et trois gars à l'étage : des employés recrutés dans des restaurants à la mode de Montréal, désormais désœuvrés et amoureux de la Côte-Nord. Ils regardaient *Caillou* à la télé en mangeant des céréales dans des boîtes individuelles.

— Crisse ! On dirait une garderie trash, a cru dire Saturne.

La première commis pâtissière a vu la bouche de son patron prendre approximativement la forme des voyelles, mais il n'en est pas sorti un son. La présence de Réginald a quand même été reconnue d'un « Heille ! Sa-turne ! » peu convaincu.

Dans la cuisine, Saturne a vu son reflet dans le métal poli d'un percolateur commercial. Il n'avait jamais pris le virage expresso. Dans les partys de famille de plus en plus rares, il exaspérait tout le monde en réclamant un café filtre avec le ton de celui qui n'est pas encore devenu snob. Suzanne ou France mettait à sa portée une grosse tasse et la pleine carafe de la cafetière. Elles en préparaient une autre pour quand il demanderait un réchaud.

Il s'est attardé à son reflet rendu filiforme par l'effet de lentille. Il avait l'air, dans le percolateur, d'un Giacometti sur lequel on aurait posé une petite perruque de laine d'acier. La barbe, il pouvait la tolérer, mais il n'avait pas rasé son pubis depuis longtemps et il trouvait que ça l'enlaidissait.

— Il y a du café là-dedans ?

Il savait que c'était le genre d'objet où l'on trouve habituellement du café, mais il ignorait comment le percolateur s'était retrouvé là.

— Oui, c'est plein, lui a répondu le garde-manger (le cuisinier, pas le meuble, même si ça se serait pu).

Le percolateur avait une capacité de quinze litres. Plus qu'il n'en fallait. Saturne est allé chercher dans la salle de bains ses comprimés de quétiapine (le plus doux des antipsychotiques, expliquait-il quand on le lui demandait, conscient de l'oxymore) et il s'est installé au comptoir de quartz anthracite. D'un seul geste de la main gauche, il remplissait sa tasse avec aisance. Avec la quétiapine, il y allait vingt-cinq milligrammes à la fois. C'est comme ça qu'il aimait se désenivrer.

Les drogues étaient pour lui comme les couleurs sur la palette d'un peintre. Il les mélangeait pour devenir l'artisan de son buzz. Le processus, complexe, exigeait la connaissance des substances et de leurs effets, mais surtout la connaissance de soi. Après quelques jours, il fallait bien changer la toile. Le café et la quétiapine désembrouillaient sa mémoire. Chaque tasse et chaque pilule arrachait un souvenir. Il expliquait que c'était comme s'il avait enregistré une émission de télé pour ne pas la manquer pendant qu'il était au party, mais que l'émission de télé, c'était sa vie. Nu au comptoir alors que la brigade envisageait paresseusement une partie de frisbee, il en était à appuyer sur play.

À la faveur d'une légère démangeaison au sternum, il s'est rappelé la toile de Rubens sur l'écran du téléphone de Florence.

— Qu'est-ce que vous diriez de m'appeler Neptune ?

— Neptune ? Pourquoi ? Ça te va tellement bien Saturne, a décliné une sommelière.

Toute sa vie, il serait le punch d'un *running gag*.

Vers le cinquième litre de café, après trois cents milligrammes de quétiapine, de confuses images de plage surgissaient dans son esprit. Il arrivait à sentir l'afflux sanguin dans un bras, ah oui, Goyette lui avait ôté son garrot. Après, tout était arrivé en même temps.

— *Ito sends his regards.*

— *Who is Ito, and who the fuck are you ?* articulait péniblement Saturne dans son souvenir, où les monosyllabes de l'anglais lui donnaient une chance.

— Réginald Lelarge, vous savez fort bien qui est Ito.

— Qu'est-ce qui se passe? T'es un petit qui, toi?

— C'est navrant. Navrant. Abject. Vous quittez le navire comme ça. Vous avez dû mettre du temps à construire ce restaurant, et beaucoup d'argent de votre famille… On dit même que c'est la maison de votre père, là où vous avez passé votre enfance. Vous la laissez comme ça, pleine de merde, à la première occasion. Et vous voici, sur cette plage, dans ce village où tout le monde vous connaît, couché sur vos seringues.

— Wo là! Tu me juges-tu?

— Ce n'est pas à moi de vous juger. Je crois que c'est mon devoir de vous aider à le faire.

— Écoute, là. T'es pas trop agréable.

— ソープランド!

C'est en se rappelant ce mot-là que Saturne s'est dit que ce devait être le Japonais qu'il avait accueilli à l'inauguration du restaurant.

— Sopo-quoi?

— Vous savez ce dont je parle.

— Non.

— Rien ne disparaît, monsieur Lelarge. Ça vous dit quelque chose: rien ne se perd, rien ne se crée. Tout se transforme.

Ni le sixième litre de café, ni le quatre centième milligramme de quétiapine n'ont pu aider Saturne à établir avec certitude ce qui était ensuite arrivé. Il ne se souvenait que d'une vague douleur après les remontrances de Mori. Il s'est dit que le Japonais lui avait donné un coup de pied dans les côtes. L'héroïne, d'une grande pureté, avait pu émousser la douleur. Et comme il avait de plus ajouté un peu de kétamine dans sa seringue pour plus d'orangé, et avalé une demi-méthamphétamine pour électrifier le tout, un coup de pied dans les côtes lui aurait fait l'effet d'une piqûre de maringouin, mais il arrive, de temps en temps, en constatant la boursouflure, qu'on puisse se rappeler l'impact du maringouin inaperçu. Peut-être Mori avait-il poursuivi son chemin en sifflotant. Peut-être qu'il l'avait passé à tabac avec la cruauté de celui qui sait ne pas laisser de marques.

Un peu avant ou un peu après l'hypothétique coup de pied, il y avait eu une vague. Saturne était couché sur la plage et la vague, immense, était entrée dans son corps par les narines, la bouche, les yeux, les tympans, l'anus et même par le méat de son pénis. Il l'avait sentie épaisse et lumineuse en lui, chaude comme de l'alcool. Elle avait persisté comme une présence. Il se rappelait avoir eu des idées évanescentes de grossesse, avoir envié par de grands mouvements d'âme la capacité de la femme à sentir deux vies dans un même corps. Dans son cerveau avaient défilé en stroboscopie des images d'enchâssements, de géométries gigognes.

Avait-il ouvert les yeux ? Avait-il vu la plage après la vague ? Il a pris quatre autres comprimés de quétiapine. Il ne savait pas. Des images lui revenaient qui ne pouvaient être vraies. Il s'est vu dans du sable multicolore. Le sable est toujours multicolore quand on le regarde de près, mais il y avait sur cette plage du sable indigo sur du sable terre de Sienne et toutes les teintes de sable vert aussi. La mémoire de Saturne contenait plusieurs secondes de cette plage beaucoup trop multicolore où se décomposaient toutes les couleurs du spectre visible à quelques-unes près. Sans ces omissions, tout se serait fondu ensemble et aurait basculé vers le blanc. C'était tout un buzz, s'extasiait Saturne, encore nu sur son tabouret de teck, transporté à en inquiéter ses hôtes, mais il ne savait pas si c'était juste son buzz à lui. Un litre de café et deux cents milligrammes de quétiapine plus tard, il s'est endormi, là, assis. Son sommeil a été calme et plein de rêves. Au zénith de ce sommeil, la force combinée de son ronflement et de son érection a mis tout le monde un peu mal à l'aise.

Laurie, qui lisait dans sa chambre en attendant qu'il soit question d'elle, n'avait jamais cru que ça ne faisait rien d'être dans le rêve de quelqu'un. Elle avait souvent rêvé à des gars de l'école ou du quai, à des grosses femmes nues, à sa famille en incarnations monstrueuses. Chaque fois, elle s'était dit qu'un pincement les avertissait. Un pincement, car le pincement unit le rêve au non-rêve. « Pince-toi et tu sauras si tu dors », lui conseillait-on quand elle était petite. On ne peut pas se pincer dans un rêve et ressentir ce pincement. Dans la logique de la réalité, l'acte engendre le ressenti. La logique du rêve fonctionne de manière opposée : le ressenti y engendre l'acte. Laurie savait que toute sa vie devenait lentement comme ça. Elle n'osait plus toujours se pincer. Ses sensations ne dépendaient plus des événements ; les événements dépendaient de plus en plus de ses sensations. Dans le brouillard, quelque chose avait été renversé.

Ce n'était toutefois pas un pincement qui l'avertissait quand Mori rêvait d'elle. De petits chocs électriques parcouraient ses aréoles et la réveillaient en pleine nuit. Ils venaient s'éteindre dans son ventre et rendre sa vulve sensible. Elle souriait un instant, certaine qu'il rêvait d'elle, et se rendormait. Elle se questionnait peu sur son rôle dans les rêves de Mori.

Ils se voyaient de plus en plus souvent. Laurie redoutait tendrement le jour où Mori lui avouerait avoir vidé pour elle le fleuve de tous ses oursins. Elle savait qu'il avait emménagé quelque part au village, mais ils se rencontraient sur la plage, quand il faisait beau. Ils parlaient peu. Ils se contentaient de nommer les choses qui les entouraient et de cultiver l'érotisme du vouvoiement. Dans ces conversations faites, au fond, de silences soigneusement aménagés, leurs regards s'évitaient de moins en moins.

Laurie était certaine que le sperme de Mori nageait toujours dans le fleuve en s'amenuisant, que le mouvement fin d'épaisseurs de cet après-midi-là continuait de se dérouler, mais à l'échelle microscopique – et partout à la fois. Ils n'en parlaient pas. Elle allait avoir une sexualité avec lui, s'annonçait-elle dans son cœur sur le ton de l'inévitable. Elle notait sur un calendrier les dates de début et de fin de ses règles. Elle se surprenait parfois, l'index, le majeur et l'annulaire réunis dans sa bouche, à se pratiquer pour le sexe de Mori en se trouvant ridicule.

Pendant des semaines, il ne s'est rien passé.

Puis un jour, ils parlaient de nuages.

— Les nimbostratus inspirent la crainte à tous les animaux, argumentait Mori, ils font monter quelque chose de primitif en nous. Ce sont des nuages qui se sentent.

— Avez-vous déjà vécu une journée très chaude avec beaucoup de cirrostratus ? a demandé Laurie, sans se rendre compte du clignement un peu plus fréquent de ses yeux.

— Rarement.

— Oui. C'est assez rare. Ça arrive peut-être une fois aux trois ans ici. Le ciel est tout blanc. On ne voit pas le soleil, mais le ciel est encore plus clair que bleu. C'est comme si les cirrostratus étendaient partout dans le ciel la clarté du soleil… Ça fait mal aux yeux.

Mori a souri de son sourire inhabituel en baissant le regard. Il a pris dans sa trousse Mitsubishi une coquille de moule d'un mauve très bleu, probablement choisie entre mille. Il l'a offerte à Laurie. Puis il est parti.

Laurie a d'abord cru que la coquille était vivante tellement les deux parties adhéraient l'une à l'autre. En forçant un peu, elle a découvert que l'intérieur était plein de sperme. Elle l'a fait rouler entre ses doigts, longuement, pour en explorer la texture, en tentant de le rattraper quand il coulait sur le sable. Elle l'a approché de son nez. Elle s'attendait à l'odeur qui s'exhalait du vestiaire des gars à la polyvalente à chaque battement de la porte. Il n'en était rien. L'odeur était englobante et délicate, comme celle d'un fruit tropical, mais sans note sucrée. Ça sentait la mer aussi, mais elle se demandait si ce n'était pas à cause de la coquille. Ce n'était pas une odeur masculine, mais c'était l'odeur la plus masculine : elle venait du centre des couilles.

Ce n'est que plus tard en soirée que Laurie a considéré l'autre question : comment Mori avait-il fait pour si minutieusement nettoyer une coquille de moule, éjaculer dedans et la refermer ?

Myriam, la blonde de Frédéric Goyette, était quant à elle pas mal au bout de son rouleau. En plus de travailler toute la journée à la garderie, il fallait, le soir venu, qu'elle tolère les propos décousus de son chum, quand ce n'était pas son mutisme ou ses angoisses foudroyantes. Elle avait réussi à le faire parler une fois, en se disant qu'il se viderait le cœur et que ça lui ferait du bien, mais elle avait eu l'impression d'ôter le bouchon au fond d'une baignoire d'acide. Il a pleuré en parlant de dévastation. Elle n'a rien compris. Ni sa guitare ni le *smörgåsbord* qu'elle avait mis une fin de semaine à concocter ne l'apaisaient ou ne le faisaient dormir. Ni l'Imovane. Ni l'aquavit. Il avait l'air dostoïevskien des incompris dans les films. Ses traits s'effaçaient. Chaque jour, il tremblait en se rendant au Motel Le Comte, où les journalistes le brisaient. Le soir, dans un sursaut de force et de colère, il criait à Myriam de laisser la télé allumée quand il apparaissait sur l'écran.

Le troisième jour, il s'est endormi en se voyant bafouiller, plein de tics à la télé comme sur sa chaise. Myriam n'y a pas cru. Il était à table, ses yeux se sont fermés tout seuls.

Il n'a fait qu'un seul rêve. Pas un rêve formé, scénarisé, comme on en fait après quelques heures de sommeil. Son rêve tenait à quelques images fortes, à quelques ambiances. C'était un rêve de culpabilité. Il revoyait Laurie en costume de bain sur la plage quand elle avait huit ou neuf ans. Dans le rêve, le visage de Laurie avait huit ou neuf ans, mais elle avait son corps de maintenant. Goyette l'arrêtait, lui demandait à quoi elle jouait. Il lui donnait une coquille de pétoncle d'Islande en la désirant. La coquille n'avait pas de couleur, mais elle causait une déroute très particulière, puisque toute chose doit avoir une couleur. L'esprit de Goyette mesurait la portée de cette déroute, mais, dans le même mouvement, la déroute se saisissait complètement de son esprit. Cette opposition, devenue discordance, a cisaillé le rêve et déclenché les mécanismes de l'éveil. Les yeux de Goyette se sont ouverts. Myriam était à deux pouces de sa face.

— Tu t'es endormi, mon amour. Dors. Viens, je t'amène dans le lit. Vas-y.

— Non. Il faut que je trouve le coquillage que j'ai donné à Laurie.

— C'est qui, Laurie ?

Chez elle, Laurie n'avait pas eu de pincement, ni de choc, ni de chatouillis, ni rien.

Goyette a rempli son thermos de café. Il est parti avec sa lampe de poche même s'il faisait encore clair.

cinquième intermède

LA MOULE

— Les moules, Réginald, touchez pas trop à ça.

Il y a dans l'ambiance des chambres d'hôpital quelque chose qui incite à prendre les conseils au sérieux. Rogatien Lelarge venait de voir son cancer sur le négatoscope. Espèce par espèce, il faisait part à Saturne de ses projections à moyen terme pour le commerce. Lui n'allait même pas se rendre jusqu'au court terme.

— J'ai pas eu de belles expériences avec les moules, a-t-il poursuivi avec une grimace indéchiffrable.

Saturne a répondu par un ricanement nerveux.

Plus que l'argent, Rogatien avait toute sa vie aimé le monde. Les bornés qui croyaient impossible qu'un homme d'affaires puisse avoir un dévouement si vrai et si général pour l'humanité se retrouvaient souvent au bar avec lui un soir. Le lendemain matin, ils fermaient leur gueule de bois : l'homme était un crisse de bon gars.

À son enterrement, on a dit qu'il préférait se faire un ami qu'un million. Ce n'était pas de la boulechite de funérailles.

Saturne savait qu'il n'y avait pour son frère Robert aucun mystère à l'épreuve de la calculatrice, et pour sa sœur aucun à l'épreuve de la transe. Les moyens qu'on a de résoudre les mystères déterminent les mystères qu'on choisit de résoudre. Entre deux buzz ou quand ça se mettait à mal virer avec les drogues, il arrivait que les paroles de son père mourant viennent à son esprit sans qu'il le veuille. Cette remarque ambiguë le portait à se demander si Rogatien avait aimé les femmes. Qu'étaient donc ces réflexes de commis voyageur ? Et ces mauvaises expériences avec les moules ?

— Mais on s'en câlisse-tu ?!? résolvait-il à voix haute, même quand il était seul.

Les familles et les morts ont droit à leurs secrets.

Suzanne comprenait son père en termes karmiques : il a trop profité de la crevette pour profiter de la moule. Elle y voyait une invitation à rétablir l'équilibre par la méditation. Robert quant à lui ne voyait pas d'équivoque : son père avait connu la crise de la moule (qu'il tenait, comme Frédéric Goyette, à appeler « crise de la moule de l'Île-du-Prince-Édouard »). C'est pour ça que le père disait ça, juste pour ça, précisait-il emphatiquement.

En 1987, lors de la crise, Goyette, qui allait étudier tout ça plus tard, jouait de la guitare jazz à l'UQAM et passait proche de faire la première partie d'UZEB. Il était jeune et le principal danger qui le guettait, dans les ruelles, après ses shows, c'était le sida.

Après la session d'hiver à l'Université Laval, Robert avait aidé les employés de Rogatien à installer des bouchots sur la batture. Le patriarche avait vu ça en France. Ce sont de gros billots sur lesquels on tresse en boudins des filets remplis de jeunes moules pour les faire croître en captivité. Les moules cultivées de cette façon deviennent trois fois plus grosses que les moules sauvages que Rogatien peinait à commercialiser.

Au mois de novembre, surtout à Montréal, au moins deux cents personnes avaient eu une maladie sévère après avoir mangé des moules de l'Île-du-Prince-Édouard : vomissements, diarrhée, fièvre, confusion, amnésie. Trois en étaient mortes. Elles sont mortes pour vrai, alors, même si c'est un roman, on ne pourrait pas ne pas les nommer : Albert Pomeroy, 71 ans, de Pointe-Claire, mort le 10 décembre ; David McLaughlan, 82 ans, de Toronto, mort le 16 décembre, et Bernadette Gagné, 84 ans, de Saint-Jean-Chrysostome, morte le 17 décembre.

Les prédécesseurs de Goyette étaient venus prendre des échantillons de tout ce qu'il y avait chez Rogatien. Des souris auxquelles ils injectaient des extraits de moules de l'Île-du-Prince-Édouard mouraient après s'être frénétiquement gratté l'oreille. Les journaux s'étaient mis à parler chaque jour de la « mystérieuse toxine », dont personne, encore, n'avait trouvé la nature. Les caricaturistes, Foglia, tout le monde avait cru que c'était à cause des pluies acides. Si des humains mouraient après avoir mangé des moules, ce ne pouvait être la faute que d'autres humains.

Le 11 décembre, le ministre de la Santé et du Bien-être, Jake Epp, avait émis en chambre une alerte visant l'interdiction de la consommation de *shellfish* de l'Atlantique et du golfe du Saint-Laurent. Le mot anglais désigne les crustacés et les mollusques. Questionné par les journalistes francophones, un porte-parole du ministère avait déclaré que oui, l'interdiction s'appliquait aussi aux crevettes et au homard. Là, Rogatien avait commencé à prendre ça personnel. Moins de trente minutes plus tard, le ministère des Pêches rectifiait l'erreur : l'interdiction ne s'appliquait qu'aux mollusques. Pour Rogatien et pour plusieurs autres, le mal était néanmoins fait.

Rogatien, crisse de bon gars, n'entretenait qu'une seule véritable animosité, mais toute une : il détestait Brian Mulroney, à cette époque député local du comté de Manicouagan et premier ministre du Canada. Il l'avait vu arriver en 1984 de la Nouvelle-Écosse et défaire son chum Maltais, député libéral, avec qui il avait fait du porte-à-porte à Baie-Trinité. De soupers spaghetti en tordage de bras, Rogatien s'était épuisé à vouloir empêcher l'inévitable. Jusqu'à ce qu'il y ait des morts, toute cette affaire de toxine mystérieuse lui avait semblé une conspiration conservatrice dirigée contre lui. L'histoire allait montrer que Mulroney en était bien capable. En tout cas, pour le commerce du fruit de mer, 1987 avait été une année de vaches maigres. Rogatien s'était résolu à louer un incinérateur. Pendant une couple de jours, il y avait eu une drôle d'odeur à Baie-Trinité, pas désagréable, comme un fumet de crustacés. Tout le monde savait que c'étaient des millions qui brûlaient, et peut-être leur chèque de paye avec.

Finalement, ça n'avait rien à voir avec les pluies acides. La toxine a été identifiée le 17 décembre par deux laboratoires fédéraux. C'était de l'acide domoïque, une substance sécrétée par une espèce de plancton qui pullule lorsque le temps est chaud et sec, comme c'était le cas à l'été de 1987. La substance était connue depuis longtemps, surtout au Japon où les algues microscopiques qui la produisent sont utilisées comme remède contre les vers intestinaux. Mais c'était la première intoxication de masse répertoriée. À très haute dose, l'acide domoïque dérègle et paralyse les neurones de l'hippocampe, une structure du cerveau qui sert à enregistrer les souvenirs. En se nourrissant, c'est-à-dire en filtrant l'eau pour ne garder que le plancton, les moules de l'Île-du-Prince-Édouard avaient accumulé dans leur organisme des mégadoses d'acide domoïque.

Jusqu'en 1987, Santé Canada avait classé les toxines des mollusques et des crustacés en deux grands groupes : les phycotoxines diarrhéiques et les phycotoxines paralysantes. L'acide domoïque est alors devenu un groupe à lui seul : la phycotoxine amnestique. Des mesures ont été prises, la cueillette des mollusques a été interdite dans plusieurs secteurs, des systèmes de filtration ont été installés. Il n'y a pas eu d'intoxication par la phycotoxine amnestique après 1987. Jusqu'aux « événements de Baie-Trinité », les fruits de mer avaient considérablement perdu leur aura de danger, si prisée par les anciens amateurs.

En mars 1988, alors que plus personne n'en parlait, Rogatien avait reçu un gros chèque du gouvernement, plusieurs centaines de milliers de dollars, avec la mention « Fonds d'indemnisation du fruit de mer (FIF) ». Le chèque portait la signature du premier ministre. Rogatien l'avait exhibé à tout le monde au party de fruits de mer numéro un. Comme il approchait le chèque de la flamme de son briquet, Robert l'avait supplié de reconsidérer son geste.

— T'as raison, c'est un chèque qui ne mérite pas qu'on le brûle.

En soirée, Rogatien était allé à la salle de bains. Il s'était torché avec le chèque, littéralement, et il l'avait retourné à l'expéditeur. Il avait passé le reste de sa vie à rire chaque fois qu'il s'imaginait la face de la secrétaire de Mulroney en ouvrant l'enveloppe, mais n'en avait parlé à personne.

14

Les couleurs qui n'existent pas

— Laurie ! Laurie ! Sais-tu quoi ?

Laurie venait de se réveiller. Elle avait rêvé toute la nuit de nuages, d'épaisseurs blanches. Elle avait ses règles et elle se sentait lourde. Un bouton d'acné achalant était apparu sur son menton pendant son sommeil. Devant elle, Florence gigotait en robe courte comme une énervée de vidéoclip.

— Ils t'ont donné la béëmme ?

— Oui !

L'effervescence qui la prenait aux paupières menaçait d'énucléer Florence.

— Qu'est-ce qu'ils vont faire de ta Mazda ?

— Je sais pas… La faire fondre ! C'est tellement pas mon problème !

Florence continuait de sautiller en battant des bras.

— Quand est-ce que tu pars finalement ? a bâillé Laurie après un moment.

— Les cours commencent lundi. Je crois que je vais partir jeudi. On pourrait partir ensemble, mais je pense que maman va vouloir aller t'installer à Québec. Et ils ont probablement une voiture pour toi aussi!

Laurie est allée marcher sur la plage en coton ouaté. Il y avait partout l'automne: le sable ne réchauffait plus et, gorgé d'eau froide, il pouvait rester brun d'une marée à l'autre; au quai, les dernières cargaisons frêles de homards et de crabes remontaient à deux semaines; les feuillus enclavés dans la forêt autour du village perdaient subtilement leur vert, par petites taches gangréneuses au bout des nervures accentuées des feuilles. Chaque fois qu'on parlait à Laurie du cégep, de Québec, c'était plus fort qu'elle: du brouillard concentré se formait dans sa poitrine et lui montait à la tête, elle se mettait à penser très fort à autre chose, fort à en perdre conscience du temps et de l'espace autour d'elle. Des monosyllabes sortaient de sa bouche. Florence n'avait pas insisté. Laurie avait ressenti un déclic cette fois, une espèce d'astringence d'où coulait ce brouillard qui la coupait du monde. Cette sensation initiale, qu'elle réactivait maintenant en se la remémorant, lui mettait dans la tête des images de menottes, de barreaux. Une strate de nuages blanchissait le ciel. Laurie a vu des outardes, seulement quatre qui formaient en volant un *v* aux branches inégales. Elle s'est assise. Le sable a soufflé son froid jusque dans ses reins. Dans un brouillard très épais, il peut arriver que tout devienne blanc. Elle s'est mise à pleurer.

Quand Goyette l'a aperçue, Laurie pleurait encore. Toute la nuit, il avait marché avec sa lampe de poche ou bu du café dans son pick-up avec son téléphone. Il n'avait rien trouvé et il était assez intelligent pour savoir que c'était parce qu'il ne savait pas ce qu'il cherchait. Il avait remarqué de loin les soubresauts d'épaules de Laurie. Longtemps, il était resté planté là, hésitant. Il n'avait jamais été bon pour consoler les filles. De toute façon, il ne s'en sentait pas la force. La femme du premier ministre n'allait pas mieux. En pleine nuit et en pleine paranoïa, Goyette s'était convaincu en se basant sur quelques courriels de ses supérieurs que le premier ministre du Québec avait parlé à celui du Canada, qui avait parlé au ministre des Pêches et Océans (ministre des Pêches, passe encore, mais ministre des Océans, Goyette avait toujours trouvé ça pompeux). Ses supérieurs exigeaient des résultats et, par résultats, ils voulaient dire la fermeture d'une ou deux usines.

Il avait vraiment voulu attendre que Laurie cesse de pleurer, mais elle en braillait une shot. Il devait de toute façon lui parler et elle était là, captive de sa tristesse. Il n'aurait même pas besoin de défier Robert en cognant à la porte.

— Euh… Laurie ?

Elle s'est retournée. Il y avait longtemps qu'elle l'avait vu en vrai, pas à la télé. La peau cireuse de sa face l'a surprise. Elle a pensé que le moindre coup de vent emporterait les poils mal enracinés de sa barbe. Le sel des larmes et de la brise brûlaient encore les yeux de Laurie, mais elle ne se sentait pas laide en comparaison.

— Faut que je te parle, a poursuivi Goyette avec un malaise d'adolescent.

— Oui. O.k. Oui. Oui. À quel sujet?

— Tu vas peut-être trouver ça bizarre... Quand t'étais petite, un jour, je t'ai donné un coquillage. On le trouvait tous les deux assez particulier, même un peu étrange. Je crois que c'était une coquille de pétoncle d'Islande...

Laurie a inspiré profondément. Ses épaules se sont de nouveau soulevées.

— Ça va? a demandé Goyette, resté debout, précautionneux.

— Oui. Oui. Je m'en rappelle. Mais je collectionne plus les coquillages depuis un bon bout... Je sais pas ce qu'il est devenu. Je crois que c'est mon père qui l'a. Pourquoi?

— Je peux pas vraiment te dire pourquoi.

— Voyons, Frédéric. Tu travailles pour l'Agence canadienne d'inspection des aliments. C'est l'ACIA, ça, pas la CIA, a relativisé Laurie, fière de son coup.

Goyette a regardé le fleuve. Une autre petite volée d'outardes passait, paire, asymétrique.

— Ah. Puis fuck! T'es la seule de ta famille qui peut comprendre ça.

Sans s'asseoir, toujours en regardant l'horizon, il s'est mis à exposer ses raisonnements contradictoires. Il a commencé par la vague de seize heures dix-sept, qu'il a qualifiée d'éblouissante, en disant que le mot était faible, que tous les mots étaient faibles.

— Aveuglante ? a suggéré Laurie.

— Oui, mais pas aveuglante par luminosité. Après la vague, le sable a pris une teinte... Non, pas une teinte, une qualité... Je sais pas. Ce n'était plus possible de le regarder.

— Comment ça ?

— Je te dis, ça faisait comme mal, mais ça brûlait pas les yeux.

Goyette s'est mis à donner plus de détails bizarres. Il s'est rendu compte que Laurie les accueillait sans incrédulité. À un moment, elle a posé une question immense.

— Qu'est-ce qui s'est passé avec le fleuve ?

— Avec le fleuve ?... je sais pas. C'est ce que je cherche.

— Et c'est pour ça que tu t'intéresses au coquillage, parce que quand on le regardait de proche, il y avait des points d'une couleur bizarre, qu'on voit pas souvent sur un coquillage. Tellement que ça donnait un petit buzz.

Goyette est resté bête. Il n'avait jamais cru que Laurie aurait pu avoir, à la vue de ce coquillage, les mêmes petits buzzs que lui. Laurie savait exactement où il voulait en venir, croyait-il, et ça faisait monter en lui une crainte.

— En fait, quand des gens perdent la mémoire, comme ta sœur, après avoir mangé des fruits de mer, c'est souvent à cause d'une toxine qui s'appelle l'acide domoïque. Et j'en trouve nulle part. Je cherche ailleurs; une autre toxine. Attends...

Goyette a marché vers son pick-up. Depuis le début de son enquête, il n'avait pas couru, mais jamais il n'avait marché aussi rapidement. Laurie l'a regardé revenir avec une trousse. Elle a vu le logo de Mitsubishi.

— Qu'est-ce que tu fais avec ça!?!

— C'est ma trousse d'échantillonnage.

— La tienne?

— Oui, la mienne pourquoi?

— Je pensais que Mitsubishi, ils faisaient juste des autos, a rebroussé chemin Laurie.

— Nonon. Ils font pas mal de matériel scientifique aussi.

En regardant Goyette fouiller dans sa trousse, Laurie n'avait aucun doute: il lui montrerait du sperme. Sa curiosité se limitait à savoir qui l'avait émis. Elle a d'abord cru que c'en était. C'était blanc. Goyette tenait l'éprouvette à bout de bras et se tordait le cou pour ne pas en regarder le contenu: deux centimètres environ d'une poudre blanche.

— Qu'est-ce que c'est? a dédramatisé Laurie.

— Voyons donc!

— Quoi?

— T'arrives à regarder la poudre?

— O.k. Si c'est comme les éclipses de soleil, avertis-moi, parce que je veux pas me réveiller aveugle demain.

— Bien, tu ferais mieux de pas trop regarder alors.

Laurie a fait un long pff jugal. Elle s'est remise à regarder l'horizon.

— Parce que moi, je peux pas regarder la poudre trois secondes sans que ma face tourne toute seule, a continué Goyette. Je pense que c'est ça, la toxine. Et je suis pas le seul à pas pouvoir la regarder ; ton père peut pas non plus.

C'était donc ça qu'il lui avait montré quand Robert lui reprochait comme un paranoïaque de vouloir « sauter » Florence.

— Et pourquoi moi je la regarde sans problème ? Dis-moi pas que c'est comme les souliers de Cendrillon… ou comme les licornes.

— Ça, franchement, j'y avais pas pensé.

Goyette a compris d'un coup que sa poudre irregardable ne l'était peut-être pas pour tout le monde. De ne l'avoir testée qu'auprès de lui-même et de Robert, ce n'était pas très scientifique.

— Qu'est-ce qu'il y a dans ta poudre, chimiquement ?

— Le chromatographe dit que c'est de l'eau. Juste de l'eau.

— Tu parles comme un gars qui croit les chromatographes, s'est levée Laurie.

Le soir même, en passant au laboratoire après un autre point de presse humiliant, Goyette a montré la poudre aux deux techniciennes. Elles l'ont supplié en frissonnant de la retirer de leur champ de vision. Avec des pinces, il a placé l'éprouvette au milieu de la cage des souris. Elles ont tourné le dos et se sont terrées dans les coins en couinant.

Laurie s'est sentie encore plus mal après sa conversation avec Goyette. Elle a pensé cueillir des coquillages pour refaire sa collection. Elle avait passé de si longues heures, enfant, à regarder celui que cherchait maintenant Goyette, à entrer par lui, venait-elle de comprendre, dans une étrangeté aussi pure que familière, beaucoup trop habitable pour être talismanique. Robert la lui avait confisquée pour toujours. Un vent glacial s'est levé à la marée montante pour chasser Laurie de la plage. Elle est allée au quai pour acheter des crevettes, mais il n'y en avait pas. Goyette avait raison quand il disait qu'elle était la seule de sa famille à pouvoir comprendre, mais il ne comprenait pas lui-même ce qu'il disait. Elle ne voulait pas l'aider : pas pour protéger la compagnie – elle s'en crissait, commençait-elle à s'avouer en se permettant de sacrer dans sa tête –, mais parce qu'elle se voulait imperméable à la ruse.

La sonnette de la maison vide était du type qui ne tinte pas, mais qui bourdonne. C'était la première fois que Mori entendait ce bruit. Les sonnettes au Japon n'ont pas ce grésillement. Aucun meuble n'en assourdissait l'écho. Il a sursauté. Avec un trouble évident, il a ouvert à Laurie. Il avait une chemise blanche épaisse rentrée dans son pantalon cargo. Ses cheveux étaient ramenés sur le côté.

— Qu'est-ce que vous faites ici ? l'a-t-il accueillie.

Laurie n'était jamais entrée chez Louis Berthelot, un homme qu'elle connaissait parce que tout le monde le connaissait. Dix-sept ans est un bon âge pour avoir des sentiments étranges, car il est courant, à dix-sept ans, de ressentir des choses pour la première fois. En entrant dans la maison de Mori, ancienne maison de Louis, Laurie a senti une poussée de brouillard. Les lieux lui paraissaient à la fois familiers et trahis. Elle a eu l'impression qu'aurait pu avoir Louis s'il était revenu, l'impression qu'on peut avoir en revenant dans un ancien domicile désormais occupé par autrui : celle de revenir à un état antérieur de soi, désormais détenu par d'autres. Le brouillard s'épaississait comme du désir. Il la disposait à continuer. Elle s'est quand même demandé ce qui arrivait à Louis.

Laurie a su dire qu'elle avait froid. Mori a fait du thé vert *sencha*. Sur le sol, il y avait un bol de riz entamé recouvert d'un œuf miroir et de tranches de concombre, bruni par de la sauce soya. Il lui a fait signe de mettre des babouches trop grandes pour elle et il est allé éteindre le téléviseur sans utiliser la télécommande.

— Avez-vous mangé ? Il y a du riz dans le cuiseur. J'ai des oursins.

— Non merci. Seulement du thé. J'ai déjà mangé, a menti Laurie en se surprenant de le faire.

Elle est allée à la salle de bains. La cuvette reluisait. Son urine était très foncée. Elle a changé son tampon. Pendant un moment, elle a été captivée par le déploiement des filets rouges dans le liquide jaune de la cuvette. Le mouvement aléatoire des couleurs suscitait çà et là de l'orange, mais sans homogénéité. La bouilloire s'agitait dans la cuisine.

— Vous savez, Goyette, l'inspecteur des aliments, il a la même trousse que vous.

Elle s'est demandé si c'était trop le glorifier que de l'appeler comme ça.

Mori infusait le thé dans une théière en céramique pas plus grosse qu'une demi-tasse, bourrée de feuilles. Il faisait de courtes infusions et versait le liquide tiède sans tenir la poignée, perpendiculaire au bec. Une gravité est passée dans sa face, qu'il a réussi à chasser pour retrouver un air circonspect.

— Oui. Je sais. Vous lui avez parlé ?

Il y avait dans la pente montante qu'a prise son ton pour prononcer le point d'interrogation un léger vacillement. Laurie a d'abord cru qu'il était jaloux. Il l'a écoutée raconter sa conversation avec Goyette sans prendre une gorgée de thé ou une bouchée de riz, le visage neutre. Assis sur le sol, il avait l'air suprêmement intelligent. Quand Laurie a fini, il a posé trois questions précises, dont deux sur la poudre, et il a eu l'air soulagé par les réponses. Il a respiré et a regardé Laurie dans les yeux quatre secondes, ce qui était long pour lui.

— J'ai un cadeau pour vous. Je le gardais pour bien plus tard dans notre histoire, mais il ne sert plus à rien d'attendre.

Il a disparu un moment, au sous-sol. Laurie aimait qu'il ait dit le mot *histoire*. Elle l'a entendu déplacer quelques meubles. Il est revenu avec une boîte noire en carton gaufré et à la surface mate. Il la lui a offerte de ses deux mains. Laurie a ouvert la boîte et a enlevé deux couches de papier de soie gris. C'était un soutien-gorge et une culotte d'une couleur qu'elle n'avait jamais vue. Elle a d'abord eu peur, oui, franchement peur. Elle n'a pu retenir un petit cri et elle a détourné le regard. Mori, debout à ses côtés, avait un sourire vague.

— N'ayez pas peur. Il ne faut pas plus d'une dizaine de secondes pour s'habituer.

Ce n'était pas une nouvelle teinte ou une nouvelle nuance des couleurs que Laurie connaissait. La couleur était inédite et aussi primaire que le rouge, le bleu et le jaune. Et, comme de fait, on s'y faisait rapidement. Une fois le choc initial passé, la couleur s'imposait, comme une évidence. Laurie commençait même à se sentir apaisée par elle. La nature, le monde physique n'avaient rien à montrer de cette couleur-là. C'était une invention, une couleur de synthèse. Les yeux de Laurie étaient désormais complètement habitués. Elle a tenté de les fermer. Oui, la nouvelle couleur faisait partie de l'univers. Elle était possible. Laurie pouvait s'imaginer une borne-fontaine de cette couleur, un schtroumpf, un chien, un tournesol, un fruit, un sapin. Elle a rouvert les yeux.

— Wow.

C'est tout ce qu'elle pouvait dire. Wow. Wow. Wow.

— Ça vous plaît ?

— Oui. J'ai pas de mots. Comment ça s'appelle ?

— J'ai entendu à la télé. Ici, vous dites des bobettes.

Laurie a beaucoup ri. Elle a pris les bobettes et le soutien-gorge. Elle a déplié l'étiquette pour vérifier la pointure : 34C, la sienne. Elle a aussi pu voir la marque des sous-vêtements : Fruit of the Loom.

— Fruit of the Loom fait des sous-vêtements de cette couleur-là ?

— C'est une bonne maison ?

— Non.

— Il n'y aura que les bonnes maisons qui en feront. Ceux-là, je les ai teints.

— Teints ?

— Oui, teints.

Il avait dû les acheter au Walmart de Baie-Comeau.

— Mais quel est le nom de la couleur, je veux dire ?

— Je ne sais pas encore, a laissé planer Mori, j'ai quelques idées. Je vous dirai lorsque j'aurai arrêté mon choix.

Laurie a approché les bobettes de ses yeux pour que la couleur occupe tout son champ de vision.

— Vous les porterez ? a demandé Mori, soudain timide.

— Oui. C'est certain.

— Quand vous le ferez, ne me le dites surtout pas.

Ils ont parlé tout l'après-midi, assis ou couchés sur le plancher de bois. Laurie a proposé, avec un peu d'insistance, de porter les sous-vêtements là, pour Mori. Elle voulait qu'il la regarde les porter. « Quand vous le ferez, ne me le dites surtout pas », se contentait-il de répéter. À un moment, elle lui a dit qu'elle commençait à avoir peur des prochains jours. Elle débordait de brouillard. Il sortait par ses yeux, sa bouche. Quand elle bougeait, il tentait de fuir entre ses jeans mauves et la peau de son ventre.

Ça a commencé avec Red Lobster, dans une langue irrespectueuse :

> L'Agence canadienne d'inspection des aliments prend du temps à atteindre des conclusions. Nos clients demeurent soucieux et exigeants de la meilleure qualité de produit avec raison. De plus, aucun compromis n'est possible sur la salubrité alimentaire. Il a donc été décidé d'interrompre les commandes de fruits de mer de l'Atlantique et du Saint-Laurent jusqu'à nouvel ordre à partir d'aujourd'hui, tel que cela est alloué par la clause d'exclusion du contrat d'approvisionnement.

Puis il y a eu Loblaws et Sobeys, la même journée, comme si tout le monde s'était donné le mot. À sa chaise de capitaine au troisième étage du presbytère, Robert recevait les courriels les jugulaires sorties. Il y a eu un appel d'Émilien, le directeur de la caisse populaire de Baie-Trinité. Émilien paniquait.

— Si tu coules, Robert, on coule avec toi. La Fédération va sauver la caisse, mais, ciboire, pense un peu à moi !

Robert n'approvisionnerait bientôt plus que deux ou trois brasseries de Baie-Comeau, le casse-croûte Chez Cécile et le Japon. Il a repensé à ce que son père lui disait au sujet des œufs et des paniers. Il y a eu un autre appel, de Covington Investment Partners de Boston, une banque d'investissement avec laquelle il entretenait des pourparlers secrets pour se lancer dans le poisson en achetant une compagnie de surgelé du Maine. En raccrochant, Robert s'est mis à voir blanc. France a entrebâillé la porte et a toussoté. Elle avait ses jumelles autour du cou.

— Laurie est chez Louis Berthelot depuis deux heures, a-t-elle annoncé avec sang-froid.

— Qu'est-ce qu'elle fait là ?

— Tu te rappelles plus qui vit chez Louis Berthelot ces temps-ci ? L'Homme-qui-vient !

Robert s'en est souvenu assez vite. Il s'est senti mourir.

— La tabarnac !

— Robert Lelarge ! Je t'interdis de dire ça. C'est *ta* fille. Et c'est *le* tabarnac.

15

Tutelle à l'absent

Louis Berthelot, maître du temps supplémentaire, contremaître de nuit de la chaîne de congélation des Pêcheries, détenait avant son divorce le record d'assiduité de toute l'usine : six mille huit cent soixante-deux jours sans congé de maladie. Au trois millième, Rogatien Lelarge, grand amateur de statistiques tayloristes, lui avait remis une plaque commémorative. Berthelot ne prenait que deux semaines de vacances par année, pour la chasse, et se faisait payer à temps double les congés fériés.

À l'usine, même s'il tentait d'inciter les nouveaux à l'appeler Mr. Freeze, on le surnommait Guenille. C'est qu'il épongeait souvent du jus sur le plancher de béton, par souci d'hygiène et de sécurité. Il était petit et son filet retenait une chevelure épaisse, chargée d'un excès de gel – Linda, sa femme, était coiffeuse. On l'appelait Louis au village. Il y avait en lui une dignité qui empêchait son surnom de vraiment lui coller à la peau. Guenille, c'était pour l'usine.

Le procédé de congélation était simple. Il fallait étaler les pattes de crabes, sections de homards, crevettes, bourgots, pétoncles ou oursins sur le convoyeur sans faire d'amas ou de grappes. Individué, chaque élément se prêtait mieux à l'inspection. Sous l'action d'un vibreur, les fruits de mer se défaisaient de leurs impuretés et pivotaient sur eux-mêmes devant le premier poste de vérification visuelle. Un passage dans un surgélateur pour la précongélation les empêcherait ensuite de s'agglutiner dans les sacs ou les bocaux. Au sortir du surgélateur, il y avait un deuxième poste d'inspection, mis en place au milieu des années quatre-vingt-dix, lorsque l'usine avait reçu son certificat de conformité à la norme ISO 9001. On y portait une attention particulière à la présence inopportune de givre sur le produit. Le procédé était à peu près le même pour la mactre de Stimpson, congelée en blocs pressés de dix kilos, à même le moule de silicone. Après, tout n'était plus que pesées, ensachements, mises en bocaux, rassemblements en caisses, empilements en palettes et entreposages en chambres de congélation.

Il fallait une quinzaine de personnes pour alimenter la chaîne, en plus de l'opératrice de chariot élévateur. Guenille supervisait les activités, calibrait les machines, passait du temps aux postes d'inspection et, plus souvent qu'autrement, remplaçait à lui seul deux employés malades ou trop gelés. Les autres changeaient de poste aux trente minutes, sauf lorsqu'on produisait des oursins : seuls Louis Berthelot et les deux Solange pouvaient les inspecter et les trier, car ils avaient reçu la formation sur la classification japonaise de leur qualité.

Avant de louer sa maison au premier Japonais venu, Louis Berthelot avait surpris sa femme Linda dans le placard à shampooing de son salon un bon midi. Entre ses cuisses, elle avait la tête de Cécile, celle du casse-croûte. Cécile léchait bruyamment le sexe de sa coiffeuse, un bonnet de coloration en silicone sur la tête, et la précision des gestes laissait croire que c'était leur habitude d'attendre ainsi que la teinture pogne. Pendant quelques semaines, Guenille s'était pointé à l'heure à son poste, surtout pour laisser courir le bruit que c'était un gars de Baie-Comeau qui l'avait cocufié. Il disait que ça ne le dérangeait pas, mais, la tête ailleurs, il laissait passer des oursins de catégorie 2 dans les caisses d'oursins de catégorie 1 et même, deux fois, dans des cageots de catégorie Grand Luxe. Les deux Solange étaient bien trop gênées pour le lui faire savoir et il a fallu que survienne un accident pour que tous s'aperçoivent que le contremaître ne l'avait dangereusement plus. Bobby Daigneault, le plus jeune des employés (il fréquentait les mêmes classes que Florence jusqu'en secondaire 3) avait glissé sur une flaque de jus de crabe. En tentant de se retenir, il s'était coincé la main droite dans le rouage du convoyeur, mais sa tête avait quand même frappé le béton et il s'était fendu l'occiput. Il avait perdu son majeur, son auriculaire et les deux phalanges distales de son index. Il avait aussi eu une grave commotion cérébrale. Il avait tellement saigné de la tête que ça lui avait pris une transfusion.

En temps normal, qui aurait essuyé la flaque de jus de crabe? Oui, Guenille. Il a alors déménagé dans sa cache de chasse d'où il s'est mis à caller l'orignal et malade. Après un moment, il a cessé de donner des nouvelles. On a parcouru l'usine à la recherche de tuyaux isolés auxquels il aurait pu se pendre. On a fait attention en levant les palettes de la chambre de congélation, au cas où il aurait voulu finir ça dans la souffrance. On a fini par se dire qu'il avait dû faire ça chez lui et on l'a remplacé par Solange Blanchet.

Il a fallu une bonne douzaine de jours pour que Serge Berthelot, Sar'h, ne signale à la police la disparition de son frère Louis. C'est que Sar'h avait toujours cru à la guérison par le bois et la solitude. Aussi, il sortait souvent en mer pour tenter de compenser la décevante pêche de bourgots de cette année-là. Puisqu'on ne pouvait rien refuser à Sar'h, les policiers ont mobilisé un hélicoptère, trois hommes-grenouilles et un scaphandrier, mais, dès le début, c'était clair pour eux que Louis s'était suicidé. La Côte-Nord est, après tout, un coin de pays où ça se fait beaucoup. « Attenté à ses jours », qu'ils disaient au début, puis « provoqué sa propre mort », après deux semaines, puis « suicidé », puis « tiré une balle dans le bois, assez loin pour qu'il se fasse manger par des ours et qu'on le trouve jamais ». On a dit à Sar'h que son frère ne serait pas officiellement mort avant sept ans. D'ici là il allait devoir gérer ses affaires.

Robert utilisait tellement peu la salle de conférences des Pêcheries, dans l'usine, qu'il demandait aux concierges de ne pas en tenir compte. C'était un lieu d'encrassement, occupé par un mobilier fonctionnel et des toiles d'araignées. Il y avait une table en plastique blanc aux montants métalliques, dix chaises empilables en plastique noir, un tableau blanc, un projecteur et son câblage, un écran à enroulement rendu raide et grinçant par l'abandon. Au sol s'étendait un tapis gris, rude, lavable. Au plafond, l'un des tubes fluorescents, par clignotements, par bourdonnements, laissait paraître son agonie.

Une baie vitrée beaucoup plus large que haute avait été percée dans le mur du fond. On pouvait y voir la chaîne de congélation, deux étages en contrebas.

France répétait maintenant chaque jour à Robert que l'Homme-qui-vient tournait autour de sa fille. Elle a clairement annoncé à Laurie qu'elle ne voulait plus jamais qu'elle le voie, que ce n'était pas bon pour les affaires. Laurie a regardé sa mère avec brouillard, niant tout. France s'est mise à hurler et a menacé d'appeler la police si elle la revoyait avec lui.

— Fais quelque chose, Robert. Fais quelque chose, se ruait-elle dans son bureau. Va parler au Japonais. Je suis plus capable d'endurer ça. C'est un homme. On sait pas ce qu'il peut faire. Ce qu'il lui veut... Ce qu'il lui veut... Elle le sait pas !

Robert était au téléphone. Il a dit en anglais qu'il rappellerait dans dix minutes.

— La rage que t'as, je l'ai aussi, chérie. Mais mélange pas tout...

— Si t'avais ma rage, tu irais lui parler. En fait, non. Si t'avais ma rage, tu le tuerais. Tu le tuerais, Robert. C'est toi qui as commencé. Cette idée, d'inviter un délégué commercial pervers à l'anniversaire de ta fille !

France a claqué la porte. Elle est allée pleurer sur son lit.

Robert a eu un autre appel. Un commis à la poste venait de décacheter une drôle de lettre, soigneusement manuscrite, sur un papier avec en-tête en japonais. Robert a exigé qu'on la lui remette immédiatement. Il a reconnu le logo du Conglomérat des teintes, couleurs, pigments, mollusques et crustacés d'Isumi. Mori réclamait une rencontre, dès que cela conviendrait à « monsieur le président-directeur général ». Il ne précisait aucun motif. Le cachet montrait que la lettre avait été postée à Baie-Trinité. Robert s'est mis à avoir de la diarrhée deux fois par jour. Il devait se concentrer pour ne pas inspirer trop profondément : chaque bouffée d'air menaçait de le faire voir blanc.

Il ne voulait rien savoir de réinviter chez lui l'Homme-qui-vient. Plus que tout, il craignait la réaction de France. Rien de ça ne serait bon pour les affaires. Il a demandé qu'on enlève les toiles d'araignées de la salle de conférences. Il n'a pas fait remplacer le néon agonisant, puisqu'il n'en soupçonnait pas l'existence.

Dans l'éclairage épileptogène, Robert et Mori se sont assis face à face, tous deux en complet noir. Mori ne s'attendait pas à une pièce si inhospitalière. Il avait cru que Robert choisirait un lieu plus à son avantage, pas une salle où les cicatrices d'acné de sa face paraissaient si crûment, comme autant de petites décolorations. D'emblée, Mori lui a rappelé les exigences du peuple japonais en matière de salubrité alimentaire, en donnant plusieurs exemples inventés. L'attention de Robert vacillait comme un néon défectueux. Mori a continué en lui disant que le Conglomérat croyait en lui, en sa famille, en sa compagnie. Robert a fait un sourire de tarla. Après un moment, il a compris que le contrat tenait toujours, qu'il y aurait peut-être des inspections, une vigilance accrue, mais qu'il s'en tirait, au moins pour cette fois. Mori a remarqué le desserrement des traits et de la mâchoire, le relâchement de la colonne cervicale, l'infime frémissement de confort dans les membres, signes précurseurs de l'engourdissement de l'esprit de Robert Lelarge. L'Homme-qui-vient s'est mis à parler des grands espaces québécois, de l'hiver qui allait arriver, du froid dont il avait entendu parler. Robert ne comprenait rien à ce repli sur le banal. Aux extrêmes de son champ de vision, le blanc réapparaissait.

— Je crois être en mesure de vous faire une intéressante proposition, monsieur le président-directeur général. Puis-je vous appeler monsieur Lelarge ?

— Oui. Oui. Certain, a répondu Robert sans trop savoir s'il consentait à se faire appeler monsieur Lelarge ou à entendre la proposition.

— J'ai été à même de constater depuis mon arrivée la vivacité d'esprit de votre fille Laurie, et l'extrême profondeur de sa pensée. Dire qu'elle est pour vous un important atout ne serait pas suffisant. Elle assure à elle seule l'avenir prospère de votre compagnie.

— Moi, je mise plus sur Florence. Elle a le sens des affaires. Laurie, c'est plus les livres.

Robert se sentait bien, confiant. Il n'avait pas tous les jours l'occasion de dire la vérité.

— Sans rien enlever à Florence, qui sera une femme d'affaires exceptionnelle, votre fille cadette, Laurie, est à la fois perceptive et méthodique. Ce n'est franchement pas donné à tout le monde.

— C'est vrai qu'elle est comme ça, Laurie.

— Monsieur Lelarge, voici ce que je vous propose respectueusement, tout en m'excusant de ne pas avoir attendu votre permission pour en parler à M. Utsumi, que vous avez rencontré à Tokyo : Laurie pourrait étudier dès l'an prochain les finances à l'université Keiō, de Tokyo, où M. Utsumi a ses entrées. Elle pourrait ensuite obtenir un MBA d'une grande école : Harvard, London School of Economics, ENA, toutes les portes sont ouvertes, croyez-moi. Il y aurait une place de choix pour elle au Conglomérat, avec un salaire à la hauteur et la possibilité d'une importante participation au capital. Les cours à Keiō seront en anglais, mais elle doit pouvoir parler et comprendre un japonais de base. Je suis un instructeur qualifié de langue japonaise et je pourrais lui enseigner tout ce qu'elle doit savoir pour passer le difficile examen d'admission. Je me propose de lui donner des cours privés toute l'année, afin qu'elle soit prête en août prochain.

Robert ne disait rien. Son esprit avait bloqué à

ENA, il n'avait aucune idée de ce que c'était. Il ne semblait prendre conscience que par intermittence de ce qui lui arrivait.

— Pensez à ce que cela pourrait faire pour rapprocher nos deux entreprises, a continué Mori. En devenant la base du Conglomérat pour pénétrer le marché américain, les Pêcheries Lelarge pourraient devenir le numéro un des fruits de mer en Amérique du Nord, sans parler des autres activités.

Mori a vu un froncement fugitif des sourcils de Robert quand, à dessein, il a prononcé le mot *pénétrer*. Tout ce qu'il y avait d'autre derrière les cicatrices d'acné n'était que de la paresse et de l'avidité.

— Quelles autres activités ? a dit Robert, qui essayait pourtant très fort de penser.

— Regardez ceci.

Mori a ouvert une mallette. Il y avait à l'intérieur une boîte en aluminium brossé munie de deux oculaires et de poignées sur les côtés. Robert avait déjà vu des dispositifs semblables sur la terrasse Dufferin à Québec, mais avec en plus une fente pour la monnaie. C'était une longue-vue. Il a mis ses yeux sur les oculaires. Mori lui a dit que ça prenait une dizaine de secondes pour s'habituer. Après, Robert a réussi à formuler deux questions zigzagantes. Il avait l'air d'un enfant ; d'un enfant qui apprend qu'il redouble sa deuxième année.

— Pour Laurie, il faut que j'en parle à France, s'est-il finalement esquivé.

— Le Conglomérat lui fait une offre. Laissez-moi

le lui dire à elle. Je crois que Laurie devrait décider, a foncé Mori. En passant, je vais devoir former plus d'employés aux standards de qualité des oursins, car le Conglomérat a reçu une plainte d'un détaillant.

— Une seule ?

— Oui. Mais une plainte est une plainte, monsieur Lelarge.

Pendant que Mori parlait à Robert, juste à côté, dans les bureaux administratifs, les collègues de Florence avaient organisé une petite fête pour souligner la fin de son stage d'été. Florence les a remerciés, leur a dit qu'ils n'auraient pas dû. À un moment de cette fête, ils lui ont offert un cadeau. « C'est de la part de tout le monde », ont-ils souligné. La boîte était grise, ornée d'un gros ruban rouge. C'était une voiture décapotable miniature, pour les Barbies.

— C'est quoi l'affaire ! s'est offusquée Florence.

— Bien, cette dernière semaine, t'étais tellement contente de ta nouvelle béémme, qu'on s'est dit que ça devait t'en prendre une pour ta Barbie, a répondu au nom de tous Sabrina Côté, une fille de son âge. Viens-t'en, on sort à Baie-Comeau.

Ils sont sortis à Baie-Comeau : au Blues, puis à l'Entre Pot. Florence n'a pas suivi.

16

Une leçon de japonais par temps froid

Le souvenir d'une couleur est le souvenir d'une lumière, multiplié à l'infini. Laurie portait souvent ses bobettes et son soutien-gorge Fruit of the Loom devant le miroir de la grande salle de bains blanche du presbytère. Au soleil de toutes les heures filtré par la soie du rideau et, le soir, dans la fluorescence du néon de la coiffeuse ou à la lueur des chandelles qu'elle allumait près du bain, elle approfondissait sa compréhension de leur couleur. La lumière la lui enseignait doucement. Elle s'en mettait plein l'esprit.

Elle se trouvait belle dans le miroir, belle comme une idée bizarre. La couleur nouvelle délimitait sur elle un territoire dont elle aimait déborder. Parfois, elle la sentait, violemment soyeuse sur elle, tout en sachant que c'était mental. La peau, comprenait-elle, a une prédilection pour la nouveauté. L'inexploré l'enflamme. Elle ôtait les bobettes avant de trop mouiller. Elle ne voulait pas devoir les laver : il serait compliqué de trouver une cachette où elles pourraient sécher et elle craignait qu'elles déteignent. Elle gardait le soutien-gorge. L'orgasme n'était jamais loin. Ça arrivait presque tout seul. En inspirant profondément avant de jouir, Laurie fermait les yeux et la couleur s'étendait dans sa conscience, comme quand, dans l'obscurité, elle avait éclairé le mur blanc de sa chambre à travers les bobettes avec une lampe de poche. Elle avait pensé aux aurores boréales, mais les aurores boréales n'ont pas cette couleur-là.

Mori rêvait encore d'elle la nuit, Laurie le savait par les petits chocs électriques dans ses seins, moins abrupts que les sensations mentales de cette couleur dont elle ignorait encore le nom. Elle a d'abord cru que cela importait peu, mais Mori lui avait dit que la langue japonaise ne distinguait le bleu du vert que depuis le milieu du XXe siècle. Il existe encore une grande continuité entre les sens des mots modernes pour bleu (青, *ao*) et pour vert (緑, *midori*) : le premier peut désigner le vert des légumes et des feux de circulation, le second, la couleur de la mer. Dans le dictionnaire, Laurie a lu que le mot *bleu*, plutôt que du latin comme les autres couleurs, vient du francique : *blao*, qui veut dire pâle ou pur, en parlant du ciel. Dans les textes grecs et latins de l'Antiquité, le bleu est très rarement mentionné. Les yeux voient un spectre de couleurs ; par le langage, le cerveau les distingue. Les autres définitions de couleur suivaient la même forme : « Rouge : d'une couleur voisine de l'extrémité du spectre solaire, couleur dont la nature offre de nombreux exemples (sang, fleur de coquelicots, rubis, etc.) [1]. » Chaque fois, le dictionnaire disait que la

1. La définition est celle du *Grand Robert*, édition de 2005.

nature offrait de nombreux exemples et en citait arbitrairement quelques-uns. Laurie trouvait qu'il y avait de quoi laisser un aveugle sur sa faim.

Si elle avait eu à choisir un nom, Laurie aurait appelé la couleur *évidence même*. Elle s'émerveillait que son esprit ait pu se rallier si rapidement à une proposition si radicale. La couleur s'imposait d'elle-même. Parfois, Laurie avait l'impression de l'apercevoir dans le reflet irisé d'une pierre claire ou dans les cicatrices résineuses des conifères. Elle la voyait dans l'eau du Saint-Laurent, mais, comme elle la voyait aussi très facilement en fermant les yeux, elle doutait de la réalité de ce qu'elle voyait les yeux ouverts. Une part de cela se passait en elle. Avec son esprit, elle pouvait donner à toute chose cette couleur étrange et belle.

La conscience de Robert Lelarge était quant à elle beaucoup plus encombrée. Il s'y trouvait peu d'espace libre pour cette couleur dont il avait vu le prototype dans la boîte grise. Elle y surgissait pourtant, cancérigène, quand il fermait les yeux. Il ne voulait pas y croire. Tout ce qui s'était dit dans la salle de conférences où clignotait le néon malade avait été lourd. Il se sentait comme un homme dont on exige l'inacceptable.

Il a écrit dans le rectangle de Google le nom de l'Université Keiō. Ça avait l'air d'une école très prestigieuse. Avant de parler à France de l'offre de Mori, il a eu la deuxième pire diarrhée de sa vie.

Sur la véranda, elle buvait du café. Il suait du dos. Il voyait peu, à travers un voile blanc. D'un seul coup, au moment où France s'est tournée vers lui, ce voile a cessé d'être blanc. Non, Robert ne voyait plus blanc ; il voyait de la couleur de l'Homme-qui-vient.

— Je suis un gars simple. Tout ce que je sais faire, c'est ce que mon père faisait : le commerce des mollusques et des crustacés.

France écoutait en silence. Quand Robert a dit cette phrase, elle a tout de suite su qu'il avait sacrifié Laurie. Elle ne l'avait jamais vu humble et il ne l'était pas. Il mesurait et remesurait tous les mots qu'il débitait, tout le temps. Il aurait pu s'effondrer ; ça lui aurait fait moins peur. L'humilité de Robert était rationnelle. La logique, et rien d'autre, le réduisait à cette posture courbée. Il avait perdu et ça paraissait.

— C'est la seule façon de continuer de vivre la vie qu'on vit, a été son dernier argument.

La couleur de Mori tapissait maintenant presque entièrement le champ de vision de Robert. Il a dû s'asseoir parce que son souffle raccourcissait. Le ciel était gris de l'autre côté de la paroi. France aspirait de petites gorgées sonores et faisait tinter la tasse contre sa soucoupe assortie. Continuer, simplement, allait devenir pénible. Autant dire que rien ne brillait plus trop dans le solarium.

Mori avait déjà commencé à enseigner le japonais à Laurie. Il avait débuté par les voyelles courtes. La vitesse des progrès de son élève l'ébahissait. Quand ils étaient ensemble, il y avait encore ce silence épais dans lequel Laurie pouvait penser et se sentir libre.

— Si vous voulez, nous pouvons continuer un peu. Vous ne partirez pas pour Québec. Je vous enseignerai le japonais.

Laurie n'a pas demandé ce qui continuerait. Sous ses vêtements, elle avait le soutien-gorge et les bobettes. Elle ne lui a surtout pas dit.

Au presbytère, on ne se parlait plus beaucoup.

— Ce que M. Ishikawa propose, c'est bien ce que tu veux ? a-t-on demandé autour d'un rosbif difficile à avaler.

Le dernier matin chaud, France a annoncé à Laurie que ce n'était pas parce qu'elle avait décidé de ne pas aller au cégep qu'elle ne devait pas apprendre à être indépendante. Elle pouvait rester avec eux, mais il ne fallait pas qu'elle s'attende à ce qu'on fasse ses repas, son lavage et tout. Elle allait devoir se débrouiller seule, comme une femme, parce que ça avait l'air qu'elle en était une. Et elle était bien mieux de faire sa vaisselle.

Avec Robert, c'était pire. Leurs regards ne se croisaient jamais. En fait, les deux fois où c'est arrivé, Laurie a remarqué un étrange mouvement alternatif dans les yeux de son père. Un éclat métallique y rebondissait d'abord entre l'apitoiement et la réprobation. Laurie connaissait cette première saccade : son père la réservait habituellement à quiconque lui parlait des junkies ou des putes avec la moindre empathie. Mais, plutôt que de gagner tout le regard, l'éclat cédait sous son propre poids ; ça faisait un bref vacuum dans les pupilles et une panique se mettait à gonfler, prenait vite toute la place, menaçait de faire tout chavirer. L'iris commençait même à disparaître sous la paupière supérieure puis, en un déclic, l'élan s'arrêtait et la dureté initiale réapparaissait comme si les yeux étaient gouvernés par un mécanisme pendulaire. Ça oscillait entre la menace et la psychose.

折, a dessiné Mori sur la plage avec un long bois de marée tortillé qu'on aurait pu prendre pour le sceptre d'un empereur fou. Le signe occupait un mètre carré. D'un rocher, Laurie le regardait faire en tentant de cacher son grelottement. Septembre avait claqué avec trois journées glaciales d'affilée. Il faisait trop froid désormais pour être sur la plage. Ils ne se voyaient pas ailleurs. Elle ne s'était pas réinvitée chez lui.

Dans la médina, on avait défait les habitations temporaires. Une main-d'œuvre résiduelle s'établissait chaque année dans des shacks de mieux en mieux isolés. Florence avait regagné Montréal. La radio diffusait un avertissement de gel au sol.

Mori et elle n'en parlaient pas, mais Laurie comprenait que le cours de leur existence se croisait. Mori avait sûrement un plan. Depuis son arrivée, les choses ne se ressemblaient plus. Elle avait l'impression qu'il accélérait tout, qu'il faisait tout trembler. Même la côte semblait plus érodée. Laurie, elle, n'avait pas de plan. Maintenant, ce qui se passerait dans sa vie influencerait les mouvements de Mori. Ces mouvements s'ouvraient vers l'infini. Tout était vaporeux, comme le brouillard et la liberté. Elle avait la conviction grisante d'être, dans son histoire, la lectrice et le personnage principal à la fois. Qu'elle puisse en être le papier, que l'histoire puisse être écrite sur elle, ça, ça ne lui avait pas traversé l'esprit.

Mori continuait de tracer des signes japonais sur la plage de Baie-Trinité avec son bois de marée. Et elle le regardait, assise sur de la pierre. Elle avait les fesses glacées. Le froid passait à travers son polar et son chandail de laine, la prenait aux mamelons, lui donnait conscience de son squelette, l'obligeait à croiser les bras. La plage leur appartenait. Laurie se demandait pourquoi il n'y avait encore qu'eux qui s'en rendaient compte. En le voyant donner des coups saccadés dans le sable avec son bois pour inscrire un signe complexe, elle a établi que Mori était un épicentre.

澱, a-t-il complété.

— Qu'est-ce que ça veut dire ?

— Attendez un peu.

Le japonais s'écrit avec trois alphabets. Mori avait enseigné les syllabaires – l'hiragana et le katakana – à Laurie, des caractères simples qui représentent un son. Les caractères qu'il dessinait sur la plage, des kanjis, représentent un sens. Laurie aurait à en apprendre deux mille cent trente-six. En baissant, le soleil orange a percé à travers les nuages. Des lampadaires au bord de la 138, plus loin, rajoutaient de l'orange. Il ne faisait pas plus chaud. Mori a fini sa ligne :

折 澱 折り 檻

Laurie reconnaissait le signe り, le son *ri* dans l'alphabet hiragana.

— Le premier signe veut dire *chance*, *occasion* ou *opportunité*, s'est mis à expliquer Mori.

Son ton, toujours un peu scolaire, le devenait encore plus.

— Le troisième mot, c'est donc le signe pour *occasion*, mais le mot finit par ri.

— C'est ça ! C'est le mot *pli*. Et il y a bel et bien la syllabe ri.

— Comme dans origami.

— Oui. C'est ça. Exactement.

— Étrange, a envisagé Laurie à voix haute. Comme si, du point de vue du papier, le pli était une occasion.

Mori inclinait plus spontanément le torse quand il enseignait le japonais à Laurie. Il souriait peu.

— Le deuxième signe est moins usité. Il veut dire *sédiment* ou *lie*. Et le quatrième veut dire *cellule de prison, enclos* ou *cage*, a-t-il poursuivi.

Laurie ne comprenait pas où il voulait en venir. La leçon lui paraissait complexe pour son niveau.

— Vous êtes bien dubitative, a remarqué Mori.

— Je peux comprendre pour la cage. On y prend les homards. Je peux comprendre pour l'opportunité.

Mais pourquoi est-ce que j'aurais besoin de savoir tout de suite *sédiment* ou *pli* ?

— Ce n'est pas vraiment une leçon de japonais. Ou si peu. La leçon, c'est que beaucoup de mots peuvent se prononcer exactement de la même manière. Beaucoup plus qu'en français. Si je lis la ligne, ça donne : ori, ori, ori, ori.

— Attendez… a dit Laurie à mi-voix.

— Oui, a acquiescé Mori en sachant qu'elle savait, oui, c'est ça.

— Ori ?

— Le rouge… Le bleu… Le jaune… L'ori.

Laurie aimait cette phrase parce qu'il y avait son nom dedans.

— Et comment ça s'écrit, en japonais ?

— Comme je vous disais, il faudra l'écrire en katakana.

Mori a tracé オリ.

Il est retourné d'un pas pressé chez lui, dans la maison du disparu. Il devait avoir froid lui aussi. Sar'h lui avait dit qu'il pourrait rester tant qu'il se tiendrait tranquille et qu'il ne pouvait pas acheter de chien. Il a tellement insisté sur l'interdiction des chiens et tellement répété que c'était une simple question de propreté que Mori a deviné qu'il cachait une profonde phobie.

Laurie lui a dit de ne rien effacer. Opportunité, chance, cage, sédiment, pli. Tout ça devait parler de la façon dont la couleur était faite, peut-être aussi de ce qu'elle pouvait faire. C'était aussi son prénom. En pensant à ça, Laurie s'est rendu compte qu'elle avait presque le même prénom que Mori, à une consonne voisine près. Elle ne l'avait jamais remarqué. Lors de la première leçon de japonais, Mori lui avait dit que le katakana était réservé aux mots étrangers, aux mots techniques et aux marques de commerce.

La marée effacerait tout. Il faisait presque noir. Laurie s'est mise à marcher vers le presbytère. Tant que toutes ces choses tournaient dans son esprit, elle se foutait pas mal de faire ses propres repas et d'endurer les faces détraquées de ses parents.

Sur la plage, elle a trouvé un téléphone perdu. En l'ouvrant pour en identifier le propriétaire, elle a vu que l'écran d'accueil était en japonais. Mori l'avait probablement échappé. Il n'y avait pas de mot de passe. Elle a glissé son doigt. Le lecteur vidéo est apparu. L'écran était rempli d'un rose tendre peu uniforme, avec des endroits plus violacés ou nettement bleus. Il y avait aussi des traînées lumineuses dans des zones surexposées. Au milieu, derrière l'icône *play*, se dessinait un cercle plus noir. Elle a touché du bout du doigt l'icône. La surface rose a été prise d'un mouvement organique, mais tout restait plat, bidimensionnel. La vidéo durait dix-sept secondes. À la troisième, le trou central se refermait en un spasme et se rouvrait plus grand, dévoilant le conduit dont il était le méat. À la seconde sept, une goutte de liquide transparent naissait au centre. À la treizième seconde, tout devenait blanc. À la quinzième, tout s'assombrissait.

Il a fallu que Laurie revoie la vidéo plusieurs fois

pour comprendre qu'il s'agissait d'un très gros plan, déformé par le grand-angle. Elle l'a fait en pyjama. Elle a recouvert l'abat-jour de sa lampe de chevet avec ses bobettes ories. L'éclairage était ori et doux dans la chambre.

Au troisième étage, Robert faisait des affaires en donnant beaucoup de coups de poing sur son bureau. Au premier, à la cuisine, France mangeait des mille-feuilles Vachon en regardant un couteau. C'était comme ça, maintenant.

sixième intermède

LE HOMARD

Peu de choses le séparent d'un scorpion qui aurait voulu descendre au fond des choses. Il fait partie de ces aliments – cerises, fraises, pommes, sucres… – qui sont aussi des saisons, dont la saveur annuelle est propice au souvenir. Son commerce est lucratif, dangereux, viril, comme celui du mercenaire. C'est le roi de la mer : le homard.

Sa nage est un réflexe propulsif qui ressemble au mouvement de l'accordéon. Il préfère marcher sur le fond, où il se trouve un abri entre deux roches. Il n'en sort que pour se nourrir, surtout de matière morte. Premier charognard venu, il sera au chevet de la plie ou de la baudroie quand elle expire. Avec ses pinces dissemblables – l'une, grosse, peu dentelée, sert à broyer ; l'autre, pointue et plus fine, coupe –, il est aussi armé pour la chasse. Il se régale de moules, d'oursins, de bourgots, de crabe. En amateur casanier de fruits de mer, il ramène ses proies dans son abri pour les déguster, comme moi.

Il n'a qu'un seul prédateur véritable : l'être humain, représenté ici par Serge Cabana, dit Hercule, et personne, franchement, ne voudrait d'Hercule comme prédateur. Mais le homard a ses moments de vulnérabilité lors desquels il peut être la proie d'une morue, ou goûter à la médecine d'une raie : tous les étés, jusqu'à sa mort naturelle dans la cinquantaine, il mue. Ça lui prend deux ou trois semaines pour se refaire une carapace. La femelle devient plus accessible pendant la mue. Le mâle la conduit dans son abri et la retourne sur le dos. Avec ses deux sexes, il lui insère son sperme directement dans l'abdomen. Il la protège ensuite comme un paranoïaque jusqu'à ce que sa carapace durcisse et se referme. Elle gardera le sperme en elle une bonne année.

Hercule avait plusieurs histoires de homards, en plus de celle de la tornade pleine de homards, qui n'était pas une histoire, mais un mythe fondateur. Il avait toujours soutenu avoir pêché trois homards jaune serin, quatre homards indigo, et même des homards tout blancs. Photo à l'appui, il disait avoir capturé un homard jaune tacheté de brun comme un léopard, mais l'éclairage était drôle. Ils étaient tous devenus rouge orangé à la cuisson, comme des homards ordinaires, sauf les blancs, qui étaient restés albinos.

Un jour, quand Florence avait sept ans, Laurie en avait trois et Hercule est arrivé au quai exalté en disant qu'il venait de capturer un homard d'une verge qui devait faire une cinquantaine de livres. Les débardeurs l'ont traité de plein de marde en disant que ses casiers à homards étaient trop petits pour ça. Hercule leur a expliqué que le homard suprême n'était pas dans les casiers, qu'il devait passer par là, qu'il était peut-être le prince des homards, une espèce de super-héros ou de redresseur de torts, responsable des cages vides éventrées qu'il remontait souvent. En fait, Hercule l'avait remarqué en actionnant le treuil : énorme prisonnier des cordages, convulsif. Il s'était jeté à l'eau pour ne pas que le homard s'enfuie. « Je l'ai pris à bras-le-corps », triomphait-il, comme coké. Les débardeurs ont demandé à voir la bête. Ils l'ont vue. On a sacré beaucoup, on a fait des *high fives* à Hercule et on a appelé Rogatien.

Ça adonnait bien, parce que c'était bientôt le party de fruits de mer numéro deux. Rogatien a donné deux mille cinq cents dollars pour le trophée. Au party, en plus de la famille, il y avait Émilien (le directeur de la caisse), des cadres de l'usine, deux ou trois gars de chez Provigo et leurs épouses, les maires de Baie-Trinité et de Baie-Comeau. Il y avait aussi des journalistes et deux inspecteurs du *Livre Guinness* qui ont perdu leur temps parce que, de un, ils n'aimaient pas les fruits de mer et que, de deux, le homard faisait finalement quatre-vingt-neuf centimètres et demi et dix-huit kilos six cent vingt-deux grammes. On avait déjà vu plus gros aux États-Unis. Reste que ça a été l'attroupement le plus mondain jusqu'à la chierie de chez Saturne. Alignés cocktail en main sur la terrasse refaite, nombreux étaient ceux qui s'étaient rappelés la commotion autour du homard de quarante livres avant que ça ne vire mal cette journée-là.

On a poché le monstre sur trois brûleurs au propane, dans une vieille baignoire dont on avait gratté la rouille. Hercule a eu l'honneur de lui fendre les pinces à coups de masse et de lui sortir la chair de la queue à la foène. À un certain moment de l'après-midi, tout le monde était avancé et Hercule a réclamé qu'on le laisse seul avec la carcasse et sa scie ronde. Florence et Laurie ne pouvaient quand même pas déplacer la balançoire où elles jouaient. Elles ont été les seules témoins de la scène. Hercule a fait une incision sur toute la longueur de l'animal. En plongeant sa main nue dans les hémicorps, il remplissait un gros pot Québon d'une substance verte. Florence s'est approchée.

— Ark ! Est-ce que c'est ses œufs ?

— Ben non, c'est un mâle. Regarde, les œufs, ils seraient-là. Puis, cuits de même, ils seraient rouges, a précisé Hercule en désignant de sa main sale un espace hypothétique de la carcasse comme si c'était une évidence.

— C'est quoi ? C'est tout vert.

— Ça, petite fille, c'est le meilleur. C'est le tomalli. Veux-tu goûter ?

— Non.

Laurie, qu'une conscience naissante de la mort tenait en retrait, écoutait tout. Le mot *tomalli*, qu'elle n'entendrait plus avant longtemps, s'était inscrit dans sa mémoire, dans le sas de la conscience où traînent les mots étranges en attendant d'être réentendus pour faire partie de la langue. Des années plus tard, quand elle a goûté pour la première fois à la substance qu'elle nommait par dédain de la *farce* ou du *vert* et qu'on lui proposait d'appeler du *fard*, elle a eu l'intuition qu'il y avait un meilleur mot pour ça. Elle a trempé le bout d'une fourchette. Ça goûtait toutes les saveurs de l'étendue liquide du globe.

Ce n'est pas un mot ordinaire. Il est un vestige de la langue des Caraïbes, un peuple des Antilles anéanti par la colonisation, dont la nourriture principale était une bouillie faite avec l'intérieur du crabe. Ils appelaient cette bouillie, et l'intérieur du crabe aussi, *tomali*. La première apparition du mot en français se retrouve dans l'*Histoire naturelle et morale des îles Antilles de l'Amérique* de Rochefort en 1658, avec l'orthographe *taumaly*. Une traduction anglaise de 1666 a conservé la même orthographe. Ce livre, et d'autres récits de voyage aux Antilles, ont connu un tel succès que le mot a fait l'objet d'un article dans l'*Encyclopédie* de Diderot et d'Alembert un siècle plus tard :

> TAUMALIN ou TAOMALI, s. m. ce mot en langage caraïbe, signifie sauce, à quoi la graisse des crabes & des tourlouroux a beaucoup de rapport par son état naturel; aussi dit-on communément dans le pays un taumalin de crabe, un taumalin de tourlouroux; cette substance étant cuite, n'a point le fastidieux des autres

> graisses ordinaires : c'est une especе de farce composée par la nature dans le corps des animaux de l'espece des chancres ; elle n'a besoin d'aucun assaisonnement ; sa délicatesse surpasse celle des sauces les plus fines ; son goût est exquis, & ne peut se comparer.

Francisé de cette façon, le mot est resté répertorié dans le dictionnaire Littré, mais il a disparu du français au XIXe siècle. Il est par contre resté vivant aux États-Unis, avec l'orthographe *tom-alley*, puis *tomalley*. Les mots du homard, mots du commerce, sont des mots anglais. Quand, dans ses communiqués, Santé Canada « rappelle aux Canadiens qui consomment du tomalli que ces produits du homard peuvent contenir des toxines naturelles », Santé Canada met deux *l* à tomalli.

Le nom scientifique du homard est *Homarus americanus*. Salissant, bruyant, suintant, exigeant, savoureux, on trouverait difficilement repas plus américain. Les Lelarge le vendaient vivant ou, surgelé, dans toutes les tailles de morceau. Ils vendaient aussi les carcasses, tomalli inclus, à des fabricants d'engrais écologiques.

17

Définition d'un chien

À ça – la distance entre les bouts recourbés de son index et de son pouce –, c'est à ça qu'était Myriam de prendre la Volvo pour conduire – même si elle l'aimait – son chum à l'hôpital pour qu'il se fasse interner en psychiatrie. L'insomnie donnait à Frédéric des yeux au beurre noir. Il avait toujours froid. Il se mettait à *on* avec du café et il tentait de se mettre à *off* avec de l'aquavit. Ça ne marchait pas. Ça ne pouvait pas durer. Il étirait l'élastique, tentait sans cesse de lui rappeler Myriam.

À la fin de l'été, les journalistes sont partis couvrir une plus grosse histoire, Myriam a fait une variété de *smørrebrød* et elle a mis une robe courte en pensant enfin retrouver son chum. Il a mangé peu et vite. Il avait l'air effrayé : ses yeux rondissaient d'une façon presque imperceptible, d'autant plus troublante. Il ne parlait jamais de rien.

— Non, mais ça va pas ? qu'elle a crié en ouvrant la porte de la pièce où il avait pris l'habitude de s'enfermer après le souper, du jazz pas écoutable à plein volume, derrière son ordinateur, avec sa bouteille d'aquavit et son thermos de café.

Elle l'aimait la barbe un peu négligée, les cheveux un peu collants, l'odeur un peu brute. Mais là, il flirtait avec la malpropreté.

— Attends, a-t-il répondu parmi ses grommellements, avec la même face que d'habitude.

Il lui faisait dos, assis devant son écran d'ordinateur portable. Il y avait ses guitares dans le coin. Leurs cordes devaient avoir perdu toute tension. Une longue plainte de cuivre s'est échappée des haut-parleurs.

— Non, j'attendrai pas. Regarde !

Elle a levé sa robe. Elle n'avait pas de bobettes. Elle s'était épilé le pubis en rectangle, parce qu'il avait déjà aimé ça. Sans se retourner, Frédéric a levé une éprouvette de poudre au-dessus de sa tête.

— Non, toi, regarde.

Le visage de Myriam s'est détourné, repoussé par un magnétisme. Son cou s'est tordu et elle a rebaissé sa robe avec violence. Elle a fait deux pas vers Frédéric, a tenté de lever les yeux, mais la substance au fond de l'éprouvette faisait plisser sa face et l'accablait. Elle ne pouvait la regarder.

— T'avais pas assez de ton haleine pour me repousser, fallait que tu te gosses une poudre pour être sûr, a présumé Myriam, essoufflée par la colère.

Espèce nuisible, qu'elle se sentait.

— Non. C'est la toxine. J'ai passé l'été à l'isoler.

Mes boss croient pas que c'est ça, mais moi, oui. Je travaille. Je fais œuvre utile, a chantonné Goyette.

— C'est ça, amène des toxines chez nous, Fred. Vas-y ! Des toxines, câlisse.

— C'est pas très toxique. C'est juste de l'eau. Ça fait un bout que je la trimballe.

— Une toxine, c'est une toxine ! Regarde-toi...

— C'est vrai. Je l'ai donnée à des souris... Sont mortes.

— Tu me dégoûtes.

Frédéric a déposé l'éprouvette dans son étui opaque. Il s'est retourné en faisant pivoter sa chaise. Il avait leur couteau à huîtres Ikea dans la main gauche.

— La toxine, elle me donne le goût des fois de m'arracher les yeux.

Myriam a serré sa main sur la clé de la Volvo. À ça, qu'elle est passée. À ça.

Elle a plutôt convaincu Frédéric d'aller au lit. Elle s'est couchée près de lui. Il s'est mis à vouloir la doigter quand il a pris conscience de son épilation, mais il s'est endormi en chemin. Elle n'a pu s'empêcher d'imaginer l'enlèvement de l'œil avec le couteau à huître : le bruit de coquillage quand l'orbite se fend, le plop, le globe suspendu par une ficelle de muscles... À l'heure où il se rendait habituellement au Motel Le Comte pour son point de presse, le réveil a sonné. Il n'avait plus à faire ça. Il l'a lancé par la fenêtre ouverte et il a dormi encore trente-six heures.

Ça s'est mieux passé après. Le supérieur de Goyette l'a convoqué à son bureau, à Mont-Joli. Goyette pensait qu'il allait se faire congédier. Il s'était fait à l'idée en se disant qu'affranchi du ministère, il aurait plus de latitude pour enquêter. Il réussirait à se faire payer par les Lelarge, ou à trouver un moyen de leur extorquer de l'argent. Il s'est plutôt fait remettre un document intitulé *Enquête sur les événements de Baie-Trinité et sur une nouvelle phycotoxine potentielle*. On l'affectait à temps plein à la tâche et on lui offrait un budget de quarante mille dollars pour ses dépenses payé par, oui, le contribuable canadien encore, déjà taxé jusqu'à l'os. On lui ficherait la paix, sauf s'il ne trouvait rien.

L'insomnie s'est remise à l'affliger, mais il a un peu couru après à coups de litres de café passé minuit. C'est qu'il ne pouvait se détacher de sa pensée de la nuit, très différente de sa pensée diurne. Il croyait de moins en moins que l'éprouvette de poudre irregardable contenait la toxine qu'il cherchait, surtout depuis qu'il avait vu Laurie la regarder, comme si elle fixait le Soleil sans larmoyer. La poudre était faite d'eau et de quelques impuretés minérales, mais l'eau restait solide, même sous un fer à souder. La poudre n'était pas la toxine, mais le résultat de l'action de la toxine sur l'eau, Goyette en devenait chaque jour plus certain. La nature de cette action dépendait du moment où il l'envisageait. Le jour, il croyait que la toxine agissait directement sur les atomes. La nuit, quand la caféine et l'alcool travaillaient de concert, il se mettait à croire qu'elle bouleversait sur un autre plan la nature des choses. Il s'imaginait une toxine en deux parties. L'une, d'origine alimentaire, chiée sur la plage, aurait été activée par l'autre, d'origine inconnue, semée dans la vague de seize heures dix-sept. Assemblée, la toxine aurait fait changer la plage de façon fondamentale. Quelques molécules d'eau avaient figé, mais ce n'était pas le changement le plus significatif. Le sable était un autre sable. L'eau était une autre eau. L'être ne vibrait plus de la même façon. *Ontotoxine*, toxine de l'être, c'est le seul mot que trouvait sa pensée nocturne pour nommer le phénomène.

Puisqu'il ne dormait pas, qu'il avait assez dégrisé pour conduire et que les levers de soleil l'automne à Baie-Trinité sont de ce spectre désuet qui va du brun à l'orange brûlé en passant par un rose gris, il a pris son pick-up de fonction, il a mis sa vareuse, et il a décampé sur la musique du trio d'Esbjörn Svensson *live* à Hambourg, sans s'être rasé.

Il n'a croisé qu'un ou deux dix-huit roues dans l'aurore humide, le genre de matin qui montre à un homme qu'il s'est un peu éparpillé. Goyette s'est rendu compte qu'il n'avait pas mis les pieds à Baie-Trinité depuis trop longtemps. Depuis l'intoxication chez Saturne, il avait pris l'habitude d'y passer tous les deux ou trois jours. Deux semaines au moins s'étaient écoulées cette fois. Il prenait de moins en moins d'échantillons quand il était là et il ne s'était pas assis au bar à Ti-Claude depuis longtemps. Ses pensées sont devenues accommodantes ; le café parvenait à le réchauffer. Le plaisir simple de chercher pognait en lui.

Chez Ti-Claude, on rediscutait de Guenille Berthelot. Sa veuve ne quittait plus le casse-croûte à Cécile et Cécile lui parlait sur un ton bizarre. On se demandait si c'était normal. On ne connaissait pas Cécile comme ça. De toute façon, ce n'était plus pareil sur la ligne de congélation depuis que Guenille ne la dirigeait plus. Plusieurs employés convoitaient un transfert sur la ligne de cannage où, au moins, tu sais à quoi t'attendre.

— Vous trouvez pas que les chiens sont peureux? a changé de sujet quelqu'un.

— Peureux?

— J'en parlais avec Maurice l'autre jour, son chien veut plus sortir. Le mien, il reste dans la cour. C'était pas de même avant.

— Avant quoi?

— Une couple de semaines, je dirais. Vous trouvez pas ça bizarre, vous autres?

— Steeven est bien correct, a voulu faire savoir Bobby Daigneault, rétabli, mais dont les doigts ne repousseraient pas.

— C'est qui ça, Steeven?

— Mon chien, c't'affaire.

— C'est pas un nom de chien, crisse, mon neveu s'appelle comme ça. De toute façon, ton chien, c'est un caniche.

Goyette ne prêtait pas trop attention à la conversation. En débarquant de son pick-up, près du bout du quai, il avait vu un chien blanc ou gris, beige dans l'aube. Le chien immobile l'avait fixé longtemps. Après,

Goyette avait vu les signes japonais en marchant. Le sillon de Mori était profond sur la plage et la marée faible ne l'avait pas effacé. Goyette avait photographié les kanjis avec son appareil photo, puis avec son téléphone. Discrètement, derrière le bar, il essayait de passer l'image dans une application de traduction. Il s'est rendu compte qu'il attirait l'attention, puis il est parti.

Il a mis un Post-it sur son babillard avec les mots « cellule (cage), sédiment, chance, pli ». Il a parlé à un collègue biologiste japonais pour être certain des traductions et pour lui demander si ça lui disait quelque chose. Ça ne lui disait rien, mais ça se prononçait de la même façon : *oli*. Sur un autre Post-it, Goyette a écrit « Parler à Mori Ishikawa », mais ce n'était pas facile : Mori n'avait pas fait brancher le téléphone, il ne répondait pas à sa porte et, les rares fois où il sortait, il se retrouvait avec Laurie et leur langage corporel devenait insaisissable.

Il y a eu du surplace, des courriels infructueux envoyés au Japon.

Goyette n'allait plus souvent à son bureau de l'Agence d'inspection des aliments dans le petit centre commercial de Baie-Comeau où il y avait aussi un salon de grosses quilles et un buffet chinois. Les autres employés ne lui parlaient déjà pas beaucoup (entre eux, ils l'appelaient « le gars des mollusques ») ; maintenant qu'il avait sa mission spéciale, on l'évitait. Une fois par semaine, il allait prendre ses messages téléphoniques. Il y en avait un de Florence. Florence qui? ne s'est-il pas longtemps demandé, tout en restant bête. Il a rappelé.

— C'est Frédéric Goyette, du Programme canadien de contrôle de la salubrité des mollusques.

— Ouh... T'es formel au téléphone, Goyette.

— Pourquoi tu m'appelles?

— Le chef. J'ai son numéro. Il m'a dit qu'il aurait aucun problème à te parler.

— Tu lui as parlé?

— Ouais. Je l'ai croisé au hasard dans un bar. Il s'est mis à me raconter plein d'affaires dont je me crissais, mais je me suis dit que toi, tu t'en crisserais pas.

— Euh... Merci, Florence, je sais pas trop quoi te dire. Je vais l'appeler.

Florence allait raccrocher. Goyette s'est dit qu'il n'avait rien à perdre.

— Qu'est-ce qui se passe entre ta sœur puis Mori Ishikawa?

— Bien... La réponse courte, c'est que c'est pas de tes affaires. La réponse longue, c'est que Laurie vit sa vie et que c'est pas ma vie et que c'est pas ta vie.

— Qu'est-ce que tu veux dire?

— Laurie, c'est Laurie. Puis ton enquête, c'est pas mon enquête. Bye.

Goyette était sur une chaise en métal peu rembourrée, couverte d'un tissu rugueux gris parsemé de trente ans de petites boules de fibre. Devant lui, sur le mur bleu pâle, une horloge lui laissait tout le temps nécessaire, une affichette lui enjoignait de ne pas fumer alors que plus personne n'aurait depuis longtemps osé et un poster lui interdisait de pêcher la mye en lettres cursives : « Pêche aux mollusques : quand c'est fermé, c'est fermé. » Goyette connaissait bien ce caractère, qui annonçait au tournant des années quatre-vingt-dix le côté criminel de l'alcool au volant. Il a réfléchi un moment à ce genre de formule : « Laurie, c'est Laurie », « quand c'est fermé, c'est fermé ». Il s'est rappelé Myriam qui lui hurlait qu'une toxine était une toxine. La répétition du même mot soulignait que ce n'était pas le même mot, qu'il fallait considérer quelque chose de plus, une différence profonde entre le mot et sa répétition. La toxine fonctionnait peut-être comme ça : en allant chercher dans les choses ce qui en fait des choses.

C'est allé vite. Deux jours plus tard, Goyette était à Montréal où le chef lui avait donné rendez-vous dans un bar près du métro Crémazie, décoré Molson, où il avait ses habitudes. « C'est près de chez moi et je peux boire sans m'habiller propre », avait expliqué le chef en t-shirt rose, à demi repentant. Il avait une moustache à la Mario Bros et il était plus gros encore que dans le souvenir de Goyette.

Goyette n'était pas passé par Montréal depuis longtemps. Il avait hâte que le soir arrive, pour pouvoir stationner sa Volvo près d'un endroit où il pourrait entendre du jazz, mais c'est en métro qu'il est allé rencontrer le chef. Sur le quai de la station Crémazie, il a surpris en lui-même un bonheur passager, dû à rien. C'était la couleur des carreaux de céramique : leur spectre désuet.

Le chef avait un franc-parler, du bagou et une tremblote qu'il calmait au bourbon. Goyette lui a demandé s'il pouvait l'enregistrer. Le chef a dit non. Il a fait le gars qui essaie de faire la paix avec son passé.

Il avait connu Saturne en désintox, un bon gars avec un trop grand appétit pour le trouble. La maison de thérapie, disons, n'avait jamais voulu mettre leur témoignage dans ses dépliants. Peu importe, Saturne était un hôte-né, un don de Dieu à la profession de maître d'hôtel, le chef l'avait toujours reconnu. Il s'était rendu plusieurs fois chez lui au lac Cléophas, dans tous les états imaginables, et il n'avait jamais rien senti qu'un accueil sans réserve. « Saturne, l'hospitalité lui coule dans les veines, comprends-tu ? » « Entre autres choses, oui », a pensé Goyette en réprimant un sourire comme il savait si bien le faire. Le chef a continué : lui, sans se vanter, en cuisine, il se débrouillait généralement plutôt bien, mais, les fruits de mer, il pensait avoir un talent particulier pour ça, et puis fuck, il n'en avait jamais goûté de mieux cuisinés que par lui-même, même au Bernardin à New York, faut le faire ! Alors, ils s'étaient parti un restaurant ensemble, en se disant qu'ils voulaient des étoiles Michelin, une grosse affaire, puis, tabarnac, ils en auraient peut-être eu une, une étoile. Ce qu'il fallait préciser, c'est que les deux (Saturne et lui), les deux, donc, traînaient une autre vie et que, dans la restauration (si Goyette était un naïf qui vivait dans un monde de sucre d'orge puis de maisons en pain d'épices, il avait juste à s'en aller là), ça joue rough des fois. Leur projet était né de l'accès à des fruits de mer de première qualité, de la possibilité de rendre service à des amis qui avaient de l'argent à expliquer et d'une espèce de patriotisme nord-côtier cher à Saturne depuis la mort de son père.

— Quand tu dis « expliquer », c'est « blanchir », c'est ça ?

— Bien regarde donc, Einstein, toi là ! Oui, crisse. C'est qui qui va venir voir s'il y a dix ou soixante-dix personnes dans notre restaurant à deux cent vingt-cinq piastres le menu dégustation ! ?

Le mélange de détachement et d'agressivité, le froissement facile quoiqu'un peu factice devant une supposée insulte à l'intelligence : Goyette n'avait jamais entendu personne d'autre que Saturne s'exprimer comme ça.

Le chef s'était établi au lac Cléophas dès la mi-mars, pour élaborer ses recettes. Il s'était aussitôt mis à sortir des plats étonnants avec des herbes boréales, du crabe congelé, des mollusques, des réductions de fou, du beurre mais pas trop. Il se devait de triompher, d'aller chercher des saveurs irréelles qui plongeraient le palais dans la perplexité et exciteraient jusqu'aux organes génitaux. Quand il avait voulu cuisiner les oursins, il s'était rendu compte que ce serait épineux.

— Crisse ! T'as l'air crampé. Pourquoi tu ris ?

— Bien, oursins… épineux…

— J’ai-tu l’air du gars qui fait des petits jeux de mots comme ça pour te divertir?

— Non, vas-y, laisse faire, continue.

Les oursins appartenaient au Conglomérat des teintes, couleurs, pigments, mollusques et crustacés d’Isumi. Saturne n’en avait pas parlé à son frère. En fait, au début, Robert laissait les employés mettre des oursins de côté, mais le Conglomérat avait envoyé un délégué ou quelque chose du genre à Baie-Trinité et tout le monde était devenu un peu psychorigide. Dès lors, pour approvisionner le restaurant, il avait fallu tout acheter au Conglomérat. Pour les plus gros homards, les plus gros crabes, le prix était démesuré. Ils pouvaient exiger quarante dollars la moule, pas la livre, là, quarante dollars *la moule* sous prétexte qu’elle était symétrique et bien colorée.

Mori Ishikawa négociait les prix. Il comprenait mal que peu importe l’apparence de la coquille, la bibitte en dedans goûte plus ou moins la même chose. Il s’habillait toujours de la même façon et c’était pour mieux dissimuler son arme – le chef voyait en lui les mouvements amples mais précipités de celui qui dissimule une arme; dans un retroussement du cardigan du Japonais, il a juré avoir déjà vu la crosse d’un Glock.

Ceux qui entendaient justifier leur argent avec le restaurant n’ont pas apprécié qu’on fixe les tarifs de la sorte. Et lui, le chef, ça le mettait personnellement en beau tabarnac. Alors des motards sont venus, en hydravion, un peu avant l’inauguration, pour tenter de faire entendre raison à tout le monde et, tant qu'à y être, pour profiter du festin.

— Ils sont revenus nous voir, Saturne et moi, puis ils ont dit : « Nous, on *mess* pas avec ce monde-là. »

— Ils avaient parlé à Mori ? n'en a rien cru Goyette.

— Je sais pas. Je pense que oui. Ils ont tellement eu peur qu'ils sont restés dans l'hydravion toute la soirée de l'inauguration. Pour moi, c'était une bonne chose. Je me serais sûrement fait lyncher…

Le chef a fini son sixième bourbon. Goyette a fini sa Laurentide. Il est parti le premier. Le chef lui a dit qu'il travaillait beaucoup les substituts de la viande ces temps-ci, qu'il y avait un marché pour ça et que c'était moins un coupe-gorge que les fruits de mer.

Dommage, car, objectivement, il n'y avait personne au Québec, et peut-être même au monde, qui saisissait la saveur des mollusques et des crustacés aussi drument, aussi charnellement que ce gros moustachu.

18

Amour (une chance)

Au bar, c'était du manouche. Le guitariste ne réinventait rien, s'est dit Goyette, mais ça fait toujours du bien, le manouche. Goyette n'était pas fatigué. Il est parti pour Baie-Comeau au début de la nuit, après avoir fait le plein de café chez Ultramar. Dans la corrida de la 138, habitué, il arrivait à penser. Les invités d'honneur avaient été intoxiqués volontairement et ça n'avait probablement rien à voir avec les fruits de mer. Aux Escoumins, il n'arrivait toujours pas à comprendre si c'était un coup des motards pour nuire aux Japonais ou un coup des Japonais pour nuire aux motards. Il a dépassé à cent cinquante kilomètres à l'heure une semi-remorque des Pêcheries. Les exportations n'avaient jamais diminué, même si les prix avaient probablement baissé un peu. Le restaurant de Saturne n'avait jamais ouvert. L'intoxication avait avantagé le Conglomérat des teintes, pigments, couleurs, mollusques et crustacés d'Isumi, mais ce n'est pas toujours à son auteur que profite le crime. C'était soit un crime bien fait des Japonais, soit un crime mal fait des motards. Les deux possibilités lui semblaient également plausibles. Goyette pensait vraiment au mot *crime*. C'était la première fois. Et il s'écoutait penser, y aller d'énoncés généraux sur les crimes et les enquêtes, soupeser les mérites du crime organisé japonais – le supposer efficace – et du crime organisé motocycliste – le considérer rustique –, se prendre pour l'inspecteur d'un polar nordique. Voilà qu'un peu après la fourche des Îlets-Jérémie, paf, elle était là : la première neige. Elle scintillait dans ses hautes. Hâtive, elle fondrait. Goyette avait un air neutre au volant de sa Volvo.

Laurie ne savait pas pourquoi, mais parmi les trois souvenirs qu'il lui restait de son grand-père Rogatien figurait un épisode beaucoup plus anodin que les deux autres. Elle avait dormi chez lui la nuit de Noël, l'hiver de sa mort. Il lui avait demandé au matin si elle avait fait de beaux rêves.

— Oui ! J'ai rêvé à mes cadeaux. Tu me donnais un dinosaure orange et des bonbons verts et roses.

— Comment tu sais que le dinosaure était orange ?

— Je sais pas. Il était orange, c'est tout.

Laurie se rappelait bien l'air de Rogatien à ce moment-là, un plissement de toute la face qu'il n'avait en famille que quand il était question de gros argent. En levant les yeux vers France, qui passait dans la pièce, Rogatien avait cherché son approbation.

— Bien, moi, s'est ouvert l'aïeul, je rêve en noir et

blanc. Je pensais que c'était comme ça pour tout le monde.

— Je peux pas vous aider, je rêve pas, est partie France.

À cause de ça, Laurie avait une pensée pour son grand-père chaque fois qu'elle voyait un film en noir et blanc. Elle trouvait au moins cohérent que, pour lui, la monochromie soit le propre des illusions et des histoires extraordinaires. Elle l'imaginait, la nuit venue, s'embarquer pour Casablanca ou chevaucher jusqu'au Far West.

Elle a compris en vieillissant qu'il ne devait pas souvent rêver à de vraies personnes, qu'il devait être le genre d'homme dont les rêves sont peuplés d'inconnus. Ses rêves érotiques, s'il en faisait, devaient être vieux jeu. Mais ça, elle n'y pensait pas beaucoup : personne n'envisage volontiers les rêves érotiques de ses grands-parents.

Insidieusement, Laurie s'est mise à rêver en ori. D'abord, il n'y avait d'ori dans ses rêves que les bobettes, seule présence orie dans sa vie réelle. Les premières choses à devenir ories ont ensuite été celles aux contours imprécis : draps, rideaux, reflets. Puis les décors, naturels ou non : les murs, les herbes, le sable, les feuillages se sont parés de toutes les teintes de la couleur. Quelques jours plus tard, les voitures, les métaux, des animaux et même la peau de certains visages sont devenus oris. La netteté avec laquelle Laurie se rappelait ces rêves l'étourdissait. Les oiseaux, discernait-elle, étaient d'un ori qui tirait sur le jaune ;

ses pantalons étaient plutôt d'un ori rougeoyant : une teinte vibrante et chaude. Même affadies par quelques lavages secrets, les bobettes Fruit of the Loom qu'elle portait souvent et regardait chaque jour étaient quant à elles d'un ori primaire.

Il y a eu quatre ou cinq nuits d'affilée sans ori. Laurie se disait que c'était derrière elle, que ses rêves lui avaient montré ce qu'elle devait savoir.

La nuit suivante, Mori était adossé à un mur de contreplaqué nu, nu, dans une lumière crue. Le reste était noir. Laurie le masturbait. Elle sentait sa main extrêmement sensible et tubulaire dans le rêve. Elle la glissait le long du pénis de Mori d'un mouvement ample. Le sexe produisait de la chaleur. Elle sentait des afflux de sang. Au bout, le méat s'ouvrait et se refermait. Elle levait les yeux pour voir la grimace de plaisir sur la face de Mori. Il l'encourageait par des grognements, par des « continuez, ça y est presque ». À son réveil, la conscience d'un sexe mouillé a ramené à la mémoire de Laurie la fin confuse de son rêve. Tout était embrouillé, sauf les giclées de sperme ori que Mori projetait de tout son corps, avec un cri ventral, comme si ça lui faisait mal.

L'ori n'est plus apparu par la suite que dans un type très particulier de rêves. Ils n'étaient pas en noir et blanc, mais monochromes comme les films de l'expressionnisme allemand dont la pellicule teinte montrait les zones claires en diverses couleurs pour donner une idée tantôt de la luminosité, tantôt de l'émotion.

Trois ou quatre fois par semaine, Laurie rêvait en noir et ori.

Laurie se faisait du thé et des toasts dans la cuisine le matin. Elle ne se levait pas tard. France restait au salon. Robert gagnait tôt son bureau. Il y avait assez d'espace dans le presbytère pour qu'on ne se rencontre pas et c'était tant mieux. Les rêves de Laurie la gênaient, elle craignait qu'on les voie à travers elle.

Il régnait dans la bâtisse de bois un silence gluant. Il semblait s'échapper de chaque placard quand on en ouvrait la porte. Dans les fentes du grille-pain, il enrobait les toasts et elles en rôtissaient moins vite.

Purolator est arrivé avec une petite boîte. Il fallait signer. Laurie a ouvert la porte, mais France, arrivant de l'autre bout de la maison, s'en est chargée. Laurie l'a vue ouvrir le paquet. C'était un collier Cartier de perles grises d'un centimètre avec un fermoir en forme d'agrafe incrusté de diamants. France a mis le collier. Elle s'est regardée dans le miroir du vestibule. Elle a fait un sourire qui n'a sollicité que sa bouche. Il y avait une petite carte en carton lustré noir dans l'écrin du collier. France l'a lue. Avec son collier, elle est retournée au salon lire un roman sur une femme forte en plein duplessisme. La carte était restée entrouverte sur la table. Laurie a pu lire en collant sa tempe sur le bois.

Pour t'aider à passer ces temps difficiles.
Amour.
Robert

Pas « Je t'aime », non : « Amour ». Laurie a senti un frisson naître à la base de sa nuque, mais le frisson restait là, s'amplifiait sans couler le long de l'échine. Elle tentait, pour tout débloquer, de remuer les épaules. Ça ne marchait pas. Le frisson s'accumulait et commençait à faire trembler ses bras. Le *genmaicha* ne la réchauffait pas. Pire, la surface du thé tremblait quand elle levait la tasse.

— Dis quelque chose, Laurie, a imploré France, de l'autre côté du mur, interrompant la lecture de sa saga familiale.

— Quoi ?

— Le trouves-tu beau, mon collier ?

— Oui, splendide.

C'était un objet somptueux. Laurie ne mentait pas. Comme les myes et les moules, les huîtres n'ont pas le système nerveux complexe qui permet de distinguer une douleur lancinante d'un simple réflexe de défense. Elles peuvent quand même passer leur vie à lisser un grain de sable pour qu'il n'entaille pas leur chair. Pour Laurie, ça ne faisait qu'ajouter à la beauté du bijou.

— Un jour, un homme va t'en donner, des cadeaux comme ça. Il faut juste penser, dans ce temps-là, à ce qu'on fait pour les mériter et à ce qu'ils nous veulent.

Des choses comme ça : des tournures carrées de phrase, de petites notes laissées sur les meubles, un climat d'évitement, le regard à ressort de son père ; tant de petites choses au presbytère semblaient destinées à faire en sorte que Laurie ressente la honte des prostituées. Elle a mis un chandail de laine épais, des mitaines et une tuque dont les gros pompons lui pendouillaient aux oreilles. Sur la plage, le vent agitait le sable et la fine couche de neige en tourbillons dédoublés, l'un beaucoup plus léger que l'autre. Laurie a enfin pu avoir son frisson. Ça lui a fait du bien.

Près du Bonichoix, il y avait la Lincoln de Mori, avec l'autocollant de l'agence de location sur le pare-chocs. Cet autocollant voulait dire qu'il partirait. Laurie l'a attendu dans le stationnement. Il est sorti avec un sac brun : des œufs, du riz, deux truites entières congelées, un contenant transparent de graines de sésame, des oignons verts, de la sauce soya, mais aussi du ketchup et de la mayonnaise. Il avait un paletot noir assez chic et, en dessous, de mauvais vêtements. Il a remarqué quelque chose d'implorant dans la face de Laurie. Il lui a dit qu'il faisait des travaux chez lui et qu'il ne comptait pas s'arrêter. Il ne s'attendait pas à ce qu'elle l'aide, mais elle pouvait venir.

— Puis-je vous offrir du *genmaicha*, je me le suis fait livrer du Japon, c'est du thé au riz brun.

— Je sais. Je viens d'en boire. Du *sencha*, je refuserais pas.

Laurie a été surprise par son propre ton cassant. Elle a souri pour se racheter.

— J'ai mieux pour vous.

Sur une feuille de papier, Mori a écrit 玉露 au feutre.

— *Gyokuro*, a-t-il prononcé. Le deuxième signe est assez inusité, vous l'apprendrez plus tard cette année. Il signifie « rosée » et il se prononce « ro » dans les mots composés (Mori prononçait la consonne à la japonaise, entre le *l* et le *r*).

— Oui, en haut, il y a le préfixe de la pluie, 雨, a tracé Laurie avec le même stylo.

— Vos progrès sont étonnants.

— J'ai bien appris les mille premiers signes environ. Le premier, c'est celui pour *sphère* ou *balle*, on peut dire *gyoku* ou *tama*.

— Oui. Exact. Mais le même mot désigne aussi beaucoup d'autres objets sphériques : un bol, une lentille, une pierre précieuse, une perle et même une jolie fille, a expliqué Mori en étouffant les dernières syllabes.

Mori a versé de l'eau bouillante dans un *yuzamashi* pour la laisser refroidir pendant plusieurs minutes. Ils n'ont rien dit. Ils ont regardé l'eau stagner. Quand Mori l'a estimée prête, il l'a versée dans deux minuscules coupelles en porcelaine et il a mis dans un *hohin* en céramique ouvrée beaucoup plus de thé que ce que Laurie trouvait raisonnable. Il a versé l'eau des coupelles directement sur le thé. Les feuilles, roulées en longues aiguilles, étaient d'un vert bleu profond. Ils ont regardé leur matière et leur couleur s'attendrir. Le thé a été prêt quand les feuilles se sont mises à se dérouler d'elles-mêmes. Mori a posé devant Laurie l'une des deux coupelles. Elle a bu l'unique gorgée courte. C'était tiède, concentré, plein, sirupeux. Ce n'était pas une saveur, plutôt un voile épais qui tapissait la bouche de sa présence douce. Elle n'avait jamais goûté ça, sauf, peut-être, oui, ça lui revenait, dans l'oursin, dans la première sensation qu'il donne avant sa charge d'iode.

— Et le *gyokuro*, a continué Mori, c'est du thé *sencha* qu'on fait pousser à l'ombre. C'est le plus fin de tous. Comme une jeune fille dont la peau délicate brûlerait sous trop de soleil. Je me le suis aussi fait livrer du Japon, mais celui-ci en pensant à vous.

Laurie s'est sentie rougir. Elle s'est demandé ce que Mori lui aurait dit si elle avait accepté sa première offre de *genmaicha*.

— Vous aimez ?

— Oui. C'est très bon.

— On dit que ça goûte les algues.

— Je n'ai jamais mangé d'algue.

Mori a reculé le menton d'un coup sec. Dans sa cuisine, une caisse vide de mactres de Stimpson était pleine d'algues qu'il faisait sécher.

— Mais… Il y en a partout ici !

Ils n'ont pas beaucoup parlé. Le cœur de Laurie s'était mis à battre plus vite quand Mori avait parlé de sa peau, et il ne ralentissait plus. Il lui a dit de le suivre au sous-sol, parce que c'était là qu'il faisait ses travaux. C'était de la peinture. Dans le coin de la pièce, il y avait un agitateur à peinture en métal. Laurie n'en avait vu qu'au Rona. Mori a dit qu'il en avait acheté un exprès. Dans l'étau de l'appareil, il y avait déjà un gallon. Mori a mis l'agitateur en marche. Un vacarme les a contraints à se boucher les oreilles. Dans la minute de bruit trop fort, Laurie a remarqué que la pièce avait été débarrassée et que Mori avait déjà enduit un des murs d'une couche d'apprêt.

— Où sont les meubles que vous entreposiez ici ? a demandé Laurie une fois le silence revenu.

Mori a fait plusieurs tentatives pour ouvrir le gallon avec un tournevis.

— Sal-hi est passé les chercher.

— Qui ?

— Sal-hi, le frère du disparu.

— Ah ! Sar'h.

— Oui. Sal-hi. Moi aussi, j'en ai à apprendre, a souri Mori.

Le couvercle s'est retroussé. La peinture était orie.

Laurie lui a demandé pourquoi il ne peignait pas le seul mur que la lumière de la fenêtre baignait. Mori a répondu qu'il trouvait les gens de Baie-Trinité bien curieux. Elle s'est assise sur le sol. Il avait un vieux t-shirt de bière, des jeans sales et une casquette des Jeux olympiques d'Atlanta. Il s'était trouvé, savait-elle où, du linge de peinture. Il y allait au rouleau, droit et vite. De grandes bandes ories se superposaient à mesure qu'il avançait. Le sous-sol de Louis Berthelot devenait le sous-sol de Mori Ishikawa : un ailleurs formidable.

— Je peux vous aider, s'est offerte Laurie.

Elle pouvait l'aider, mais peinturer est une tâche

salissante. La moindre éclaboussure tacherait ses vêtements et quelqu'un sur la plage ou au presbytère verrait de l'ori qu'il ne devait pas voir. Elle s'est mise pieds nus, en sous-vêtements : soutien-gorge rose, bobettes noires. Elle a ramassé ses cheveux en un chignon sur sa tête et elle les a recouverts d'un sac de plastique du Rona. Avec un petit pinceau, elle s'appliquait à la finition.

Mori lui a rappelé un des sens du mot ori : la chance, en tant que moment opportun, comme quand on dit en français : « Vas-y, c'est ta chance. » Il lui a dit qu'il avait été chanceux dans sa vie, que l'ori avait été la plus grande de toutes les chances, que grâce à la couleur, il était en vie et que, sans elle, il serait peut-être mort. Il a dit à Laurie qu'elle ne le mesurait pas encore, mais qu'il y avait beaucoup d'elle dans cette couleur. Précisément, il a dit : « Vous vous y trouvez énormément. » Il la regardait sans trop de gêne et, même penchée ou accroupie pour atteindre le creux d'une moulure, elle bougeait sans excès de pudeur.

Il faisait presque noir quand ils ont eu fini. Mori a pris soin d'abaisser le store opaque avant d'allumer le plafonnier. Ils ont regardé la peinture sécher sur le mur. Laurie a expliqué ce qu'il y avait de drôle là-dedans. Elle a défait son chignon. Elle sentait Mori nerveux. Elle n'avait pas eu cette impression depuis leurs toutes premières rencontres dans l'arboutarde. Elle a posé une main sur son épaule. Ils avaient à peu près la même taille. Elle a voulu l'embrasser, mais il a tassé sa bouche au dernier moment en disant non, juste non, non, en ne s'expliquant pas.

19

Un récamier au lac Cléophas

« Parler à Mori Ishikawa », ordonnait le Post-it sur le babillard d'un ictère insistant. Plus Goyette devenait certain que Mori savait tout, moins il se voyait l'aborder. Ils se croisaient au village et chacun reconnaissait la présence de l'autre en inclinant légèrement le menton. Quelques fois, Goyette s'était rendu à la maison de Louis Berthelot. Il n'y avait aucune lumière là-bas le soir. Mori devait se coucher tôt, ou aimer l'obscurité. En revenant le jour, Goyette avait remarqué à la fenêtre du sous-sol le store opaque de celui qui a quelque chose à cacher. Il avait même osé quelques pichenottes sur la porte – Mori n'avait pas répondu. C'était avant qu'il parle au chef. Maintenant que Goyette ne pouvait plus jouer l'innocent, non, il ne s'imaginait pas lui parler. « Alors, vous, au Japon, il paraît que vous avez du crime, comment dire, *organisé...* », ne se voyait-il pas balbutier. Il se voyait plutôt arriver avec sa preuve, acculer triomphalement Mori au pied du mur, lui faire tout avouer et remplir les deux ou trois blancs restants. Ainsi germait, même sans affront pour la justifier, une rivalité. Il y avait encore beaucoup trop de blancs pour l'instant. L'hiver s'installait et, pour les blancs, ça n'aiderait en rien.

Laurie, au mieux, était dans le coup et, au pire, amoureuse. Goyette savait que cela enflait aussi la rivalité. Il n'était pas trop à l'aise avec ça. Ses accès de désir pour Myriam revenaient. Ils faisaient l'amour souvent, avec embrasement. Goyette reconnaissait en lui-même la présence d'un moteur dont il valait mieux qu'il ne s'aventure pas à examiner de trop près le carburant.

Quant à Robert, ce n'était pas la peine de lui parler. Au village, on le disait âpre et ruisselant de déroute. Il sacrait sans raison après le monde et préférait, plus que d'habitude, rester seul – comportement d'une victime innocente, considérait Goyette. Il était convaincu que Robert en savait encore moins que lui sur ce qui se passait. Et que ça le faisait profondément souffrir.

Restait Saturne.

Au casse-croûte Chez Cécile, Cécile et Linda, la veuve de Louis Berthelot, se gênaient de moins en moins. Linda passait souvent de l'autre côté du comptoir. Les mains se frôlaient, les regards se prolongeaient. On s'y faisait. Quelqu'un, de temps en temps, demandait en s'éclaircissant la gorge un peu de respect pour le disparu, mais, de retour à l'usine, se faisait demander ce qui l'avait motivé : la mémoire de Guenille ou une homophobie larvée ? On n'était pas habitué à ça, mais on se rappelait qu'on était en deux mille quelques. Un malaise sourd planait au-dessus de la friteuse et de la plaque de cuisson. Comme le froid commençait à pogner, la chaleur des petites patates et du bacon se condensait sur les vitres. On ne voyait plus dehors. C'était plus facile de reconnaître à Cécile la pleine souveraineté en cet univers devenu clos. Ce n'est pas pour rien qu'on l'appelait « patronne ».

— Qu'est-ce que ça va être pour toi, Frédéric ? s'est-elle retournée derrière son comptoir en le reconnaissant à l'autre bout.

— Une poutine italienne, avec un michigan moutarde. Ah ! Laisse faire. Je vais prendre un spaghetti.

— T'as un goût de sauce ?

— Je peux pas dire le contraire.

— Je te fais un extra sauce. Gratis. Je te donne un couteau pour ton spagat' ?

— Non.

— Je savais. T'es du genre à le rouler.

Goyette ne s'attendait pas à croiser Saturne, mais il avait appris que la vieille dame qui faisait le ménage dans sa cache passait souvent le mardi midi pour se payer un gros Seven Up. On la lui avait décrite comme très mince et mal coiffée. Il a eu du mal à la trouver dans le casse-croûte bondé. Elle était seule et filiforme à une banquette au bord de la fenêtre. Un petit frisson ne cessait de la parcourir et elle pinçait les lèvres à chaque expiration parce qu'elle était prise des poumons.

Oui, oui, Saturne était dans sa maison du lac Cléophas. Il avait rameuté là une petite gang de drogués. Elle ramassait souvent des condoms.

— Des condoms pleins, là, s'est dégoûtée l'emphysémateuse.

— Euh. Oui. Je m'en doutais.

— Mets des chaînes sur tes pneus de quatre-roues si tu y vas, ça commence à être glissant que le ciboire. J'en ai mis sur les miens en tout cas.

— Merci du conseil. Vous êtes très prévenante.

— Toi-même.

Dans la boîte de son pick-up de fonction, Goyette a mis un quatre-roues emprunté au ministère des Affaires autochtones après un après-midi de remplissage de formulaires. Il a chaîné les pneus. Sur le chemin de terre gelée et de glace noire du lac Cléophas, il s'en est félicité.

Saturne, en robe de chambre verte, a répondu d'un « Go-yette ! » plein d'entrain. Il a ouvert les bras et a enlacé le fonctionnaire dans une étreinte unilatérale. Sa barbe folle piquait. Il avait fait une queue de cheval dans sa permanente. Malgré la demande de Goyette qu'ils parlent seul à seul, Saturne a insisté pour lui présenter les autres. Une des sommelières était partie. Elle avait été remplacée par un couple de cuisiniers. Les autres étaient là depuis l'été. Le garde-manger avait pris du poids. La brigade était assise ou semi-étendue dans la pièce de vie bien fenêtrée de l'étage. L'autre sommelière et le saucier, qui partageaient, les yeux mi-clos, un récamier, ont été les seuls à remarquer la présence de Goyette. Le gros entremétier et un jeune chien encombraient le plancher chauffant de béton.

Saturne a offert un café à Goyette. Il l'a tiré d'un percolateur commercial. Ils se sont assis non loin de l'appareil et se sont tous deux maintes fois resservi. Un joint a été offert et refusé. Goyette a voulu mettre Saturne à l'aise en lui disant qu'il ne travaillait pas pour la police, qu'il y avait eu des développements intéressants dans l'enquête sur la toxine. Il n'était pas là pour mettre qui que ce soit en prison. Il voulait juste comprendre.

Apparemment, il y avait longtemps que Saturne n'avait pas eu un interlocuteur lucide. Ça semblait lui plaire. Il s'est mis à parler de tout, à disserter sur son restaurant en attribuant sa mésaventure à son nom : « J'aurais dû appeler ça Chez Réginald, crisse, ou Chez Neptune, mais je m'appelle pas Neptune », à l'occulte : « Hantée, cette maison-là, je te dis, c'est le père qui se moque encore de nous autres », au sort : « Je suis pas Suzanne, mais elle a quand même raison quand elle parle du karma puis de ces patentes-là », à Goyette : « Avec ton Agence, t'aurais dû venir bien avant, ça nous aurait empêchés de faire des niaiseries. » Il a tiré des leçons de l'existentialisme : « Je vais me refaire, je vais me refaire, Goyette, je suis comme le gars avec sa roche », de la psychanalyse : « Un meurtre du père, oui, un meurtre du père, il est déjà mort, mais, des fois, il faut tuer les morts », de l'anthropologie : « Tu sais, si l'Ancien Testament dit de pas manger de fruits de mer, c'est pour ça, exactement pour ça, c'est dangereux, une question de santé publique. » Ce n'était pas la première fois que Saturne pensait ces choses, ça paraissait, mais il les disait pour la première fois, d'une seule parole délivrée. Il a aussi puisé dans les proverbes : « À quelque chose, malheur est bon » et, d'un chant faux, appuyé, grinçant, dans le répertoire de Queen : « *Another one bites the dust, another one bites the dust yeah yeah, another one bites the dust yeah-eah-eah yeah-eah-eah yeah-eah-eah.* » Arrivant aux limites de son propre flegme, Goyette a tenté de le rediriger.

— J'ai vu le chef il y a deux semaines.

— Quel chef?

— Le chef. Celui de ton restaurant.

— Lui as-tu mis ton poing sur la gueule pour moi ?

— J'aurais dû ?

— Oui.

— Pourquoi ?

— Je devine un peu ce qu'il t'a dit : les motards, le blanchiment d'argent, et cætera, et cætera.

— C'est le genre de choses dont nous avons discuté, oui.

Goyette s'est trouvé hautain en disant ça. Il ne voulait pas être hautain. Ça ne le mènerait nulle part. C'est que plus loin, dans le salon, une fille qui dormait s'était retournée, sa couverture s'était tassée et on voyait ses fesses. Saturne ne faisait rien. Goyette voulait aller la recouvrir, mais ça ne le mènerait pas plus loin.

— Ouvre ce tiroir-là, a pointé Saturne.

Goyette l'a ouvert. Il y avait dedans des lingots d'or avec l'estampille du Crédit Suisse ou de la Monnaie royale canadienne. Une seizaine en tout.

— Tu devrais peut-être garder ça sous clé, a suggéré Goyette.

— Je m'en câlisse. T'en veux un ?

Goyette est resté bête. Il a cru un moment que Saturne voulait le corrompre, mais la face du gars le poussait à croire qu'il ne tenait qu'à montrer à quel point il s'en câlissait.

— Ce que je veux dire, c'est que j'ai pas à transiger avec les motards, Goyette. Je possède le quart des Pêcheries... Je voulais le meilleur restaurant de fruits de mer au monde, je me suis associé au meilleur chef de fruits de mer au monde. Malheureusement, il venait avec les motards.

— Puis, toi, les motards... ?

Saturne a soupiré. Il est allé dans une pièce attenante et Goyette a entendu un bruit de reniflement. Il est revenu moins abattu.

— On disait quoi ?

— Toi, les motards... ?

— Ils ont dû me siphonner un million et demi. Après, ils m'ont crissé la paix, a répondu Saturne le regard fixe, le ton égal, l'air mi-grave. Le chef me disait que c'était Mori Ishikawa qui demandait des prix de débile mental pour les oursins puis toute, mais, c'est clair, tout ça est allé direct dans les coffres des motards.

— Mais... Je veux dire... T'as dû en parler à Mori une couple de fois...

— Non, Saturne pompait le cash, a révélé Saturne à la troisième personne. Mori… Je lui ai parlé de zéro à une fois.

Une rotation des hanches de la dormeuse a tassé la couverture et révélé son sexe broussailleux. Goyette a détourné le regard. « Léa », « Léa », l'a réveillée le saucier. Elle s'est vite recouverte.

— De zéro à une ?

— Je suis pas certain. J'étais gelé comme une balle après l'inauguration du resto. Le lendemain matin, sur la plage. Il m'a peut-être fessé.

— Hein ? n'a pu que dire Goyette tellement ça allait vite dans sa tête.

— Oui. *Man*. Je m'en souviens. C'est la fois que tu m'as enlevé mon garrot. Ça aurait pu me coûter un bras. Pour vrai. Par gangrène, là. *Thanks, man*. Je l'oublierai jamais, s'est attendri Saturne en se donnant des petits coups de poing sur le cœur.

Il y a eu un déclic dans la tête de Goyette, comme si, dans le mécanisme, une bascule s'engageait : c'était le jour de la vague de seize heures dix-sept. Mori l'avait vue. Et sa réaction avait peut-être été de fesser Saturne.

Goyette a dit à Saturne qu'il allait lui montrer quelque chose. Il a sorti devant lui l'éprouvette de poudre de sa gaine noire. Le saucier, après un coup d'œil, a mis ses mains devant ses yeux et a grogné plaintivement : « J'ai jamais eu mal à la tête de même de ma vie. »

— C'est quoi ?

Le cou de Saturne se tordait violemment malgré

lui. Il voulait voir, mais c'était physiquement impossible. Son corps protégeait ses yeux.

— Cette journée-là, celle où Mori t'a peut-être fessé, il y a eu une vague, à seize heures dix-sept, qui a fait au sable quelque chose de fondamental. Elle a tout changé. Ce que tu vois, c'est de l'eau. C'est de l'eau solide, mais qui fond pas. Elle était prise dans le sable.

— Wow, s'est fasciné Saturne, j'ai vu du bizarre dans ma vie, mais ça ! Pourquoi elle se laisse pas regarder ?

— C'est ce que j'essaie de découvrir.

— Peux-tu m'en laisser un peu ?

— Euh… Pourquoi ? a demandé Goyette avec une pointe d'appréhension et plus qu'une pointe de dégoût.

— On a des problèmes avec un ours. Il vient frôler la fenêtre tous les jours à quatre heures et quart pour faire peur à Léa. Si on lui montre, je suis certain qu'il reviendra pas.

— Oui ! a approuvé l'entremétier que le jeune chien venait de réveiller avec sa langue.

En voyant la poudre, l'entremétier est resté couché, face contre le sol. Le chien a couiné et fui.

— Un ours ? a répété Goyette.

— Oui. Un ours. Il en manque pas dans le coin.

De retour chez lui, en buvant son café de minuit, Goyette s'est dit qu'il aurait dû exiger une spécification : quatre heures et quart du matin ou de l'après-midi ? Il a regretté d'avoir laissé un peu de poudre au lac Cléophas. On se la shooterait, c'était sûr. Les ours sont des animaux routiniers, ce n'est pas comme s'il ne le savait pas.

En mission à Aguanish avant que la route s'y rende, il avait appris les moindres habitudes d'une famille d'ours. Tout le monde le sait. C'est même dans l'histoire de Boucle d'or, où ils sont routiniers jusqu'à la température du gruau… Il avait présumé que l'ours revenait tous les jours à seize heures dix-sept, avait cru en un lien avec la vague. Il a chassé le café d'une gorgée d'aquavit. « Parler à Mori Ishikawa », insistait un Post-it. « Cellule (cage), sédiment, chance, pli », embrouillait un autre. Il a eu la sensation claire d'avoir été berné. Il allait passer la nuit à chercher par qui il l'avait été, sans trouver.

Mais il n'avait pas été complètement berné : l'ours existait. Et il a vraiment fui quand on lui a montré la poudre, pour mieux revenir le lendemain. Léa, terrorisée, s'est alors retournée vers l'affichage lumineux du cinéma maison.

16 : 14

Elle a dit fort au reste de la brigade que, cette poudre-là qui fait fuir les ours, c'était le trip de sa vie. Elle regrettait qu'il n'en reste plus. Ça lui en prenait d'autre. On a beaucoup opiné et on a promis d'en obtenir de Goyette. Peu importe le prix, a ajouté Saturne.

C'était le lendemain d'une belle soirée, oui. Il y avait eu du champagne et une caisse d'Échezeaux 2005, le foie d'un veau orignal braconné par le garde-manger, une longe de sa mère, des frites et de la tomme, de la sauce espagnole, une immense salade de chicorée hydroponique, un saint-honoré à l'érable. L'ours venait de fuir devant la poudre. Les hypothèses pleuvaient sur ce qui la rendait irregardable. La nature poudreuse de la substance conviait à l'intoxication et personne n'avait rien eu à proposer : c'était évident pour tout le monde qu'on le ferait. Mais Saturne voulait être prudent pour que personne n'overdose. On avait fait un joint de hasch pâle, un peu saupoudré de l'eau cristallisée de Goyette. La sommelière a été la première à en prendre deux bouffées courtes.

— Oui, a-t-elle confirmé après sept secondes, oui, c'est un peu comme l'ecstasy, mais en plus mellow.

Alors on en a sniffé un dixième de gramme et, ça, ça ne faisait rien. Il a fallu passer à l'étape suivante.

Saturne a préparé plusieurs microdoses dans des seringues d'un millilitre. C'était assez difficile, parce qu'il devait travailler derrière son dos. Bien ancrée dans ses mains était la mémoire du geste. Puis le temps est arrivé de se trouver des veines à l'aveugle, par tâtonnements. Il y a eu des blessures. Une cuisinière a planté l'aiguille direct dans son nerf cubital et elle a eu des fourmillements jusqu'au petit doigt.

— Pourquoi on met pas du *tape* électrique sur les doses ? a proposé le rôtisseur, dont on admirait le sens pratique.

La poudre irregardable est entrée dans leurs veines. La sommelière n'avait pas tort ; le corps exultait comme avec l'ecstasy et l'envie épidermique du corps de l'autre le parcourait, mais l'âme s'emplissait d'une quiétude nirvanienne semblable à celle que donnent les héroïnes les plus fines. La voix des autres, même employée pour des platitudes, s'adoucissait, belle, d'une seconde à l'autre, comme la vérité. Le temps s'allongeait et devenait chaud.

L'ecstasy est une promesse vaine et elle empêche souvent le désir de se rendre de la poitrine au sexe. La poudre de Goyette plongeait dans une splendeur génitale. Les hommes de la brigade bandaient extrêmement fort. Les filles mouillaient à rien. Ce n'était pas la première fois, à la cache du lac Cléophas, que les corps s'entremêlaient, pris dans une caresse totale où l'on ne savait pas à qui appartenait la langue qui parcourait son sexe. Cette caresse s'est disjointe quand le saucier s'est senti près de l'orgasme. Saturne s'est retrouvé sur le récamier, sucé par la sommelière alors que la langue de l'entremétier, masturbé par elle, lui parcourait l'anus. Un désir soudain, plus fort que lui, d'être vu, est monté.

— Tasse-toi, a-t-il repoussé l'entremétier.

— Hein ? Voyons donc.

— Je veux éjaculer devant tout le monde.

Ce n'est pas le genre de phrase qu'on entend tous les jours, même au lac Cléophas. Il y a eu une commotion, un attroupement. Saturne, debout, s'est masturbé avec empressement en cambrant sa taille par coups secs. Il a joui sur le plancher de béton et tous se sont aussitôt détournés. La vue du sperme menaçait de faire éclater leurs yeux.

septième intermède

LA MACTRE DE STIMPSON

Étudiant en administration à l'Université Laval, Robert passait souvent par le bureau de Québec du ministère des Pêches et Océans. Il demandait la bibliographie des nouvelles parutions et, quand il flairait une bonne affaire, il commandait la monographie polycopiée. Extrêmement pointus, les sujets ne manquaient pas de faire rire France – elle riait sans retenue à l'époque, pour tout et pour rien.

De temps en temps, des fonctionnaires recensaient des espèces de clams au potentiel commercial fort, dont les eaux canadiennes regorgeaient et qu'on pourrait vendre – si les gens daignaient en manger comme au Japon –, ou carrément exporter au Japon. En 1986, Robert avait mis la main sur un document dénombrant les populations de mactres de Stimpson inexploitées du golfe du Saint-Laurent. Il n'en avait pas dormi pendant trois nuits.

Bien avant la découverte de sa mactre par Robert, William Stimpson, un malacologiste du Massachusetts, avait remarqué que le pied de certaines mactres de l'Atlantique, à la cuisson, prenait la couleur orangée du homard cuit. La particularité ne semblait pas dépendre des individus, mais plutôt des cargaisons des pêcheurs : comme s'il y avait au fond de l'océan des gisements. Rien ne rendait Stimpson plus heureux que de découvrir une espèce et, là, oui, ça sentait décidément l'espèce. C'était en 1860. Stimpson l'avait appelée *Mactromeris polynyma*, c'est-à-dire la mactre à plusieurs noms, en raison des multiples façons qu'avaient les pêcheurs de l'appeler. Il ne voulait pas décider.

Plusieurs choses ont plusieurs noms. Quelques noms d'objets usités, dans toutes les langues, changent selon les régions ou selon les strates sociales. Ces noms identifient l'objet qu'ils désignent, ils identifient aussi la personne qui les emploie. Rogatien avait pour les choses une panoplie de vieux noms. Sous ces noms courait un entrelacement d'appartenances.

— Regarde dehors, il y a encore de la fardoche jusqu'à l'arboutarde, tentait-il de changer de sujet. Mets ta froque, on s'en va la barouetter.

— *Mactromeris polynyma*, ne lâchait pas Robert, en brandissant la monographie.

— La mactre à plusieurs noms… Là ! Branche-toi, a compris Rogatien à cause de ses années au séminaire de Baie-Comeau

— La mactre de Stimpson, alors ?

Stimpson aurait dû le savoir, ou peut-être le savait-il : le latin et la science tolèrent plus de paradoxes que le français et Rogatien. Mactre de Stimpson (oui, il le savait, c'est sûr : on devient homonyme à trouver des espèces), a-t-on fini par appeler l'animal.

Six ans plus tard, Robert en avait acheté, lors de vacances en amoureux en Nouvelle-Écosse. France y avait goûté en premier, sans rire. On ne riait plus avec les mollusques, pas plus qu'avec grand-chose. De retour à Baie-Trinité, Robert avait passé ça à la vapeur. Il avait décoquillé ça. Il avait mis ça devant Rogatien, sur le comptoir de bois. Ça ne ressemblait à rien : un appendice orangé comme une pince cuite de homard, pris dans sa viscosité, entouré de rabats superflus, de bandes plus ou moins musculeuses, de renflements inexplicablement charnus.

— Je montrerais ça à un prêtre qu'il douterait de l'existence du Créateur, a hyperbolisé le patriarche.

— Goûte, a invité le fils.

Il y avait dans son ton la promesse d'un goût qui rachète la laideur des choses.

— Stimpson : c'est quoi ça ? J'espère que c'est pas le nom d'un gars. Attacher son nom à un morviat de même pour la postérité…

Stimpson est mort de tuberculose à l'âge de quarante ans, laissant dans le deuil ses collègues du département des invertébrés de l'institut Smithsonian et des millions d'échinodermes anonymes. Quand Rogatien a dit ça, le malacologiste s'est retourné dans sa tombe.

— Goûte donc avant de te faire une idée, a proposé

Robert, qui voulait qu'on laisse sa chance au mollusque.

Rogatien s'est exécuté d'une seule grosse bouchée, en fermant les yeux. Il a mâché. Il a fait tourner ça dans sa bouche. Il a pris son temps. Il est allé au frigo se déboucher une bière et en a pris une gorgée entre deux déglutitions.

— C'est pas vilain, qu'il a conclu, mais, laid comme ça, ça va prendre un estifi de marketing. Il y a juste un Japonais qui mangerait ça. C'est ton affaire, a-t-il ajouté après un bref silence.

Ils se sont regardés. Quelque chose venait d'arriver. Robert, abasourdi, questionnait son père des yeux, en sentant que ça faisait petit gars, en ne voulant pas trop que ça fasse petit gars. Était-ce son affaire ou son *commerce* ?

C'était son commerce. Les premières conserves sont sorties de l'usine en 1990. « Puisqu'il faut un chef », stipulait le testament de Rogatien. Robert n'était pas devenu ce chef par défaut, parce qu'il était le moins excentrique, le plus présentable à un banquier d'investissement. Il avait su, jusqu'à la mort de Rogatien, faire quadrupler les ventes de mactres de Stimpson chaque année. C'est lui qui avait eu l'idée de séparer le pied du reste, de vendre le pied comme substitut du homard et de vendre le reste aux frituriers. Quand le contrat avec le Conglomérat des teintes, couleurs, pigments, mollusques et crustacés d'Isumi avait été signé, c'est lui, le chef, qui avait décidé d'exporter les pieds de mactres en blocs surgelés de dix kilos.

Mais ce jour-là, assis à son bureau, il lisait et relisait une lettre formelle de plainte du Conglomérat. La qualité des pieds de mactres de Stimpson se détériorait. Leur orange manquait d'éclat et on soupçonnait une faille dans la surgélation. On proposait de retourner les deux tonnes de la plus récente livraison s'il en voulait, ou de les détruire, mais, non, on ne paierait pas. Aux limites du champ de vision de Robert, des flashs oris dansaient comme des rideaux. Le flot de yens allait se briser. Quelques sanglots l'ont étranglé, mais il n'a pas pleuré. Il a donné des coups de poing sur la table. Laurie, un étage plus bas, a sursauté. Elle venait d'étudier le mot japonais pour *coquillage*: 貝 (*kai*). C'était l'un des plus figuratifs avec le corps triparti et les deux petites pattes. Elle ne l'oublierait pas. Les coups de poing de Robert ont troublé son étude. Elle a allumé la lampe de sa chambre en utilisant ses bobettes Fruit of the Loom comme abat-jour, puis elle a lu d'une traite *L'Amant*, de Marguerite Duras, dans la lumière orie.

Quelques jours plus tard, Mori lui a donné un lexique japonais-français des fruits de mer, élaboré par lui, avec le nom japonais pour la mactre de Stimpson: 北寄貝 (*hokkigai*). Le premier signe, Laurie l'a reconnu facilement: Nord. Coquillage du nord?

— Félicitations, mademoiselle Lelarge, vos progrès sont renversants, l'a fait rougir Mori.

20

Le crabe et le singe

Mori et Laurie passaient beaucoup de temps à boire du thé devant le mur ori du sous-sol de Guenille Berthelot. Mori parlait en japonais, avec des mots de plus en plus compliqués et il répétait ou mimait jusqu'à ce que Laurie comprenne.

Il lui a donné une boîte de carton couverte d'inscriptions de la poste japonaise. Elle contenait des livres d'enfants, des contes traditionnels japonais. Il y avait l'histoire de Momotarou. Une vieille paysanne découvrait une pêche géante en faisant la lessive dans une rivière. Dans la pêche géante, il y avait un enfant qu'elle décidait d'appeler le « garçon de la pêche ». La paysanne aurait franchement pu se forcer, a pensé Laurie, mais ça lui paraissait toujours mieux que *Le Petit Chaperon rouge*. Et, *momo* (桃), c'était un très beau mot pour *pêche*. Après, Laurie a relu *L'Amant* pour la quatrième fois.

À la table massive du presbytère, Laurie buvait du *genmaicha*. Le silence gluant englobait et alourdissait toujours tout. Les fentes du grille-pain s'en trouvaient maintenant complètement obstruées et Laurie préférait se faire du riz, dans sa vaisselle marquée d'un *L* en cursive. Elle écoutait la NHK sur son iPod ou lisait un des livres de Mori en mangeant. Ce matin-là, c'était *Sarukani*, une histoire troublante dans laquelle un singe tuait une femelle crabe en lui lançant les kakis encore verts et durs d'un plaqueminier. Le choc tuait la mère crabe et la faisait enfanter. Sa descendance manigançait une vengeance et s'alliait à une abeille et à une bouse. Dictionnaire à la main, Laurie en était à établir que le singe mourait écrasé par un gros mortier traditionnel.

— Qu'est-ce que c'est que ça ! ? bardassait Robert à peine entré dans la pièce.

Laurie lui faisait dos, mais chaque pas résonnait à la base de son crâne. Elle entendait et sentait sur elle une respiration de ruade. Pour la première fois de sa vie, elle a eu la certitude physique qu'on allait la frapper. Ça s'en venait. Elle a calé la tête dans ses épaules et elle a serré les dents, mue par un réflexe défensif qui ne la protégerait pas. Le poing de son père s'est arrêté, venteux, à la hauteur de son oreille gauche et s'est ouvert. Dans le même mouvement, les bobettes Fruit of the Loom ont volé et se sont aplaties sur le bois foncé de la table, ouvertes sur leur enfourchure un peu sale.

— Tu penses que je sais pas c'est quoi cette couleur-là, hein ? Tu prends ton père pour le dernier des imbéciles ? Tu te dis : « Il y a une nouvelle couleur à Baie-Trinité puis mon père le sait pas », hein ? Bien, j'ai une nouvelle pour toi : je sais tout ce qui se passe. Toute.

Laurie s'est retournée. La colère dilatait les pupilles de Robert. Les éclats d'ori qui bondissaient dans le noir de ses yeux ne pouvaient être le seul reflet des bobettes. Il semblait aussi y en avoir des parcelles au fond de ses cicatrices d'acné, mais ce pouvait aussi être un reflet dans le sébum. Encore saisie, Laurie s'efforçait de contenir l'émotion qui allait surgir. Ne pas pleurer, c'était tout ce qu'elle voulait.

— Un peu de calme ! Ça fait un mois qu'on ne s'est pas p…, a-t-elle plutôt bien débuté jusqu'à ce qu'un sanglot impétueux la brise.

Pour France, qui avait lâché sa saga familiale en entendant l'arrivée sismique de Robert, c'en était trop. Elle était dans l'embrasure et ses yeux, même après dix secondes, ne s'habituaient pas à l'ori des bobettes. Sa conscience s'épuisait à chercher des comparaisons valables dans sa mémoire. Il n'y en avait pas. Debout devant elle, crispé à en trembler, coiffé au gel, Robert désignait de la main les bobettes sur la table, mais France ne voyait encore que la table.

— Dis-le à ta mère que c'est Mori Ishikawa qui t'a donné cette cochonnerie-là !

Laurie continuait de pleurer. Sa mère ne voyait rien. Ses perceptions ne s'ouvraient pas. Il n'y avait pas de place. France sentait ses narines, ses orbites, sa bouche, son vagin, son anus, se dilater par spasmes annulaires, comme si quelque chose voulait entrer en elle partout en même temps. Une tache est apparue sur la table, scintillante, née de la pression qu'elle sentait sur ses yeux. Puis, quelque chose a touché le fond de sa gorge et elle s'est mise à vomir. Il a fallu un moment au vomissement pour la plier en deux et, debout, elle a projeté une bonne tasse de matières alimentaires dans un liquide brun, en silence, en un seul gros jet, sur le plancher.

Quand elle a pu regarder la table à nouveau, elle a vu les bobettes ories, une couleur qu'elle n'avait jamais vue. Dans sa gorge, les battements irréguliers de son cœur se concentraient en un point perçant qui l'empêchait de respirer.

— Je vais mourir, a-t-elle annoncé avant d'inspirer bruyamment et d'expirer trop vite.

— Tu hyperventiles, France, a constaté Robert.

Laurie a pu profiter de la cohue pour récupérer les bobettes, puis ça s'est calmé. De nouveau seule dans sa chambre, elle n'arrivait pas à apprendre ses kanjis. Son père était entré et elle se sentait honteuse, envahie, mais c'était sa faute : elle n'avait pas fermé la porte. L'œil de Robert, qui passait par là, avait été attiré par la couleur de l'abat-jour. Laurie pensait même avoir oublié la lampe allumée.

Le silence gluant s'est dissipé, soufflé par quelque chose. Le bois des murs, des cadres et des poutres, à vif, réussissait à faire sentir sa douleur quand on le touchait. Au-dessus de Laurie, le pédégé parlait en anglais au téléphone, tout bas pour qu'on ne l'entende pas. Il négociait un prêt de neuf millions de dollars pour couvrir les dépenses courantes de la compagnie jusqu'à la saison nouvelle. Laurie ne l'a pas croisé pendant deux jours. Il restait enfermé dans son bureau. Elle gardait quand même un œil sur sa mère : ses diarrhées sonores retentissaient dans tout le presbytère et elle avait l'air malade. Elles ne se parlaient pas. Deux jours de brouillard opaque : quand elle ne touchait pas au bois, Laurie ne sentait strictement rien. Elle n'est pas allée chez Mori. Elle lisait les contes ou étudiait les kanjis. Elle s'habillait chaudement et allait skier sur la plage ou marcher dans le bois avec ses raquettes. En revenant, elle se faisait du thé. Elle n'a mangé que deux repas chauds, deux fois le même, du *tamago kake gohan* : du riz très chaud mélangé avec un œuf cru et de la sauce soya VH. Ça lui permettait de ne jamais passer dans la cuisine plus de cinq minutes à la fois. 卵 : *tamago* : œuf. Facile, se disait Laurie. Elle a trouvé dans son dictionnaire que *gohan* était une autre façon de dire le mot *mechi*, qu'elle connaissait : 飯 : riz cuit, repas ou nourriture. Dire *gohan* montre plus de respect pour le riz. Ça goûtait les carbonaras, en plus salé. Dans sa bouche, l'œuf un peu pris glissait sur l'amidon du riz qui glissait sur sa langue. Elle aimait cette rencontre en trois couches visqueuses, qui atténuait la honte.

Le troisième jour de solitude, trente-cinq centimètres de neige sont tombés. Laurie est passée devant la maison de Mori en revenant du bois à la brunante. Un peu de lumière venait du fond, à l'étage. Il devait être à son bureau. Il n'aimait pas qu'elle le dérange. Elle ne l'a pas fait.

En contournant le presbytère pour entrer par-derrière, elle les a vus par la fenêtre : ses parents. L'obscurité était tombée et ils n'avaient pas fermé les rideaux. Il y avait une nappe verte sur la table de la cuisine et deux chandelles rouges à la flamme timide. Ils mangeaient des pâtes. Entre eux, il y avait une marmite où, de temps en temps, ils allaient chercher des sections de crabe qu'ils défaisaient avec leurs mains. En raquette, avec sa tuque à pompons, Laurie a eu cette sensation de chute libre qu'elle n'avait encore eue que dans ses cauchemars.

Sans enlever ses raquettes (ça ne servait à rien), elle s'est dirigée vers la cuisine couverte de neige. Les raquettes prenaient dans les pattes des meubles et les faisaient tomber.

— Vous mangez ensemble… Des fruits de mer !

Dans les bols, c'étaient des linguine simples aux moules. Ils mettaient ou non un peu de chair de crabe sur les pâtes au gré des bouchées.

— Oui. On ne veut plus rien savoir de toi, a dit France sur le ton des époques révolues.

— Voyons donc ! a protesté Laurie, brisée encore par un sanglot.

— Tu fais partie du problème, pas de la solution, a posé Robert en suçant une patte.

Ils continuaient de manger ce repas qui l'excluait. Elle pleurait debout dans ses vêtements trop chauds.

— Va-t'en, Laurie. Tu peux plus rester avec nous. C'est non, a condamné France.

— Mais… Où est-ce que je vais vivre ?

— Va chez le Japonais. C'est à lui que tu appartiens. Corps et âme, maintenant, a tenu à préciser France.

— Vous êtes complètement cinglés ! Je couche pas avec Mori ! Il m'enseigne le japonais pour que je puisse aller étudier au Japon l'an prochain. C'est tout, a simplifié Laurie à outrance. Allô ! a-t-elle ensuite voulu les ramener sur terre.

— On n'a pas peur pour toi. Tu es une femme. Tu peux voler de tes propres ailes, a dit Robert sans y croire, avec une pointe de sarcasme.

— Une femme qui peut appeler la DPJ, oui !

— Essaye même pas ! l'a défiée le père.

Laurie a fait deux pas en raquettes vers la table. Avec ses mitaines, elle a pris une section de crabe et l'a portée d'un geste rapide à sa bouche. Elle a mordu dans la chair libre de l'épaule. C'était quand même bon. France a hurlé, puis Robert lui a lancé un drôle de regard. Son hurlement s'est arrêté net et a fait place à une hébétude soudaine, comme si un disjoncteur en elle avait pété. Elle s'est retournée vers sa fille et l'a invitée sur un ton machinal :

— Va mourir ailleurs.

La face de Robert s'est plissée de douleur.

Avec le goût doux du crabe dans sa bouche et, dans la trachée, des sanglots pognés en salves trop nombreuses, Laurie s'est remise à marcher dans la poudreuse avec ses raquettes.

La plupart des cultures voient la roche comme un symbole d'immobilité. Dans sa course en raquette vers une destination sans cesse changeante, les rochers neigeux que Laurie voyait se déprendre du fleuve au clair de lune étaient les mêmes depuis l'âge de bronze. Il n'y a rien de changeant dans les rochers. Les plus actifs d'entre eux ne s'éboulent que quelques fois par siècle.

Suzanne Lelarge ne voyait pas les choses ainsi. Pour elle, il y avait une âme dans la roche. Troglodyte, elle la connaissait bien. Elle avait avec la roche de sa maison deux types de rapport. Le premier, statique, s'enrichissait chaque fois qu'elle découvrait un reflet nouveau dans un phénocristal de quartz du salon ou une moucheture de feldspath dans l'orthogneiss d'une de ses chambres de vénération. L'autre rapport était dynamique. Il se basait sur la seule propriété de la roche que Suzanne pouvait sentir varier : sa température. Tout est au moins un peu vivant, se plaisait-elle à en conclure. Il suffit de coller sa peau nue contre la roche pour en sentir la continuelle vibration.

Il faisait froid chez elle. Elle l'avait dit à Robert le mois d'avant. Il faudrait refaire des microperforations dans les murs, repasser un filage radiant. Robert lui avait répondu qu'il en avait sa claque de sa trappe à millions, même si les travaux ne devaient coûter que trois cent mille dollars. Il n'était pas de bonne humeur. Dix minutes après, il l'avait rappelée pour s'excuser un peu et pour lui dire qu'elle devrait réduire du tiers les versements aux pêcheurs dès la prochaine année. Comment leur faire avaler ça ? Ça, c'était plate à dire, mais c'était son trouble à elle. Pour le froid, elle avait juste à mettre une petite laine… L'hiver, les amants se faisaient plus rares. Elle avait pris l'habitude de s'endormir en enlaçant une bouillotte.

Il n'y avait pas de réveil dans la chambre de Suzanne. Elle ne supportait pas leur lumière turquoise ou, pire, rouge, qui détraque votre aura, fait dérailler le cours de vos rêves, et un jour vous vous tapez une dépression et vous vous demandez pourquoi. Pff. Elle avait réchauffé trois fois sa bouillotte et elle ne s'endormait pas. Les Pêcheries Lelarge, au cours des dernières années, avaient triomphé de la concurrence. Dans le golfe du Saint-Laurent, il fallait aller au Nouveau-Brunswick pour trouver des usines de transformation qui n'appartenaient pas aux Lelarge. Les pêcheurs ne pouvaient accoster nulle part ailleurs. Suzanne grelottait encore, mais ce n'était pas à cause de la température de la roche. Elle pensait à Hercule, pris au piège comme ses propres homards, mais qui s'en tirerait quand même. La pauvreté guettait les autres : pêcheurs de bourgots ou de mactres. Les crevettiers, à coups d'hypothèques, s'en sortiraient peut-être. Elle cherchait un dieu à prier. Quand il était question de capitalisme, dans son panthéon personnel, elle se rabattait souvent sur Mercure. Mais il n'y avait pas de dieu pour cette sorte-là de capitalisme.

Quand elle a entendu arriver un ski-doo devant chez elle et retentir la sonnette à chant d'oiseau, elle ne savait donc pas quelle heure il était. C'était au milieu de la nuit.

Laurie grelottait elle aussi. Elle claquait des dents et avait les lèvres bleues. Mori se contenait mieux, mais il n'arrivait pas à réprimer un frisson occasionnel des épaules. Suzanne leur a offert des couvertures en laine et des robes de chambre en polar. Elle les a fait s'asseoir au salon et a posé devant eux une théière en fonte. Laurie, apaisée enfin, s'est remise à pleurer. Elle avait l'impression que Suzanne savait tout.

— Dis-moi pas qu'ils t'ont mise dehors !

Laurie pleurait trop pour parler. Embarrassé, Mori regardait par terre.

— C'est mademoiselle Lelarge qui m'a demandé de la conduire ici, s'est-il justifié. Elle a confiance en vous.

Pendant plusieurs minutes, il n'y a pas eu d'autre bruit que celui des sanglots de Laurie, entrecoupés de gorgées de thé. Puis Suzanne s'est levée, a passé la main dans ses cheveux encore froids en l'appelant sa « petite puce » et a proposé d'apporter quelque chose à manger.

— J'ai des crevettes d'automne, la dernière cargaison. Ça devrait te remonter le moral.

— Des crevettes ? Ça doit faire deux semaines qu'il n'y en a plus au quai !

Les événements de nos vies n'ont pas de sens au moment où ils se passent. Une collation nocturne peut devenir une tentative de suicide et redevenir une collation nocturne. Il avait fallu des mois de non-dits, d'allusions et de bonne vieille clairvoyance pour que Suzanne comprenne exactement ce qui s'était passé ce matin-là, deux ans auparavant, lorsqu'elle avait trouvé Laurie endormie dans un tas de carapaces sur l'arboutarde.

— C'est des crevettes de la toute dernière pêche. Les crevettiers les gardent pour eux, d'habitude, mais j'ai mes contacts.

Laurie a pensé aux autres sens du mot *contact*. Mori ne se dégênait pas. Suzanne a mis les crevettes sur la table du salon, à côté de la théière, dans leur sac de papier brun. Pour les accompagner, il y avait un sac de chips tortillas, de la crème sure et une bouteille de tabasco. Laurie suçait les œufs après les avoir enduits de tabasco. Mori, plus circonspect, les mangeait avec ses doigts. Suzanne ne les mangeait pas. Elle a fini par s'allumer une Du Maurier en disant que ça allait bien avec le thé vert.

— Vous ne mangez pas les œufs ? n'a pu s'empêcher de s'étonner Mori.

La face de Suzanne a changé.

— Bien, pour une fois, je vais faire comme vous autres !

Suzanne a mangé les œufs, pour la première fois de sa vie. Elle a pensé à son père. C'était bon.

Laurie s'est endormie sur le sofa. Mori a regardé

avec un malaise croissant Suzanne finir les chips et la crème sure.

—Viens, ma petite, a-t-elle proposé à Laurie, il y a un lit pour toi. Vous, restez ici, a-t-elle ordonné à Mori.

La chambre d'amis était plus chaude. Laurie était lasse de penser, de sentir les choses.

— Merci, Suzanne, a-t-elle bâillé.

— Ça me fait plaisir, ma puce, a dit Suzanne en la bordant.

Leurs regards se sont croisés pour la première fois depuis qu'elle était là.

— Je pense toujours à lui. Je pense que je l'aime.

—Tu dois penser beaucoup de choses. Tu vas découvrir par toi-même ce qui est vrai.

Suzanne est sortie. Laurie a enlevé tous ses vêtements, sauf ses bobettes ories. Elle a caché le soutien-gorge dans la taie d'oreiller et elle s'est vite endormie.

Mori continuait de frissonner un peu. Suzanne est revenue et s'est assise devant lui. Ils n'ont pas parlé de Laurie, sauf quand Suzanne a demandé comment allaient ses cours de japonais.

— Prodigieusement. Elle est d'une intelligence rare.

Ils ont parlé du Japon, de la sagesse. Suzanne lui a demandé comment il avait appris à conduire un skidoo.

— Nous en avons aussi, au Japon. Il y a des endroits très neigeux, surtout en montagne.

Suzanne a tenu à lui montrer la pièce de l'étage supérieur réservée au culte des ancêtres. Elle lui a demandé s'il croyait aux vies antérieures en suggérant du menton que la bonne réponse était oui.

— Oui. Oui. À certaines formes de vies antérieures. Oui.

— Et vous, monsieur Ishikawa, qu'étiez-vous dans votre plus récente vie antérieure ?

— Une bactérie, probablement, mais je ne le savais pas.

21

Le tabarnac

Quel est le pire malheur : être estropié ou n'être jamais cru ? Bobby Daigneault s'est bâti autour de cette question, que l'on ne se pose quand même pas tous les jours. Toute sa vie, ses doigts manquants allaient susciter autant de dégoût que de respect, et son récit, trop souvent répété, de ce qu'il s'apprêtait à voir cette journée-là allait le faire passer pour un vrai gnochon. Peut-être parce qu'il ne pouvait s'empêcher de le mimer en le racontant, avec de grands signes des mains. Ça lui ferait constater le peu de chemin parcouru en quatre siècles de dualisme cartésien : pour plusieurs, il y a de l'esprit jusqu'au bout des membres et tant pis pour les mutilés. Devant le doute, les euh…, les hum…, les plaît-il ?, les arrête-ta-boulechite !, Bobby ne pourrait plus jamais lever le majeur droit en signe de vexation.

Ça a été toute une surprise quand il a fini par se marier avec une fille valide de Ragueneau. Et pas juste valide à part ça. Ils ont eu le genre de noces un peu vengeresses qui laissent les époux sans REER et siphonnent leurs familles sur trois générations. Bobby a aussi allongé son dédommagement de la CSST : un bon deux mille par phalange. Avant de rencontrer la fille, il a quand même vécu une période noire où il n'y a eu que Steeven, son caniche, pour le consoler en ne sourcillant pas.

C'est arrivé un mardi matin vers cinq heures et demie, à la fin du shift de nuit. Avec un balai, Bobby Daigneault faisait les travaux légers prescrits par son docteur. Il attendait, à la prochaine rotation, de prendre sa place au poste d'inspection. On surgelait de la chair de crabe en blocs selon un nouveau procédé. Les boss tenaient à ce qu'elle soit sans morceaux de coquilles et ça rendait Solange Blanchet, la contremaîtresse, bien nerveuse. Elle avait un spasme de la joue, comme si la moitié de sa face se crispait et essayait de sourire malgré elle. Ça durait deux ou trois secondes et, au début du shift, on ne le remarquait que peu. Maintenant, le ciel commençait à s'éclairer dans la petite fenêtre près du plafond et Solange avait sa crampe une fois par minute.

Elle s'était gantée souvent cette nuit-là. Les deux mains dans les filaments de chair de crabe, elle repêchait des fibres plus dures, des morceaux de membranes, des éclats de carapace et même un gros pic de pince. Les parties solides perçaient ses gants de nitrile mauve et éraflaient sa peau.

Elle criait ses ordres aux désosseurs. On lui répondait d'aller faire tchèquer sa face, que c'était pas normal et son spasme devenait plus fréquent.

Puis, Bobby Daigneault a vu ce que l'on ne croirait jamais que partiellement : Louis Berthelot dit Guenille, à quatre pattes, épongeant une flaque de jus de crabe, soigneusement, arc-boutant ses doigts contre le sol de béton, les tendant, exerçant une friction maximale pour faire ployer la tache grumeleuse.

— Ç'aurait été plus facile de la faire partir si elle était pas si sèche, a-t-il avalé quelques consonnes.

À quatre pattes, Guenille est d'abord passé inaperçu. Sans reconnaître sa voix immédiatement, plusieurs ont cru que sa phrase équivoque parlait de Solange et venait d'un désosseur. Mais Bobby, lui, avait tout vu : Louis Berthelot n'était pas là, puis, la seconde d'après, il était là, au pied du convoyeur, dans une posture évoquant à la fois l'hygiène industrielle et la prosternation. Ses gestes étaient assurés, sa respiration était calme. Il n'avait pas mis une seconde pour apparaître, pas même un dixième. La matière de son corps avait pris place d'un coup. Sa barbe était faite. Guenille n'était pas, puis, le temps que Bobby cligne des yeux, Guenille était. Il terminait un mouvement lent et précis de récurage. Ce mouvement, oui, s'était amorcé ailleurs, auprès d'une autre tache.

Bobby a lâché un cri, un sursaut pénétrant du diaphragme entre le *a* et le *o*.

C'était Guenille, le tabarnac.

On s'est attroupé autour de lui. Solange est restée seule dans son coin avec son spasme.

Le plus important était de rejoindre Sar'h. Quand il a répondu au téléphone – on connaissait ses habitudes –, on s'est dit que c'était déjà un miracle.

— T'es-tu assis ?

— Oui. Oui.

— Tu me croiras jamais, Sar'h. Ton frère. Il est arsoudu.

— Arsoudu ?!

Un long silence a fait craindre la syncope redoutée.

— Oui, oui, arsoudu, a-t-il fallu répéter.

— Quand ça ?

— C'te nuitte.

— Le tabarnac !

Comme c'était l'hiver et que personne n'avait pour se distraire la chasse, la pêche ou l'entretien d'un camp, comme il n'y avait pas de beau temps duquel profiter, on a tout de suite su qu'on boirait. Comme il n'était pas question qu'on célèbre sur un estomac vide, on s'est dirigé vers Chez Cécile. Quelqu'un a appelé pour lui dire qu'on arrivait à plusieurs, pour l'inviter à mettre sur le feu une chaudronnée de binnes supplémentaire. Ce n'est qu'à ce moment, quand, à l'autre bout du fil, Cécile a demandé si elle devait dire à Linda de s'en aller, qu'on s'est rendu compte que ça pourrait mal tourner. Roger Lazure, préposé au téléphone, a fait la remarque à Antoine Tremblay, dit Ti-Toine ou le Bleuet.

— Où est-ce que tu veux qu'on aille d'autre ? a répondu le Bleuet d'un ton neutre.

Le casse-croûte Chez Cécile était presque désert à cette heure-là. Au bout du comptoir, Frédéric Goyette buvait de petites gorgées de café en lisant des documents sur son téléphone. Plus loin, à une banquette, Solange Blanchet mangeait seule. La chaleur du café et de la nourriture atténuait son spasme. L'autre Solange est arrivée avec le groupe. Ils ont pris place en masse aux tabourets pivotants alignés au comptoir et à une petite table, derrière. Roger Lazure et le Bleuet entouraient de leur bras, de part et d'autre, les épaules du revenant.

Louis Berthelot n'a pas tout de suite reconnu Linda, son ex. Elle était de dos, à faire revenir des patates sur la plaque chauffante et elle avait changé de coupe de cheveux. C'était plus court en arrière. Quand elle s'est retournée, elle a eu une faiblesse, et si Cécile, prévoyante, ne l'avait pas retenue, elle se serait assise sur la plaque.

— Louis !

— Lui-même ! a confirmé Berthelot d'un ton plaisant, comme quand il répondait au téléphone.

— T'étais où ? a demandé Linda avec le phrasé des ex.

Personne ne lui avait encore demandé, mais tous se sont retournés pour écouter la réponse. Et, alors qu'ils se tournaient tous, Cécile a fait un geste qu'elle allait regretter. Le mot *regretter* est un peu fort, mais, du moins, elle allait en rediscuter avec Linda en lui demandant si ça l'avait dérangée qu'elle fasse ça. Non. Ça ne l'avait pas dérangée. Ça l'ébranlait même un peu qu'elle le lui demande. Linda aimait sa blonde frontale et débridée. On ne sert pas à des hommes déjà obèses six œufs frits dans la graisse de bacon quand on est sujette aux remords.

Cécile a simplement posé sa tête dans le creux de l'épaule de Linda et elle l'a enlacée de son bras droit. Probablement parce que deux hommes enlaçaient déjà Louis en face d'elle, probablement plus par protection que par défiance. Mais c'est par défiance, peut-être, qu'elle a ensuite déposé un baiser dans le cou de Linda.

— Ben oui, Louis, a clarifié Roger Lazure, un homme concret, ta femme, c'est rendu une lesbienne.

— Je sais, a répondu Louis, comme si sa voix venait d'ailleurs.

— Va falloir que tu t'y fasses... Sinon, va falloir aller virer aux Islets pour déjeuner, a imposé le Bleuet, en faisant référence au restaurant du camping Domaine Ensoleillé 2000, aux Islets-Caribou, qui se changeait en relais de ski-doos l'hiver.

— Ça va. C'est correct, se résignait Louis.

Il a posé sur Cécile et Linda un regard gentil et il a commandé une omelette au Cheez Whiz, comme d'habitude, comme avant. Puis il a eu une hésitation et il a demandé, puisque c'était un jour de fête, une omelette aux fruits de mer avec des crevettes, de petits pétoncles et des lamelles de bourgots.

— Veux-tu de la sauce blanche ? a demandé Cécile, de retour dans son rôle.

— Non. Mets-moi du Cheez Whiz à la place.

Au bout du comptoir, Goyette faisait semblant de ne pas filmer avec son téléphone.

Sar'h est arrivé sur ces entrefaites. Il a failli embrasser son frère sur la bouche.

— T'es vivant, mon câlisse !

Louis a rougi. Il se serait volontiers consacré à son omelette. Tellement de monde le regardait.

— J'ai jamais été autre chose, a-t-il parlé la bouche pleine.

— T'étais où ?

Là, vraiment tout le monde s'est retourné. Il allait le dire.

— Bien, j'étais à ma cache de chasse, tranquille, en train de lire…

L'embarras de Louis paraissait encore sur son visage. C'était en partie parce que dans la vraie histoire, il ne lisait pas du Musil, ni même, comme on a assumé, le magazine *Sentier Chasse-Pêche*. Le sexe sorti, il *lisait* un vieux *Playboy*, un numéro des années quatre-vingt, bien préservé, avec Bo Derek en couverture – après cette époque, selon lui, c'était devenu beaucoup trop vulgaire. L'imaginaire érotique de Guenille était rempli des femmes de son adolescence. Elles étaient belles, pleines, cuir, dévoyées. Elles avaient entre les cuisses des poils épais.

— Puis je me suis endormi, a-t-il continué. Comme un ours. Puis quand je me suis réveillé, bien, j'étais à la job. Là, je viens de me rendre compte que c'est l'hiver. Fait que ça a bien l'air que j'ai dormi un boutte.

— Ça a pas d'allure ! s'est opposé Bobby Daigneault. Quand on s'endort, bien on se réveille à la même place.

— Oui, a été forcé d'admettre Louis.

Au bout du comptoir, Frédéric Goyette regardait la charge de la batterie s'amenuiser sur l'indicateur. Il serrait très fort son téléphone dans ses mains, comme pour lui transmettre de l'énergie. Il voulait tout documenter : le moindre clignement d'œil, le moindre flanchement de voix.

— Tu te souviens-tu de tes rêves ? a demandé Sar'h, prêt à tout entendre.

— Oui. Oui. C'était juste un rêve… Un drôle de rêve… Un rêve de rien.

— Un rêve de rien ? n'a pu s'empêcher de relancer Linda qui feignait mal de ne rien entendre.

— Oui. Il se passait rien. J'avançais. Je me promenais, tout était blanc.

— Comme si tu te promenais dans la neig'h ?

— Oui. On peut dire, mais pas vraiment, parce qu'il y avait pas de ciel et pas d'horizon non plus.

— Mais tout était blanc ? a demandé Ti-Toine le Bleuet.

Goyette était pris d'impatiences dans les jambes et les bras. Il envisageait des dizaines de questions. Ce n'était pas le moment.

— En fait, c'était pas vraiment blanc. Non. C'était, je vous dis, un rêve de rien. Arrêtez de me demander ce qu'il y avait dans mon rêve. Il y avait rien.

Louis a pris plusieurs bouchées de son omelette. Tout à coup, ça ne lui disait plus de parler.

— Comme rêve, c'est dur à imaginer, s'est déçu Roger Lazure.

— Ben oui, s'est fermé Louis.

— Ça a dû être long, comme rêve…

— Nonon, long… long comme un rêve, là.

Mori regardait Laurie sans rien dire. Elle était chez lui. Elle allait partir. Il n'était pas tard. Ils venaient de finir de manger du riz vinaigré avec un peu de mactres de Stimpson en conserve et de gingembre, des œufs mollets, de la soupe miso, du *gyokuro*. Laurie se revêtait avec lenteur d'un très long foulard blanc. Ça devait être le dixième soir de suite qu'elle faisait ça, toujours plus lentement. Elle commençait par faire un tour au-dessus de ses seins en donnant à un moment un coup sec du poignet pour faire danser la laine. Avant que le foulard ne s'enroule autour de son cou, elle libérait d'un mouvement ses épaules restreintes. Elle terminait en déprenant ses lèvres et son menton. Assis au sol, Mori la regardait avec abysse. Puis elle mettait son manteau d'un seul geste. Elle calait sa tuque sur sa tête et plongeait les mains dans ses mitaines. Il se levait, étourdi. Il ne l'invitait pas à passer la nuit chez lui. Il ne lui faisait pas la bise. Il la saluait plutôt d'un mouvement compliqué dont les répétitions avaient établi les gestes, mélange d'une inclination et d'une accolade retenue qui ne paraissait plus maladroite tellement elle lui était propre. À la fin, il lui frôlait les épaules des deux mains et lui disait bonne nuit.

Mais, ce soir-là, alors qu'elle en était à faire un tour à la base de son cou, ils ont entendu une rumeur d'ivrognes s'approcher, se préciser. Laurie a continué comme si de rien n'était son enroulement, mais elle a vu s'élaborer au fond de l'œil de Mori toutes sortes de plans d'urgence.

Ils ont cogné à la porte en beuglant. Laurie a senti l'onde de choc dans les os de ses pieds et Mori, toujours assis, l'a sentie dans son bassin, jusqu'à la pointe du coccyx et dans sa prostate.

— Allez en bas, je vous prie. Et restez-y, s'il vous plaît, s'est levé d'un trait Mori.

Laurie n'a pas bougé. Elle entendait distinctement ce que disaient cinq ou six hommes de l'autre côté de la porte.

— Envoye, le bridé. Ouvre, sacrament!

Mori est allé à la cuisine. Laurie a cru qu'il ouvrait le tiroir des couteaux. Il est revenu avec un revolver caché dans son dos. La crosse luisante dépassait de son pantalon.

— Voyons donc! n'a su que dire Laurie, au bord des larmes et de l'hyperventilation.

— N'ayez crainte. Il n'est pas chargé. Vite. Descendez. Il ne faut pas qu'ils vous voient ici, n'est-ce pas? Surtout, n'allumez pas.

Laurie a fait ce que Mori disait, car elle ne savait pas quoi faire d'autre. Elle avait cru entendre Sar'h. Elle avait très peur pour tout le monde.

Mori s'est positionné dans l'embrasure de façon à ce qu'ils n'entrent pas. Il s'est vite mis à avoir froid. Il n'a eu pour Louis Berthelot qu'un bref signe de la tête. Ça ne fonctionne pas comme ça, leur a-t-il rappelé, il avait signé un bail d'un an d'abord…

— Qui va à la chasse perd sa place, mais quand il revient il prend ses biens, a légiféré Roger Lazure.

— Je ne suis pas familier avec cette expression, a menti Mori.

Laurie n'entendait que lui. À ce moment, dans l'obscurité, elle s'est dit qu'un revolver ne sert strictement à rien s'il n'est pas chargé.

— Décrisse, le Jap, s'est emporté Ti-Toine derrière.

Louis Berthelot lui-même a jeté sur le Bleuet un regard pacificateur que Mori a aussitôt déchiffré.

— Messieurs, je vous suggère de laisser passer votre ivresse. Demain, prenez un avocat si vous le voulez. Il vous dira qu'elle est déjà à moi, la maison. Je serai extrêmement ferme.

Mori a claqué la porte et il a fait parler les serrures.

Devant la porte fermée, Bobby Daigneault ne s'est pas retenu pour faire de la main gauche le geste que ne lui permettait pas la droite. Ils se sont éloignés en tournant en une pile de blagues grasses ce qui venait d'être dit. C'est ainsi qu'ils s'empêchaient de souffrir quand on les offensait.

— Heille, Ti-Toine, tu devrais dire ça à ta blonde : « À soir, chérie, je serai extrêmement ferme. » Ha…, a dit Sar'h avant de s'interrompre pendant un instant sournois, c'est vrai, j'oublie que t'en as pas de blonde.

— Ferme donc ta gueule, Sar'h. T'en as-tu une, toi ?

— O.k., o.k. Venez chez nous : j'ai une couple de caisses de vingt-quatre qui traînent.

22

La désurprise (une cellule)

Les cheveux un peu sales, un œil pénétrant et l'autre dans le vague, la bouche droite sur sa mâchoire carrée, Frédéric Goyette montrait des signes de bonne humeur que seule Myriam pouvait décoder. Ils avaient fait l'amour et, encore nu, Frédéric avait trouvé les six tubes de *smörgåskaviar* glissés dans la fente à lettres pendant leurs ébats. Ils n'en avaient pas mangé depuis qu'ils s'étaient rencontrés là-bas, en Scandinavie. Goyette les avait achetés sur internet et ça devait faire trois semaines qu'il guettait le facteur.

Ils ont préparé des sandwichs ouverts garnis de tranches d'œuf dur, sur lesquels ils ont fait couler une grande quantité de la substance. Son emballage – un tube guère utilisé au Québec à part pour la pâte à dents –, plaisait énormément à Frédéric. Il en a vanté l'irréductible fonctionnalité. Ils ont mangé en se regardant dans les yeux, avec le plaisir pur du couple qu'une pâte d'œufs de morue et de merluche, de flocons de patates, de sel, de sucre et d'huile de colza plonge dans un moment proustien.

Frédéric a bu deux gros thermos de café en faisant jouer et rejouer le film de Chez Cécile sur l'écran de son ordinateur. Dans la cohue, les gouailleries et les bruits de friture, il tentait d'isoler un court moment de conversation qu'avait eu *sotto voce* Bobby Daigneault avec la patronne. Il semblait l'informer de la façon dont la réapparition s'était produite, avant l'arrivée triomphale du groupe au casse-croûte. Goyette avait un logiciel. Tous les sons se confondaient en un tracé vert qu'il tentait d'ajuster.

— *Juste comme ça. Paf. Non* [*bruits indistincts*]*... pas reviré pour le voir. Il est apparu d'un coup, en avant de moi.*

Il y avait aussi l'évocation du rêve blanc, qui n'était pas blanc. Louis Berthelot se retrouvait vite à court de mots en tentant de s'expliquer. Goyette voyait dans la face des ouvriers qu'ils ne le croyaient pas. Pourtant, Guenille ne semblait pas mentir. Et puis, avait-il ne serait-ce qu'une raison de mentir ?

— Il rêvait peut-être, mais où était son corps ? n'a pu s'empêcher de se demander Goyette à voix haute.

Le Post-it qui l'exhortait à parler à Mori était tombé et il ne l'avait pas remplacé. L'autre tenait toujours : « Cellule (cage), sédiment, chance, pli. » Goyette persistait à penser qu'il tenait, dans ses éprouvettes gainées de plastique noir, le sédiment de la liste. Dans sa tête, des raisonnements naissaient les uns à côté des autres, il essayait de les développer, d'aller plus loin dans leurs ramifications. De chacun de ces raisonnements découlait un certain nombre de possibles. Mais sa pensée était pleine de blocages : plus il suivait une piste, plus il s'éloignait des autres, au point de ne plus les considérer. Il n'y avait pas de croisements. Il a soupiré. Même le café n'arrivait pas à lui donner l'endurance mentale dont il sentait avoir besoin. Il pensait souvent manquer d'intelligence, simplement, et ça, ça le fatiguait plus que tout.

Il a vu ses guitares. Il s'est rappelé le goût du *smörgåskaviar*. Il était de bonne humeur, oui. Il a accordé sa Hagström à l'oreille et il a dépoussiéré un vieux douze watts à tubes. Il a commencé un petit blues. Au salon, Myriam faisait un somme. La musique s'est infiltrée dans son sommeil pour la faire sourire.

Cellule. Sédiment. Chance. Pli. Et c'est *cellule* comme une *cellule de prison*, un *enclos*. Goyette a pensé à d'autres quatuors : John, Paul, George, Ringo ; carreau, trèfle, cœur, pique. Il continuait à jouer. Terre, feu, air, eau. Il s'est rappelé avoir lu que la tradition bouddhiste japonaise avait les mêmes éléments, mais en rajoutait un : le ciel, ou le vide selon les traductions : l'immatériel. Il s'est arrêté. Toute classification est arbitraire. Serait-il possible d'envisager tout l'univers en ayant recours aux seules notions de cage, de sédiment, de chance et de pli ? Il a pris une éprouvette dans sa main. Ses yeux ne toléraient toujours pas la vue de la poudre, mais la révulsion lui semblait moins vive. Il y avait longtemps qu'il l'avait regardée. Quelque chose se désactivait en lui, à la longue. Prêt, pour une rare fois le jour, à être surpris, il s'est demandé si c'était par usure ou par habitude.

Frédéric Goyette avait mis sa vareuse, son foulard, son parka, son casque de poil. Dehors, il y avait un beau soleil froid. Il voulait parler à Louis Berthelot, peut-être à Bobby Daigneault aussi. Il faisait moins trente-deux degrés et la route était belle. Il a stationné son pick-up près du quai de Baie-Trinité, là où le fleuve chassait des bancs de glace gros comme des bélugas qui s'empilaient en s'entrechoquant. Ils avaient des craquements lents, assourdissants, excessifs, géologiques, qui vous prenaient au corps.

À Baie-Trinité, c'était janvier avancé, la saison du chômage saisonnier. Les Pêcheries roulaient bien avec une quarantaine d'employés l'hiver. Les plus anciens, comme Guenille, travaillaient. Bobby Daigneault, le plus jeune permanent, allait perdre son poste à cause de la réapparition. Il rejoindrait les autres, irait faire lui aussi du ski-doo à la journée longue : des promenades sans destination précise auxquelles ils se conviaient souvent avec cynisme, sans se faire d'illusion sur ce qu'ils y trouveraient. « Ça te tente-tu d'aller brûler du gaz ? » Certains gossaient le bois, d'autres peignaient. Quatre Marocains restaient encabanés dans la médina, en mode survie, en attendant qu'on ait besoin d'eux. Pour les plus amoureux, c'était le temps de la tendresse et de l'emmitouflement. Il fallait être très amoureux pour tenir comme ça jusqu'au printemps. Quand il faisait en dessous de moins vingt-cinq, il n'y avait pas grand monde qui sortait : juste quelques courageux et les enfants, qui étaient bien forcés d'aller à l'école tant que startait l'autobus. Devant les maisons, sur les balcons, les caisses de Molson Ex vides s'empilaient. Il y avait les soaps américains à la télévision, les bons et les mauvais côtés de l'internet, un réseau solide de distribution de cannabis. Les rues étaient lumineuses, endormies. On attendait le printemps et ses arthropodes.

Dehors, Goyette ne sentait plus ses lobes d'oreilles. Il fallait qu'il entre quelque part. Il n'y avait strictement personne Chez Cécile. C'était mieux chez Ti-Claude : il y avait quatre ski-doos et deux Serge en avant. Berthelot fumait et Hercule le regardait faire. Sar'h réclamait le droit de fumer à l'intérieur quand il faisait sous les moins trente. Hercule maintenait une interprétation rigoriste de la loi et disait qu'il ne faisait pas si froid de toute façon.

— Pourquoi t'as pas amené ta bière avec toi ? a demandé Sar'h qui tenait un rye.

— T'es-tu malade ? Des plans pour qu'a gèle…

Ils sont entrés avec Goyette. Il n'y avait qu'eux trois et Ti-Claude. Entre deux gorgées de Laurentide, le fonctionnaire s'est rendu compte de quelque chose.

— Il est à qui, l'autre ski-doo ?

— Hein ? a plissé le front Sar'h.

— Oui. Vous êtes trois en comptant Ti-Claude. Moi, je suis en pick-up. Il est à qui, l'autre ski-doo ?

— C'est à son frère, a clarifié Hercule. T'es au courant ?

— Oui. Oui. J'étais là hier, chez Cécile.

— Figure-toi donc qu'on est allé chez Louis après, pour le réinstaller. On arrive là à cinq, six hommes. Son locataire, le Japonais, crisse, il veut pas décrisser, le crisse, s'est énervé Sar'h, avant de lancer à Hercule : Pourquoi tu voulais pas venir ? Ça se serait passé autrement !

— Moi, je veux rien avoir à voir avec ça. Premièrement, c'est des affaires d'avocat, je pense. Deuxièmement, le Japonais, il me revient pas.

« Troisièmement, j'ai trop à perdre si mes homards ne s'exportent plus », s'est-il abstenu d'ajouter.

— Qu'est-ce qui s'est passé ? s'est raffermi Goyette.

— On aurait vraiment dû lui péter la gueule. Oui, monsieur ! Mais, je sais pas, il s'est comme… raidi. Et tu sais jamais avec ce monde-là… ils peuvent te sortir une passe de jiu-jitsu.

— Voyons donc ! s'est étouffé Hercule.

— Donc, qu'est-ce que vous avez fait ?

— Ben on est partis, a babouné Sar'h.

— Mais, là, il est où ton frère ?

— Il reste chez nous en attendant que ça passe. Le Japonais est venu le chercher icitte avec sa Lincoln. Ils sont allés piquer une jase chez lui… chez Louis, là, en tout cas. Il avait l'air de meilleure humeur, a espéré Sar'h.

— Mais, avec lui, on peut jamais dire, a atténué Hercule.

Après un moment, Goyette a demandé si Bobby Daigneault restait encore sur la même rue que Louis.

— Oui, mais fais attention si tu y vas, son caniche, il est bien méchant. Il a l'air de rien, mais c'est un petit crisse de vicieux.

C'était une de ces scènes bizarres qui devenaient de plus en plus courantes à Baie-Trinité. Sans couper le contact de sa Lincoln de location, Mori était, plus tôt, entré chez Ti-Claude pour repartir avec Louis Berthelot. Il claquait des dents.

— Messieurs, j'implore votre clémence. Je me suis montré hier d'une regrettable intransigeance.

Mori inclinait la tête tout juste perceptiblement. Il se retenait pour ne pas bouger du tronc.

— Prendrais-tu quelque chose ? s'est enquis le barman.

— Euh… oui… quel est le nom, encore… un Southern Comfort, s'il vous plaît.

— Sur glace ?

— Non. Non, surtout pas, a frissonné Mori.

Mori a pris place. Bon joueur, dindon impassible de plusieurs farces, dès qu'il a eu fini son verre, il a invité Louis chez lui avec des mots qui admettaient que c'était chez Louis, chez lui. Il a dit qu'ils pourraient s'arranger.

Rendu là-bas, c'est surtout l'absence de meuble qui a bousculé Louis.

— Faites comme chez vous. Je vous sers du thé? s'est déchaussé Mori.

— Ouf. Je suis pas fort là-dessus, peut-être un petit café.

— Vous me voyez extrêmement désolé de ne pas en avoir.

— Pas de faute! Je vais prendre de l'eau chaude. Dans un verre.

— Je n'ai qu'une chose à vous demander, monsieur Berthelot. Je serais honoré que vous évitiez d'aller au sous-sol. Il y règne un désordre qui me donnerait une fort mauvaise image.

— D'accord, a obéi Guenille, qui avait compris que c'était là que le Japonais gardait ses *Playboy* et son pot.

Il s'est imaginé un instant des *Playboy* japonais avec plus de curiosité que d'émoustillement.

Mori est allé verser deux verres d'eau. Il avait un cardigan sur sa chemise et une curieuse boiterie. Quand il avançait la jambe droite, il rentrait un peu la hanche et il lui faisait faire une rotation exagérée, comme s'il avait des bottes de cow-boy ou, a pensé Guenille, un dix cents dans le cul.

Louis a bu vite son verre d'eau et il s'est assis à l'îlot de cuisine, sur l'unique tabouret. Mori a dit qu'il avait des choses à aller chercher en bas. Il est revenu avec une mallette. Il l'a posée sur l'îlot et il est resté debout, sans bouger, avec un demi-sourire, à regarder un peu à côté de Louis.

— C'est-tu moi, a dit Berthelot pour tenter de dissiper le malaise, mais des oursins de catégorie Grand Luxe, on n'en voit plus beaucoup passer. C'est plus du catégorie 2. Même les catégorie 1, ça s'en vient rare.

C'était la première fois qu'ils s'étaient rencontrés : l'atelier sur le classement des oursins. Louis avait appris bien des choses, mais il l'avait trouvé sévère, le Japonais.

— Ce n'est pas ce dont je veux parler, monsieur Berthelot.

— D'accord...

— Je vais vous donner l'explication que je vous dois.

— Hein ? a plissé le front Guenille avec des airs de famille.

— Je sais pourquoi vous avez disparu. C'est ma faute, s'est incliné Mori. Soyez assuré que vous n'étiez pas visé personnellement. Il aurait mieux convenu que je vous demande votre permission, mais je n'ai pas pu.

— Bien là ! a lancé dans le vague Berthelot devant Mori qui ne se relevait pas, ça va. Ça va, monsieur... monsieur...

— Ishikawa, a fini par se relever Mori, Mori Ishikawa. Je regrette d'avoir mis, par erreur, votre vie en suspens. Je vais tout vous expliquer.

— Pas besoin.

— Pas besoin ?

— Non, ça ne m'intéresse pas trop, a presque bâillé Guenille. Je sais que ça a paru long à bien du monde, mais, moi, c'était comme un petit somme.

— Un instant ! l'a arrêté Mori, vous réalisez que ce somme a duré quelques mois ?

— Ça en a tout l'air.

— Je peux vous expliquer.

— Non merci, ça va aller, merci, a voulu conclure Louis.

— Sauf l'immense respect que j'ai pour vous, monsieur Berthelot, vous me voyez surpris de me retrouver devant un homme dont l'existence a été interrompue et qui, de retour dans celle-ci, refuse l'explication qu'on lui offre.

— Bien. Désurprends-toi, qu'est-ce que tu veux que je te dise ? Je suis certain que, ton explication, je la comprendrais pas. Elle me ferait plus de mal que de bien et la marde pognerait. Je veux juste ravoir ma maison.

— Oui. Oui. J'ai deux choses à vous dire sur votre maison. Vous détesterez la première, mais la seconde sera un baume.

— Hé, crisse, n'a pu s'empêcher de murmurer Louis.

Il avait l'impression de se retrouver devant le Sphinx des *Batman* de sa jeunesse.

Mori a ouvert sa mallette de façon à ce que son interlocuteur ne voie pas ce qu'elle contenait. Il en a tiré un document scellé.

— J'ai acheté votre maison. Elle m'appartient, a montré Mori. C'est l'acte de vente.

— C'est quoi le baume ? s'est à peine froissé Guenille.

— Voici six cent mille, a dit Mori en faisant pivoter sa mallette. Prenez le temps de les compter si vous voulez… Je vous les offre pour votre maison, qui vaut moins de cinq fois la somme. C'est parce que je sais ce qu'elle vaut pour vous, et, aussi, pour m'excuser pour ce qui est arrivé.

Les billets étaient récents, en polymère. D'un côté, une fille regardait dans un microscope binoculaire devant une petite fiole. De l'autre, un moustachu en imposait.

— Je vais… Je vais prendre l'argent, a fini par dire Berthelot sur le ton des concurrents à la *Poule aux œufs d'or*.

— Allez-y, l'a invité Mori.

— Est-ce que je peux m'en aller maintenant?

Mori s'est assis par terre quand Louis Berthelot est parti. Il a longuement pris acte de la lumière, de la température du plancher. Au moment précis où il échappait au temps, des cris humains l'ont secoué. Il s'est avancé à la fenêtre. Frédéric Goyette se tordait de douleur aux pieds d'un géant. Par réflexe, Mori a posé la main sur la crosse de son Glock.

— Je m'en tabarnaque de la quantité que t'as et d'où elle vient. Ta poudre, je passe chez vous demain, puis tu m'en redonnes le double, c'est-tu clair? n'a pas entendu Mori derrière la vitre double épaisseur.

Comme Goyette tardait à confirmer que c'était clair, l'entremétier lui a servi un autre coup de pied dans les côtes. Pour le faire cesser, Goyette a expectoré sur l'asphalte une clam sanguinolente à titre de premier argument, puis, argument massue, il s'est permis une vraie grosse hémoptysie.

huitième intermède

LE BOURGOT ET LE BIGORNEAU

Au début de la pêche, une fois, une journaliste de Montréal était venue interviewer Sar'h sur son bateau. Deux semaines plus tard, il mettait la main sur l'article : son tabagisme, ses consonnes avalées, son parler plein d'images, sa nostalgie enfermée de pêcheur. Ça l'avait mis en tabarnac. Chez Cécile et chez Ti-Claude, on ne comprenait pas pourquoi.

— Bien oui, Sar'h, t'en as une « nostalgie enfermée », riait-on de lui.

— Si tu penses... Si tu penses..., s'emportait-il.

— Il y a juste la vérité qui choque, lui rappelait-on.

Plusieurs ont fini par comprendre ce qui le fâchait. Il ne l'a pas dit comme ça, mais presque : il ne supportait pas de se faire folkloriser. Il aurait préféré qu'on lui chie dessus.

Sar'h avait lentement décoléré et, pour arrondir son été, il avait eu l'idée d'accueillir des touristes sur son bateau, pas beaucoup : une quarantaine, par petits groupes. Il leur faisait goûter son produit et il faisait attention quand il y avait des enfants. Ils lui posaient toujours la même question.

— Monsieur Serge, quelle est la différence entre le bourgot et le bigorneau ?

La question valait la peine d'être posée, parce qu'en termes de goût et de texture, c'était presque la même chose. Sar'h les trouvait un peu niaiseux. À mesure qu'évoluait son expérience de guide touristique, il s'était fait trois réponses :

1. « C'est deux animaux différents, gang : le bourgot, c'est un animal de fond et le bigorneau, c'est un animal de roche », avait-il commencé par dire aux petites familles dubitatives. Ce n'était pas ce qu'elles voulaient entendre.

2. « Puis quoi encore ? C'est quoi la différence entre un porc-épic puis un hérisson ? On s'en contrecrisse », s'était-il un jour impatienté devant des Français qui tenaient à appeler ça des *littorines*. Il avait dû s'excuser après avoir reçu une lettre de l'office du tourisme, et envoyer un remboursement en euros. Bien du trouble.

3. « Il y en a qui disent que c'est meilleur les bigorneaux, mais il faut pas les croire, avait-il fini par adopter comme ton, les bigorneaux c'est une bonne entrée, mais le bourgot, le vrai, il est viandeux. »

— Viandeux ?

— Oui, allez-y, goûtez, décortiquait-il devant le touriste souriant.

Cette troisième réponse était le meilleur compromis entre l'intérêt sensuel du touriste et tout ce que la pêche des bourgots et des bigorneaux comportait pour Sar'h de non-dits, de triomphes et de blessures.

C'est que le bourgot, comme un pharaon, finit dans une pyramide. Le bigorneau, sur son rocher, a comme seul mérite de résister à l'assèchement.

Le bourgot chasse ; il tue facilement une clam. Le bigorneau, lui, broute.

Le bourgot a de l'ampleur : sa coquille se tortille en palais byzantin. Il y pousse des algues comme des forêts d'épinettes. Le bigorneau est petit et il n'a de couleurs que celles du camouflage.

Sar'h avait un bateau pour pêcher le bourgot : celui de son père. Il les trappait dans des casiers pyramidaux, avec du poisson mort, une pêche qui exigeait une connaissance des côtes et des qualités de capitaine.

Quand les bourgots manquaient ou que leur prix baissait, il faisait avec les Marocains la pêche flétrissante du bigorneau sur les rochers, qui est une cueillette. Il allait loin pour qu'on ne le voie pas. Il se sentait fragile. Sa vie était depuis toujours faite d'oscillations entre des périodes de bourgots et des périodes de bigorneaux. Son malheur habitait de petites coquilles grises.

Serge était l'aîné des frères Berthelot et Louis était le plus jeune. Entre les deux, il y en avait un qui s'était fait descendre dans une pizzeria de Montréal et un autre qui s'enlignait pour passer le reste de sa vie en dedans. Jeunes, ils étaient quatre. Et ils voulaient se battre.

Bien avant la prison, Alain Berthelot s'était adonné à divers méfaits. Il avait mis la main sur une scie mécanique, un été, et cette saison-là est restée dans les annales comme « l'été de la chainsaw à Alain ». Un homardier s'était abîmé parce qu'il avait sectionné les butoirs du quai, juste comme ça. Avant le début de l'école, Alain s'était scié une porte dans les Pêcheries et il avait fait du grabuge. Après avoir milité brièvement pour sa pendaison, Rogatien, qui voulait être de son époque, avait vu du désœuvrement dans la rage du petit. Il l'avait engagé aux Pêcheries. Il faisait une bonne job, même si l'on savait qu'il passait du temps à Montréal auprès des Hell's.

Chez les enfants Berthelot, il arrivait qu'on ait faim. Sar'h s'était souvent demandé pourquoi il y avait un frigidaire, parce que tout ce qu'on y trouvait était la bière de Maurice, son père. La bière et son accompagnement idéal : un pot de bourgots dans le vinaigre.

Maurice aidait souvent un ami pêcheur à faire des pots de bourgots. Ensemble, ils passaient des journées à décoquiller, nettoyer, arranger, boire. Hors de sa carapace, l'animal surprend par sa longueur. Un tiers de son anatomie est réputée comestible. L'ami donnait à Maurice une ou deux caisses de conserves de bourgots pour le remercier. Il lui permettait aussi, avec les deux autres tiers, de faire ses propres pots. Ils utilisaient le vinaigre, garant de sécurité, de saveur et de coriacité.

Les jeunes Berthelot et leur mère mangeaient du pain, des patates, des carottes et ce qu'ils appelaient de la viande. Les bourgots, Maurice, ça lui suffisait. Il passait son temps à être craint, au sous-sol ou au bar. À partir du mois d'avril, il ramassait, quand il avait assez d'équilibre pour ça, des moules, des clams et des bigorneaux. Surtout des bigorneaux. Il s'était inventé un instrument pour les cueillir sans avoir à se pencher. Il l'appelait sa « pôle à bigorneaux ». Il vendait les coquillages au quai, au noir, au kilo et aux Lelarge, qui y tenaient un point de chute.

Un jour, son compagnon de cannage est mort prématurément et il lui a légué son bateau et son équipement. À l'aube d'une nouvelle vie, Maurice a expliqué à ses fils le principe du casier à bourgots, verveux dans une main et 50 dans l'autre.

— Le bourgot, il rentre par là. On met du poisson mort pour l'attirer, du caplan ou du brochet : ceux qu'on veut pas, là. Une fois rentré. Clac. Il peut plus sortir.

Les quatre fils s'étonnaient d'entendre leur père s'adresser si longuement à eux. Quand il a dit son *clac*, les trois plus jeunes ont sursauté. Ils l'ignoraient encore, mais deux d'entre eux étaient d'irrécupérables criminels.

Sar'h n'a pas bronché. Il commençait à s'y connaître en carapaces.

Louis, lui, en essuierait encore beaucoup.

23

Le pardon des choses qui brillent

— On arrête tout, a calmement dit Laurie. Je ne veux plus. Ce que vous faites, vous le continuerez sans moi.

Depuis qu'elle restait chez Suzanne, Laurie s'était habituée aux longues disparitions de sa tante, lorsque celle-ci restait à l'étage et ne voulait sous aucun prétexte être dérangée. Ça durait entre douze heures et quatre jours. Au début, Laurie croyait que Suzanne se livrait à d'intenses séances de méditation, avec jeûne et mortification, mais elle avait un jour entendu un homme parler, puis jouir. Il devait y avoir un passage secret quelque part dans la roche.

Lors de ces retraites, Mori venait parfois. Laurie était en train de lui dire sa peur. Elle avait trop lu pour ignorer que les armes à feu portent tout au tragique.

— Je vous répète, a répété Mori, que ce n'est pas comme dans les livres. De nombreuses personnes possèdent des armes. Un revolver n'est pas intrinsèquement plus dangereux qu'un couteau à fileter.

Mori en avait un chez lui, dont la lame était faite de

trente-deux couches d'acier damassé. Laurie aimait le regarder. Elle le prenait dans sa main. La lame se moirait comme si elle tranchait la lumière. Depuis que Mori était sur la Côte-Nord, aucun poisson ne s'en était encore montré digne.

— Ce n'est pas les États-Unis, ici, a situé Laurie. Il faut une bonne raison pour avoir ces choses-là.

Mori a senti quelque chose changer dans la voix de Laurie. La peur se faisait moins lourde et l'envie de continuer réapparaissait en elle. Elle n'abandonnerait pas. Elle ne le laisserait pas seul. Il allait pouvoir justifier son gun.

— Une raison, j'en ai une, a-t-il dit sèchement.

— Laquelle?

— Ce que je fais... Ce que nous faisons... C'est... C'est dangereux.

— Et que faisons-nous? a demandé Laurie, surprise d'être incluse.

— L'ori. C'est dangereux. Très dangereux. Imaginez ce qui se passerait si une personne mal intentionnée découvrait qu'il est possible de faire de la peinture d'une couleur inexistante. Les hommes de l'autre soir, les copains de monsieur Berthelot, je ne crois pas que vous saisissez ce qui aurait pu arriver s'ils étaient allés au sous-sol...

— Bien... Ils auraient vu le mur ori...

— Et ils auraient assurément gardé le secret, a ironisé Mori.

— Alors il aurait été justifié de les tuer?

— Non. L'arme n'est pas chargée. En aucun cas. Je n'ai pas de munitions.

Laurie a fermé les poings sans s'en rendre compte.

— Je ne vous crois pas, a-t-elle fait cesser tout bluff. Je sais peu de choses de vous, mais vous ne commettriez pas l'incohérence de menacer les gens avec une arme pas chargée.

— Je vous rappelle que je n'ai menacé personne.

— C'est ce que je dis. Si vous étiez stupide et que votre arme n'était vraiment pas chargée, vous auriez déjà menacé quelqu'un. Or, vous n'êtes pas stupide, a syllogisé Laurie.

Mori n'a pas répondu tout de suite. Il a eu l'une de ses micro-inclinations de la tête que Laurie savait reconnaître. Puis, prenant deux bonnes inspirations tout en regardant une plante verte de Suzanne :

—Vous me contraignez à jouer franc jeu. Mon revolver est sous clé, dans cette maison qui est la mienne. Je l'ai achetée à monsieur Berthelot et nous sommes tous deux fort satisfaits de notre arrangement. Le revolver, sous clé, est chargé, mais le cran de sûreté est en place.

— !..., a ouvert la bouche Laurie.

— Laissez-moi continuer s'il vous plaît. Je peux m'en aller. Oui. Je peux quitter Baie-Trinité et ne plus jamais revenir, mais ce serait dommage, car nous sommes déjà bien avancés. Je veux faire connaître l'ori au monde et je veux le faire avec vous. Seulement, c'est dangereux. Très dangereux. Il y a, c'est vrai, le secret à protéger. Mais ce n'est pas tout. C'est qu'à la base de l'ori, il y a des vies humaines.

— Hein ? s'est étranglée Laurie.

— Les choses qui brillent ne peuvent surgir de rien, vous le savez. Le principe de l'ori, et c'est aussi le sublime de l'ori, a professé Mori, c'est le principe de la vie humaine. Quand on voit la couleur, d'autres vies que la nôtre viennent bruire dans nos veines.

— C'est du Miron, a automatiquement dit Laurie, commentant la forme, parce que le fond de ce que disait Mori paraissait insondable.

— Oui. Je sais, a ralenti Mori. Quand j'ai lu ces mots, j'ai mieux compris où je voulais arriver.

— Attendez-moi ici, a ordonné Laurie.

Elle est allée aux toilettes. Elle a uriné un peu et produit un étron court et clair, pas exempt de filaments plus bruns. Pour reprendre ses esprits, elle l'a regardé se défaire en tourbillonnant. Pourquoi cela lui arrivait-il à elle ? Elle avait l'impression de tourbillonner dans cette question, en se défaisant elle aussi. En périphérie des cercles concentriques, le mouvement était plus lent et elle avait le temps de voir ce qui se passait, mais elle se sentait approcher du centre qui l'engloutirait. Elle n'avait plus vraiment faim depuis quelques jours. Son sommeil était possédé. Elle se rassurait de produire quand même, à intervalles réguliers, de la merde et de continuer à l'excréter par l'anus. Elle restait réelle et le mouvement des étrons dans l'eau des toilettes ne manquait jamais de lui rappeler la réalité.

— Alors, les gens meurent, est-elle revenue. C'est ça ? On les tue, et ils deviennent de l'ori.

— Non. Non. Ils ne meurent pas. Je ne me sens pas la fibre du génocidaire. Mais c'est précisément ce qui est dangereux. Entre les mauvaises mains, le procédé de fabrication de l'ori pourrait causer quelque chose qui ressemble à la mort. C'est une question de mains, comme pour une arme à feu. C'est ce que je peine depuis deux heures maintenant à vous expliquer.

Laurie ne comprenait pas tout, et c'était aussi, surtout, une sensation envoûtante quand la réalité desserrait son emprise. Elle venait d'atteindre le point de brouillard. Elle s'est mise à sourire. Tout ça allait pouvoir continuer.

— Dites-moi seulement si je comprends bien : il y a un peu de Louis Berthelot dans la peinture des murs du sous-sol ? a-t-elle blagué à demi.

— Bien… Ce n'est pas si simple, a bafouillé Mori, extrêmement embarrassé. Il n'y a pas que de lui… Ce n'est pas un principe… individuel. Il n'était pas personnellement visé… Je lui ai dit. J'ai voulu lui expliquer, mais il ne voulait pas d'explications. Je vous assure, il a été généreusement dédommagé.

Avant que Mori parte, ils ont lu ensemble 分福茶釜, *Bunbuku chagama*, un conte où un tanuki – un animal japonais, a expliqué Mori, sorte de mélange entre un chien et un raton laveur – se transforme en théière pour remercier un désœuvré qui l'a aidé à sortir d'un piège. Une fois sur le feu, le tanuki, devenu théière, prend ses jambes à son cou, car sa transformation ne l'empêche pas de sentir la douleur. L'homme devient montreur de foire et s'enrichit avec sa nouvelle théière à pattes de tanuki.

Mori est parti en laissant une petite boîte soigneusement emballée dans du papier kraft, avec du ruban bleu. Laurie est allée à sa chambre. En transe ou avec un homme, Suzanne, à l'étage, loin, n'était pas seule. Laurie a ôté sa jupe à pois et ses collants. Elle avait ses bobettes ories. Elle ne l'avait surtout pas dit. Plus tôt, elle avait eu une drôle de sensation en pensant qu'elle pouvait porter Louis Berthelot là. Ça lui avait passé. Les choses ne sont pas si simples. Il y a une différence entre la vie et l'individualité, entre la conscience et ce qui l'anime, entre les formes et leurs contours.

Elle a défait l'emballage. Il y avait deux pots de verre identiques dans la boîte, le genre de pot où l'on met les bourgots. L'un était plein de feuilles de *gyokuro* bleu vert gorgées de chlorophylle. L'autre était rempli à moitié du sperme de Mori. Le sperme était hétérogène, un peu gélifié. C'était la première fois qu'il y en avait autant pour elle. Laurie a ouvert le pot. Une odeur entière s'en est dégagée. Elle s'est mise à mouiller profusément. Les lèvres de sa vulve s'ouvraient et le coton ori des bobettes Fruit of the Loom frottait sur son clitoris. Elle a plongé ses doigts dans le sperme. Il était un peu froid, Mori l'avait probablement gardé au frigidaire. Elle en a étendu sur sa bouche avec le bout de son index et elle a léché ses lèvres.

Le lendemain, surprise dans la *Cité de verre* de Paul Auster par l'irruption reviviscente du goût aigre dans sa bouche, elle découvrirait jusqu'où peut transporter l'excitation sexuelle. Elle verserait le reste du pot en haut de sa fente. Elle frotterait le sperme dans ses poils et sur sa chatte. Le sperme de Mori redeviendrait liquide au contact de son liquide à elle. Tout se mélangerait dans son sexe. Elle se sentirait profondément confuse, au bord de l'orgasme, et lorsque ça arriverait, l'ori remplacerait le noir devant ses yeux clos.

Il n'y avait au début qu'un mouvement, une évolution dans l'espace autour de laquelle tout se mettait en place. C'était plus rapide que la course à pied, mais plus lent que le déplacement d'une voiture. Une symétrie à la source du mouvement produisait des cuisses où il s'incarnait et d'où il venait. Leur mouvement était fluide, périodique, prolongé, comme celui, puisque c'était l'hiver, du patinage. Devenu patinage, le mouvement avait besoin de glace. Elle était là : vive, plane, grise. C'était une étendue d'eau gelée, un gros lac. Les cuisses et la capacité de percevoir le lac gelé composaient le sujet. Dans cet univers, seules les choses nécessaires apparaissaient. L'univers était fragile. La moindre incohérence l'anéantirait. Venues d'une pulsion, des femmes sont apparues dans la glace, qui enserrait leurs chevilles. Elles étaient nues et elles tentaient de se déprendre, leur ondulation reflétait le mouvement initial de patinage, qui pouvait aussi être du vent froid.

À un moment éclatant, le sujet a été complètement

habité. Auparavant cuisses, perception et pulsion, il avait été imprégné du mouvement de patinage et d'une pareille survenue – par élans fluides, périodiques, prolongés – de décharges de révolte. Le sujet a perçu alors un changement de couleur de la glace. Elle n'avait jamais été grise. Elle était d'une couleur jamais vue. Le rêve entier – sujet, vouloir, révolte, femmes – ployait, attiré et gobé par la gravitation de cette couleur comme en un trou noir.

Après deux jours de coma, Frédéric Goyette a repris conscience à l'hôpital de Baie-Comeau. En se réveillant, il a dit à Myriam qu'il comprenait pourquoi les Anglais avaient à peu près le même mot pour virgule (*comma*) et pour coma. Il avait vécu une virgule. Il en avait suivi la courbe. Elle a souri. Il a souri. Il lui manquait deux dents. Entre ses côtes, un tube drainait son pneumothorax.

Goyette a eu une convalescence douce. Myriam le bécotait, secouait des oreillers et les disposait aux points douloureux de son corps. Elle lui faisait du café. Il avait des contusions internes et des côtes fracturées. On lui avait dit qu'il retrouverait toute sa force en quelques semaines. Pour l'instant, il devait prendre six fois par jour des comprimés d'hydromorphone, sans quoi une douleur vive comme une piqûre irradiait dans toute la moitié droite de sa cage thoracique. Immobile, il était bien.

Il passait ses journées à réfléchir aux motards, à

Mori Ishikawa et à ses éventuels alliés, à Robert, à Suzanne, à Saturne, à Laurie. Il n'avait pas vraiment de nouvelles des Lelarge, mais, d'après la rumeur, ça se passait mal. On parlait de licenciements à l'usine. Il se rappelait être allé chez Ti-Claude, y avoir croisé les deux Serge. Il se rappelait avoir voulu parler à Bobby Daigneault, le principal témoin de la réapparition de Guenille. Il se rappelait avoir étiré le menton pour zieuter chez Mori. Après, il avait été passé à tabac. C'est ce qu'on lui avait dit. Lénifiée par les pilules, la pensée de Goyette se tenait loin de ses souvenirs. Une vive douleur le prenait aux sourcils dès qu'il pensait s'en approcher.

— Tu sais, le Japonais..., a déballé Myriam entre deux bouchées de *lapskaus* quand elle a cru que son chum allait mieux.

— Ishikawa ? Mori Ishikawa ? a répondu Frédéric d'une voix tellement vive et profonde qu'il a dû se prendre les côtes.

— Oui, c'est ça. Il est venu me parler, à l'hôpital, quand t'étais aux soins intensifs.

— Et t'attends maintenant pour me le dire ! Ça va pas !

— J'attendais que tu sois mieux, s'est justifiée Myriam d'un ton mièvre. Il m'a dit quelque chose de drôle.

— Je suis tout ouïe, s'est plaint Goyette, toujours la main aux côtes.

— Il m'a dit de te dire qu'il s'en occupait. De lui laisser ça à lui, mais que ça prendrait un petit mois. Il m'a dit aussi que tu pouvais continuer à faire ce que tu fais. Je me rappelle ses mots exacts : « Il découvrira les choses hors de leur contexte, il n'en tirera aucune satisfaction et ça ne changera rien à la marche des choses. »

Goyette était stupéfait.

— Ça te tentait pas de te rendre utile, s'est-il fâché, je sais pas, moi… De le suivre… De prendre des photos… De lui tirer les vers du nez, à ce crisse-là. Qu'est-ce qui te dis que c'est pas lui qui m'a assommé ?

— Je m'excuse, a reniflé Myriam, je voulais pas…

— Je veux dire, Myriam ! te rendre utile ! Avoir du courage ! Faire de quoi ! Tu réalises pas l'ampleur de ce qui se passe. Il y a des chicanes de bandits, une intoxication de masse et quelqu'un, quelque part, qui s'amuse à gratouiller le fondamental. Puis toi, tu t'en tiens le plus loin possible. Tout va très bien. On mange du *lapskaus*. T'aimes vraiment ça être un personnage secondaire, hein ?

— Oui, s'est contentée de répondre Myriam.

Puis elle s'est mise à pleurer et elle est allée se réfugier dans sa chambre parce que c'était très méchant. Le lendemain, après avoir tenté comme un hypocrite de mettre ça sur le dos de la douleur et des médicaments, il a fini par s'excuser sincèrement. Elle ne détestait pas son sourire édenté.

Avant ces excuses, la rage qui ne le quittait pas a valu à Goyette sa première nuit d'insomnie depuis l'accident. Renouer avec sa pensée nocturne lui plaisait. Il tentait de tout rassembler. De quoi, au juste,

Mori comptait-il s'occuper à sa place ? Goyette a sorti une éprouvette de poudre de sa gaine de plastique noir. Sédiment. Il repensait à l'enclos, au pli, à l'opportunité. Oui, ça ne faisait aucun doute. Il la voyait mieux qu'avant. Ses yeux étaient pris à la vue de la poudre de la même sensation qu'on a quand, dans la nuit, un bruit suspect nous force à allumer une lumière crue, mais ils ne s'habituaient pas. Il pouvait quand même jeter quelques regards plus prolongés, comme dans ces saunas scandinaves où il espérait toujours que les autres ne surprendraient pas son regard sur leurs parties. En la montrant à Myriam, il allait toutefois constater que la substance était toujours aussi irregardable pour elle. Quelque chose changeait en lui.

Il s'est pris un peu d'aquavit avec son hydromorphone. Puis il a mis Eivind Aarset sur le tourne-disque. Après un moment, il s'est levé pour doubler la dose.

C'est arrivé par ses cuisses. Il s'est rappelé avoir vu en rêve une couleur qu'il n'avait jamais vue avant. Il ne se rappelait pas la couleur, mais il se rappelait avoir patiné dessus. Dans le rêve, il y avait des femmes nues. Ce rêve a rappelé à sa mémoire, en accrochant le souvenir d'un autre rêve, un coquillage : une coquille étrange de pétoncle d'Islande qui avait appartenu à Laurie. Alors qu'il en devenait de plus en plus capable, l'adolescente rousse restait la seule à pouvoir regarder fixement la poudre.

Au milieu de la nuit, il s'est dit qu'il lui fallait tenter quelque chose avec des coquillages. Ça avait une chance sur mille de réussir, c'était une drôle d'idée, mais ça ne coûtait pas cher et, en adoptant une logique différente, un rapport plus diffus et plus courbé, non binaire, entre les causes et les conséquences, ça pouvait avoir un certain sens. Il a dilué la poudre irregardable dans un peu d'eau et il a chauffé le mélange avec la flamme d'un briquet, comme dans les films d'héroïnomanes. Puis il a pris une seringue et a injecté la solution dans des moules fraîches trouvées au frigo. C'était pour le repas du lendemain. Il les a mises dans un tupperware sur lequel il a placé une étiquette avec du ruban adhésif :

⚠ DANGER ⚠
Ne pas ingérer.
Essai en cours.
Programme canadien de contrôle
de la salubrité des mollusques.
Agence canadienne d'inspection des aliments.

Après s'être affalé sur le sofa, il s'est mis à piger dans son pot d'hydromorphone, carrément pour le buzz. Il a somnolé jusqu'à ce qu'un bruit le réveille, un grattage. Il a sursauté. C'était le bruit d'une chose vivante. Il s'est levé. C'était à la porte-patio. Le grattage continuait. Goyette ne voyait rien, mais il n'a pas allumé les lumières. Ses sens émoussés empêchaient la peur de monter en lui. Il y a de nouveau eu un grattage, quelque chose voulait effriter la brique du mur arrière. L'animal a grondé, puis s'est tu, avant de se remettre à griffer en poussant une longue plainte.

— Ben tabarnac! un ours, n'a pu s'empêcher de dire Goyette entre ses dents.

Il est allé maladroitement chercher sa .308. Quand il est revenu près de la porte-patio, il a entendu la voix indistincte d'un homme qui semblait s'adresser à l'ours.

— C'est beau, Grognon. C'est beau. Maintenant, va péter la vitre.

Goyette a actionné l'interrupteur du luminaire extérieur, puis il a reculé de deux pas en titubant pour prendre une position de tir. Tout est devenu plus clair : l'entremétier tenait un ours en laisse, avec un gros collier étrangleur de cuir clouté. En le voyant, ils ont pris la fuite. Goyette s'est tourné vers l'horloge. Il était quatre heures dix-sept du matin et il savait désormais qui lui voulait du mal.

24

Du sang et encore du sperme

— J'essaie de lui laisser le plus de place possible. C'est pas facile, ce qu'elle vit… Mise dehors de chez elle à dix-sept ans !

— Si c'était pas ton frère, je te dirais que Robert est un hostie de sans-cœur !

Quand Hercule parlait fort chez Suzanne, la pierre de la grotte entourait sa cage thoracique en tonneau. La résonance double rendait sa voix sépulcrale. À chacune de ses visites, il en apprivoisait un peu plus les échos.

Les choses avaient changé depuis l'arrivée de Laurie. Hercule voyait bien que Suzanne voulait le cacher. Ils n'allaient plus à l'étage inférieur, sauf quand Laurie partait. Lui, il devait entrer et sortir par un passage secret exigu, sorte de cheminée dans laquelle il se sentait comme le père Noël. Il s'assurait de bien cacher sa peur d'y rester coincé.

Le bruit distinctif de la porte sur mesure qui fermait mal dans son arceau de roche s'était fait entendre. Laurie venait de partir.

— Laurie m'a fait goûter un thé japonais pas ordinaire. T'en veux? a offert Suzanne d'un ton sophistiqué.

Elle était nue.

— Non. Je prendrais un petit café, moi.

Elle est allée en bas tirer un expresso. En revenant dans la chambre, elle s'est rendu compte que ça sentait leur secret: encens, humidité de la roche, musc des fesses obèses, sueur, thé, orange. Il y avait cette fois en plus le café et l'odeur un peu résineuse d'une nouvelle sorte de lubrifiant. Elle devait absolument lui dire une chose avant qu'il parte.

— Le sans-cœur en question, tu sais ce qu'il m'a dit?

Depuis qu'il était là, elle y pensait. Même en pleine sodomie, elle n'avait pas pu se concentrer pleinement sur les sensations. Elle lui a dit pour le tiers, celui qu'il fallait retrancher aux prix des pêcheurs sans quoi la compagnie ne pourrait survivre. Elle lui a demandé de ne pas le dire aux autres tout de suite.

— Tabarnac! Je savais que ça arriverait. C'est toujours de même. Une fois la concurrence éliminée, tu saignes les fournisseurs! a grimpé Hercule sur l'échelle de Richter.

— Je sais. Je sais, s'est désolée Suzanne d'une voix douce en tentant avec ses bras et ses jambes de prendre une position pudique.

Hercule a mis en vitesse sa veste carreautée et son

vieux jean moussu. Il est sorti par la grande porte sans que Suzanne n'ose lui suggérer le passage secret. En partant, il s'est retourné :

— Ça se passera pas de même, Suzanne, qu'il a tonné.

Le son de sa voix dans sa poitrine et dans la pierre a fait bouger l'aiguille de la station sismique de Grosses-Roches, de l'autre côté du fleuve. Certain, oui, qu'il allait le dire aux autres !

Laurie en était au milieu du cours secondaire dans son apprentissage des kanjis. À chaque niveau, il y en avait plus. Les signes ne se ressemblaient pas. Chaque fois qu'elle croyait trouver quelque logique, elle se rendait compte qu'il n'y en avait pas. En regardant, découragée, le livre de Paul Auster qui traînait sur la table de chevet, elle s'est demandé si, en se masturbant avec le sperme de Mori, elle avait pu se féconder. La pensée, au début frivole, l'avait d'abord fait sourire avec tendresse. Mais elle s'alourdissait à la longue, se faisait incontournable. À pied, elle est allée à la pharmacie. C'est sa sortie décidée qui avait fait grincer la porte.

— Je sais que vous savez qui je suis. Si ça s'ébruite, si par quelque moyen que ce soit mes parents l'apprennent, je vais m'assurer que vous perdiez votre permis de pharmacienne, a menacé Laurie.

Elle savait que ce n'était probablement pas nécessaire. Elle savait aussi que la pharmacienne connaissait tout le monde au village. La lèvre inférieure de la jeune femme a eu une infime ondulation, ses sourcils se sont plissés. Son regard s'est porté vers le bas par automatisme avant qu'elle ne prenne conscience de cette déviation et la corrige d'une saccade des yeux. Sentant monter en elle un calme triomphant, Laurie a avalé le comprimé sur place, en cherchant le regard de la pharmacienne qui n'osait plus la regarder. Elle a souri. Elle avait l'habitude d'avoir raison en silence. Par la parole, c'était la première fois qu'elle avait raison de quelqu'un.

Elle a saigné pendant un mois, pas beaucoup, quelques gouttes par jour. Quand elle portait ses bobettes ories, elle mettait quatre protège-dessous pour ne pas les salir. Elle allait discuter avec Mori chez lui. Quand Suzanne se retirait, elle buvait du thé avec lui dans le salon froid de la maison troglodytique. Elle pouvait parler de la météo en japonais et négocier de faux contrats de fruits de mer. Mori l'avait même fait parler au téléphone avec des employés du Conglomérat des teintes, pigments, couleurs, mollusques et crustacés d'Isumi. Elle se surprenait de les comprendre.

Mori restait évasif quand elle tentait de lui parler de l'ori. Il disait que le processus de développement avait été ralenti par manque de mollusques.

Plus il faisait chaud, plus Laurie saignait. Son cycle menstruel était dérouté. Elle pensait souvent qu'elle allait se conformer à une biologie nouvelle, différente de celle d'une adolescente : elle devenait une femme ou un érable à sucre. Le premier jour au-dessus de zéro, elle a eu ses vraies règles. Elle avait hâte de voir ce qui arriverait après. Mori l'a fait monter dans sa Lincoln de location. En prenant la 138 et quelques chemins de travers, ils se sont rendus près de la caye du Brick, assez loin pour marcher en raquettes sur la plage enneigée sans qu'on puisse les voir avec des jumelles. La neige fondait en se dévoilant cristalline, coupante. Mori s'est planté, deux ou trois fois, et il s'est fendu le front, à peine. Ils ont beaucoup ri. Il a un peu saigné.

Frédéric Goyette aussi en a eu pour un mois à saigner, mais de l'intérieur. Il y a eu des rechutes. Il s'est remis à cracher du sang. Sur son thorax, une ecchymose grosse comme la paume de sa main a guéri. D'abord noire, elle est devenue aubergine, bleu de cobalt, vert gazon, orpiment. La dégradation de son sang montrait les couleurs dont Goyette était fait.

Myriam s'est tannée de le voir passer ses journées à abuser des pilules, à boire en cachette et à ne rien crisser. Elle est partie chez sa mère à Sept-Îles pour la semaine de relâche. Il allait un peu mieux quand elle est revenue, mais il replongeait dans une mauvaise passe, ça ne faisait pas de doute. À cause de son mandat pas trop clair avec le gouvernement, les assurances ne voulaient pas payer ses soins dentaires. Il le prenait mal. Il ne jouait plus de guitare. Myriam n'aimait pas savoir qu'il avait des seringues dans sa trousse Mitsubishi.

Chaque semaine, il sortait une moule du tupperware expérimental qu'il gardait au frigidaire et il la disséquait sur leur planche à découper Smååta avec un scalpel. Ça sentait chaque fois plus mauvais. Il faisait des prélèvements minutieux, tapait du poing sur le comptoir, sacrait entre ses dents. Une fois, il a pleuré.

— Ce n'est plus juste de la science si tu pleures, a observé Myriam.

La dernière moule avait laissé dans la maison une pestilence. Frédéric jurait qu'il pouvait passer par-dessus ça, mais, au moment de la dissection, Myriam avait été témoin des spasmes de sa gorge et de son œsophage, des bruits de vomissement qu'il faisait sans que rien ne remonte. L'odeur, depuis, était partout : entre la peinture et les murs, entre les fibres des rideaux, dans la bourrure des meubles, dans les pores de leur peau. Et ce n'était pas demain la veille qu'ils pourraient ouvrir les fenêtres.

— Pourquoi tu vas pas à Baie-Trinité. C'est ça, d'habitude, qui te fait du bien, avait-elle suggéré à mi-voix devant des boulettes à la gelée de graines rouges.

Ce qu'il ne lui disait pas, c'est que chaque nuit il faisait un cauchemar où l'entremétier lâchait à ses trousses son ours prénommé Grognon. Il ne lui avait pas parlé de ça. Elle dormait cette nuit-là, très dur, et ne s'était pas réveillée. Il ne voulait pas l'effrayer. Cette affaire d'ours, oui, ça lui semblait un crisse de gros taureau à prendre par les cornes.

Même si le crabe allait bientôt commencer, il faisait moins vingt-cinq le jour où Goyette, sur son ski-doo, s'était finalement déniaisé. Il allait faire une visite impromptue au lac Cléophas. Son col roulé absorbait mal sa sueur. Sur son parka, il avait sa carabine en bandoulière. Elle lui donnait du courage. En raquette, pendant le dernier bout, il avait l'air d'un biathlonien.

En arrivant à la cache de chasse grand luxe, il a caché l'arme sous la galerie. Saturne est venu répondre. Il avait maigri. Ses cheveux étaient plus gris, moins sains, très longs, toujours aussi frisés, cassants, beaucoup plus rares. Le tissu de sa robe de chambre verte n'avait plus rien de spongieux et il flottait dedans. On aurait dit que, sous son vêtement, il n'avait pas de corps, sauf au croisement de la taille où pointait – ça crevait les yeux – une érection surgonflée et quasiment verticale.

— Go-yette ! l'a accueilli Saturne d'une voix pleine d'entrain, mais éraillée.

— Je te dérange ? a demandé Goyette en se retenant pour ne pas montrer du doigt le sexe de son hôte.

— Non. Viens. Entre. Enlève ton manteau.

Il faisait chaud à l'intérieur. En suivant Saturne du vestibule à la cuisine, Goyette a jeté un bref regard vers la pièce de vie pour s'assurer de l'absence d'ours. Il a alors vu beaucoup, beaucoup de peau. Il s'est retourné avant de pouvoir en distinguer les formes.

— Je me souviens de toi, vieux caféinomane. T'en veux ? a offert Saturne en le guidant vers le percolateur.

— Avec plaisir.

Saturne, de dos, a laissé d'un coup tomber sa robe

de chambre. Il n'avait plus vraiment de fesses, que de vagues voussures en haut de ses cuisses où paraissaient ses fémurs. Dans le métal du percolateur, il avait toujours l'air d'un Giacometti, mais on ne connaît pas à Giacometti de *Priape*. Saturne s'est retourné avec un bock plein de café pour Goyette. Son gland était lisse et brillant, manifestement près de l'éjaculation.

— Garde ton linge si tu veux. Ici, ça fait longtemps qu'on n'en porte plus.

Le laissant en retrait, spectateur, Saturne s'est avancé dans la pièce de vie. Sur le récamier, le garde-manger pénétrait avec vigueur la première commis pâtissière. Les deux haletaient. Les autres regardaient en se masturbant quatre ou cinq petits coups de temps en temps. La sommelière faisait un somme. Moins jeune, le chien lapait de l'eau avec lenteur dans son coin. Il y avait sur une table basse un monticule de la poudre qui n'éblouissait plus qu'un peu Goyette. L'entremétier avait appris à en préparer des doses sans regarder. Il tendait de temps en temps des seringues aux autres, enroulées dans du ruban adhésif noir. On se shootait non-stop.

— Toi, là-bas, a interpellé le rôtisseur, veux-tu te faire sucer ?

— Euh… non, a bredouillé Goyette, surpris d'être le choix du rôtisseur.

— Même si on fait ça ensemble ? a érotisé la sommelière les yeux mi-clos.

— Non… Non merci, a hésité un peu Goyette.

Son litre de café fini, Saturne s'est annoncé :

— Saturne s'en vient.

La première commis pâtissière s'est tournée pour offrir ses fesses au garde-manger. Saturne s'est avancé vers eux, devant le petit auditoire, en se masturbant de plus en plus vivement, en demandant à qui le voulait bien de le finir.

— Attention ! a-t-il averti.

Il s'est mis à grogner. À un moment, il a eu un air christique. Il allait venir. Il a interrompu son mouvement pour poser sa main à la base de son pénis, qu'il tenait fermement. Alors, tous ont tourné la tête. Goyette s'est dit qu'ils devaient être habitués. Saturne a éjaculé six bons jets sur les fesses de la fille et le ventre du gars, qui détournait lui aussi la tête. Son sperme, comme la poudre, éblouissait un peu Goyette.

— Heille ! s'est ressaisi Saturne, t'es capable de voir ma dèche !

— Euh. Oui... Oui. On peut dire ça, oui... En effet... je la vois.

— Coudonc ! Juges-tu notre mode de vie ? allait s'emporter Réginald Lelarge.

— Nonon ! C'est juste... J'aimerais peut-être te parler dans une pièce à part.

Saturne a essuyé son gland avec un kleenex et il a lancé la boîte au garde-manger qui l'a saisie d'une main agile en le remerciant. Pour que Goyette change de face, il a remis sa robe de chambre verte, puis l'a guidé vers une autre pièce, plus petite : la bibliothèque. Des rayons de livres et de vinyles couraient tout autour, jusqu'au plafond. Il y avait une nette prédilection pour les romanciers russes et les biographies de groupes de métal des années quatre-vingt. Plusieurs de ces biographies étaient en suédois, a constaté Goyette avec surprise en jetant un œil au dos des livres. Ils se sont assis dans de petits fauteuils studieux. Une fenêtre donnait sur des épinettes chargées de neige.

— C'est quoi, tes dents ? n'a pas perdu de temps Saturne.

— Tu le sais, a présumé Goyette.

— L'ours ?

— Non.

— Djipi ?

— C'est qui ça, Djipi ?

— Le gros qui prépare les doses dans le coin.

— Oui. Oui, c'est lui, a affirmé Goyette, loin du ton de l'accusation.

— Bon… O.k., cherchait quoi dire Saturne.

— Non. Dis rien. Moi, je vais te dire : vous êtes tous dépendants à la poudre irregardable…

— On n'est pas dépendants, c'est juste que ça nous fait baiser comme des dieux. Ici, c'est rendu un Olympe sexuel.

« Rien de moins », s'est retenu de dire Goyette.

— Et c'est la poudre qui vous rend comme ça…

— Hum, a opiné Saturne.

— Et vous en avez manqué, alors vous avez décidé de me menacer pour que je vous en donne.

Saturne avait un air indéchiffrable : las, post-orgasmique, embarrassé, vaguement décérébré. Il a inspiré très profondément. Goyette voyait ses muscles intercostaux se creuser par l'ouverture de la robe de chambre. Saturne allait bientôt mourir, il en était convaincu.

— Saturne ! l'a-t-il rappelé à la vie.

— Oui. Bon. On a voté. On a donné le mandat à Djipi de prendre tous les moyens nécessaires pour avoir de ta poudre. On pensait pas que ça irait jusque-là. Sérieusement, Frédéric, je m'excuse. J'aurais honte si j'étais pas en érection continuelle.

Goyette avait l'impression de ne pouvoir s'empêcher de sourire, mais dans son visage insondable, comme d'habitude, rien ne paraissait.

— Tu sais. Je te l'ai déjà dit. Je veux juste comprendre. Je travaille pas pour la police. Je porterai pas plainte non plus…

— T'as plus rien à craindre, a tenté de le rassurer Saturne.

Goyette a gardé le même air. Il n'avait pas vraiment compris parce qu'il cherchait trop quoi dire.

— Je comprends, a-t-il quand même tenté, avec toute la poudre que le Japonais vous a apportée…

— Bien c'est ça ! s'est fait enfirouaper Saturne.

— Quand est-ce qu'il est passé ?

— Il y a une semaine environ. Il en avait une caisse pleine. T'as probablement déjà essayé ?

— Non.

— Franchement, tu sais pas ce que tu manques. T'essaieras avec ta blonde. Tu m'en donneras des nouvelles. Veux-tu d'autre café ?

— Oui. As-tu du fort aussi ?

— Certain. J'ai du Louis XIII. Si t'es plus scotch, j'ai du Lagavulin 1976 trente-sept ans.

— Euh... As-tu de l'aquavit ?

— Aquavit ? Oui. J'ai la Krogstad et la Linie.

Saturne est allé chercher deux carafes thermos de café, une bouteille de Linie et deux verres tulipe. Ils ont bu en silence, par petites gorgées rapprochées. Goyette a parlé de sa passion pour l'aquavit et Saturne de la sienne pour tous les alcools.

— Je peux te poser une question un peu plus indiscrète ? s'enivrait Goyette.

— Là, tu veux parler de ma dèche...

— J'ai de la misère avec ce mot-là. C'est très vulgaire.

— Quoi alors ? Mon foutre ?

— C'est déjà mieux... Dis... Ça fait longtemps ?

— C'est depuis la poudre. C'est ben manque un genre d'effet secondaire...

— Ça doit quand même pas être commode, se faisait amical Goyette, je veux dire... la première fois... t'es probablement resté bête.

— Bien, j'étais pas trop surpris. J'ai déjà vu ça.

— Où ?

Saturne a hésité un instant, puis, après s'être versé un plein verre d'aquavit qu'il a bu d'un coup, il s'est mis à parler. Cela remontait au voyage étrange qu'il avait fait au Japon avec Robert. C'était juste avant que les Pêcheries connaissent leur croissance stratosphérique, avant que Robert devienne un membre en vue du Québec inc. Ils étaient à Tokyo pour négocier le gros contrat avec le Conglomérat. Là-bas, Saturne s'était vite fait des amis. Du bon monde, mais, rétrospectivement, du monde un peu louche. Ils s'étaient mis à visiter les *soaplands*. Un soir, par accident, Saturne avait vu éjaculer un gars qui s'appelait Ito et son sperme était comme ça. À sa vue, le cou se tordait seul, comme si quelqu'un t'allumait le soleil direct dans la face. Les filles du *soapland* étaient habituées et elles tournaient la tête aussitôt que le gémissement d'Ito changeait de registre.

— Tu pourras pas dire que je bloque ton enquête, a conclu Saturne.

— C'est quoi un *soapland*?

— Un *soapland*, c'est un paradis sexuel. Une coche en dessous d'ici.

— Et, lui, Ito, as-tu son prénom?

— Non. Ça peut aussi bien être ça, son prénom.

— Peux-tu me le décrire?

— Oui.

Goyette a essayé de se faire un portrait-robot mental en l'écoutant. Ça ne donnerait sans doute pas grand-chose.

Ils ont continué de boire. Saturne s'est éclipsé un moment pour aller s'injecter de l'ontotoxine. En revenant, il était à nouveau bandé comme un chevreuil.

— Je te retiendrai pas longtemps, a dit Goyette avec un sourire entendu qui ne paraissait pas. Mais ça se peut que ça ne se soit pas rendu ici: sais-tu ce qui est arrivé à Louis Berthelot?

— Le frère de Sar'h?

— Oui, lui.

— Non.

— Il est disparu l'été passé, tu savais ?

— Oui. Ça me revient. Il s'est suicidé parce que sa femme a viré lesbienne.

— Bien, finalement non. Il est réapparu, aux Pêcheries, sur la chaîne de congélation, une bonne nuit cet hiver.

— Hein ! s'est étonné Saturne en essayant tant bien que mal d'enfouir son membre dans sa robe de chambre.

— Penses-tu que ça peut avoir rapport avec quoi que ce soit ?

— Tu veux dire… Il est réapparu, juste comme ça. Pop ! a fait Saturne en faisant claquer dans sa bouche en cœur le bout de son index comme un bouchon de champagne.

— J'étais pas là, mais c'est ce qu'on me dit.

— Ouh ! Oui. Oui. Ça me dit quelque chose. Faudrait que t'en parles à Robert par contre.

— Vas-y !

— Faudrait vraiment, vraiment que t'en parles à Robert, Frédéric. Je peux pas te le dire.

— *Come on !* Qu'est-ce qui s'est passé ?

— Au Japon. Dans un *soapland.* La même chose. Avec une fille.

— Une fille est apparue ?

— Non, disparue, a précisé Saturne qui, d'impatience, commençait à se frotter discrètement. Je peux pas t'en dire plus. Demande à Robert. Il était là.

25

La nuit des scies (un sédiment)

Depuis la mi-février, Mori disait souvent à Laurie que de toutes les émotions, l'hésitation est celle qui caractérise le mieux l'humain. Les prédateurs chargent, les proies fuient ; les humains hésitent. Laurie l'avait répété à Suzanne.

— C'est tellement vrai. Qui a écrit ça ?

— Un sage japonais.

— Un que je connais ?

Mori disait aussi que c'était pour cette raison, et pour aucune autre, que les humains attendent le printemps avec une telle impatience. Le printemps peut être froid, mais on souhaite quand même qu'il vienne. C'est qu'il atermoie, nous les gèle jusqu'à ce qu'on craigne sa fourberie et finit ça avec oiseaux et floraisons à douze beaux degrés. Il hésite, donc. Et si l'on voit en lui une source d'espoir, c'est qu'il prend toujours la bonne décision.

Laurie savait que sa tante n'allait pas bien : toutes ses détresses, elle les vivait d'abord par le corps. Elle s'empiffrait et priait comme on danse. Elle avait montré à Laurie un tableau Excel imprimé sur quatre pages. Il y avait des prix maximum payables pour toutes les espèces. Crabe des neiges : 1,20 $ la livre ; 1,60 $ pour la qualité *premium*. Suzanne pensait aux chèques d'aide sociale, aux familles des pêcheurs qui ont le droit, comme tout le monde, de manger de temps en temps autre chose que du bigorneau.

— Ton père, c'est un homme bon. Mais, partout où il regarde, il voit juste des chiffres. Ta mère aussi, c'est une personne juste, mais à force de se faire regarder comme un chiffre, elle en est devenue un.

— Est-ce qu'ils savent que je suis ici ?

— Qu'est-ce que t'en penses ?

— Je pense que oui, mais qu'ils s'en foutent, faisait la lippe Laurie.

— Est-ce que ça t'adonne de penser que c'est parce qu'ils savent que t'es ici qu'ils peuvent s'en foutre ?

Personne ne se campe autant dans le printemps, ne suit ses hésitations avec plus de sympathie, qu'un pêcheur de fruits de mer. Sur la Côte-Nord, ils étaient quelques centaines. En tant que président de leur association, il revenait à Serge Cabana, dit Hercule, de décider de la date du début de la pêche. Les trois dernières années, elle avait pu commencer à la troisième semaine de mars, mais cette année, la mer et les assemblées syndicales étaient houleuses. Des groupuscules se formaient, unis par des promesses de grabuge. Les homardiers et les crevettiers voulaient négocier et se faisaient dire que, mineurs d'or, ils devaient tenir compte des autres qui minaient de la marde. Il faisait froid aussi. L'entrée au quai de Baie-Trinité était hasardeuse ; à quelques quais secondaires – Baie-Johan-Beetz, Tête-à-la-Baleine, Rivière-aux-Graines –, elle était impraticable. Les crabes, quand mars est froid, perdent facilement leurs pattes, donc leur valeur.

La dernière fois qu'Hercule était allé chez Suzanne, il bougeait plus fort son bassin. Il se montrait moins affable et il y avait de l'empressement dans ses gestes, de la frustration mal contenue. Suzanne s'était sentie drôle en dedans. Il lui serrait les seins avec la même pogne que d'habitude probablement, mais, cette fois, c'était trop fort. Elle ne l'inviterait plus, lui avait-elle dit. Le temps, du moins, que ça se tasse. Et il avait compris. Il était parti en disant espérer ne pas y être allé trop fort. Suzanne avait des amants plus doux, mais, non, eux non plus, ça ne lui tentait pas, vraiment pas.

À Baie-Comeau, Myriam et Frédéric ont finalement pu ouvrir les fenêtres de leur maison une journée où il faisait sept et, comme à chaque année, hisser le fleurdelisé en avant en se rappelant l'un l'autre à quel point ça avait passé proche en quatre-vingt-quinze. La neige fondait par gros placards dans leur cour face au fleuve. La pelouse sortait, jaune. L'odeur de mollusque en putréfaction continuait de régner, mais on s'habitue à tout. Quand elle travaillait à la garderie, il arrivait souvent que des enfants rappellent à Myriam, dont le nez l'avait oublié, qu'elle puait.

Ils ont installé la table à pique-nique de façon à voir le fleuve et se sont servi, elle, une bière forte, lui, un verre d'aquavit en bras de chemise. Sauf pour ses dents, Frédéric était guéri. Il ne restait qu'une moule à ouvrir dans le frigidaire, mais en cette moule il fondait beaucoup d'espoir.

— Il va y avoir quelque chose, je n'aurais pas fait ça sinon.

— Tu sais, dans la vie, on fait le plus souvent des choses qui donnent rien, lui a rappelé Myriam. Au moins, fais ça dehors cette fois. Puis mets donc du linge de peinture.

Myriam est allée lire sur le patio. En contrebas et en salopette, Goyette s'est exécuté à la table de pique-nique. Avec le bout du scalpel, en épargnant la charnière où étaient soudées les deux moitiés de la coquille, il a incisé sur toute la longueur le ligament de conchyoline qui les tenait fermées. Une odeur infecte s'est mise alors à tourner dans le vent de terre mouillée. Goyette a rompu les deux muscles adducteurs en tentant de dominer son réflexe nauséeux. Il a ouvert le manteau, sorte de poche diaphane qui entoure le corps de l'animal. Les branchies, pas mal décomposées, n'avaient rien d'anormal. Il a coupé le pied musculeux brun, lui aussi presque dévoré par la putréfaction, et il a disséqué les branchies. Tout le système nerveux de la moule était d'une couleur dont il n'avait avant ce moment eu que le pressentiment. La glace de son rêve où étaient prises aux chevilles des femmes nues est réapparue dans sa tête, claire comme jamais, d'une couleur pure et inédite : celle-là. Il a cligné des yeux plusieurs fois. Il a eu un cri étrange, d'abattement et d'exultation.

— Qu'est-ce qu'il y a ? est apparue Myriam à la balustrade du patio, une pince à linge sur le nez.

— Viens voir.

— Euh… Non, a-t-elle nasillé.

— Oui, viens voir, ça vaut la peine.

Parmi les replis charnus à moitié décomposés se trouvait un réseau plus clair, une figure. De petits cercles, millimétriques, reliés entre eux par des lignes étroites, minces comme du fil invisible. Le système nerveux de la moule, a pointé Frédéric avec le bout de sa pince de dissection. Il était d'une couleur qu'elle n'avait jamais vue.

— Wow.

C'est tout ce que Myriam pouvait dire. Wow. Wow. Wow. Wow. Puis :

— J'ai comme… J'ai mal aux yeux.

— Attends un peu.

Après dix secondes, elle s'était habituée.

— J'ai jamais vu ça, a-t-il menti.

— Qu'est-ce que c'est ?

— J'en ai pas la moindre idée.

Ils en ont pris des dizaines, mais la couleur n'apparaissait pas sur les photos : le système nerveux de la moule paraissait indistinct, peut-être transparent. Pourtant, ils s'en sont vite rendu compte, la couleur, même rare, remplissait leur imaginaire. Ils se figuraient sans peine un panneau stop de cette couleur, le ciel, un chat, un homard, un champ de blé, la lune, des épinards.

Suzanne n'avait jamais voulu de téléphone cellulaire pour deux raisons. Ils vous donnent, de un, l'Alzheimer et de toute façon, il n'y avait pas, de deux, de signal dans sa caverne. Au premier étage, il y avait un téléphone Sanyo beige de la fin des années quatre-vingt avec des touches carrées sur un fond brun, jaunies et rigidifiées par le temps. Le genre de téléphone qui ne sert qu'à dire aux autres à quel point on se fout du téléphone. Un fil en tire-bouchon reliait le combiné à son socle aux lignes droites. L'appareil a sonné au milieu de la nuit, plus de douze coups. Suzanne n'a rien entendu, car elle dormait en haut. Laurie a changé de bobettes pour aller répondre.

— Allô ? s'est-elle inquiétée parce que les bonnes nouvelles, c'est connu, peuvent attendre le lendemain matin.

— C'est Laurie ? a demandé une voix féminine après quelques secondes de silence.

C'était une voix synthétisée, sortie tout droit des mauvais haut-parleurs d'un ordinateur.

— Oui. À qui ai-je l'honneur ?

— Passe-moi ta tante, a produit la voix froide.

— Est-ce que c'est un appel anonyme ?

— Qu'est-ce que tu en penses ?

— C'est pas très habile. On va vous retracer facilement.

— C'est qui ? a demandé Suzanne, apparue en haut de l'escalier en robe de chambre diaphane. Les plis nombreux de ses cuisses et de son ventre paraissaient, sa touffe aux poils serrés aussi.

— C'est un appel anonyme, a bâillé Laurie en laissant transparaître un rien d'intérêt.

Suzanne a pris le combiné.

— Bon, est-ce que c'est Suzanne? s'est encore robotisée la voix.

— C'est quoi l'affaire ?

— C'est la nuit des scies, Suzanne. Tchèque ben demain.

Il y a eu un bref éclat électrique avant la tonalité. La machine avait raccroché.

Quelqu'un devait savoir qu'une assemblée officielle des actionnaires se tiendrait le lendemain dans les bureaux des Pêcheries. Il s'était formé, entre le Trou à Pierrot-Bacon et l'île du Tug, une armada de crevettiers, de homardiers et de quelques kayaks. À la faveur de la nuit, un détachement s'était séparé de la flotte sur le fleuve calme. La vidéosurveillance allait confirmer à Robert que ce commando entourait une chaloupe de choc, aux rameurs cagoulés. Munis de chainsaws, de haches et d'un harpon, ceux-là avaient détruit les butoirs de caoutchouc du quai. Les images du moniteur noir et blanc prendraient pour Robert une teinte orie, comme dans ces films teintés des années vingt et dans les rêves pigmentés que Laurie continuait de faire.

Saturne est arrivé beaucoup trop tard à la réunion, et Suzanne, beaucoup trop tôt. Les deux ont mis ça sur le dos du passage à l'heure avancée. L'avocat de la compagnie, dans un coin, regardait les nouvelles du sport sur son téléphone, content d'être payé à ne rien faire. Suzanne n'avait pas vu Robert depuis que Laurie s'était réfugiée chez elle. Pendant ces deux heures ou presque où leur frère n'arrivait pas, elle a eu le temps de faire la biographie de Robert Lelarge au complet, d'identifier dans sa vie tous les moments marquants où son portefeuille était passé avant son cœur, qu'elle a fini par qualifier de ratatiné, rabougri, cimenté, amorphe. Elle espérait qu'il soit encore capable de bander, a-t-elle dit, en osant ajouter qu'elle croyait que non, parce que ce cœur-là ne pouvait bien manque pas pomper du sang jusqu'à sa graine. Même l'avocat a plissé de la face.

— C'est facile, Suzanne, a rétorqué Robert, tu peux dire ce que tu veux. C'est moi qui prends toutes les décisions et, toi, t'en profites amplement, tu te vautres dans tes excentricités.

— Pourquoi t'es jamais capable de regarder un pêcheur dans les yeux ? lui demandait Suzanne quand Saturne est arrivé.

Robert avait mis tellement de gel dans sa chevelure qu'on aurait dit un casque satiné extrêmement cassant. Il avait de nombreux comédons. Plusieurs étaient nés au fond de ses cicatrices d'acné où ils faisaient une multitude de pointes blanches.

— C'est ici, l'assemblée ? a tremblé Saturne.

Sa maigreur maladive a surpris les deux autres. Chaque expiration semblait lui enlever un peu de sa masse, tendre sa peau sur ses os et exposer les tendons de son cou.

— Réginald ? s'est effrayé Robert.

— Présent ! a blagué Saturne avant de demander du café. Et pas une tasse, hein, je veux la pleine carafe.

La secrétaire venue pour rédiger le procès-verbal a attendu un regard d'assentiment de Robert. Comme il ne venait pas, Suzanne a dit qu'elle allait s'en charger, qu'un percolateur devait traîner quelque part. Le percolateur était dans l'armoire à balais, a répondu Robert, mais en s'adressant à la secrétaire.

Saturne s'endormait quand même. Quand il prenait la parole, on arrivait à peine à le comprendre. On lui renvoyait ses dires sous la forme de choix de réponse.

— Es-tu en train de dire que :

a) Tu veux vendre tes parts toi-même ?

b) Tu veux qu'on accepte l'offre de la banque d'investissement ?

c) Tu veux qu'on vende des actions en Bourse ?

— C'est quoi déjà *b*) ?

— On y reviendra ? voulait ajourner l'avocat.

— Mes parts…, cognait des clous Saturne, je les ai, je les garde !

— Moi, Robert, sérieusement, j'ai pas envie de t'aider. Je sais que tu es incapable d'amour, tournait le fer dans la plaie Suzanne.

— On parle pas d'amour, là, Suzanne.

— C'est à cause de Papa que ça s'appelle les Pêcheries Lelarge. Il t'aurait trouvé ridicule de ne pas faire de place à l'amour.

— C'est vrai, ça, a viré de l'œil Saturne.

Puis l'avocat a amené le prochain point à l'ordre du jour : le quai avait été vandalisé pendant la nuit. Les butoirs de caoutchouc avaient été détruits.

— Aucun débarquement ne sera possible avant trois jours, peut-être une semaine, le temps qu'on vous en vulcanise d'autres.

— À ceux qui voudraient sympathiser avec les pêcheurs, je dirai tout de suite que le délai va nous coûter deux à trois millions. Et c'est pas comme si ça pleuvait, les millions, ces temps-ci. Savez-vous au moins le cours du yen ? a anticipé Robert.

— Qui te dit que ce sont les pêcheurs qui ont fait ça ? l'a défié Suzanne.

— Bien là ! C'est gros comme le bras.

Il y a eu un bruit de sparadrap et Saturne s'est réveillé net, la bouche rondie par une surprise douloureuse. Il s'est dirigé vers les toilettes en marchant les jambes écartées.

— Tu vas juste pisser, là ? a vérifié Suzanne.

En fait, il avait collé sa bitte sur sa cuisse avec du Scotch Tape pour ne pas que son érection permanente ne paraisse et le montage venait de céder. Heureusement, il avait sa roulette de ruban de bâton de hockey dans la poche. Quand il est revenu, on parlait de la réponse appropriée à donner à l'affront de la veille.

— Ils ont scié les butoirs ?

— Oh crisse, Réginald. Arrive en ville, l'a invité au voyage Robert, les pêcheurs ont saboté le quai hier. On en parle depuis tantôt !

— Rien ne dit que ce sont les pêcheurs, a argué Suzanne. La présomption d'innocence, ça existe.

Saturne a regardé l'avocat avec égarement. Le type n'allait rien dire, mais les yeux de Réginald rondissaient trop.

— Ouioui, ça existe, a-t-il tenu à confirmer.

— J'ai vu les images des caméras de surveillance, s'est frotté les yeux Robert, la police nous dira bien assez tôt c'est qui. Hosties de cagoulés ! Ça en prend du courage pour faire ça…

— Pas la police, s'est rassis Saturne.

— Hein ?

— Les garde-côtes. Les crimes que tu fais sur le fleuve sans toucher terre, c'est le domaine des garde-côtes, a momentanément débuzzé Saturne, c'est fédéral.

— Ben tabarnac, ça va prendre des siècles ! a aussi débuzzé Robert.

— On ferait mieux de laisser faire. On en a pour une semaine maximum. Les garde-côtes, ils ont autre chose à faire, a supposé Suzanne.

— Comme quoi ?

L'avocat agitait son gros index sur le pavé tactile de son portable avec l'empressement d'un gars qui n'a jamais été très fort en droit maritime.

— C'est de valeur, au fond, car je m'apprêtais à

être très généreux avec les pêcheurs, s'est enorgueilli Robert d'un ton royal.

— Toi, généreux ? a répondu on-sait-qui.

— Je ne crois plus aux tarifs fixes, au modèle du XXe siècle où l'entrepreneur prend tous les risques et où les employés et les fournisseurs encaissent des paiements stables et assurés, s'est mis à théoriser Robert alors que, devant lui, Saturne bavait, et commençait à ronfler, mais en gardant les yeux grands ouverts. Non, moi, je veux abolir l'opposition entre les Pêcheries et les pêcheurs et, même, à long terme, l'opposition entre les Pêcheries et les gars des Pêcheries, et les filles des Pêcheries. Baie-Trinité, c'est petit. On ne peut pas dire le contraire. Et le seul moteur économique du village, ce sont les Pêcheries. Il faudrait rendre quelque chose aux travailleurs. Il faudrait que chacun puisse voir l'usine, de sa rue ou de son bateau et se dire : « Ça, ce building-là qui met du pain sur ma table, bien c'est à moi aussi. »

— Je te vois venir, l'a coupé Suzanne.

— Les pêcheurs acceptent de diminuer les tarifs de trente pour cent. Pas juste pour la saison, mais à long terme. En échange, on donne à leur association dix pour cent de nos actions chacun.

— Donc, la compagnie appartiendrait à quarante-six pour cent à Robert et à dix pour cent à l'association des pêcheurs. Réginald et Suzanne, en cédant dix pour cent de leur propre participation aux pêcheurs, garderaient chacun vingt-deux pour cent de la compagnie, a avocassé l'homme de toge pour rappeler la structure de propriété des Pêcheries Lelarge à ceux, comme Saturne, qui auraient pu l'oublier.

— Ouais, ça va, a aussitôt fait Saturne.

— Oui. C'est quelque chose que pourraient accepter les pêcheurs. Bravo, Robert, a dit Suzanne sans ironie.

— Comme ça, à l'avenir, ils pourront pas saccager nos installations sans saccager un peu d'eux-mêmes.

On ne pouvait pas appeler ça une lune de miel, mais France et Robert avaient eu des jours heureux après avoir crissé Laurie à la porte. Libérés, ils avaient passé des soirées à manger des fruits de mer en trouvant mille excuses complaisantes à leur geste (« non, ce n'est pas de l'abandon, elle est avec Suzanne maintenant, ça lui ira mieux », « toute adolescence est une séparation, la sienne n'aura été que plus brutale », « de toute façon, elle nous a voulus hors de sa vie dès qu'elle a eu six ans », « il peut être bon de brûler les ponts et puis, on garde quand même un œil sur elle ») et à faire l'amour. Robert avait passé moins de temps dans son bureau. France aimait qu'il s'assoie près d'elle sur le sofa quand elle lisait. Elle ne s'était jamais mise à croire qu'il s'en remettrait, mais, plus il semblait l'aimer, moins il semblait déchu. Lui avait eu un surcroît de désir et ça le surprenait. Il lui était arrivé de la trouver belle quand France ne faisait pas attention et marchait dans les couloirs du presbytère enroulée dans une serviette blanche. Des images de son sexe, la sensation réactivée de sa queue s'y enfonçant surgissaient alors dans sa conscience. C'était grand-chose : il n'avait pas pensé comme ça depuis quelques décennies.

Ça avait duré deux semaines, peut-être trois.

La soirée où ça avait fini, nu sur le sofa, Robert avait parlé à France d'une autre commande refusée par le Conglomérat des teintes, couleurs, pigments, mollusques et crustacés d'Isumi, parce qu'il n'arrivait pas à la lever et qu'il pensait que c'était à cause de ça. France avait senti naître en elle une peur, comme une grosse bille caustique entre son nombril et la pointe de son sternum. La peur s'était mise à grossir. Robert, lui, s'était mis à pleurer à grands sanglots sonores.

France lisait un roman sur la vie dure d'autrefois quand Robert est revenu de son assemblée spéciale ce samedi-là. En entrant, il a ôté son survêtement de nylon des Pêcheries. Il y avait des océans de sueur aux aisselles de sa chemise bleue à fines rayures.

— J'espère que t'as pas enlevé ton coupe-vent devant Suzanne et l'avocat.

— Nonon.

Leurs regards se sont croisés et, pour France, ça a été clair tout de suite : il avait encore été défait.

— C'est comme tu m'avais dit... Le partenariat avec les pêcheurs ?

— Oui. Dix pour cent... Pas si mal, a estimé Robert.

— T'as encore perdu, l'a mordu France en regardant par-dessus ses lunettes.

— Perdu quoi?

— T'as finalement accepté de ne plus être majoritaire. C'est qui ton connard d'avocat?

Robert est allé droit à son bureau. Il n'a pas crié de chiffres en anglais.

En fin de soirée, il est réapparu pour se servir une assiette de macaroni chinois aux petits pétoncles.

— Mon connard d'avocat, il travaille pour mettre les parts de Réginald en tutelle. T'aurais dû le voir aujourd'hui, le Saturne… Gelé comme une balle… Je sais pas sur quoi… Le contrôle, je le garde. Je veux que ce soit très clair pour toi. Car ça l'est pour moi. C'est que je peux pas tout te dire.

Robert s'est approché. Sur la table de la cuisine, il a aperçu deux sachets vides de millefeuilles Vachon. France en avait un dans la bouche.

— Tu peux pas juste partir comme ça, Robert. Te cacher toute la journée. Ça se fait pas. Je me suis retenue pour pas appeler chez Suzanne au cas où Laurie répondrait. Ça a plus de bon sens, a fondu France avec des miettes de pâte feuilletée.

— Voyons, France!

— Tu disais rien. Tu faisais pas de bruit dans ton bureau. Qu'est-ce que tu faisais? J'ai pensé que tu te suicidais. Que tu partais comme ça, doucement. Je me suis retenue pour pas aller ouvrir la porte. Vraiment, je m'attendais à te trouver mort. Puis, d'un autre côté… c'est affreux… Je m'en veux de penser ça, parce que je suis pas capable de me convaincre que ç'aurait été une mauvaise chose.

neuvième intermède

LE COUTEAU

Début avril, le fleuve a des éclats métalliques pas trop bleus. La neige fond par ordre de saleté, de la plus blanche à la plus sableuse. Amoncelée, elle ouate le sable où chaque marée accélère sa fusion. La batture s'en trouve doublement mouillée, presque acajou. Il fait encore froid.

C'est la pêche aux clams et l'estran est constellé de leurs trous respiratoires, pores dans la plage. À marée baissante, on peut les voir percer comme des milliers d'actes de présence.

On sort la pelle. On se dit que ce sera facile et, la plupart du temps, ça l'est. Il suffit d'un coup de bêche et on extirpe l'animal. On le mange.

Parfois, rien ne se passe comme prévu. Une dizaine de trous rapprochés laissent croire à une grappe. Le pêcheur du dimanche espère de la pelle un coup triple et ne se gêne pas pour en envisager, de l'esprit, un quadruple. Il n'y a rien. On se reprendra ailleurs. Sauf si l'on est un professionnel ou un Marocain. Dans ces cas, on sait à qui l'on a affaire : une proie plus rare, plus coriace même sous la dent : le couteau.

Son nom scientifique, *Ensis directus,* veut dire « lame droite » et le décrit bien : coquillage de la longueur et de la forme d'une lame de poignard, à la surface d'émail kaki d'où se détache une couche superficielle plus ivoirée, faite comme un ongle. Même s'il est mort, sur la plage où un goéland l'aura mangé, sa coquille entamera sans peine le pied distrait.

Les couteaux rompent la continuité. Ce que l'intermède fait dans le temps, ils le font dans la matière.

Quand survient l'ombre de la pelle du pêcheur de clam, le couteau a un réflexe de fossoyeur qui le sauve. Il se terre. Il creuse plus vite que l'homme. C'est à la ruse qu'il cède : les Marocains ont appris à déposer dans les trous où leur pelle ne trouve rien une pincée de sel. Il faut attendre un peu, le temps que le sel descende dans le trou. Prosaïquement, on dira que ça fait suffoquer le couteau et qu'il remonte à la surface pour trouver un milieu moins aride. Là, on n'a besoin que d'un gant de travail épais pour le saisir. Poétiquement, on dira qu'il se croyait en sécurité : il aura pris une seule pincée de sel pour toute la mer. Non, il n'est pas seul à faire ça.

Cuit, c'est un cylindre blanc viandeux comme un bourgot, gros comme l'auriculaire de n'importe quel humain moyen : Laurie, par exemple. Le couteau droit, espèce américaine, envahit depuis les années soixante-dix les côtes européennes, où il supplante l'espèce locale : le couteau arqué. La demande internationale est quasi inexistante (le couteau s'exporte littéralement tout seul) et les Pêcheries ne fournissaient en couteaux que quelques restaurants du Québec. Les Marocains avaient pris l'habitude d'en cacher sur eux. C'était une façon peu coûteuse de rendre le couscous de poisson plus consistant. Revenu à la poêle simplement, au beurre, avec un peu de citron et d'ail, du sel, c'était bon aussi. Certains l'accompagnaient de bière.

Dans les rêves de Laurie, et dans ceux de France et de Robert aussi, mais pas dans ceux de Florence, un couteau remplaçait souvent l'autre. Beaucoup de rêves se bâtissent par homonymie.

Depuis l'été, dès lors qu'elle a su identifier les petits chocs qui parcouraient son corps quand Mori rêvait d'elle, Laurie n'a plus osé se pincer, jamais.

Ses rêves avaient changé, surtout de couleur. La réalité aussi avait changé. Laurie comprenait bien le truc du pincement : dans le rêve, le ressenti engendre l'acte, il ne peut donc y avoir de pincement douloureux, que des douleurs qui deviennent pincement. Se pincer, dans un rêve, sert à faire ployer la logique du rêve. Ça l'anéantit.

Quand Laurie prenait un couteau, c'était pour couper quelque chose ou pour le manger. Si elle prenait un couteau dans un rêve, c'était qu'une chose était coupée ou que survenait un événement dont la cause était qu'elle avait mangé un couteau. Le jour, l'esprit de Laurie existait dans un univers où le cours du temps associe d'une façon les causes et les effets. Le rêve, où tout ça s'inverse, lui semblait nécessaire à l'harmonie de l'univers et à l'équilibre mental. Le mécanisme de l'esprit, avait-elle expliqué à Mori, a besoin pour bien fonctionner de fonctionner à l'envers quelques heures par jour.

— 当たらずといえども遠からずだ.

— Hein ?

— « Pas loin de la vérité », a traduit Mori.

— Comment ça ? C'est ce que vous croyez aussi ?

— Je ne pense pas qu'il s'agisse d'une question de croyance, s'est un peu fermé Mori. Votre théorie suppose qu'il y a la réalité et le rêve. Comment êtes-vous certaine que lorsque vous ne rêvez pas, vous êtes dans la réalité ?

— Ici, les lois de la physique s'appliquent.

— Toutes ? a socratiquement chuchoté Mori.

Laurie lui a jeté un regard rond. Des nuages sont passés dans ses iris, puis ses yeux se sont mouillés.

— Ici, les lois de la physique s'appliquent à tout sauf à la couleur de mes sous-vêtements, a-t-elle précisé.

— Je vous avais dit de ne pas me le dire.

Les choses qui n'existent pas n'ont pas de nom. Il faut pour en avoir un exister assez, être envisageable par une masse critique de personnes. Les noms des choses sont de vieilles blagues d'ancêtres, mais toutes les blagues d'ancêtres parlent surtout des ancêtres. Sur la plage, la coquille du couteau a l'air du couteau, mais le couteau est un animal, comme l'humain. Son nom parle aussi de l'existence qu'ils partagent.

Si Laurie n'osait plus se pincer, c'est qu'elle remarquait de plus en plus qu'il existait dans la réalité des zones différentes, comme des bulles où les effets menaient aux causes, où la logique du rêve prévalait. Dans d'autres bulles, plus nombreuses, les causes et les effets rebondissaient, se frottaient et se mélangeaient : on retrouvait un peu des effets dans les causes et un peu des causes dans les effets. Sournois, le langage était comme ça. Se pincer devenait un geste beaucoup trop binaire : superflu au mieux, dangereux au pire.

Fuir, se terrer, se cacher, se faire oublier, s'en aller, partir : ce que les couteaux font, c'était ce que Robert sentait qu'on attendait de lui et il ne pouvait s'y résoudre. Si on lui avait dit que les Marocains cachaient des couteaux dans leurs vêtements de travail, il aurait sorti sa.30-06.

Animaux ou objets, les couteaux sont dans la cuisine, ou bien ils sont cachés. C'est quand ils sont cachés qu'ils vivent.

Alors, ce couteau dans le tiroir du bureau de Robert Lelarge était-il une arme ou un fruit de mer ?

26

Gradateurs, rhéostats et astres lumineux

Sédiment : les alluvions dans la vague de seize heures dix-sept avaient transformé le sable et l'eau en ontotoxine irregardable. Cage : éjaculer toute sa vie du sperme qui fait tordre le cou aux autres, il y a là quelque chose de l'enfermement pour l'homme.

« Ce sperme est-il fécond ? » avait noté Goyette avec un crayon HB court mal aiguisé sur une feuille blanche. Il traçait de grosses lettres indéchiffrables, avec le trait incertain du sismographe. Il faisait nuit et quand sa main avait une crampe, il la reposait en faisant alterner gorgées de café et d'aquavit.

Chance : la couleur, avait-il souligné trois fois en se disant que, oui, c'en était probablement une câlisse.

Pli ? L'intérieur d'une moule n'en manque pas.

Machinalement, Goyette a sorti l'éprouvette d'ontotoxine de sa gaine de plastique noir. C'était comme regarder une pincée de sel maintenant. Pour se convaincre que c'était bien en lui que quelque chose avait changé, il montrait souvent la poudre à Myriam. Elle avait développé un réflexe pavlovien : son cou commençait à s'arquer à la simple vue de l'étui. Goyette avait eu peur pour son propre sperme un moment, mais, non, ça allait.

Il s'était muni d'un grand tableau blanc qu'il avait fixé au mur du fond et qu'occupait presque entièrement un diagramme, avec un système compliqué de formes géométriques, de pointillés, de renvois spatiotemporels. En rouge, couleur des hypothèses envisageables, se détachait un réseau plus central :

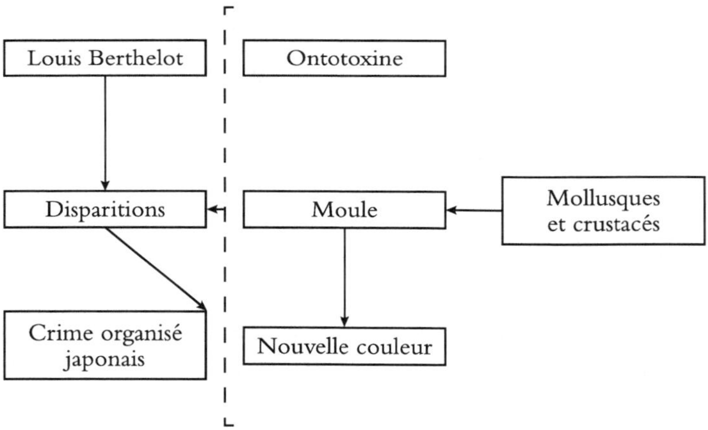

Au fond de la moule disséquée sur la table à piquenique, la couleur avait persisté dix-sept heures. Après, franchement, il fallait se l'imaginer pour la voir. Mais se l'imaginer, autant pour Goyette que pour sa blonde, était presque trop facile. Un peu de cette couleur subsistait dans leur cerveau.

« Où existent les couleurs ? » a noté Goyette sur sa

feuille. C'était la nuit et sa pensée était naturellement attirée vers ce genre de question.

Mori Ishikawa (石 川 森)

Goyette devait toujours refaire la portion du diagramme autour de la case qui représentait Mori. Trop de liens y confluaient. La nuit, il le détestait, son diagramme qu'il passait des heures à faire le jour. Il le regardait alors sans l'interpréter, ni même le lire, comme il regardait les toiles abstraites. C'est de la pensée pure, s'émerveillait-il. Quand il devenait saoul, il se rendait compte que son diagramme ne servait pas à grand-chose : peut-être seulement à passer le temps autrement qu'en allant à Baie-Trinité. Sa carabine était toujours à portée de main. Non. Plus jamais on ne l'édenterait.

Il a bu du café. Son regard s'est posé naturellement sur une case plus petite du diagramme, reliée seulement à la case tentaculaire de Mori.

Le Conglomérat

Il s'est demandé s'il devait faire un pointillé entre cette case et la case « crime organisé japonais », mais il s'est ressaisi, surmontant ce réflexe diurne.

— Qu'est-ce que je sais sur le Conglomérat ? s'est-il surpris à dire fort.

Ça ne lui arrivait pas souvent.

Bon, d'abord, c'était la compagnie qui avait envoyé Mori Ishikawa à Baie-Trinité. Elle avait fait centupler la production d'oursins du village. C'était une compagnie du Japon, d'Isumi, et son nom complet était quelque chose comme…

— Ben tabarnac !

Ça devenait une habitude.

Le temps de se demander quelle heure il était à Tokyo, de taper dans Google « Conglomérat des pigments, couleurs et crustacés d'Isumi », de se faire corriger par Google et de composer le 011-81-3-5555-0149, on lui répondait en japonais, d'une voix suraiguë qu'il sentait avec tout son corps, puis en anglais, avec professionnalisme.

— Parlez-vous français ?

— Fren-chi, a-t-on balbutié.

— Oui. Français.

— *I deepfully regret, Sir, to show our appreciation of your support in the English or Japanese language only.*

— *Well. O.k., may I speak with someone from the Human Resources department ?*

Goyette parlait anglais avec aisance, avec un accent plus américain que québécois. Une crispation, inhabituelle dans son visage constant, laissait toutefois paraître un profond embarras. Quand il parlait anglais, Myriam disait qu'il avait la même face que si on le contraignait à chier devant public.

Après vingt minutes d'interurbain dispendieux, on lui a confirmé qu'on ne connaissait aucun Mori Ishikawa. Robert Lelarge, lui, on le connaissait, mais aucun employé du Conglomérat n'avait été envoyé au Canada, encore moins à Baie-Trinité. On ferait des recherches. On le rappellerait dûment.

Bon. O.k. Là, c'était plus drôle pantoute. Un Japonais arrivé de nulle part rôdait depuis neuf mois à Baie-Trinité. En imposteur, il redéfinissait l'essence du monde comme seuls les imposteurs peuvent le faire. Et il rôdait aussi autour de Laurie. Une colère précise, pointue, a soudain parcouru le corps de Goyette à partir de ses testicules, faisant plusieurs petits cercles concentriques autour de chacun de ses yeux. Le soleil s'était levé. En haut, le son de la douche indiquait l'éveil de Myriam et sa nudité. L'envie vaguement criminelle de ne plus fuir prenait dans Goyette et atteignait sa face. Un rouge-gorge chantait dehors en finissant de picorer la moule disséquée sur la table de pique-nique. Goyette fixait le tableau blanc en plissant les yeux, mais le plissement était involontaire, dirigé par une volonté inconsciente. Il a reconnu cette contraction caduque imposée à ses muscles oculaires : il l'utilisait au milieu des années quatre-vingt-dix pour découvrir l'image de ces autostéréogrammes très populaires alors, oubliés depuis. Sensible, tout d'un coup, aux anamorphoses, son regard s'est mis à parcourir le diagramme. Un bref aperçu du vrai a surgi.

Goyette ne l'avait jamais senti comme ça, mais il s'était tout ce temps trouvé au point exact où l'histoire du monde s'apprêtait à déraper. Et il y avait une fille de dix-sept ans à protéger aussi. Oui, il avait une bouffée chevaleresque. Il est monté. Myriam était enroulée dans une serviette corail.

Après avoir mis un pied-de-biche et sa carabine dans le coffre de sa Volvo noire, Goyette s'est vêtu en noir espion. Personne ne reconnaîtrait sa voiture personnelle à Baie-Trinité ; il ne la stationnerait pas au quai. En d'autres circonstances, rendu à Godbout, il aurait entendu les Lois le vitupérer du fond des âges : « Dis-nous, Goyette, qu'as-tu en tête de faire ? L'œuvre à laquelle tu te mets comporte-t-elle de ta part un autre dessein que de nous ruiner, nous, les Lois, et, avec nous, l'État tout entier ? » Mais pas cette fois. Les haut-parleurs déchaînés de sa Volvo, plus puissants et minutieux que ceux du pick-up, le plongeaient dans *Three Falling Free, Part II*, le morceau charnel et posthume d'Esbjörn Svensson. Au loin, le ciel opaque laissait passer un rayon unique. Scintillement stellaire sur le fleuve presque noir.

Il est allé direct chez Mori. Pas chez Mori, d'abord, mais chez Louis Berthelot, prenait-il parti. Et pas vraiment là non plus, plutôt dans une rue parallèle, plus haut, d'où il pouvait, assis dans sa voiture stationnée, surveiller la porte et les fenêtres du Japonais. Mori est sorti au bout d'une heure. Il est parti dans sa Lincoln louée.

Tout est alors allé vite. Goyette s'est approché par

l'arrière à la course. De la plage, il a gagné le terrain herbu, encore mouillé, de Mori tout en surveillant les fenêtres des voisins avec ses jumelles afin de s'assurer que personne ne s'y pointait. Accroupi, il a forcé le coupe-froid de la porte arrière avec son pied-de-biche, puis il a donné du jeu au pêne. Il a fouillé les tiroirs de l'étage, cherchant surtout un passeport. Il n'y avait rien. La maison était vide. Tellement vide que son plan – prendre quelque chose pour laisser croire à un cambriolage – s'effritait. Il y avait des armoires remplies de riz et de thé, du poisson sur les tablettes dégarnies du frigidaire, des œufs dans ses compartiments à œufs, une caisse de bouteilles de sauce soya avec des timbres japonais oblitérés. Il y avait une télé sans valeur marchande sur le sol de bois. Sous le lavabo, il a finalement trouvé un petit coffre-fort qu'il a pris sous son bras. Puis il est descendu au sous-sol.

Wow. Wow, c'est tout ce qu'il a pu penser. Wow. Là, devant lui, s'étendait un mur de la couleur des mollusques. Elle recouvrait son imagination depuis qu'il l'avait vue, mais, sous ses yeux, pleine, pure, primaire et vive, maîtrisée, elle le prenait à témoin oculaire de son existence. Goyette n'a pas pu s'empêcher d'aller tirer les rideaux, juste un peu, pour que la lumière faible du jour frappe le bas du mur. Cela avait apaisé son adrénaline de malfaiteur, mais pas longtemps : un petit bruit l'a forcé à prendre la fuite par son effraction, avec le coffre-fort. C'était juste le vent.

Il n'a pas mis de musique en revenant. Il conduisait ou trop vite, ou trop lentement. D'une main, il avait agité le coffre-fort. Il devinait au bruit qu'il contenait un objet métallique assez lourd et d'autres objets métalliques plus petits, du papier aussi. Il devait souvent secouer sa tête pour voir l'asphalte de la couleur de l'asphalte.

Il a coupé le contact devant sa maison de la rue Champlain, à Baie-Comeau. Arrivée de la rue Laval, la Lincoln de location s'est immobilisée derrière sa Volvo. En reconnaissant le char, Goyette a crissé le coffre-fort sous les sièges arrière et l'a recouvert d'une couverture de laine, puis il est sorti. Mori s'avançait en tendant la main et en fléchissant le tronc.

— Monsieur Goyette !

— Monsieur Ishikawa.

— Je suis désolé d'arriver ici de façon si impromptue. Sachez que c'est uniquement la joie qui justifie mon empressement, a esquissé un sourire Mori.

— Euh, d'accord...

Goyette tentait de se placer entre Mori et la banquette arrière de sa Volvo afin de lui en bloquer la vue. Sa posture était tendue et maladroite, mais son faciès ne trahissait rien. Il avait encore ses vêtements d'espion.

— Me feriez-vous l'honneur de me recevoir quelques minutes pour un entretien.

— Vous voulez dire en dedans, là ?

— Oui, c'est ce que je veux dire, a lentement articulé Mori.

— Euh. Ça tombe mal. On va bientôt souper. Parfois, on dit qu'il y en a pour trois quand il y en a pour deux, mais pas ce soir, a prétexté Goyette en se repositionnant d'un mouvement qu'il voulait subtil. Quelle est cette joie qui vous emporte? a-t-il rehaussé sa grammaire.

— Vous avez été victime d'actes d'une inexcusable violence. Comme vous êtes un enquêteur très perspicace, vous vous êtes rendu compte que j'en suis partiellement responsable. Je viens vous dire que Réginald Lelarge et sa bande de toxicomanes ne vous importuneront plus.

— Et c'est ce qui justifie que vous veniez me le dire en personne?

Mori se tenait droit, un manteau court ouvert sur son cardigan noir, cardigan ouvert sur le col très raide d'une chemise blanche. L'attention de Goyette a été captée un instant par ces multiples couches. À la fenêtre, Myriam est apparue et s'est éloignée pour ne pas qu'on la voie.

— C'est une grande et belle nouvelle. J'ai cru bon de vous en faire part ainsi.

— Qu'est-ce que vous voulez? s'est braqué Goyette.

— Je l'ai déjà dit. Je veux que vous me fassiez l'honneur d'un entretien.

— Commencez par me dire comment vous avez réglé le problème!

Mori a regardé le ciel en espérant qu'il se mette à pleuvoir, mais c'était l'un de ces jours au ciel trop sombre pour la pluie.

— Vous devriez vous réjouir de ne plus vivre sous la menace. Je vous dirai simplement que les toxicomanes prennent parfois de drôles de décisions. Leur désir devient leur maître.

— Qu'attendez-vous de moi? s'est assombri Goyette. Je n'arrêterai pas d'enquêter. C'est hors de question. Jamais!

— Non. Je sais la curiosité tenaillante qui vous porte. Suivez-la. Continuez. Vous verrez: je n'ai jamais été, ne suis pas et ne serai jamais un vendeur de drogue.

Il y avait dans le ton de Mori des notes plus suppliantes. Après quelques secondes de confusion, Goyette a deviné ce que le Japonais avait pu penser.

— Et moi, je ne suis pas un flic.

— Alors, si je ne peux entrer chez vous, venez dans ma voiture. Je peux vous donner une brève vision de l'essentiel. Ensuite, vous retournerez enquêter. Mais je ne dirai rien de plus.

Goyette a attendu que Mori se retourne et il l'a suivi dans la Lincoln d'un pas précautionneux. Myriam s'est précipitée au sous-sol, afin de mettre la main sur la carabine de Goyette, mais la carabine était dans la Volvo. Elle est retournée hyperventiler à la fenêtre et sentir son cœur battre dans sa gorge.

Elles les a vus s'asseoir côte à côte sur la banquette arrière. D'une mallette, Mori a sorti un appareil, croisement entre une paire de jumelles et un attaché-case métallique. Il a invité d'un geste Frédéric à se mettre les yeux dedans. Pendant que son amoureux regardait à l'intérieur, elle a vu le Japonais lui dire un mot bref.

Puis, le visage plein d'expectative de Mori a laissé paraître une déception. Il a repris sa contenance avant que Goyette se tourne vers lui. D'un mouvement lent, celui-ci lui a rendu l'appareil et a ouvert la porte. Il est descendu et s'est éloigné en souriant. Son sourire clair et franc, édenté, profondément inhabituel, a bouleversé Myriam. C'était comme s'il se changeait en or. La Lincoln est partie rejoindre la 138.

— Ori ! a crié Goyette en rentrant.

— C'est quoi ça ?

— C'est la couleur des mollusques. J'y retourne en pick-up !

Il est allé mettre sa vareuse. Il a pris son véhicule de fonction. Même disque. Pas de gyrophare, même si son doigt s'est approché du piton. Il voulait surtout vérifier si Saturne était encore vivant. Il l'était, mais, encore plus amaigri et décousu, il pleurnichait entre deux injections en disant avoir fait une grosse gaffe. Sa brigade avait mille manières de le consoler.

Goyette est allé au bout du quai pour prendre une bouffée d'air et voir si c'était vrai qu'on avait coupé les butoirs. C'était vrai. Le soleil se couchait derrière le couvert nuageux opaque, le crépuscule n'était qu'un amenuisement graduel. Goyette se sentait bien, certain d'avoir sur Mori Ishikawa un avantage intellectuel écrasant.

Il y avait une rumeur distante. Elle ne pouvait venir que de chez Ti-Claude et si elle venait de là-bas, c'était qu'il y avait tout un barda. Quand même assez loin, à partir du Bonichoix, Goyette pouvait sentir à la vibration de la carrosserie de son pick-up qu'il se passait quelque chose au bar que le bar peinait à contenir.

Il est entré. Il y avait surtout des pêcheurs. Beaucoup de gars des Pêcheries, aussi, ceux d'entre eux qui étaient le plus près des pêcheurs. Il y avait les deux Serge, des Anglais de la Basse-Côte qu'on ne voyait pas souvent. Ils étaient cent cinquante ou deux cents. Ça venait d'aussi loin que Pabos.

— Le Snob est là, a crié quelqu'un.

— Goyette ! l'a reconnu quelqu'un d'autre.

Il fallait jouer du coude pour progresser. Goyette a réussi à grimper sur un tabouret, il n'était pas le seul à faire ça. Dans un coin, il y avait trois danseuses vêtues de strings et de prothèses mammaires. Des billets de cent traînaient par terre. Les bouteilles de fort n'étaient plus derrière le bar, mais dispersées dans la salle. Des débardeurs bien loin de la majorité se rinçaient la face avec du Jägermeister. Ti-Claude, épuisé, faisait des allers-retours sur son escabeau pour sortir les caisses de la cave. On l'aidait en calant quelques gorgées à chaque voyage.

— Ç'a pas été de même ici depuis que Le Pic Dallaire a gagné le gros lot, a hurlé Goyette à l'oreille de Roger Lazure.

— C'est tout comme, a mimé Lazure en sachant qu'il ne pourrait s'expliquer davantage.

De fragments en fragments volés à la cohue, Goyette s'est rendu compte qu'en une journée, dix pour cent des Pêcheries avaient été concédées aux pêcheurs puis aussitôt vendues pour vingt millions de dollars. Certains disaient trente-deux.

— À qui ?

— Des Japonais.

— *Un* Japonais ou *des* Japonais ?

— Quoi ?

— Laisse faire ! C'est officiel ?

— Officiel ? Oui. Regarde l'avocat, a pointé du doigt l'interlocuteur.

Dans le coin, Me Bellavance de Baie-Comeau tenait d'une main du silicone et vomissait violemment dans l'autre.

Dans l'habitacle agréablement silencieux de sa Lincoln, Mori Ishikawa écoutait *La Jeune Fille et la Mort* par le quatuor Alban Berg. Il regardait le moins possible le fleuve Saint-Laurent, un mystère pour lui, qui menaçait, chaque fois qu'il s'y attardait trop longuement, de le faire dévier de sa route. Il aimait ces moments rares en voiture, quand il pouvait écouter de la musique. Il était bien, enfin certain d'avoir un avantage intellectuel écrasant sur Frédéric Goyette. Il pourrait continuer.

Il s'est rendu direct chez Suzanne. Laurie est venue lui répondre, cramoisie par cette visite surprise. Elle l'a fait entrer en chuchotant que sa tante était là. Elle a voulu recevoir de lui la bise qu'il avait mis des mois à consentir à lui faire ; lui serrer, du moins, la main, ce qu'il faisait parfois sans s'éterniser. Mori a évité tout contact physique. Il était un peu décoiffé. Elle percevait un trouble en lui.

— Ce sont des heures fatidiques, a-t-il fini par dire. Je veux voir votre tante.

— Pourquoi ?

— Mademoiselle Lelarge, je vous en prie, allez chercher votre tante. Je vous promets que tout se déroule exactement comme prévu.

Quelque chose de lourd s'est fait entendre en haut des escaliers et Suzanne est apparue. Elle avait un visage grave de circonstance.

— Je dois vous parler.

Ils sont allés dans le réduit du deuxième consacré aux divinités scandinaves. Là, Mori lui a exposé la situation avec franchise, en s'excusant de ne pas l'avoir informée plus tôt, en lui disant avec une extrême délicatesse que c'était extrêmement délicat.

— Alors voilà, a-t-il craché le morceau, les Pêcheries sont maintenant miennes à trente-deux pour cent. Je peux vous assurer que j'ai payé un très juste prix aux pêcheurs et à votre frère Réginald. Votre frère Robert, pour qui je garde un profond respect, en conserve quarante-six pour cent. Le reste est à vous. Il vous faut donc décider. Soit Robert continue de diriger la compagnie, et ce serait funeste pour toute votre famille. Soit c'est moi. Et si c'est moi, bien, c'est vous aussi. Et c'est surtout Laurie.

— Le Conglomérat, ou vous ?

— Moi. J'ai vendu mes parts du Conglomérat pour procéder à ces transactions.

Le regard de Suzanne allait d'une statuette de Loki à une image sainte de Frigg.

— Bien, je vois, avait-elle tout pressenti.

27

Puisqu'il faut un chef

Il y avait un printemps, mais il n'y avait pas de pêche et c'était insupportable pour Robert Lelarge. Des rayons tièdes doraient la plage et la dernière neige ne paraissait plus qu'aux pieds des plus ombreux conifères. Il marchait sur le sable. Tout était ori, comme si, ébranlé par un coup sur le crâne, il s'était éveillé dans une monochromie proche de la cécité. Il suait dans son survêtement de nylon. En dessous, il était en bedaine. Il avait la démarche funambulesque d'un homme qui ne s'appartient plus qu'à quarante-six pour cent.

Il s'était encabané trois jours dans son presbytère. France ne lui parlait pas. Chacun ne savait l'autre vivant que par les craquements des planchers. Et les planchers craquaient souvent tout seuls.

Là, il avait fallu que Robert sorte. Au début, la rumeur disait que les pêcheurs étaient partis dilapider le magot à Cayo Coco. C'était surtout faux. Le quai avait été réparé, rallongé, doté de nouveaux appontements, puis aussitôt interdit. Les pêcheurs accostaient ailleurs et on transportait les fruits de mer jusqu'à l'usine par camion. Il y en avait moins, car la première décision du nouvel actionnaire majoritaire avait été de fermer la ligne de cannage. Il continuait de payer tous les employés à ne rien faire et avait laissé savoir qu'il les réaffecterait une fois l'équipement modernisé. On attendait un porte-conteneurs transocéanique à Baie-Trinité. Ce n'était jamais arrivé. Personne, sauf peut-être Mori Ishiwaka, ne l'attendait plus que Robert.

Le porte-conteneurs était d'un ori brillant. À sa poupe flottait un drapeau d'un ori très clair, avec un cercle d'un ori franc au centre. Il avançait avec lenteur sur le fleuve ori en jetant sur le sable d'un ori scintillant une ombre ori foncé. À l'affairement ordinaire des débardeurs, de bien loin et à travers ses jumelles, Robert constatait qu'il était le seul à voir ça comme ça.

Le quai a tremblé quand le navire l'a touché. Il y a eu un moment où l'on n'a pas su si tout ça tiendrait. Les butoirs se sont écrasés avec un grondement sismique. Des débardeurs ont eu le goût de retourner finir leur secondaire en entendant ce bruit-là avec leurs os plus qu'avec leurs oreilles.

Robert s'est assis sur le sable dans un bosquet d'arboutarde. Il avait chaud, mais il n'a pas dézippé son coupe-vent. La sueur pognait dans les poils épais, frisés, mais clairsemés de son ventre. Il s'est drainé par nervosité un bouton plus purulent qu'il ne l'aurait cru.

Sur ses doigts, le pus était d'un ori trop vif pour ne pas être vrai.

On a sorti toute une usine du bateau. Robert a reconnu tout de suite quelques machines : un système d'épuration quatre fois plus gros et cinquante fois plus neuf que le sien, un vivier automatisé de marque Mitsubishi gros comme une piscine semi-olympique, quatre déclinaisons de ce modèle d'incubateur de mollusques à contrôle électronique qu'il croyait encore à l'étape du prototype. Les autres appareils le laissaient douter des intentions de Mori : serveurs informatiques gros comme de petites voitures, tubulures de tous les diamètres avec de grosses valves, presses rotatives, antennes, caisses et caisses de tubes à vide.

Au volant d'un chariot élévateur, casqué, l'Homme-qui-vient s'est lui-même chargé de la manutention de quatre immenses coffres secrets, boulonnés, frappés de caractères japonais soigneusement dessinés parmi lesquels Robert ne reconnaissait que les points d'exclamation. Mori l'avait bien vu grelotter et pâlir dans l'arboutarde, mais il avait attendu d'en avoir fini avec les coffres pour le rejoindre en marchant lentement. Robert a mis un temps ridicule à lâcher ses jumelles, braquées à bout portant. Il observait les pores de la peau du Japonais, orie, mais plus foncée que la sienne.

— Belle journée pour repartir à neuf, n'est-ce pas ? Monsieur Lelarge, cher partenaire.

Mori est resté debout. Robert s'est accroupi.

— Je ne veux plus vous voir, a faibli Robert.

— Je ne partirai pas.

— Vous ne pouvez pas comprendre, s'est plaint Robert comme si ses tripes se déchiraient. Petit, quand le soleil était comme ça, quand la plage était comme ça, j'allais avec mon père aider au déchargement des premiers homards. Il souriait comme un millionnaire. Je suis fait de ces souvenirs-là.

— Les affaires sont les affaires, a répondu Mori.

Un long silence tautologique a suivi. Le soleil avait un ori qui redonnait à Robert une idée du jaune. Il se couchait. Il faisait moins doux. Les nuages paraissaient comme des zébrures dans le ciel, en ori sur ori.

— Je ne veux plus vous voir, a répété Robert.

— Alors partez, monsieur Lelarge. Soyez raisonnable. Mon offre est généreuse et elle tient toujours. Vous aurez une vie de confort. Personne ne vous en voudra.

En mettant l'avocat de Robert devant le fait accompli (il avait pris possession des parts des pêcheurs, de celles de Saturne et de celles de Suzanne), Mori s'était montré disposé à verser à Robert seize milliards de yens pour ne pas l'avoir dans les pattes. Robert n'avait rien dit à France parce qu'il ne voulait pas se faire traiter de mauvais perdant.

Laurie n'ignorait rien. Elle aimait que Mori, triomphant, n'en devienne que plus doux. Quand Suzanne avait accepté de tout lui vendre – elle trouverait par la suite les explications rationnelles pour justifier cette décision prise au feeling –, Mori avait invité Laurie chez lui. Ils avaient bu du thé dans la maison vide. Il n'avait pas brandi le poing comme les sportifs vulgaires. Il n'avait pas hurlé de monosyllabe virile. Les traits de son visage, déjà fins, s'étaient adoucis. Il parlait peu, posément, avec de plus en plus de tendresse. Il avait la conquête calme.

Le maigre reste de sympathie que pouvait avoir Laurie pour son père lui venait en tête sous la forme du punch d'une blague qu'il lui répétait quand elle était petite. « Chalut ! » chuintait-il, comme d'outre-tombe.

Elle faisait le calcul dans sa tête : il y a peu de choses dans l'univers qu'on maîtrise pleinement en n'en dirigeant que cinquante-quatre pour cent. Le cas du traîneau à chiens surgissait spontanément dans son esprit. Elle savait que Mori voulait tout. Tout, c'est presque toujours trop.

— J'ai quelque chose pour vous que je ne peux vous laisser emporter tout de suite, lui avait dit Mori en japonais.

Elle n'avait pas compris immédiatement. Il avait fallu qu'il répète.

Il était allé au sous-sol et en était revenu avec un objet oblong dans la paume de sa main, fait de plastique noir. De plus près, Laurie voyait que l'objet avait deux parties, emboîtées l'une dans l'autre. L'une d'elles était un capuchon. Mori l'avait ôté. C'était un crayon-feutre. Sa mine noire avait de beaux reflets oris. Ils avaient dessiné sur des feuilles de papier de mûrier.

Mori calligraphiait des kanjis compliqués. Laurie tentait de dessiner un homard.

— Je peux calligraphier un signe sur votre dos ? avait proposé Mori.

Il l'a fait : 霧. Sans l'enlever, Laurie avait dégrafé son soutien-gorge pour lui donner tout son dos. Elle avait fermé les yeux pour se concentrer sur la pression variable de la mine. Longtemps.

Elle était allée voir dans le miroir. Les traits, bien marqués, faisaient ensemble une valse d'épaisseurs.

— Qu'est-ce que ça veut dire ?

— C'est un mot que vous connaissez bien : kiri.

— Le brouillard ?

— Oui, a souri Mori.

— Pourquoi un signe si compliqué pour le brouillard ?

— Je savais que vous me le demanderiez, a chuchoté Mori. Pour vous, le brouillard, c'est de la simplicité.

Laurie a rougi.

— Voulez-vous que je dessine un autre signe ?

— Bien sûr, a-t-elle fermé les yeux.

Sa respiration devenait bruyante. Ça y était.

— Où ?

— Ici, a-t-elle un peu ouvert les cuisses.

Les pupilles de Mori se sont dilatées, puis il a aussitôt fermé les yeux. Il a eu une expiration proche du soupir en inclinant le visage vers le plancher nu.

— Mais… Ce serait fort inconvenant.

À ses vieux mots, Laurie croyait parfois que Mori avait appris le français dans les romans du XIXe siècle.

À vivre, aussi.

Baie-Trinité en pâmoison et Robert en coupe-vent continuaient d'assister au déchargement de Mori. Après les caisses, une quinzaine de Japonais sont débarqués qui n'avaient pas l'air de marins. Ils étaient minces et la plupart d'entre eux n'avaient ni trente ans, ni de belles dents. Sans trop regarder la lumière du jour, ils ont revêtu des combinaisons blanches en polyéthylène munies de lacets pour serrer le capuchon. Ils ont beaucoup tiré sur les lacets.

— Qui sont ces hommes ? a demandé Laurie alors que Mori lui faisait faire le tour du proprio dans l'usine.

— Ce sont des employés des Pêcheries, n'a pas menti Mori.

— Vous allez les chercher loin.

— Ce sont des experts. À leur empressement et leur concentration vous pouvez voir qu'ils attendaient depuis longtemps l'occasion de brancher à une si grande échelle ce genre de circuits.

— Pourquoi ils sont habillés comme ça ?

— Ce sont les nouveaux standards d'hygiène de l'usine. Le port de la combinaison blanche est requis dans cette zone, a expliqué Mori avec, oui, une petite pointe de fierté.

La chaîne de congélation suivait sa marche habituelle sur le tiers du plancher de l'usine. Même si son shift ne commencerait pas avant une demi-heure, Louis Berthelot la regardait aller d'un œil paternel tout en s'autorisant de temps en temps un œil défiant dans l'autre direction. Sur le reste de la superficie, là où se trouvait auparavant la ligne de cannage, on installait des cloisons de verre dépoli, des diodes électroluminescentes de couleurs variées comme pour faire une signalisation, des planchers en caoutchouc antivibrations montés sur des ressorts, toutes sortes de tuyauteries et de conduites dangereuses. Clés, NIP et lecteurs d'empreintes rétiniennes ont permis à Mori d'atteindre la galerie en surplomb. Il avait fait son bureau dans la salle de conférences à peine rafraîchie. De la fenêtre de la salle, Laurie a pu voir comment tout ça s'articulait. Le hasard semblait déterminer, au fond, la couleur des arcs électriques qui naissaient périodiquement entre deux cylindres métalliques dressés comme des poteaux de téléphone. À gauche, Louis Berthelot épongeait un écoulement en sifflant du rock progressif. Ça, c'étaient les Pêcheries. À droite, c'était autre chose. On se serait cru chez Google ou chez Frankenstein.

De tout le montage, Laurie ne voyait qu'une chose, une zone de trois mètres par trois, en plein centre des nouvelles installations. Un cube aux arêtes floues s'y dressait. Ce cube contenait, à plus petite échelle, tout le champ de vision de Laurie et se contenait donc lui-même dans un emboîtement infini de plus en plus petit. Dans le cube, tout était ori. Le contenu en changeait quand Laurie déplaçait son regard. Elle pouvait aussi voir les teintes de l'ori changer selon les émotions, nombreuses, qui la traversaient. Quand elle prenait du recul, analysait, allait de plus en plus vers l'abstraction en cherchant à quoi tout cela pouvait servir, les images du cube suivaient le même mouvement que sa pensée : elles devenaient plus floues et leurs lignes s'imprécisaient. Elles cessaient d'être figuratives.

— Qu'est-ce que c'est que ça ? a-t-elle fini par demander, faisant apparaître dans le cube des ondes comme en produit une pierre lancée dans l'eau.

Un vertige montait en elle.

— C'est la zone invisible, a répondu Mori d'un ton égal avant de se tourner vers Laurie et d'ajouter, surpris et satisfait : mais je vois qu'elle ne l'est pas pour vous.

Dans le même espace de trois mètres par trois, très bien éclairé, Mori ne voyait que l'éclairage, pas de plancher, pas de plafond, pas de couleur. Un espace complètement inoccupé, un trou ouvert sur rien, de la pure invisibilité.

— Non.

— C'est normal. Nous recouvrirons tout cela bientôt.

C'était prévu pour le lendemain. Mori et Laurie seraient les seuls à voir cet espace avant son cloisonnage par les nouveaux ouvriers japonais.

Le vertige avait rapidement atteint l'insupportable et Laurie voulait aller dans une autre pièce. Mori a acquiescé d'un regard bref.

Ils sont entrés dans un bureau plus petit et assez

luxueux. Sur la table d'aluminium brossé, Mori a lancé un tirage sur papier glacé de caractères et de lettres oris tracés sur du bois blanc : オリ (*ori*). L'écriture était celle de Mori. Il avait dû lui-même prendre la photo. Laurie a compris que c'était un progrès énorme. Pour faire une photographie de l'ori, il doit exister assez d'ori. Il y a assez de rouge, de bleu et de jaune dans l'univers. La couleur des choses persiste sur les photographies. Un jour – Mori l'espérait proche –, la question ne se poserait plus pour l'ori, mais, pour le photographier, il fallait d'abord le faire exister en abondance.

— Pourquoi gardez-vous la chaîne de congélation ? Et à quoi sert tout ça, de l'autre côté ?

Laurie tentait de reprendre ses sens.

— À le faire exister, précisément.

Les coquillages montrent par la nacre leur connaissance des couleurs. Le postulat de l'ori, c'est qu'ils en savent plus que nous.

— Vous, mademoiselle Laurie Lelarge, existez-vous ? a lâché Mori au bout de quelques minutes.

Un brouillard encore plus épais a embelli le visage de Laurie. Elle n'en était pas certaine.

— Je ne crois pas qu'on existe. On existe *quelque part*, a dû s'asseoir Laurie.

Le lieu où elle existait – Baie-Trinité – n'était peut-être pas exactement Baie-Trinité. Le monde était plein de circonstances amples, douces, tellement uniques qu'elles ne pouvaient qu'être les siennes. Tout cela lui donnait le sentiment continu d'être Laurie Lelarge. À partir de ce sentiment, elle prenait conscience du monde, mais les choses avaient leur réalité à elles. Même si elle avait l'impression d'en avoir vécu des multitudes, elle avait l'impression tout aussi forte qu'elle ne saurait jamais ce qu'est une journée de mai à Baie-Trinité.

— Alors vous comprenez, s'est émerveillé Mori, que la nacre a plus de couleurs qu'elle n'en montre.

— Oui.

— Qu'est-ce qu'il lui manque, selon vous, pour le faire savoir ?

— Une conscience à elle ?

— Ce n'est vraiment pas nécessaire.

Il y a eu un éclair d'ébahissement dans les yeux de Laurie, d'un coup. Dans les mouvements de multiples couches de brouillards, tous les interstices venaient de s'aligner et sa pensée n'avait jamais été aussi pénétrante.

— Le coquillage est vivant et il fait la nacre, qui ne l'est pas, mais qui a, si je vous crois, toutes les couleurs… Il faudrait au coquillage une idée de ce que nous voyons.

Tout cet appareillage servait à rendre soluble l'existence proprement humaine – la conscience perceptive et interprétative – pour la faire filtrer par des mollusques.

— Voilà. Et c'est ce que nous lui donnerons, a articulé Mori d'un ton impérial en désignant du menton l'ori photographié.

Il avait l'air fin comme ça, mais il ne comprenait

toujours pas pourquoi ça marchait aussi – même surtout – avec les oursins, qui ne font pas de nacre. Quand même : l'ori, Laurie pouvait en être certaine maintenant, était la couleur de l'existence humaine, du vouloir humain ressenti et exprimé par un mollusque. Les souvenirs du cube où se réverbérait sa vision, et peut-être même une partie de ses pensées, continuaient d'emplir sa conscience et le vertige ne la lâchait pas. Elle avait l'impression d'être allée trop loin. Quelque chose derrière ses yeux voulait s'envoler, mais, retenue par le crâne, lui donnait mal au cœur. Elle avait déjà eu cette sensation quand elle ne savait pas encore bien nager et qu'elle s'aventurait juste un peu trop au large, juste assez pour sentir la menace d'un courant nouveau venu du fond. Même si elle allait avoir dix-huit ans dans quelques jours, elle n'en avait que dix-sept. Non, elle n'allait vraiment pas bien tout à coup. Il lui fallait regagner le sol.

— Je m'en vais, a-t-elle lancé. Ne vous inquiétez pas. Je reviendrai. Je n'ai pas peur.

Elle est partie. Entre les Marocains désœuvrés et les branchements maniaques de la troupe de geeks de Mori, elle a suivi sans s'en rendre compte un parcours exactement mitoyen sur la plage. Elle allait chez ses parents, au presbytère, car il n'y avait pas d'autre endroit qui soit chez elle.

Au bout des branches paraissaient des bourgeons joufflus, pleins de chlorophylle. Toute sa vie, Laurie avait tenu pour acquise la surabondance des couleurs. Elle se demandait si l'hiver n'était pas seulement une raréfaction du vert dont un réservoir, quelque part dans l'hémisphère sud ou au cœur des coquillages, atténuerait les effets. Comment cela pouvait-il fonctionner? Elle avait encore la clé du presbytère dans sa poche. Elle a cogné de plus en plus fort, puis elle l'a utilisée.

Il n'y avait plus rien à ressentir dans l'air du presbytère : un petit silence loin d'être gluant. Ça sentait la viande. Au salon, France était sur le divan, allongée sur le dos. Elle avait une posture bizarre avec un coude dans le vide qui portait tout le poids de son avant-bras et menaçait de plier dans le mauvais sens. Elle avait des leggings et ses cuisses s'écartaient avec impudeur. Sa main droite un peu crispée écrasait sur sa face le troisième tome d'une trilogie sur les secrets et le combat ordinaire, mais plein de tendresse, d'une famille ouvrière d'autrefois, *La Progéniture d'Alphonse*. Laurie a su que sa mère était morte avant de voir le sous-titre (*Les matins de Ville-Émard*). En arrière du divan, il y avait un bidon d'antigel et des pilules d'alprazolam.

Laurie a eu du mou dans les genoux, mais elle n'est pas tombée. Elle a eu le goût de vomir, de crier, de crier du vomi. Elle a fait une voyelle acide et s'est mise à trembler de partout. Ça continuait de sentir la viande. Elle essayait de se convaincre que la viande n'était pas Robert. Si c'est possible, elle a couru à quatre pattes jusqu'au bureau de son père.

Robert avait fait ça dans le fond, dans le coin, adossé au mur. Il s'était ouvert le ventre et il était tombé assis. Dans l'angle, il avait le visage cireux, à peine libéré d'une crispation de douleur. Ses cicatrices d'acné paraissaient moins et il fallait bien lui donner ça. Son regard de cadavre un peu révulsé a croisé celui de Laurie qui ne pouvait que répéter « nonon, non, nononon, non, non » et se sentir faiblir. Dans ses derniers moments, Robert avait poussé loin de lui son couteau de chasse ensanglanté. Il était torse nu, les jambes bien droites, dans un vieux jean pâle bouffant imbibé de sang. Laurie a fermé la porte. Elle a pris son téléphone et a fait le 9-1-... avant d'avoir un moment de lucidité paranoïaque, une petite bouffée de la mesure de ce qui s'écroulait. Elle étouffait presque. Elle sentait qu'elle ne voyait plus clair, mais elle voulait plus que tout voir clair. C'était rare. C'est peut-être pour ça qu'elle a appelé Goyette à la place.

Goyette venait d'étendre sur le coffre-fort de Mori une petite quantité d'explosif maison. Il avait trouvé sur internet une recette facile et avait concocté dans la cuisine une pâte instable. Il en était à mettre ça à feu à l'aide d'une longue mèche imbibée d'aquavit quand trois appels se sont bousculés dans son téléphone. Il y avait Laurie, dont il avait enregistré le numéro dans son appareil. Il y avait Mori, qui revoulait probablement son coffre-fort. Et il y avait un appel de Tokyo. Il a répondu à celui-là. C'était une femme.

— Je parle à Frédéric Goyette? s'est-elle étranglée avec un fort accent japonais.

— Oui. Oui. Qui êtes-vous ?

Il y a eu un long silence parsemé de friture intercontinentale et de bruits de respiration brusque.

— Avec tout mon respect, pourquoi avez-vous appelé le Conglomérat des teintes, couleurs, pigments, mollusques et crustacés d'Isumi, monsieur Goyette ?

— O.k., O.k. Êtes-vous du Conglomérat ?

Tout en rassemblant ses esprits, Goyette se demandait s'il ne ferait pas mieux de faire exploser le coffre-fort tout de suite, en continuant de jaser.

— Répondez à ma question ! a ordonné la Japonaise avec plus d'essoufflement que de brusquerie.

— Si vous ne saviez pas pourquoi j'ai contacté le Conglomérat, je crois que vous ne m'appelleriez pas, se méfiait Goyette.

— Mori Ishikawa. Je veux savoir ce qu'il fait au Canada.

Goyette n'aimait pas entendre ce mot-là d'habitude. En voyage, il trouvait toujours un moyen de laisser savoir que ce n'était pas vraiment du Canada qu'il venait. Mais, là, il avait tellement la gueule à terre que ça ne lui faisait rien.

— Ça parle au diable ! C'est aussi ce que je veux savoir, s'est-il à peine contenu.

— « Ça parle au diable » ! ? a paniqué la femme.

— C'est une expression.

— C'est une drôle d'expression.

Goyette a profité de la confusion créée par son évocation du diable et de Mori dans la même conversation pour faire l'inventaire de ce qu'il avait à perdre : rien.

— Bon. Si vous voulez tout savoir : il vient d'acheter une compagnie de commerce des fruits de mer, les Pêcheries Lelarge.

La femme a dit quelque chose en japonais. S'il avait eu à deviner, Goyette aurait dit qu'il s'agissait d'un sacre, mais pas d'un sacre dit avec véhémence, non, presque avec tendresse plutôt, un peu comme si, soulagée, elle avait dit : « C'est bien lui ça, le câlisse. » Mais ce n'était qu'une hypothèse.

— Plaît-il, n'a donc rien compris Goyette.

— Je suis son épouse. Je l'aime. Je le cherche, s'est mise à pleurer la femme.

Quelqu'un au Conglomérat ne s'était pas fermé la gueule.

Assise en Indien dans le corridor à suer froid et à trembloter, Laurie a retenté de contacter Goyette toutes les dix minutes, six fois. Comme chaque fois que quelqu'un ne lui répondait pas au téléphone, elle a cru qu'il était en train de faire l'amour, mais ça commençait à être pas mal long. Elle se retenait pour ne pas appeler Mori. La visite guidée de l'usine avait fait vaciller son être. Avant d'arriver au presbytère, elle avait eu l'impression qu'elle était la flamme d'une chandelle et que Mori avait soufflé sur elle, longtemps, et juste assez doucement pour la disperser sans l'éteindre. Elle ne savait jamais pourquoi il faisait ça ni même s'il le faisait à dessein. Elle se sentait chaque fois plus vivante. Elle l'aimait. Mais, là, de l'autre côté de la porte, son père sentait de plus en plus la viande.

Elle ne voulait pas non plus appeler Suzanne. Sa tante paniquerait d'une panique qui pouvait tout faire dérailler.

Elle a appelé Goyette une onzième fois.

— Oui. Oui. Laurie. Excuse-moi. Je parlais avec quelqu'un de très important.

— Comment tu sais que c'est moi ? Mon numéro est secret. Je t'ai jamais appelé. Tu m'as dans ta liste de contacts ?

— Euh… Peut-être. Pourquoi tu m'appelles onze fois en une heure ?

Goyette était saoul, a pensé Laurie.

— Mes parents sont morts. Les deux. Je pense qu'ils se sont suicidés.

— !…, a aspiré Goyette.

— Puis je sais pas quoi faire.

Laurie s'est elle-même déçue en sentant quelque chose craquer en elle, quelque chose que Goyette ne manquerait pas d'entendre. Goyette entendait la voix de Laurie à l'âge de neuf ans, quand il lui donnait des coquillages pour sa collection.

— Toi, es-tu en sécurité ? a voulu la rassurer Goyette, avec une intonation qui signifiait « Mori Ishikawa ».

— Oui.

— J'arrive.

Il a raccroché. Laurie ne voulait pas que Goyette

découvre quoi que ce soit, quelque message que portent les cadavres, qu'il saisirait instantanément, qui nuirait à Mori. Pour vérifier, elle a poussé de nouveau la porte du bureau.

Le corps de Robert n'avait pas beaucoup bougé. Son cou était complètement détendu, mais des tendons rigidifiés paraissaient à travers la peau transparente. Il avait sur le torse des poils serrés, en petites touffes éparses que Laurie ne souhaitait à personne. Il s'était éventré d'un trait profond et large. On voyait aux marges de la plaie la graisse en bulles jaunes de son abdomen. Plus épaisse que le sang rouge, une substance brun noir comme celle des oursins qu'on nettoie s'épandait. Ça devait être des selles pas encore formées. L'odeur de plus en plus écrasante avait convié tout ce qu'il y avait de frappabords dans la maison. Ceux-ci avaient une prédilection pour le foie, qui paraissait au flanc droit comme un bloc grisâtre. Les tripes étaient pour la plupart sectionnées, mais une anse intestinale pâle parmi les liquides corporels plus sombres sortait de la plaie, se déroulait vers la taille, s'étirait comme un chapitre qui, embarrassé par une accumulation de détails sordides, n'en finit plus.

28

(L')ensemble

Trop ébranlée pour conduire sa béëmme et incapable de se faire payer un billet d'avion, Florence Lelarge est rentrée en autobus. Après n'avoir rien dit pendant deux jours, elle a fini par cracher le morceau amer.

— Il fallait s'y attendre, a-t-elle souri jaune. Quand même drôle qu'il se soit fait hara-kiri.

— Drôle ! hyperventilait Laurie, drôle ?

Florence a rattaché en queue-de-cheval ses longs cheveux bruns bouclés, puis elle est allée faire bouillir de l'eau pour le thé. Le presbytère était trop grand pour les deux sœurs. Elles n'habitaient qu'un étage depuis l'arrivée de Florence.

— Non. T'as raison. C'est vraiment pas drôle, s'appesantissait Florence.

La réalité la saisissait par petits morceaux digestibles.

— Puis ton affaire de hara-kiri, c'est limite insultant, a grimacé Laurie.

— Comment ça ? C'est juste ironique : il se suicide à la japonaise à cause d'un Japonais.

— Bon. Premièrement, les Japonais ne se suicident plus comme ça depuis un bon bout. Ce serait comme dire que les Romains crucifient encore du monde. Deuxièmement, *hara-kiri*, c'est vraiment une façon pas de bon sens de lire 切腹, a tracé Laurie sur une feuille quadrillée.

— Wo ! T'as pas manqué une année de cégep pour rien, s'est impressionnée Florence pour calmer sa sœur.

Laurie continuait de s'essouffler. Elle voulait se fâcher, fracasser contre les murs ses assiettes marquées d'un *L*, même mordre Florence, mais sa rage n'éclatait toujours qu'en sanglots.

— Troisièmement, pour que ce soit un vrai *seppuku*, il faut que quelqu'un soit en arrière avec une épée pour abréger tes souf…

Laurie a essayé de déglutir, puis s'est mise à tousser. Elle pleurait sans cacher son visage, assise droite. À la cuisine, l'eau s'est mise à bouillir.

Elles s'étaient fait livrer de la pizza de Chez Cécile avec une sauce blanche, des crevettes, des pétoncles et des petits bouts de brocoli. Florence savait bien que l'affaire d'allergie aux fruits de mer, c'était de la boulechite d'un bout à l'autre. Une autre de ces ironies propres à Laurie : comme une ride sur l'étang de sa vie ou un pli dans la page tournée trop vite d'un de ses livres. À plat ventre dans l'ancienne salle de jeu, elles avaient avalé la pizza rapidement en buvant une bouteille de Puligny-Montrachet pigée dans la cave. Laurie n'avait jamais bu et Florence doutait que ça lui réussisse. Plus habituée, l'aînée chassait l'ivresse en bâillant et en s'étirant beaucoup.

Elles ne se sentaient pas particulièrement orphelines. Prises de court, oui, secouées ; ravies d'être ensemble, souveraines. Leur chagrin était lourd de possibilités. Demain, des funérailles auraient lieu. Le village s'en était occupé.

— Veux-tu d'autre vin ?

— Non. Non, a rougi Laurie. Du thé, ça va.

— Es-tu saoule ?

— Oui. Un peu, je crois.

— Excellent ! Alors dis-moi ce qui se passe avec…

— Mori ?

— Monsieur I-shi-ka-wa ! a mièvrement séparé les syllabes Florence.

— Il me souffle, a répondu Laurie, le ton neutre, le visage bergmanien. Il a pris tout mon monde.

Il y a eu un silence, brisé par un demi-sourire de Laurie après des secondes lourdes. Elles ont éclaté de rire.

— Il te souffle où ?

— Dans l'irréel.

— Si c'est comme ça que t'appelles ça ! a plaisanté Florence même si ses parents étaient morts.

— Il y a beaucoup de choses à comprendre, a dit Laurie, plus sérieuse, des choses qui ne se disent pas sur Facebook…

— J'écoute.

— Non. Je pense que c'est mieux si tu vois. Le soutien-gorge que je porte, c'est lui qui me l'a donné.

— Ouh ! Je pensais pas qu'on en était rendus là !

Laurie a longuement hésité. Florence voyait dans son regard trop chaviré pour ça le pour et le contre être pesés.

— Regarde, a-t-elle finalement relevé son chandail d'un geste brusque.

— Wow !

C'est tout ce que Florence pouvait dire Wow. Wow. Wow.

— Tu comprends ?

— C'est pas… dangereux hein ? J'ai comme un peu… mal aux yeux.

— Cligne-les. Il faut une dizaine de secondes pour s'habituer.

En imaginant à nouveau, à partir du début, sa vie parsemée de cette couleur, Florence apercevait (« enfin », aurait dit Laurie) le pouvoir prépondérant de ce qu'elle ignorait.

— J'en reviens pas, n'en revenait pas Florence.

— Bon. Est-ce que je peux baisser mon chandail maintenant ?

Florence se frottait les paupières avec ses poings.

— As-tu autre chose de cette couleur-là ?

Laurie pensait trop pour dire une banalité.

— Oui. Des bobettes, mais elles sont au lavage.

— Alors change de soutien-gorge si tu veux, mais prête-moi celui-là, que je le regarde un peu.

Florence, laissant faire le thé, est allée chercher du

fort en bas. Il y avait un fond de Southern Comfort. Elle est revenue avec deux verres et autant de questions importantes. Laurie a bu.

— Bon. O.k. Comment c'est fait ?

— Avec du brouillard, a d'abord niaisé Laurie.

— Arrête de niaiser.

— Tu sais, la nacre, au fond des coquilles. Bien, elle a toutes les couleurs. Tu trouves pas ça bizarre qu'un animal qui ne connaît rien des couleurs puisse les montrer toutes ?

— Je trouve pas ça particulièrement bizarre, non, un arc-en-ciel me paraît pas avoir un plus gros quotient, voulait des détails Florence.

— Bien, la nacre a d'autres couleurs à montrer, mais il lui faut pour ça un brin de conscience humaine. Mori est en train de réaménager l'usine pour rendre soluble la conscience humaine et pour la donner aux coquillages. Je pense même que ça marche avec certains crustacés. Les coquillages la filtrent et ils sécrètent les pigments dans leur système nerveux. Du moins, c'est ce que j'en comprends.

— Et pourquoi t'es là. Je veux dire… pourquoi tu sais tout ça ?

— Parce que Mori me l'a dit.

— Et pourquoi il te l'a dit ?

Laurie a tourné le regard vers Florence. À dix-sept ans, des choses peuvent encore se produire si lentement qu'on n'en distingue ni le début ni la fin, qu'elles se confondent avec la vie.

— Je pense que ça lui fait plaisir de partager ça

avec moi, a commencé à expliquer Laurie avant qu'une vague plus profonde, alcoolisée, lui monte à la tête : Je sais pas s'il m'aime, mais, moi, je l'aime.

— T'avais pas besoin de le dire..., a tout compris Florence de nouveau à plat ventre sur le plancher, à enchaîner des postures de yoga qui faisaient craquer les lattes et ses vertèbres. Mais, dis-moi, au juste, probablement que non, a-t-elle soupiré, as-tu seulement pensé, comme grand-papa aurait dit, « au commerce » ?

Laurie a eu une face qui voulait dire que non. Elle est allée s'étendre sur un sofa.

— Je pense pas à ces choses-là. Ce sont tes choses à toi.

— Comment ça s'appelle, la couleur ?

— L'ori, a bâillé Laurie de l'autre côté du sofa.

— La couleur porte ton nom ?

— Non. O-R-I, a-t-elle épelé. Ori. Avec une apostrophe, ça fait l'ori.

— Ben crisse ! s'extasiait Florence. Je veux parler à Mori. Maintenant.

— Ça peut pas attendre à demain ? s'endormait Laurie.

— Non.

— Tu peux aller cogner chez lui, c'est là où Louis Berthelot restait avant. Moi, j'ai des funérailles demain. Je vais dormir.

Laurie s'est réveillée très tôt, seule dans le presbytère avec sa première gueule de bois. Elle sentait de la peur dans son cou comme un frisson qui ne s'épandait pas, du chagrin lourd dans ses paupières et, au point exact du cœur où naît l'électricité des battements, elle espérait que Florence soit vraiment allée chez Mori et non pas chez Ti-Claude se saouler la gueule avec des marins.

Florence est revenue en sifflant une chanson des Pet Shop Boys : « *I've got the brains. You've got the looks. Let's make lots of money.* » Le look, elle l'avait : robe de dentelle blanche sur un jean moulant, bottes de travail aux pieds. Elle n'avait pas dormi. Son visage était pimpant, endeuillé, rarement aussi vulnérable. Elle a rappelé à Laurie qu'ensemble, elles détenaient quarante-six pour cent de la compagnie de Mori, qui continuait de porter leur nom, le nom de Robert et celui de Rogatien. Ça ne voulait pas rien dire. Laurie a aimé qu'elle dise « ensemble ». Le mot faisait naître de la paix entre ses yeux qui brûlaient.

On ne vit pas dans un presbytère sans se faire quelques accroires au plan religieux. C'est donc à la petite église de Baie-Trinité qu'incinérés en avant se trouvaient Robert et France, même si France n'avait jamais été bien chrétienne ; Robert, lui, avait eu sa passe. Laurie, Florence et Mori n'étaient pas encore là.

Les ahans de Saturne se détachaient des murmures et ça créait toute une ambiance. Le garde-manger et l'entremétier le tenaient à bras-le-corps. Il avait depuis longtemps passé le stade où l'on pouvait dire qu'il avait abusé des bonnes choses. Émacié, il était ce qu'il y avait de plus proche d'un cadavre aux funérailles. En se levant sur la pointe des pieds pour le voir, Linda disait à sa blonde Cécile que le boss et sa femme auraient dû attendre un peu. En rajoutant Saturne, on aurait pu faire d'une pierre trois coups. Ç'aurait été plus pratique. Il avait une chemise noire de flanellette, un frisson et, dans son jean sale, une érection plus grosse que lui. On ne le reverrait plus.

Quand Saturne arrêtait de haleter, on entendait les sanglots exagérés de Suzanne, réverbérés par le bois de la chapelle et par la cage thoracique d'Hercule. Elle avait fait le geste incompréhensible qu'elle faisait quand il y avait des morts : se raser la tête. Quelques rangs derrière elle, Hercule tentait de contenir tout ça. Lui, Sar'h, Louis Berthelot, Roger Lazure, Ti-Toine le Bleuet et des gars de Cloridorme la trouvaient unanimement laide. Il y avait dans ses pleurs une rage, troublante, qu'on ne lui connaissait pas et qu'elle libérait sans pudeur. Ils ne s'en étaient pas parlé entre eux, mais trois des pêcheurs avaient annoncé à Suzanne qu'ils se feraient construire une maison troglodytique grosse comme la sienne.

Des pêcheurs, il n'y avait plus que Roger Lazure, des Gaspésiens et les deux récalcitrants de Rivière-aux-Graines qui appareillaient régulièrement. Par plaisir, disaient-ils, alors que c'était par habitude. Tous envisageaient avec rancœur ces homards qui grossiraient, mèneraient leur vie de homard et iraient, énormes, se faire pêcher aux Îles ou au Nioubi. Hercule sortait de temps en temps en se racontant que la vie de pêcheur de homard est aussi agréable quand tu as une couple de centaines de mille dans ton compte en banque. Mais le goût du golfe peut rapidement faire place au goût du golf. Certains se rapprochaient de leur femme et de la Floride. La présence rallongée des autres tapait sur les nerfs de leur femme. Le matin, ça pouvait tous leur arriver de se demander quoi faire.

Le maire de Baie-Comeau, le long d'une allée, s'est lâché. Il en a douté une seconde, mais son pet n'était que gazeux.

L'avocat des Lelarge lisait les nouvelles du sport sur son cellulaire.

Monsieur Utsumi était resté à Tokyo. Personne n'a reconnu, liftée, la vice-présidente à l'approvisionnement de Red Lobster. Le premier ministre était là, sa femme à ses côtés qui ne l'aimerait jamais plus.

Debout, œil de hibou, tête rotative, Frédéric Goyette exécutait surtout avec ses cuisses une curieuse valse. On l'aurait pensé pris d'une suprême envie de pisser. Il avait vu Robert mort. Il avait fait un câlin à Laurie pour la consoler. Il avait parlé à la femme de Mori. Dans sa face se concentrait la vérité. Lui, il savait ce qui se passait. Ça lui tirait les traits comme lors de ses points de presse au Motel Le Comte, désormais bien anciens. Il continuait de réfléchir, de réaligner son diagramme dans sa tête. Ça faisait ouvrir sa bouche et ça montrait à tous son édentement – qu'il exhibait comme une preuve du cœur qu'il avait à l'ouvrage. Dans le coffre-fort de Mori, qu'il avait finalement fait exploser, il y avait un gun et des balles. Le chef avait eu raison, au métro Crémazie. Goyette traînait depuis le gun sur lui. Il croyait pouvoir sauver des vies. Oui, il se prenait crissement au sérieux. Mais devant lui, les deux urnes lui donnaient tort de toute leur dorure quétaine. De temps en temps, il avait mal, mais c'était une douleur salutaire. Il prenait tout à coup conscience de sa crispation, de tous les nœuds dans tous les muscles de son corps. « Un petit coup à donner, Goyette ! » s'appelait-il par son nom de famille désormais. Tout ça se dénouerait bien assez tôt. Il attendait Mori, qu'il tenait pour dangereux, comme le sont tous les désespérés.

Et il n'était pas le seul, non. L'Homme-qui-vient – le surnom s'était passé – était le principal sujet des murmures. Il ne daignerait pas se présenter, c'était impossible, à moins que… Ce qui suivait ce « à moins que » était inconcevable. C'était lui qui avait tué Robert, qu'on n'avait jamais autant aimé depuis la fois où il avait fait rentrer l'internet haute vitesse à Baie-Trinité. Il n'était pas question qu'on travaille pour un Japonais, pour ce Japonais-là du moins… Il ne nous revenait juste pas. « Rastaquouère » est un mot qu'on avait entendu. Tout cela était bien facile à dire comme ça… Reste que, point de vue relations publiques, un double suicide, ça commençait mal pareil.

Donc Laurie, Florence et Mori n'étaient pas encore là, et un plus un plus un ont fait trois quand la porte a tourné sur ses gonds rouillés. Il était là, en paletot noir, les deux filles à ses bras, descendant l'allée avec elles en ôtant ses lunettes fumées comme si c'était une espèce de mariage antithétique.

Le curé était content de voir autant de monde. Son homélie parlait de poisson et d'abondance. Suzanne poussait des cris aigus. Saturne cognait des clous. Laurie avait mal à la tête et Florence trouvait tout le monde bien digne même si elle avait vu les plus dignes d'entre eux pour la dernière fois à l'inauguration de Chez Saturne. C'est allé vite.

Il y a des photos qui ont changé le monde et celle-là est arrivée à un moment où l'on ne s'attendait plus à ça de la photographie. Devant un mur ori primaire, Florence portait une robe d'un ori clair. Elle avait des bas d'un ori beaucoup plus foncé, presque noir ; pas de souliers. Elle se tenait debout, de profil, un pied posé sur un tabouret de bois, une frange de cuisse visible en haut du bas, les mains sur les hanches, penchée vers l'avant avec le cou relevé, la face direct dans l'objectif, le regard provocateur, le rouge à lèvres ori. À côté, Laurie regardait dans le vague et son regard embrassait la totalité du vague. Elle avait une robe d'un ori plus chatoyant, cintrée, plus courte, qui dévoilait ses cuisses blanches. Pulpeuse, avec cette face-là, elle donnait l'impression d'avoir sécrété la robe avec sa peau, comme font les arthropodes avec leur carapace. Paradoxaux, ses cheveux roux abondants étaient ramassés n'importe comment sur le dessus de sa tête, unis lâchement par un bandeau ori foncé.

Le mur était celui du sous-sol de chez Mori, ancien sous-sol de Louis Berthelot. Le Japonais avait gossé un studio de photo avec un trépied du Walmart de Baie-Comeau, sa grosse Nikon et des parapluies blancs. L'image brute, impossible à photoshopper à cause de l'ori, avait quelque chose de saisissant.

— Laurie et moi, il faut qu'on soit indissociables de l'ori.

— Je n'ai pas d'autres intentions, vous verrez…, avait laissé planer Mori la nuit d'avant les funérailles.

— Ça doit marcher avec Laurie en sacrament, ça. Pas avec moi.

— Vous resterez pour toujours indissociables de l'ori.

— Juste pour qu'on soit certains : vous voulez dire l'ori, pas Laurie et, vous, c'est moi et Laurie, c'est pas du vouvoiement.

— Oui.

— Oui, c'est du vouvoiement ou oui, vous êtes d'accord ?

— Je suis parfaitement d'accord.

— C'est pourquoi les parapluies dans le coin ?

Mori lui a dit. Florence était d'accord à condition que ça continue, peu importe le tour anachronique que ça allait prendre, de s'appeler les Pêcheries Lelarge.

— Oui, gardait son calme Mori, ce sont deux très beaux mots.

Ils avaient un deal et du maquillage du futur.

La photo a paru dans le premier numéro de mai du magazine *Hanako*. Sous les pieds des deux sœurs, trois lignes trilingues disaient en caractères blancs ce qu'il fallait savoir.

オリ/ ori
par Pêcheries Lelarge
Everywhere soon

Très peu d'employés du magazine avaient vu la photo avant sa publication et ils avaient su garder le secret. L'inévitable fuite n'avait eu lieu que quelques heures avant l'arrivée des magazines dans les kiosques. Une employée d'un distributeur de presse japonais avait publié la photo sur Twitter. Sur les écrans, l'ori pâlissait de seconde en seconde. On pouvait voir qu'il se ternissait, bleuissait. Le partage l'étiolait; l'ori ne se multipliait pas comme on a l'habitude de voir se multiplier l'information. Il allait en s'amoindrissant. Les premiers à le voir étaient restés sidérés une dizaine de secondes puis, leurs yeux habitués, avaient fini par se dire : « Oui, oui, cette couleur a toujours existé, je ne l'avais simplement jamais vue. » Vingt minutes après, l'éclat fade de la photo laissait déjà croire à un canular.

Les chaînes de télévision avaient presque toutes choisi de ne pas en parler : il n'y avait rien à montrer. Des articles sur internet ou dans les journaux rapportaient des témoignages. *Hanako* a promis que les tirages papier résisteraient davantage à l'usure. C'était le cas.

Dans sa chambre au presbytère, Laurie remarquait que ses bobettes ories ternissaient aussi. Elle en pleurait sans faire de bruit, pour ne pas que Florence l'entende. Le lendemain, comme s'il savait que ça allait arriver, Mori lui remettait à la dérobée une coquille de pétoncle d'Islande pleine de son sperme. Laurie l'a laissé tomber goutte à goutte sur ses bobettes et son soutien-gorge. Ça redonnait un peu de vivacité à l'ori et ça la faisait rire.

Le vendredi, la nouvelle selon laquelle un Japonais venait probablement d'inventer une nouvelle couleur, primaire et épuisable, s'était répandue sur toute la planète. On savait aussi que cette couleur était produite dans un village du Québec appelé Baie-Trinité, dans une usine autour de laquelle les journalistes s'agglutinaient. Mori avait prévu le coup : barbelés, miradors, carabines. Le plan était jusque-là l'œuvre de Mori, qui le tramait depuis longtemps. Les deux sœurs Lelarge avaient établi ce qui arriverait ensuite. À Brooklyn, près du métro de Metropolitan Avenue, à Montréal, rue Mozart, à Tokyo, dans Akihabara, et à Paris, place de la République, des femmes oubliaient dans des cafés des foulards de soie orie. Le surlendemain, la planète entière se demandait ce qui allait encore arriver. Des panneaux publicitaires oris aux caractères blancs sont apparus aux mêmes endroits. « ORI », disait celui d'Akihabara. « オリ », disaient les autres.

dixième intermède

LE PÉTONCLE

Les coquillages sont des animaux de l'ombre, sauf le pétoncle, nom masculin, qui aime la lumière. En France, on l'appelle *coquille Saint-Jacques*, mais, pour Rogatien, la coquille Saint-Jacques a toujours été une recette de pétoncle, servie, comme au Château Frontenac, sur des coquilles importées d'Europe. Les coquilles des pétoncles du Golfe n'ont pas ce blanc. C'était sa spécialité : la chair bien cuite des pétoncles dans une béchamel claire et salée, une frise de patates pilées faite avec une douille à pâtisserie cannelée quand il voulait épater, le tout recouvert du meilleur fromage qu'il trouvait. Il mettait les coquilles sous le *broil* jusqu'à ce que le fromage dore et que les patates brunissent. Il servait ça, saupoudré de ciboulette, à ses amis qui n'aimaient pas la lumière.

C'est de la viande, les convainquait-il, du muscle.

Comme tous les coquillages, les pétoncles naissent accrochés par des fibres au fond de la mer ou à une roche. Ces fibres font la barbe des moules ; celles des huîtres se minéralisent. Le pétoncle s'en déprend. Son muscle puissant lui sert à nager, en séparant et en ramenant ses coquilles dans un mouvement propulsif de mastication.

Sans attache, il est toutefois grégaire. On trouve au fond du golfe des bancs de pétoncles qui s'avancent en mâchant l'eau jusqu'à ce qu'ils rencontrent la drague de l'humain, la pince du crabe ou l'étreinte mortelle de l'étoile de mer. Les individus les plus voyants peuvent vivre vingt ans. Ceux-là composent la catégorie U10 : dix noix de pétoncle par livre.

Comme toutes les filles rousses, à cause de Botticelli, Laurie s'est posé beaucoup de questions sur le pétoncle. Quand de petits chocs dans sa peau l'avertissaient de sa présence dans les rêves de Mori, il arrivait qu'elle s'imagine, féminité même, faire du surf sur la coquille déployée en tentant de cacher le bas de son ventre avec ses cheveux trop courts pour ça.

La plupart de ses questions ont cessé lors d'une visite de la chaîne de congélation des Pêcheries. Les couteaux habilement maniés, le bref va-et-vient de la lame, le passage à l'étape suivante. Nulle vénus miniature ne jaillissait cheveux au vent, un sein à l'air. C'était plutôt un réseau de tubules visqueux recroquevillés autour d'un œuf rouge vif. Cet œuf faisait peur au monde. Son goût de terre du fond marin, d'abat sur et algueux, son apparence extraterrestre ne pouvaient pogner en Occident : direct en caisses surgelées, direct à Dorval, direct au Japon. C'était l'ovaire.

Au milieu des parties répugnantes du pétoncle ouvert trônait, monolithique, le pieu blanc, le muscle qui a servi, la viande, la noix. Ça, Rogatien le gardait pour lui et le marché local.

Contrairement aux autres bivalves de sa famille, le pétoncle s'ouvre souvent. Il offre un interstice, une frontière plus poreuse entre l'extérieur et l'intérieur. C'est à cette jonction que sa vie prend son sens.

Sur la chaîne de congélation, avec un couteau à mastic tout en s'aidant beaucoup de leurs doigts, les désosseurs retiraient une bande caoutchouteuse double, comme un anneau. En fixant leurs mains du regard, Laurie devinait que cette bande servait à sceller la coquille. L'anneau était orné d'une centaine de billes minuscules à peine plus grosses que des graines de pavots et du même noir bleu.

— Qu'est-ce que c'est ?

— C'est leurs yeux, la surveillait Guenille.

— Ils voient ?

— Je pense bien que oui. Elles ont des yeux en tout cas.

Je me demande ce que c'est que d'être un pétoncle. Ma vue est mon sens le plus développé parce que je suis humain. Je peux cependant fermer mes yeux et faire taire ma vue. Si je pince mon nez, mon odorat continue d'être stimulé par l'arrière, par l'air qui entre par ma bouche. Si je bouche mes oreilles, j'entends encore les bruits internes de mon corps. Même si je reste nu, il y a toujours de l'air sur ma peau. Ma bouche s'est depuis longtemps habituée à son propre goût, mais je ne peux pas décider de ne pas goûter. Ma vue est le seul sens que je peux volontairement éteindre. Mais, même éteinte, par ma mémoire du monde, elle continue de se manifester. Quand j'éteins ma vue, j'ai l'impression d'être plus près de ma conscience ; mais un tableau n'est pas sa toile, mais un roman n'est pas son papier. Il paraît que les aveugles de naissance rêvent sans image. D'autres sens que la vue réussissent à les relier au monde et à leur donner le sentiment d'exister.

En 1974, dans son article *What Is It Like to Be a Bat*, Thomas Nagel avance que la conscience est cet état qu'on peut décrire par « comment c'est que d'être quelque chose ». En tentant de se représenter ce que c'est que d'être une chauve-souris, c'est-à-dire de connaître le monde par les moyens d'un sonar et de l'écholocalisation, il a voulu montrer que l'expérience a une qualité subjective qu'une compréhension de ses mécanismes physiques ne rend pas. Cette qualité subjective, fondamentale, est la conscience.

Les yeux des pétoncles, globes miniatures bâtis sur autant de miroirs concaves et dotés d'une rétine à deux couches, donnent à croire qu'ils ne voient que des ombres et de la lumière, mais que l'ombre n'est pas pour eux simplement l'absence de lumière[1]. Les cellules de la première couche de la rétine détectent les changements d'intensité lumineuse de façon diffuse et sans localisation précise. Un arc-réflexe met à profit la seconde couche et provoque la fermeture instantanée de la coquille quand l'ombre d'une étoile de mer s'abat sur le pétoncle. L'ombre est une menace. Le pétoncle a tout pour situer cette menace dans l'espace et s'en éloigner en nageant. Dans un champ d'une intensité changeante, on peut supposer des taches mouvantes et dangereuses. Il n'y a pas là-dedans de couleurs. Quand il n'y a pas de couleurs, on dit que c'est du noir et blanc, mais il faut avoir vu les couleurs pour reconnaître le noir et blanc. Ce n'est pas une couleur : c'est l'empreinte du monde sur la lumière.

Des merveilles, des ombres et des couleurs sous-marines, le pétoncle ne verrait que le strict nécessaire. À sa façon, il est voyant.

---

1. Voir S. E. Shumway et G. J. Parsons, *Scallops : Biology, Ecology and Aquaculture*, deuxième édition, Elsevier, 2006, chapitre 5.

29

L'Homme qui part

Alors ça y était, réalisait lentement Megumi Ishikawa en fumant une cigarette à la pêche sur le balcon de son appartement de Chiba. Il avait réussi. Une amertume mêlée de fierté douce remplissait ses poumons à chaque bouffée. Il faisait gris, mais la température était agréable. De l'intérieur, Ren frappait contre la fenêtre avec sa main ouverte. Il voulait lui montrer un lion souriant dans un dessin animé. Après l'avoir calmé d'un sourire tendre, Megumi a de nouveau porté son regard vers l'horizon. Devant la gare, très visible, on venait d'installer un panneau : un grand rectangle ori. Aucune indication écrite n'était désormais nécessaire.

Il n'y avait pas de plus belle chose pour elle que la conscience de l'affadissement. Elle allait passer les jours suivants à tenter d'endormir Ren après le dîner en le berçant, en lui chantant longuement la chanson de la sieste. Après avoir réussi, elle profiterait du sommeil bref de l'enfant pour aller boire sur le balcon la deuxième infusion du thé. Elle allait longuement fixer le panneau, en tentant de comparer son ori au souvenir plus vif qu'elle en gardait de la veille. Elle ne fumerait pas. L'instant ne se prêterait pas au tabagisme. Elle rentrerait quand Ren se réveillerait de mauvaise humeur. Les premiers pleurs entendus par la porte entrouverte la ramèneraient à sa solitude et poseraient encore des questions impossibles.

L'ori était pour elle une blessure et une promesse. Mori était parti vite quand il était parti. Elle n'était plus certaine de l'aimer et elle n'était plus certaine qu'il l'aimait. La confusion est une chose qui vieillit bien ; toujours irrésolue, patinée, elle prenait sa place dans la poitrine mince de Megumi. Si elle n'avait pas rassemblé son courage et son français pour appeler ce Frédéric Goyette, si l'irruption de l'ori dans son existence l'avait surprise, elle n'aurait pas pu la relier à cette confusion ancienne qu'elle aimait faire vivre en elle. Une confusion nouvelle l'aurait remplacée, trop vive, sursaturée de questions, pleine de nouvelles douleurs.

Un mercredi soir, deux semaines auparavant, à cause d'un vent trop froid pour la saison, lasse du tricot, des livres et de la cigarette, culpabilisée par Ren, elle avait décidé d'appeler Ito. Son numéro était sur un Post-it collé à la page quatre cent cinq d'*À l'ombre des jeunes filles en fleurs*, dans un tiroir de la commode de paulownia de la grand-mère de Mori.

— Je vous dois d'être honnête, madame Ishikawa,

lui avait dit Ito en japonais au téléphone, inconscient que, comme dans les livres, ça sortait en français. Et un bon français à part ça. Mais je me dois aussi d'être brutal.

— Est-ce qu'il va bien ? Est-ce qu'il se livre encore à cette cause plus grande que les humains et qui suffisait à remplir son cœur ?

— Je vais vous dire ceci : s'il revient au Japon, je vais le tuer. Et s'il reste là où il est, eh bien, je vais peut-être le tuer aussi. Ce sont les ordres. Ça ne fait pas nécessairement mon bonheur.

— ?!..., s'était assommée Megumi.

— Je sais. C'est horrible, avait poursuivi Ito avec frimas. Comme je vous dois d'être honnête, comme je me dois d'être brutal, je vous dois d'être gracieux. Servez-vous de votre français et appelez M. Frédéric Goyette au +1 418 555-0176.

— Qui est ce Goyette ?

— Un fonctionnaire en manque d'intrigue, un malacologiste compétent ou l'idiot du village. Peut-être les trois en même temps. Vous choisirez. J'ai su qu'il avait appelé au Conglomérat il y a quelques jours en demandant Mori Ishikawa.

— Idiot du village, vous dites...

En parlant à Goyette, Megumi s'était replongée dans sa vieille histoire corrosive maintenant adoucie. L'ori était pour elle la beauté du passage du temps sur cette confusion : blessure parce que la joie blesse quand on la devine dans la vie d'un amoureux perdu ; promesse parce que, dans cette couleur, Mori continuait.

Son existence s'étirait et couvrirait bientôt la planète. Elle savait qu'elle pouvait y croire, au moins symboliquement. *The Song Is You*, disait le vieux standard jazz qu'elle aimait. Peut-être pouvait-elle y croire de façon si littérale : la couleur, c'est toi. Quand il voyait le panneau, en tout cas, Ren le pointait beaucoup.

— オリ, lui enseignait sa mère en séparant les syllabes. O-ri.

Goyette avait parlé à Megumi quand Robert était mort, mais peu, parce que Laurie l'appelait toutes les dix minutes. Mori aussi appelait en même temps, mais il ne lui avait pas répondu. Ils avaient reparlé juste avant les funérailles, Megumi et lui, puis quelques fois par la suite : trois ou quatre heures en tout, mais par segments de vingt minutes parce que Ren se réveillait et que c'étaient des heures sans bon sens à cause du décalage. Goyette aimait connaître Megumi. Elle aimait le jazz, alors que Mori, Goyette l'avait depuis longtemps déduit, était clairement un gars de classique. Elle se passait des courbettes et de l'enflure honorifique dont Mori ornait son français. Elle avait aussi une voix douce quand elle n'était pas énervée et elle donnait à entendre une vulnérabilité dont Goyette se nourrissait. En l'écoutant, parfois, il se rendait compte avec embarras qu'il bandait.

Goyette avait tout enregistré. Il avait rempli un cahier de notes en réécoutant les conversations. Il aimait que son histoire se télescope. Entre leurs conversations, il allait regarder la résidence des Ishikawa à Chiba dans Google Street View. C'est de ce balcon qu'elle lui parlait. Lui à Baie-Comeau ou à une table tranquille du casse-croûte Chez Cécile, elle en banlieue de Tokyo, vivaient des choses semblables, pour les mêmes raisons et devenaient tour à tour une cause des sentiments de l'autre. Étourdi par la rencontre, il ne s'en tenait pas aux faits. Il voulait l'étirer jusqu'à sa limite.

En relisant ses notes, Goyette se rendait compte qu'il s'attardait toujours aux mêmes pages, des pages de vie et de chocs qui deviennent de la vie. C'est dans la condensation du quotidien que se trouve la vérité. Comme ça ressemblait à de la littérature, l'idée lui est passée par la tête d'appeler ça *Cinq moments de la vie de Megumi Ishikawa* et ce n'était pas une mauvaise idée.

Cinq moments de la vie de Megumi Ishikawa

—

Megumi Hamasaki et Mori Ishikawa étaient mariés depuis deux mois. Ils s'étaient rencontrés dans un cours de français avancé à l'Université Keiō. Mori venait de trouver un emploi au Conglomérat des teintes, couleurs, pigments, mollusques et crustacés d'Isumi, tout de suite après avoir obtenu son diplôme d'ingénieur en optique.

— Vous trouvez pas ça bizarre ?

— Quoi ? Qu'est-ce qui est bizarre ?

— Comme compagnie : teintes, couleurs, pigments, mollusques et crustacés…, a laissé en suspens Goyette en s'imaginant une caisse d'huîtres Benjamin Moore.

— Bien sûr que c'est bizarre.

Elle aimait ses cheveux épais à la coiffure démodée, sa face et ses mouvements trop vieux pour lui. Au temps des feuilles rouges, ils allaient voir les feuilles rouges comme les couples le font. Pareillement avec les fleurs de cerisier. Ils faisaient l'amour.

— Souvent ?

— C'est indiscret.

— N'y voyez qu'un excès d'emballement, a fait Goyette en se rappelant les manières de Mori.

— J'y verrai bien ce que je voudrai y voir.

— Oui. D'accord. Pardonnez-moi.

— À quoi bon la pudeur désormais, a fini par soupirer Megumi.

Assez souvent pour qu'elle devienne enceinte, ce qui était embêtant. Mori travaillait comme un jeune cadre japonais (il n'avait pas toujours le temps de faire l'aller-retour en train pour rentrer chez lui entre deux journées de travail). Elle finissait sa maîtrise sur les fondements de l'immanence dans les contes pour enfants traditionnels japonais.

Il a eu une journée de congé au temps des fleurs de cerisiers. Elle a préparé un pique-nique. Elle répétait dans le miroir les mots, la façon de l'annoncer. Elle avait des nausées, une jupe en soie pêche et des bobettes blanches qu'il a vues quand elle a étendu la nappe et qu'elle s'est assise. Sur ses bobettes blanches, un cercle rouge grossissait.

— Tu as tes règles, Megumi, s'est-il aigri en pointant un doigt malhabile.

— Quel con! a senti le besoin d'ajouter Goyette.

— Il ne savait pas. Et ça fait si longtemps...

二

— Jeudi dernier, je vous ai accusé d'être indiscret et je m'excuse d'avoir été si abrupte.

Goyette a trébuché sur ces mots de Megumi avant de comprendre que, pour lui, c'était mercredi dernier. Décontenancé, il a cru manquer d'aplomb pour lui répondre.

— Je devais l'avoir mérité, s'est-il automatiquement accusé.

— Je veux vous aider, même s'il me faut pour cela dévoiler des choses très intimes.

Ça commençait bien quand même.

— M'aider à quoi?

— À protéger Mori. C'est tout ce qui compte, même si, je ne peux le cacher, je souhaite qu'il revienne au Japon, mais ce n'est plus sûr pour lui ici... Je ne peux vous demander de rendre le Japon moins dangereux pour lui, a concédé Megumi en expirant de la boucane aux pêches.

L'hésitation de Goyette s'est transformée en un doute étourdissant. Circonspecte, Megumi s'est mise à raconter des mois difficiles où elle voyait son mari peu, saoul et toujours la nuit. Ils avaient emménagé dans un appartement de Chiba : un petit quatre et demi, comprenait Goyette, ridiculement grand pour eux deux. Megumi faisait des arrangements floraux, continuait ses lectures compliquées et ses cours de français. Mori continuait de l'aimer, mais il aimait davantage l'idée d'elle. C'était comme s'il ne l'aimait pas dans la réalité. L'appartement, les repas, ses vieux meubles patrimoniaux, ce que Megumi faisait de ses journées, il s'en était désintéressé. Il avait arrêté de lire des romans et ce n'était pas son habitude non plus. En même temps, elle sentait en lui un attachement renouvelé, profond et indicible, qui paraissait au fond de ses regards plus longs et beaucoup aussi par le sexe. Mori ne se trouvait plus dans la nécessité physiologique de dormir, de manger, d'étancher sa soif. C'est là qu'il s'est mis à utiliser pour désigner le cours de sa vie des expressions comme « quelque chose de plus grand que moi », « une fonction supérieure », « une expérience transcendante ».

— Évidemment, précisait Megumi moins fort, un homme ne tient pas ce genre de discours en continuant d'essuyer la vaisselle ou en donnant son avis sur la race de chat à adopter.

— Qu'est-ce qui se passait ? l'encourageait Goyette depuis le casse-croûte Chez Cécile en ayant peur de la perdre dans la friture abondante.

— Il m'a convaincue qu'il devenait un dieu.

— Un dieu ?

— Non. Ce n'est pas ce que je voulais dire, pardonnez-moi. J'aurais dû insister davantage sur le mot « devenait ». Je croyais, et lui aussi, qu'il venait d'échapper au quotidien. Il me parlait souvent du rapport entre les causes et leurs conséquences, il le sentait s'inverser.

— Comme un dieu ?

— Laissez-moi clarifier... Une partie de lui devenait divine. À certains moments, c'était évident, son existence s'épaississait. Puis, la minute suivante, il voulait continuer d'exister de cette façon, mais il n'y parvenait pas. Tout ce qui persistait, c'était la possibilité pour lui d'accéder à cette deuxième couche d'existence. Il se préoccupait avec, je dirais, une grande rage de trouver son début, son milieu et sa fin. Puis il rejoignait quelque chose et il se remettait à briller. Alors, il savait exactement pourquoi et comment exister.

— Quand vous dites qu'il brillait, est-ce que c'était physique ? Est-ce qu'il émettait un rayonnement lumineux ?

Goyette n'avait pas trop compris ce qu'elle voulait dire avec toutes ses affaires de dieu, mais ça faisait un bout qu'il se sentait comme ça lui aussi. Au moment même où il écoutait Megumi et où ses mots prenaient un sens pour lui, il avait l'impression d'atteindre ce niveau supérieur d'existence. Il constatait aussi que ça s'était passé progressivement. S'il n'avait pas vu la vague de seize heures dix-sept, il ne s'en serait jamais rendu compte, mais quand il avait joué la finale régionale de football et quand il avait décidé de revenir sur la Côte-Nord en regardant avec Myriam un film plate à TVA, il avait ressenti une impression semblable. La vague de seize heures dix-sept avait rendu le tout plus évident. Maintenant, il avait recréé l'ori, puis il l'avait vu aussi sur la banquette arrière de la Lincoln de location de Mori, dans la malle à oculaires. Il ne se sentait pas un dieu pour autant.

« MOI AUSSI ! » avait écrit Goyette en majuscules avec un point d'exclamation dans la marge de ses notes sur cette discussion avec Megumi. En les relisant, il s'était demandé s'il aurait dû le faire.

Aucun détail pornographique n'avait été donné, mais Mori avait eu à cette période un orgasme très fort en pénétrant Megumi, le genre d'orgasme qui transfigure et qui peut même vous faire ressembler à quelqu'un d'autre. Elle n'avait pas dit à qui.

Elle avait alors prétexté avoir oublié son paquet de cigarettes dans la cuisine pour se lever et partir parce qu'elle avait une drôle de sensation au sexe. Elle ne voulait pas rester dans la chambre. En marchant nue dans l'appartement, elle avait senti le sperme de Mori s'échapper le long de sa cuisse. Elle l'avait retenu avec sa main. Elle avait tout fait un peu machinalement à la salle de bains, mais, le sperme de son mari, elle ne pouvait le regarder, pas même dans le miroir. Sa tête tournait toute seule avant même qu'elle ne puisse sentir que ça l'éblouissait.

Il y a eu un long silence. Goyette l'a entendue pleurer et allumer une cigarette.

— Je vous trouve très brave de me dire cela. Je vous promets de n'en parler à personne. Ça m'aide énormément. En fait, si vous gardez le secret vous aussi, je peux vous dire qu'il y a des hommes de ma connaissance à qui c'est arrivé, ici même, sur la Côte-Nord.

Megumi avait déjà raccroché. Le bruit n'était pas celui de son briquet.

三

« Je suis ingénieur, à mon compte », a répondu Mori à l'hôpital quand on lui a demandé sa profession pour un formulaire d'état civil. Ren tétait pour la quatrième fois. C'est ainsi que Megumi, abattue et lactifère, s'est rendu compte que son mari avait perdu son emploi au Conglomérat. L'infirmière a fait une face hautaine comme si elle s'attendait à mieux.

Mori a été un peu plus à la maison pendant les deux premiers mois de la vie de Ren. Il n'était pas un très bon père. Ce qui maintenait l'amour avec Megumi – la densité des regards et des gestes, le sexe dangereux, le jeu d'accordéon avec le temps – ne valait rien pour un bébé. Chaque fois qu'il tenait son fils, elle avait l'impression qu'il le trouvait beaucoup trop réel. Il semblait le savoir et faire de son mieux. Il est alors reparti. Il s'absentait parfois trois nuits, quatre nuits consécutives et revenait en lui disant qu'il venait de toucher au fondamental. Elle, elle touchait à leur bébé, beaucoup.

Il lui a dit qu'ils allaient devenir très riches. Elle se demandait comment il faisait pour payer encore le grand appartement. Une fois, il a eu un œil au beurre noir. Un accident de microscope, a-t-il allégué, puis, épuisé, il a concédé que tout changeait et devenait plus dangereux. Pas dangereux comme elle l'imaginait, mais dangereux néanmoins. Elle tentait de lui expliquer que la vraie richesse, c'est la tranquillité et qu'elle s'en était toujours crissée, de l'argent, de toute façon. Elle ne changerait pas. Il ne comprenait pas. Ils s'éloignaient.

Un lundi, vers neuf heures du soir, un dénommé Ito s'est présenté à leur porte. Il avait un complet noir et une cravate bleue étroite nouée très serré. Quand il est allé sous la lampe, elle a pu voir par transparence à travers sa chemise légère son torse entièrement tatoué. C'était un bandit et elle était seule avec Ren et lui. Il lui a donné douze millions de yens dans une boîte de thé métallique en lui disant qu'ils appartenaient à Mori, qu'il ne serait pas là pour quelques semaines et qu'il voulait lui laisser l'argent. Ito a obtenu d'elle qu'elle note son numéro de téléphone cellulaire sur un Post-it. Elle l'a mis dans un livre et il est parti.

— Il m'a dit de l'appeler si Mori ne revenait pas. Il est revenu, mais il est reparti. Ça fait près d'un an maintenant. J'ai appelé. C'est Ito qui m'a donné votre numéro. Il m'a dit qu'il tuerait Mori, a-t-elle toussé plusieurs petits coups, s'il revenait au Japon. Il m'a aussi dit qu'il le tuerait peut-être s'il restait là où il est.

— Il est vivant, s'est empressé de la rassurer Goyette.

四

Megumi allaitait Ren en se demandant s'il n'était pas trop vieux pour ça. C'était une journée ensoleillée et Mori n'était pas là. Le vent déroulait des ombres sur les lattes larges du plancher. Il n'y avait pas d'autres sons : si ce n'était de sa succion vorace, on aurait pu croire Ren endormi, la tête sur l'accoudoir rembourré du fauteuil, un bras de sa mère enroulé autour de son corps. Il a alors disparu.

Megumi somnolait comme un cerf-volant que Ren aurait tenu avec sa bouche. Le flot intermittent de son lait la maintenait dans un demi-sommeil. Quand il s'est interrompu, elle allait s'endormir complètement. Sa tête est tombée vers l'avant, entraînant son bras et le poids qu'il ne portait plus. Elle a crié avant de s'en rendre compte : Ren et tout ce qu'il y avait de textile sur lui avait disparu, brutalement, sans le moindre affadissement. Un jet de lait resté suspendu a taché l'accoudoir du fauteuil.

On fait rapidement le tour d'un petit quatre et demi. Pas de bébé. Son iPhone a sonné. C'était Mori.

— Allô, a su se contenir Megumi.

— Mon amour…

— Ren ! Ren ! haletait la maman.

— Tabarnac ! a soupiré Mori comme un aveu.

— Qu'est-ce que ça veut dire, ce mot ? a voulu savoir Goyette dans le long silence qui a suivi.

— Je ne sais pas… Putain de merde ? Ce que vous voudrez. C'est l'un des pires de la langue japonaise.

Mori est revenu, mais pas tout de suite, tard, passé minuit. Il a pris le temps qu'il faut pour rendre fou n'importe quel parent qui aime son enfant. Quand il a ouvert la porte, elle lui a lancé par la tête une théière en fonte en la faisant tournoyer par l'anse métallique. Il s'est de justesse ôté la face de là. Megumi s'est effondrée. Elle a pleuré en boule toute la nuit.

— Il va revenir... Il va revenir..., lui répétait Mori périodiquement comme une horloge parlante en tentant de lui flatter les cheveux.

Tout ce qu'elle avait à faire, c'était de s'installer dans le fauteuil exactement dans la même position deux jours plus tard, la tête droite, un sein à l'air, le mamelon dirigé vers la fenêtre, à seize heures seize. Une minute après, Ren est revenu, souriant. Il a gazouillé, il a pris le sein et il a bruyamment souillé sa couche.

Le pire, c'est que c'est encore arrivé après. Megumi, habituée malgré elle à un mari absent, devenait la mère d'un bébé intermittent. Chaque fois – qu'il soit en train de siester paisiblement, distrait par une marionnette à doigt, allongé en plein changement de couche, occupé à refuser les lèvres vibrantes une cuillérée de taro –, il se dématérialisait trop vite pour l'œil avec tous ses vêtements, et il réapparaissait quelques heures plus tard si l'on recréait les conditions de sa disparition.

Goyette, chaviré devant son diagramme, comprenait qu'il n'avait rien de Sherlock Holmes. Il le connaissait, Ito. Saturne lui en avait parlé. À Tokyo, le frère Lelarge l'avait même vu *par accident* éjaculer du sperme irregardable. Megumi lui en avait parlé pour la première fois il y avait au moins trois jours. Quand tous tes eurêka viennent avec l'impression qu'ils arrivent en retard, c'est probablement que t'es pas fait pour être détective, découvrait-il, les deux pieds dedans.

— Ce que vous me dites est d'une importance capitale, continuait tout de même de se la jouer Goyette, j'enquête actuellement sur de telles disparitions.

Pour s'expliquer, Mori était arrivé une nuit avec ce qu'il appelait tantôt un « intégrateur », tantôt un « visualisateur bêta », tantôt un « prototype », et qui avait l'air d'une Zero Halliburton avec deux kaléidoscopes et des poignées de caoutchouc texturé.

— Je cours de graves dangers en l'amenant ici, mais je veux que tu puisses voir, car je t'aime.

Megumi pleurait en racontant ça. Ces mots-là se disent rarement au Japon. C'était juste la deuxième fois.

— Non.

— Regarde. Tu ne verras plus rien comme avant après.

— Non, Mori. Non.

Megumi n'en parlait à personne (elle prétextait auprès de sa mère et de ses quelques amies le long voyage d'affaires), mais à ce moment, ils avaient cessé de former un couple, peut-être. Mori avait pris ses cliques, ses claques et sa machine. Il était parti dans un long imperméable. Megumi n'en avait plus entendu parler jusqu'à ce qu'elle ose appeler Ito.

— Ito. Ito. Ito, s'est mis en crisse Goyette après avoir raccroché.

Il a lancé sur le diagramme l'essentiel de ses articles de bureau, même ceux dont l'encre coule facilement. Après sa colère, il s'est rendu compte que Myriam était dans le cadre de porte.

— Fred. Du calme. Du calme, l'apaisait-elle, la larme à l'œil. Je veux pas te reperdre.

五

Devenue méfiante face à toute technologie, et accaparée par Ren, Megumi ne savait rien du buzz quand elle a reçu le magazine *Hanako*. Elle y était abonnée depuis son adolescence. Elle le lisait dans un grand fauteuil brun, en bobettes blanches et en blouse violette. La fenêtre ouverte laissait le vent rafraîchir sa peau et charrier les odeurs du printemps. Ren dormait. Elle interrompait parfois sa lecture pour regarder son corps dans le miroir du salon et se trouver belle. C'était nouveau : elle s'était considérée irrémédiablement enlaidie par la grossesse. Elle ne sortait pas souvent de son appartement, mais ça recommençait à lui tenter.

— Wow, est-elle tombée sur la page. Wow, disait-elle en anglais à voix haute, wow.

C'était lui. Ce ne pouvait qu'être lui, même si elle n'en avait aucune preuve. Une haine pour les deux filles de la photo s'est emparée d'elle, une haine spontanée, qu'elle n'avait jamais connue et dont la violence l'étourdissait.

Elle les détestait. Deux filles blanches, vulgaires. Celle d'un blanc plus foncé lui paraissait un rien moins haïssable, mais la rousse ! Son regard vague lui donnait le mal de mer. Elle a vomi du riz aux feuilles de thé. Elle a cru voir de l'ori dans son vomi. Debout, toujours en bobettes, sans savoir pourquoi, elle serrait les dents et voulait démolir la face à quelqu'un.

Elle a appelé Goyette.

— Vous avez vu ça ?

— Oui. Oui. Vous parlez du magazine Hanako ?

— Comment savez-vous ? a-t-elle ragé.

— C'est partout. Il paraît que la couleur est plus vive dans la version imprimée.

— Elle est bien assez vive. Qui sont ces filles ?

— D'accord… d'accord, a-t-elle fini par tirer du nez de Goyette. Ce sont les sœurs Lelarge. Des filles du village. On les aime bien, ici.

Goyette comprenait sa colère qu'elle disait pourtant venue de nulle part.

Puis l'ori s'est affadi. Il n'y avait rien de plus beau.

— Vous savez, bandait Goyette, c'est ce qu'il y avait dans la mallette d'aluminium. Quand on met les yeux dans les oculaires. On voit cette couleur-là, l'ori.

Megumi s'est tue un long instant coûteux.

— Je propose qu'on ne se parle plus, a-t-elle décrété. Vous vous êtes bien servi de moi. Partons chacun de notre côté avec l'impression de tout savoir.

Des ouvriers en combinaisons de polyéthylène ont installé le panneau ori devant la gare.

La poudre irregardable était faite des vacillations de la vie humaine, avait conclu Goyette, de nos moments d'absence, de coma, d'amnésie ou de disparition, de ce qui met la vie en suspens. Les fruits de mer pouvaient provoquer ces vacillations, vous intoxiquer, mais, vivants, ils arrivaient à saisir ces moments et à en faire des surplus de réalité, sous la forme d'une couleur. Ils étaient la source et la réalisation de l'ontotoxine.

Goyette continuait d'aller stationner son pick-up à Baie-Trinité. La veille, il avait fait quinze. Tout le monde au village avait un petit air subjugué, même Cécile. Au poste de nouvelles en boucle sur l'écran de son casse-croûte, elle s'était vue commenter l'affaire.

— C'est pas croyable. C'est un village tranquille ici. Paraît qu'ils ont installé des détecteurs de métal aux portes de l'usine. C'est pas un aéroport, tabarnouche. Puis pourquoi ? Une nouvelle couleur. Comme si le monde avait besoin de ça… Je vais vous dire, le rouge, le bleu puis le jaune m'ont bien suffi toute ma vie. Puis le jaune, si c'était pas de la moutarde, je pourrais ben m'en passer.

La septième fois que ça a défilé, elle s'est cloué le bec d'un coup de télécommande.

— Au moins, tu t'es bien retenue pour pas sacrer à la tévé, a observé quelqu'un.

— Veux-tu me voir sacrer, toi ? l'a défié Cécile. Tu croiras pas à ça.

— Ding, l'a rappelée la minuterie de la friteuse.

Ça devenait de toute façon de plus en plus difficile de parler parce que des journalistes de partout dans le monde peuplaient les banquettes du casse-croûte. Ils commandaient en anglais et Cécile leur répondait sur le nerf. Elle manquait d'ingrédients tous les jours et ça la forçait à improviser. Goyette l'avait vue servir à des Russes des frites-sauce aux bourgots hachés en leur faisant croire que ça existait.

Goyette se sentait bien, lui. Il faisait beaucoup l'amour. Il détenait toutes les armes de Mori Ishikawa : son Glock, d'abord, qu'il portait maintenant sur lui. Il s'était pratiqué dans le bois, sur des cannettes de *påskmust*. Puis un cahier rempli des confessions de la femme de Mori. Il connaissait aussi le procédé de fabrication de l'ori à partir de l'ontotoxine : il fallait la faire métaboliser par un mollusque. Et les mollusques, en tant que responsable local du Programme canadien de contrôle de la salubrité des mollusques, c'était sa juridiction. Mori était moins dangereux qu'il l'avait cru : tout le Japon semblait lui vouloir du mal.

Au bout du quai, Goyette a rassemblé son courage. Il devait aller à la rencontre de Mori. Il devait lui dire que, pour lui, la salubrité des mollusques, ça n'avait rien d'une blague. Il voulait l'empêcher de faire disparaître des gens, car on ne sait jamais sur qui ça peut tomber. Surtout, il voulait lui dire qu'il savait tout.

Il l'a pris en filature. Mori a garé sa Lincoln de location devant le IGA de Baie-Comeau. Au rayon des riz de fantaisie, Goyette s'est dit que c'était là où jamais.

— Monsieur Ishikawa.

— Vous êtes venu m'arrêter ? ne s'est pas étonné Mori dans son cardigan noir.

— Non. Non. Je vous l'ai dit. Je ne suis pas un flic.

— Alors ? Que puis-je pour vous ?

— Comment va Ren ?

Le regard de Mori a dévié vers une poche de basmati. Ses poings se sont fermés tout seuls, puis, comme s'il en avait pris conscience, il les a rouverts. Il a relevé sa face.

— À qui avez-vous parlé ?

— À Ito.

Mori a eu un soupir de mépris. Il s'est retourné vers les sacs de riz, comme s'il voulait que leurs grains absorbent le son de sa voix.

— Non. Vous avez parlé à Megumi. J'espère qu'elle va bien, a-t-il grimacé.

— Il y a longtemps que vous avez parlé à Ito ? a poursuivi Goyette, fidèle à son plan de match.

— Pensez-y un peu, monsieur Goyette. Si je peux être certain que ce n'est pas à Ito que vous avez parlé… qu'est-ce que ça veut dire ?

Ito était mort. Goyette sentait que ça n'allait pas assez vite dans sa tête.

— Je sais ce que vous faites, a changé de sujet Goyette pour la troisième fois en une minute.

— Oui. Je fais de l'ori. C'est une nouvelle couleur. C'est fait en matérialisant la conscience humaine et en la faisait digérer par des mollusques.

— Euh… Je veux vous dire qu'en tant que responsable local du Programme canadien de salubrité des mollusques…

— Arrêtez, l'a coupé Mori, faites ce que vous voulez avec la salubrité des mollusques. Tout le reste, arrêtez-le. C'est vain. Vous avez été sur mon parcours une entrave négligeable, a-t-il un peu cherché ses mots. Si ça vous a procuré des sensations fortes, tant mieux. C'est fini maintenant.

Goyette voulait partir. Mori l'accablait d'une honte profonde, typiquement japonaise, qui s'enroulait comme un serpent autour du sens profond qu'il avait de son identité.

— Je veux juste savoir, s'est adouci Goyette. Pourquoi ici ? Baie-Trinité ? Pourquoi Laurie ? Vous aviez besoin d'une femme ?

— Comme un homme, j'ai besoin d'une femme. Laurie, c'est Laurie. Il faut bien que tout ça arrive à quelqu'un.

— Et la poudre ? Qu'est-ce que ça fait de se l'injecter ?

— C'est extraordinaire, a chuchoté Mori, mais il y a mieux, a-t-il poursuivi en crescendo… comme inventer une nouvelle couleur. Ça, c'est mieux. Je sais ce que vous allez me dire ensuite, et je ne veux pas vous en parler, car ce serait extrêmement indiscret de votre part. Je vais partir, s'est très lentement dérobé Mori.

Goyette a dû s'appuyer sur quelque chose. Il a fait tomber des sacs d'arborio sous vide.

— Ça va. Ça va, a-t-il éloigné les badauds, leur

adressant un sourire qui n'avait de vrai que l'édentement.

Il a dû passer par le département des fruits et légumes. Rendu à son pick-up, il s'est rappelé avoir vu quelque chose par terre : une pelure de banane. Il a aussitôt cru que Mori lui-même l'avait placée là pour lui nuire. Elle était là, dangereuse, burlesque : une entrave négligeable. Il avait su la contourner.

30

Dans la transparence infinie (un pli)

Sur la Côte-Nord, autour des pêches et des Pêcheries, des pêcheurs et des poissons, il arrivait que quelqu'un gagne le gros lot de la 6/49. La dernière fois, c'était Le Pic Dallaire. Ça ne virait jamais bien : Miami, poudre, prévisible balle dans la tête. Le mot se répandait vite et le récipiendaire découvrait combien il y avait de quêteux dans sa famille.

Grâce à Mori, les pêcheurs avaient collectivement gagné dix-huit millions de dollars. Individuellement, c'était juste assez pour que les plus vieux prennent leur retraite et que les autres cessent de pêcher un an ou deux, le temps que les prix se stabilisent, savait Mori, et qu'il construise son usine. L'association avait réparti le montant selon un système de quotas gossé par un comptable alcoolique. Qui est-ce qui s'est encore fait fourrer ? Les pêcheurs de bourgots. Ils ont eu chacun une quarantaine de mille.

L'argent brûle les doigts, surtout quand on s'en sert pour allumer un cigare. Avec les nouveaux billets de polymère, c'est plus dur. L'argent dégage alors des fumées toxiques. C'est ce que les frères Berthelot ont appris quand Sar'h a eu son chèque de l'association. Il était tranquille avec son frère et une Carling. Entre deux bouffées du cigare, il tirait sur une Player's.

— À te voir fumer, dans pas long, le quarante mille va être à moi, blaguait Louis en laissant poindre une convoitise.

— Que je te voie, mon tabarnac! répondait Sar'h avec de la boucane dans tous les orifices de sa face. De toute façon, t'as eu pas mal plus que ça pour ta maison.

Ils venaient de se rendre compte qu'ils profitaient des largesses du même donateur.

— Oui... bien... Parle, parle; jase, jase, là.

— Il t'en reste plus une câlisse de cenne!?!, a deviné Sar'h à ce « Parle, parle; jase, jase ».

Les frères Berthelot brossaient à la Carling dans le demi-sous-sol que Sar'h louait sur la 138. Sar'h disait toujours qu'il y avait pas mal de terrain qui le séparait de la 138, et il avait raison: personne n'aime vivre direct sur le bord de cette route-là. En ligne droite, sans jamais bifurquer, sept cent soixante kilomètres plus loin sur le même ruban de route, sur un disque dur au vingt-deuxième étage de l'édifice de Loto-Québec, un document confidentiel dressait la liste des tenanciers de bars qui empochaient le plus en commissions avec leurs machines de vidéopoker. Jean Claude Desrosiers, sans trait d'union, avait son nom au sommet, bien loin au-dessus de toute concurrence.

Trop content d'empocher sa commission record, Ti-Claude n'y avait jamais réfléchi, mais les pêcheurs ont avec le hasard une relation identitaire. Ils vivent en balayant de leurs filets le golfe immense et noir. De bancs en bancs, de talles en talles, la pêche est un jeu de hasard. Les fruits de mer sont parmi les choses les plus périssables; eux aussi brûlent les doigts. Habitués à des récoltes intermittentes de choses putrescibles, les pêcheurs ont un penchant naturel pour la dilapidation.

Mais ce n'est pas de cette façon que Guenille fut initialement crossé. Serge Touré et Kouamé Adie, deux adolescents ivoiriens, avaient réussi à se faire passer pour une jeune femme éprise de lui. Leur principal talent avait été d'identifier très rapidement ses préférences sexuelles et de lui faire miroiter, dans des courriels pleins de promesses pornographiques, un avenir meilleur.

Il ne s'était jamais demandé ce qu'une jeune Africaine plantureuse lui trouverait bien, à lui, parce que c'est lui qui était lui.

— En v'là au moins une qui virera pas lesbi, se masturbait-il avec apocope.

Émilien, le directeur de la caisse populaire de Baie-Trinité, n'avait rien dit. Les employés du Walmart de Baie-Comeau affectés au comptoir de la Western Union n'avaient rien dit non plus.

Serge avait fini par prêter à son frère la moitié de ce que Mori lui avait donné pour ses parts : vingt et un mille dollars. Parfois, ils prenaient place côte à côte avec une Carling aux machines, du côté sombre de chez Ti-Claude : Louis, parce qu'il avait besoin de plus que vingt mille pour refaire ses REER ; Sar'h, parce qu'il savait qu'il ne reverrait jamais les vingt mille qu'il avait prêtés à son frère.

Louis préférait jouer au poker, parce que ça lui donnait l'impression d'infléchir par la ruse sa destinée qu'il avait liée au hasard.

Sar'h ne comprenait rien au poker. Il jouait surtout aux 7 frimés.

— Je viens de t'en pogner une hostie de talle, laissait-il savoir à son frère quand beaucoup de sept s'alignaient.

Sinon, il perdait à Cloches en folie, un jeu qui proposait une cagnotte de mille dollars ; à La faune frimée, un jeu à cinq cents qui le menait directement dans la jungle : rhinocéros, girafe, zèbre, éléphant, sans oublier le roi de la jungle, le lion, qui était également le symbole frimé du jeu. Il se sentait loin des coquillages, mais plus près de l'abondance du bourgot que de la misère du bigorneau. De temps en temps, il se payait un voyage virtuel en Asie en jouant à Dragon triple fortune, mais il se tenait loin de Homards en folie. Ça lui a pris deux petits mois pour se vider les poches.

Guenille, quant à lui, en a eu pour quatre mois. Il étirait ça avec des petites mises. Ça lui faisait oublier la job sur la ligne de congélation, qui n'avait jamais été aussi plate. On avait bâti un mur entre les deux moitiés des Pêcheries, diaphane, comme une projection de petits ronds blancs sur une moustiquaire, qui donnait l'impression qu'on pouvait passer à travers tout en étant infranchissable. Le mur laissait voir de l'autre côté les deux poteaux de fer entre lesquels un courant d'une couleur différente naissait à tout bout de champ. L'arc électrique émergeait d'un réseau de prismes, de sphères et de pyramides recouverts d'aluminium gaufré. Un code déterminait la couleur des nombreuses conduites qui parcouraient les solides : jaune pour la ventilation, bleu pour l'eau froide... Au périmètre, des oursins et des pétoncles grouillaient dans des bassins surmontés de planchers à claire-voie. Louis apercevait de temps en temps un employé japonais ou, lui semblait-il, marocain accéder à ces planchers à l'aide d'escaliers à roulettes, faire une brève rotation des épaules et se dérober à la vue par un jeu de lumière entre le plastique de sa combinaison et les motifs du mur semi-transparent. Au centre se trouvait une coque métallique mate, hérissée d'antennes, de pompes, de pistons et d'autres tubes dont Guenille ne devinait pas la fonction. Ça avait l'air d'un oursin géant. Surtout, et c'était ce qu'il y avait de plus dérangeant, il arrivait que les conduites identifiées par la couleur orange se fissurent et laissent couler un liquide iridescent. L'écoulement était lent, en grosses gouttes. Sur le sol, le liquide s'accumulait sans s'étendre, épais, métallique, en grosses taches de miroir où se décomposait la lumière blanche. La main droite de Louis se serrait toute seule sur sa guenille quand il épiait ça. Ça évoquait *Terminator 2* en lui. Il pouvait presque sentir le frottement de cette tache du futur contre le tissu et contre ses doigts, l'impossible absorption. Ce n'est pas le genre de tache que tu essuies, plus le genre que tu ramasses, se surprenait-il à analyser avec envie.

Assise sur un fauteuil qu'elle avait déplacé dans le corridor du deuxième étage du presbytère, Laurie a levé les yeux de son livre pour voir par la baie vitrée un été tardif balayer la plage : soleil blanc dans le sable sec, dessèchement du varech, altocumulus dispersés. Au quai manquait l'affluence des crevettiers. Elle lisait. Comme d'habitude quand elle lisait, elle prenait à son insu des postures nonchalantes qui retroussaient sa jupe. Sur ses bobettes ories paraissaient les taches qu'ont les bobettes après quelques mois quand on les aime et qu'on les porte beaucoup. Demain, elle aurait dix-huit ans.

Florence avait pris le bureau de Robert et elle parlait comme lui, fort, en anglais, toute la journée. L'opportunité la transportait. Elle n'en dormait plus. Laurie ne la reconnaissait pas. Abattue et survoltée comme lui, la grande sœur avait aussi pris la place de Goyette, qu'on ne voyait plus. Elle en perdait de la douceur et, plus d'une fois, elles s'étaient pognées. Pour lui montrer sa bonne volonté, Laurie lisait un livre appelé *The 7 Habits of Highly Effective People*. Florence, entre ses appels, la mettait à jour en bourrasques.

Des *hedge funds* de la Silicon Valley surenchérissaient pour acheter vingt pour cent de la compagnie. Florence trouvait bien importante la différence entre un milliard US et un milliard canadien. Laurie comprenait que les offres échappaient à la gravité terrestre. Elle avait la sensation de vivre à un moment important, au milieu d'une bulle financière. Dès les premières lignes, elle s'était dit qu'elle ne lirait pas ce livre. Elle avait la capacité de lire : ses yeux identifiaient des mots qui, bout à bout, créaient des univers dans sa conscience. Cela lui paraissait sacré. Lire une telle chose tenait pour elle de la profanation. Le livre était juste assez grand pour qu'elle puisse y cacher un autre livre, plus petit, intitulé *Signaux pour les voyants*.

Ces mots je te les dis
dans cette langue d'outre-mer
dont on fait les coquillages.

Laurie se sentait naître dans le texte de Gilles Hénault. Mori s'en était rendu compte. Il avait eu ce sourire qu'elle avait appris à deviner et il lui avait dit que la poésie n'était que plus forte quand elle était clandestine.

Mori se rendait tous les jours au presbytère. Laurie soupçonnait qu'il n'aimait pas s'y trouver. Il se dégageait de ses gestes une impatience contenue. Malgré tous les efforts des nettoyeurs après-sinistre, quelque chose de mort planait. Florence s'efforçait d'aller de l'avant, de tout faire croître. Laurie évitait les pièces où elle avait découvert les cadavres. Elle lisait ailleurs en portant une lourdeur. Mori allait à l'essentiel. À Florence, il parlait des milliards. Il restait circonspect, méthodique face à son emportement. À Laurie, de plus en plus régulièrement, il offrait son sperme. Quand il lui arrivait de douter, de ne plus trouver sa place dans sa propre histoire, quand il lui arrivait même de se croire adjuvante, simple étape vers la rencontre capitaliste de sa sœur et de Mori, Laurie trempait ses doigts dans le contenu des petits pots de verre, toujours soigneusement emballés. Le brouillard montait alors en elle pour la rassurer.

Mais un jour, ça en a été trop. Mori avait fermé la porte de l'ancien bureau de Robert et il y était resté seul avec Florence pendant une bonne heure et demie. Laurie voulait continuer de lire, mais une angoisse l'en empêchait, puissante et mêlée d'une jalousie honteuse. En sortant, Mori s'est avancé vers elle avec son tortillement mi-timide, mi-bandé. Elle savait qu'il avait du sperme pour elle. Visqueux, il était dans une petite boîte d'acrylique transparente, faite comme un carton d'allumettes. L'acrylique avait été teinté en ori. Dehors, il faisait presque noir. Laurie n'avait pas allumé la lampe, même s'il ne restait plus assez de lumière pour lire et Mori s'en était rendu compte. Des étoiles apparaissaient sur fond bleu violet de l'autre côté de la paroi. Plus bas, le contraste s'amoindrissait entre le ciel, le fleuve bleu de Prusse et les rochers ornés d'épinettes noires.

— Ne partez pas, Mori, je vous en prie. Ne faites pas comme d'habitude.

Mori, après avoir laissé son sperme, se retournait toujours vite et partait à pas feutrés. Il a stoppé, ne tournant d'abord que son visage où paraissait plus de bonté que de déception. Même si ses mots l'étaient, son ton n'était pas accusateur.

— Le brouillard, alors, ne vous suffit plus, a-t-il constaté la bouche droite.

— C'est pas ça.

Mori s'est assis sur le sol, devant Laurie, adossé à la vitre. Laurie a allumé la lampe. Tout le paysage a disparu. Il n'y avait plus que Mori sur fond noir. Ses traits encombrés paraissaient plus.

— C'est pas ça, a-t-elle répété. Le brouillard, c'est aussi votre capacité à transformer ma vie en étonnement total, avait-elle beaucoup réfléchi. Je l'aime, parce que nous le cultivons ensemble, c'est notre histoire à vous et moi, s'est-elle tue un instant avant de reprendre : là, mes deux parents sont morts. Nous parlons au monde entier avec l'ori, mais je sais pas comment. C'est plus juste vous et moi, vous comprenez ? J'en ai rien à cirer des millions et des milliards, et vous le savez. Je peux pas exiger la même chose de vous et ça me fait rien non plus. J'envie l'emprise de Florence sur les choses et la façon d'être avec vous que ça lui permet. Oui, c'est ça, je crois, s'est-elle mordu les lèvres.

Elle n'a eu qu'un seul sanglot, retenu comme un éboulement. Les larmes ont continué de couler sur ses joues. Elle a pris la petite boîte de sperme et en a fait glisser le couvercle.

— À quoi ça rime tout ça ?

Elle savait qu'il n'aimait pas ça, qu'il souffrirait à vouloir la regarder dans les yeux. Elle pleurait silencieusement. Elle a levé les mains pour lui montrer son sperme. Mais qu'est-ce que c'était, tout ça, à la fin ?

Il y a eu un long silence et, derrière Mori, des mouvements imperceptibles en noir sur noir: des chauves-souris.

— J'ai une explication pour vous, s'est-il ressaisi en déviant le regard, mais ce n'est pas le genre d'explications qui rend les choses plus simples. Elle va les rendre plus étranges et je risque de perdre votre confiance. Mais je risque aussi de la perdre si je ne vous explique pas. Commencez par me dire ce que ça vous fait de recevoir mon sperme, ce que vous sentez chaque fois. Il y aura là-dedans un début de vérité.

Laurie a souri à travers ses larmes. Elle a dit qu'au commencement, elle avait, comme il lui avait dit à ce moment « une curiosité des fluides », elle aimait l'épaisseur, la façon dont le sperme collait à lui-même, à ses doigts. Maintenant, elle aimait que le sperme de Mori puisse rendre de l'éclat aux choses ories qui en perdaient. Elle trouvait ça beau et c'était une vertu qui lui plaisait. Elle pensait aussi à l'éjaculation de Mori. Elle était certaine qu'il n'était pas avec une autre femme quand il s'arrêtait pour éjaculer dans un contenant. Elle savait qu'il se masturbait et que cela avait un rapport avec elle. Surtout, ça l'excitait. Elle aussi se masturbait et cela avait un rapport avec lui.

— Et je sais que vous le savez, mais je voudrais tellement le recevoir *autrement*, comme une femme peut recevoir le sperme d'un homme. Seulement, vous ne voulez pas, et chaque fois je suis confuse et tellement excitée, aussi, que j'aime chaque seconde de cette confusion.

En se redressant sur le fauteuil, Laurie s'est rendu compte qu'elle mouillait, pleurait, coulait de partout.

Mori a mis du temps à répondre.

— Tout peut arriver, a-t-il fait.

— Oui ! s'est empressée de confirmer Laurie.

— Je suis arrivé ici car il y avait des oursins, des mollusques et des crustacés. Puis je vous ai rencontrée et j'ai pensé qu'il y avait la possibilité d'entretenir en vous un univers où l'ori se matérialiserait. Pour le savoir, je vous ai montré mon sperme. Vous l'avez vu et j'ai su que je n'aurais pas besoin d'aller ailleurs. Que je ferais l'ori ici et que ce serait avec vous.

— Pourquoi ?

— La réponse simple, c'est que je me suis intoxiqué malencontreusement en faisant des expériences avec l'ori il y a longtemps. Cela a laissé mon sperme irregardable, comme la poudre au fond de l'éprouvette de Frédéric Goyette. C'est la même chose.

Laurie continuait de couler excessivement. Son brouillard se condensait.

— Donc, si on met votre sperme dans une coquille…

— J'ai essayé, ce n'était pas au point, vous n'avez pas pu voir l'ori à ces moments. Pas de cette façon. J'ai dû faire autrement.

— Et pourquoi, moi, je vois tout ça sans problème ?

— Je ne sais pas, à vrai dire. Bien avant que je vous connaisse, quelque chose vous est arrivé qui vous a donné une capacité à tout contenir dans votre vie. Tout peut vous arriver. Dès lors que vous avez vu l'ori, il est devenu possible d'en faire à foison. Si le sperme que je vous donne ravive l'ori, c'est qu'il alimente en vous cette capacité à tout devenir.

Laurie, les yeux ronds et coulants, n'arrivait presque plus à bouger. De savoir que tout partait d'elle de cette façon lui donnait le vertige et l'emballait. Sa pensée suivait de multiples ramifications, cherchait tous les corollaires de cette vérité radicale. Mais la force de son intellect était comme endiguée par son ventre, qu'elle sentait chaud, et par son sexe, qu'elle sentait battre. Elle n'avait jamais désiré autant.

— Mori, a-t-elle réussi à faire pivoter son poignet pour tourner sa paume vers lui, me désirez-vous ? C'est ma fête demain puis j'ai vraiment envie de vous.

Elle a vu qu'il bandait. Il a inspiré fort.

— Vous êtes mon aboutissement, s'est-il adouci, mais je ne suis que votre départ. Chaque jour, en me réveillant, je me réjouis du fait que vous existez. Cela me remplit de joie, la même joie que j'ai à respirer l'air, à regarder le ciel ou la mer. Et vous êtes belle. Mais on ne fait pas l'amour avec le vent ou les vagues. Vous appartenez à l'ordre des choses plus grandes, celles où j'existe et qui me contiennent entièrement.

Mori s'est arrêté. Les yeux de Laurie étaient ouverts encore plus grands et ils laissaient couler encore plus de larmes, sans un sanglot, juste des larmes en file serrée, comme un glaçon qui fond au soleil, en avril, à midi.

— Aussi… avant… au Japon…, a décidé de continuer Mori.

Un sous-produit du processus de fabrication de l'ori peut vous intoxiquer. S'accumulant dans les glandes sexuelles, il rend votre sperme irregardable, si vous en avez, ou vos ovules, mais les ovules restent généralement invisibles, alors ça cause moins de problèmes. Si vous avez un enfant, sa vie, autrement humaine et ordinaire, sera entrecoupée d'intermèdes où il disparaîtra pour devenir de l'ori. Et, ça, Mori le savait très bien.

— Il s'appelle comment ?

— Ren. Et elle, Megumi. C'est fou ce qu'ils peuvent me manquer parfois.

— Je ne sais pas quoi dire… J'ai hâte de les rencontrer ! a souri Laurie avec tendresse.

C'est ce sourire exactement qui allait briser la digue et déchaînerait ses sanglots.

Le lendemain, Mori et Florence ont préparé le souper d'anniversaire : des bols de riz au sésame sur lesquels ils empilaient des gonades d'oursins en faisant alterner les gonades mâles, ocre en cette saison, et les gonades femelles d'un rouge brun ; de la soupe aux algues. Mori a fait des lamelles de homard cru avec son couteau à fileter. Ils les ont garnies de jus de yuzu et de gros sel. Avec une pâte de miso blanc venue du Japon, ils ont fait un beurre composé dont Florence enduirait les homards grillés sur du charbon d'érable. Florence a ouvert une bouteille de vin en mettant son téléphone en mode avion. C'était un Montrachet 2002 d'Anne-Claude Leflaive. Sur l'étiquette, Robert avait écrit : « Laurie, 18 ans. »

Florence n'a pas refait l'erreur de lui offrir des cosmétiques devant Mori. Mori a refait l'erreur de lui offrir des fruits de mer ; ce n'en était plus une. Ils ont parlé de ce qui avait changé en une année : presque tout. Le ciel au crépuscule avait des teintes de néons et ils se sont demandé si c'étaient des aurores boréales.

— Florence, a apostrophé la fêtée d'un ton plus grave, Mori et moi avons parlé de plusieurs choses hier. Tu vois l'ori comme un produit…

— … et ça ne pourra pas durer toujours, a enchaîné Mori, saisissant le signal.

— Oui, a continué Laurie. Ce n'est pas un produit comme les autres. Ça fait plusieurs mois que nous en faisons, maintenant, et…

— On peut pas reculer ! Le marché est affamé, s'est braquée Florence.

— Là n'est pas la question, a dit Mori, le nez dans son verre de vin. Il y a actuellement une rareté presque infinie. Et nous contrôlons entièrement la production.

Il faudra tenir compte que ça ne restera pas comme ça éternellement.

Ils en étaient aux homards grillés. Florence avait décortiqué celui de Laurie. Mori avait attendu au dernier moment pour défaire le sien de sa carapace, rapidement, avec une lame courte, en un mouvement inédit de toutes les articulations du bras. Ça resterait comme ça pour quelques années, a-t-il expliqué, le temps qu'apparaisse une génération de bébés intermittents, qui deviendraient des enfants intermittents puis des adultes et des vieillards intermittents. Quiconque se munirait de viviers et de systèmes d'épuration pourrait alors produire de l'ori en abondance.

— C'est complètement cinglé..., a dit lentement Florence, les yeux dans le vague, en équilibre sur le rebord de l'être un bref instant, avant de retomber du côté terrestre. Ça veut dire qu'on a quelques mois pour casher !

— Oui. Ce n'est pas tout ce que nous voulons vous dire, mais ça en fait partie. Tant que nous considérons l'impact monétaire de la chose, c'est ce qu'il faut faire. Sinon d'autres le feront.

— Pour ma part, je m'en fous. Je comprends que j'aurai pas besoin de travailler de ma vie d'une façon ou de l'autre. Après ça, c'est vos affaires. Peu m'importe.

Laurie disait que c'étaient leurs affaires, mais c'était bel et bien leur commerce.

L'assiette blanche de Mori avait des allures de planche anatomique avec la queue, les deux pinces alignées de part et d'autre, les deux coudes, la viande des pattes et, au centre, le petit tas de tomalli. Laurie souriait. Florence avait arrêté de boire et elle se concentrait intensément. Elle calculait dans sa tête.

— Je comprends que tu t'en fous, Laurie, mais est-ce qu'on peut compter sur toi pour n'en parler à personne ?

Mori savait qu'il était inutile de demander.

— Bien sûr, bien sûr, ça va, a dit Laurie. Moi, il n'y a qu'une chose qui me chicote. Et elle me chicote beaucoup, je dois dire… vous appelleriez ça notre matière première.

— Les fruits de mer ? a présumé Florence.

— Non. La conscience humaine.

Le problème, oui, se réglerait de lui-même, mais en créant un plus gros problème. Le monde aurait déjà extrêmement faim d'ori avant qu'on en associe la production au phénomène naissant des *bébés intermittents*, qui deviendraient dès lors les *ori babies*. L'ori deviendrait l'enjeu éthique primordial des deux décennies suivantes. Des regroupements se formeraient pour réclamer son bannissement total, mais cette position s'affaiblirait au moment où l'Église catholique l'adopterait. Le courant réclamant une « utilisation responsable de l'ori » naîtrait bien après que tout un pan d'une génération ait été affecté. S'ensuivrait un mouvement d'émancipation et de reconnaissance de cette minorité productrice d'ori qui culminerait après des années de combat par l'élection d'une première députée productrice d'ori à Vancouver. En posant sa première question à la Chambre des Communes, elle se dématérialiserait sous les applaudissements nourris d'un Parlement ému.

Il n'est pas possible, à l'avènement d'une technologie, d'en prévoir les répercussions sociales plus ou moins perverses. Et celles-ci, dans le cas de la production de l'ori, dépendraient de l'adoption de l'ontotoxine comme drogue injectable, phénomène que Mori destinait, dans ses pronostics erronés, à une grande marginalité.

Mori a trempé ses baguettes dans le petit tas de tomalli et il a pris du riz. Laurie l'a imité. Florence se contentait des morceaux de chair, léchés par la chaleur du bois d'érable. En lui faisant réaliser sa capacité inouïe de voir une couleur issue de sa propre conscience et venue des fruits de mer, les trois pouvaient avoir la certitude de faire quelque chose de bien pour l'humanité. Et les premières années de l'ori amèneraient en effet une joie générale en renouvelant la sensualité humaine.

Pour en créer assez, il fallait faire disparaître des gens.

— C'est ce qui est arrivé à Louis Berthelot, a annoncé Laurie à Florence.

Laurie avait vraiment de la misère avec ça.

Florence a haussé les épaules.

— Et après ? s'en crissait-elle. Mori lui a donné un demi-million.

— Tu trouves que c'est correct, toi, de demander aux gens d'échanger leur vie pour de l'argent ?

— Bien là ! T'appelles ça comment échanger ta vie pour de l'argent ? Moi, en tout cas, je sais comment j'appelle ça : du travail. C'est tout.

Laurie et sa sœur étaient sur le bord d'encore se pogner. Mori tentait de les arrêter en les regardant longuement, mais toujours à la hauteur du cou. Les ongles manucurés au vernis lilas se cramponnaient à la nappe ; Laurie cramoisissait de la face.

— Je me suis beaucoup intéressé à ce que monsieur Berthelot a perçu de cette expérience, s'est insinué Mori en profitant d'un soupir simultané des deux sœurs. De façon intéressée, je dois dire, parce que mon propre fils l'a aussi vécue, avant toutefois d'avoir les mots pour la relater.

— Pis. Ç'a-tu été si pire ? hochait déjà de la tête Florence.

— Non. Du tout. Il raconte un rêve. Un rêve blanc, qu'il dit, où il n'a subi aucune douleur. Quand il est revenu à la réalité, il a simplement repris sa vie d'avant. Mon avis est que c'est un choix qui peut exister pour les gens. S'il y en a qui refusent des centaines de milliers de dollars contre une hibernation de quelques mois, nous ne les forcerons pas. Mais il est très important que nous soyons tous les trois d'accord et je vous comprends, Laurie, de vouloir y réfléchir. Nous n'avons toutefois pas beaucoup d'autres possibilités.

Morts et écartelés, à moitié mangés, les homards sur la table ne revivraient pas. Le temps n'avait qu'une direction. Laurie a pensé qu'elle se mettrait à pleurer en regardant sur la table le verre de Mori, à moitié bu, celui de Florence, vidé, et le sien, plein. Le monde avait soif d'ori et tout allait trop vite. Ses yeux se sont portés sur le vieux crucifix en bois qu'elles ne se résolvaient pas à ôter du mur. Comme dans les livres, il fallait que des gens donnent leur vie.

— Pas toute leur vie, a dit Florence.

— Et c'est doublement temporaire : temporaire pour ceux qui acceptent de disparaître, temporaire aussi parce que ce n'est qu'une étape intermédiaire. Ce procédé de fabrication sera désuet dans quelques mois.

— Où vont les gens quand ils disparaissent ? Que devient leur vie ? Quelle expérience ont-ils de leur conscience ? voulait savoir Laurie.

— C'est pas très important, voulait se dérober Florence.

— Non. Non. C'est important, a reconnu Mori. Important et inconnaissable.

Entre les rebords des masques à haut pouvoir filtrant et le capuchon serré des combinaisons de polypropylène, il était difficile de voir leurs yeux. Leurs phrases venaient de bouches invisibles et se perdaient. Même si Mori avait une voix d'homme, il était difficile de savoir qui disait quoi. Plus loin, des ouvriers vêtus de la même façon avaient préparé l'accès au lieu de disparition. Le « cœur », avait-on choisi de l'appeler, en partie parce que les conduites rouges y menaient.

Les frères Berthelot avaient été exemptés du port

des vêtements hygiéniques. Le contrat les obligeait plutôt à mettre des vêtements qu'ils jugeaient représentatifs de leur fonction et de leur personnalité. Sar'h avait mis une tuque de vieux polyester marine même s'il faisait chaud dehors. Il portait un t-shirt du bar à Ti-Claude avec une vareuse du même marine et une veste carreautée blanche et bleue par-dessus. Il se préparait à un endroit venteux et froid comme la pêche.

— Je peux-tu m'en fumer une dernière? Je suis stressé que le tabarnac, s'essoufflait-il.

— Oui, pas de problème, lui a-t-on répondu de l'autre côté de l'écran. Juste pas trop proche des tuyaux orange.

Louis tentait de rassurer son frère.

— C'est pas si pire, tu vas voir. Qui c'est entre nous deux qui est passé par là?

— Ben c'est toi.

— C'est ça.

Louis était en bleu de travail avec un filet sur la tête. Une broderie fière sur sa poche pectorale droite disait *Pêcheries Lelarge* en cursive devant trois stylos désassortis. Ses autres poches étaient remplies de divers linges et chiffons.

Sar'h et Louis percevaient assez nettement les trois individus masqués de l'autre côté de l'écran. Ils les ont salués par leurs prénoms, mais on ne leur a pas répondu. Ils ont vu l'un des trois personnages sortir une tablette, y pitonner des mots de passe et se la passer devant la face.

— Ça y est. Vous pouvez entrer.

Rien n'avait changé, en apparence, dans l'écran semi-transparent, mais ils ont pu passer à travers.

Il n'y a pas eu beaucoup d'autres formalités. Ils ont roulé en voiturette de golf, en suivant les conduites rouges, jusqu'à ce que ce soit là.

— C'est ici.

Un mur de métal en anneau ceinturait un espace central de trois mètres de diamètre. Au-dessus, Louis Berthelot reconnaissait de proche l'oursin géant qu'il n'avait vu que de loin. Il en deviendrait le fuel.

Laurie a ouvert la porte en disant un « bonne chance » troublé et sincère. Il n'y avait rien de l'autre côté, c'était invisible sur toute la distance et même si la courbure du mur laissait deviner un espace circulaire, aucun mur ne faisait face à la porte. En apercevant l'intérieur de la pièce, Laurie ne pouvait qu'en donner une description dissidente : elle voyait à travers le cadre de la porte qu'elle venait d'ouvrir la totalité de son champ de vision, mais en ori et dans un enchâssement gigogne où il y avait beaucoup de place pour autre chose, comme si elle tenait un miroir devant un autre, mais aucun miroir ne paraissait et l'espace entre les images était occupé par des réfractions et diverses clartés mouvantes.

— Florence, qu'est-ce que tu vois, toi ? se retenait de dire Laurie, l'instant ne permettant pas ce changement de point de vue.

— Suis-moi, Sar'h. Pas de raison d'avoir peur, invitait Guenille avec plus d'à-propos.

Louis avait franchi le seuil. Rien dans sa mémoire ne lui permettait de s'orienter. Tout avait disparu. Il n'y avait qu'une lumière et une horizontalité, sur laquelle il avait marché, puis couru et dont il s'était mis à douter. Il ne se souvenait plus de ça. De sa première disparition, il gardait un souvenir blanc et mal défini. Il s'est mis à penser qu'il avait trop cru à ce blanc. Sa mémoire l'avait inventé pour remplir un vide.

L'écoulement du temps ne changeait pas. Il ressentait les secondes comme des secondes, et elles s'empilaient pour faire des minutes. Il avait une montre qui continuait de fonctionner. Autour de lui, c'était une transparence infinie. La lumière venait de nulle part, elle faisait partie de l'air, devenu uniformément luminescent. Devant lui, à perte de vue, c'était transparent et cette transparence ne permettait de voir qu'une transparence plus profonde. Il était comme une fourmi dans une sphère de verre parfaitement limpide et plus grosse que la Terre.

Ça lui a pris une heure pour s'habituer, puis une autre pour se rendre compte que la petite faim qu'il avait en entrant était disparue, qu'il n'avait pas besoin de pisser ou de chier, que son frère n'était pas là, qu'il commençait à avoir peur et que, la première fois, il avait aussi bien pu passer six mois, comme un cave, dans la transparence infinie. Qui peut dire, dans un rêve, la durée du rêve ?

Il s'est couché sur l'horizontalité, il a tenté de dormir. Il n'avait pas besoin de dormir. Sa montre lui disait qu'il s'était écoulé six heures. Il avait signé pour quatre mois. Il a vu clair dans le jeu de l'Homme-qui-vient : il sortirait de là en ayant l'impression d'un long rêve encore, et du monde comme lui, affamé d'argent, accepterait de disparaître aussi. Il ne pourrait mettre personne en garde.

Il marchait, courait, sautait sans ressentir de fatigue. Après deux jours, il a décidé de se tuer, pas par tristesse ou par désespoir, même s'il en avait un peu de chaque ; pas par désœuvrement non plus. Il a décidé de se tuer juste pour voir ce que ça allait faire, si ça lui permettrait de sortir de là ou d'aller ailleurs. Joueur compulsif jusqu'au bout, c'était un pari qu'il croyait pouvoir gagner. Le mouvement n'était pas naturel : il voulait sauter assez haut pour pouvoir balancer son torse devant, plonger tête première sur l'horizontalité et s'y casser le cou. Il a essayé. Tout au long de son mouvement, il restait debout. L'horizontalité tournait comme s'il n'y avait ni haut, ni bas, ni vraie horizontalité.

Il s'est masturbé. Il s'est réjoui fort de voir que ça marchait.

— Au moins ça ! Au moins ça, hostie !

Il n'y avait pas d'écho. Sa voix ne frappait rien.

Il a éjaculé et son sperme disparaissait dès qu'il se détachait du méat. Il n'y avait pas de place dans la transparence infinie pour autre chose que lui.

Au bout d'un mois, il y a eu une impureté, une tache, un point, un espoir. L'impureté niait le reste. Par cette ébréchure, la transparence infinie dévoilait sa nature changeante. L'entièreté de Guenille tendait vers cette impureté, peut-être aussi lointaine que les étoiles qu'il avait oubliées. Il s'est dit que c'était son frère, vu de très, très loin. Même si, auprès de Sar'h, ça deviendrait plus difficile de jouer avec son corps, il croyait que ça valait la peine de le rejoindre. Il continuait de marcher.

Les conduites rouges pompaient la quête de Guenille et celle, symétrique, de Sar'h. Pétoncles, clams et oursins se nourrissaient de cette volonté de persister dans l'espace et dans le temps. Ils en faisaient une merveille.